푸른사상 평론선 **37**

5 · 18, 그리고 아포리아

심영의

푸른사상
평론선
37

The May 18th Democratic Uprising and Aporia

5 · 18, 그리고 아포리아

심영의

푸른사상
PRUNSASANG

이 책을 읽는 분들께

5·18의 성격에 대한 우리 사회의 담론은 크게 희생 담론(국가의 무차별적인 학살과 일방적 죽음의 부각)에서 항쟁 담론(시민이 주체가 된 항거. 폭도에서 민주항쟁의 주체)으로의 변화를 보이면서 전개되어왔습니다. 문학 역시 광주에서의 비극에 대한 진실 규명과 살아남은 자의 죄의식, 나아가 가해자의 트라우마를 포함한 애도의 (불)가능성, 그리고 항쟁 주체의 문제 들을 끈질기게 탐문해왔습니다.

그러나 여전히 5·18에 대한 해석에 있어서, 특히 민주주의가 위기에 처할 때마다 5·18에 대한 역사적 정당성은 위협을 받지요. 현실에서 진실은 항상 권력과의 관계에서 구성되고 또 재구성되기 때문입니다.

이 책의 제목을 『5·18, 그리고 아포리아』로 정한 까닭도 5·18은 여전히 앞으로도 탐구가 필요한 난제라는 의미에서 그러합니다. 다만 대부분의 글을 관통하는 주제는 트라우마라 할 것입니다. 그날에 희생된 이들과 가족들, 살아남은 이들의 무의식에 각인된 상흔은 물론이고 가해자의 일원이었던 이들의 죄의식도 제 글의 관심인 까닭입니다. 여기에 싣는 글 중에는 새롭게 쓴 글과 함께 기왕에 발표한 글들을 일부 추려 다듬기도 했으니 불가피하게 서로 다른 꼭지의 글에 얼마간 겹치는 부분이 있기도 할 것입니다. 겹치는 부분은, 그동안 발표했던 30여 편의 글 중에서 5·18문학과 관련하여 다시 정리할 때 반드시 포함되어야 하는 글을 추린 것입니다. 그러하니 "이룰 수 없는 꿈을 꾸고, 이룰 수 없는 사랑을 하고, 이길 수 없는 적과 싸움을 하고, 견딜 수 없는 고통을 견디며, 잡을 수 없는 저 하늘의 별을 잡기 위해 손을 내밀었던" 세대에 속했던 한 사람의 나름의 노고라 여겨주시길 바랄 뿐입니다.

문학은 무엇보다 역사적 기억의 문화적 재현이라는 점에서 5·18을 경험하지 못한 후속세대에게 5·18의 진실을 전달할 수 있는 문화적 매체라고 생각합니다. 따라서 이 문학평론집은 5·18문학 담론의 형성과 전개 과정을 성찰하면서 이후의 5월 문학이 취해야 할 태도에 대한 작은 길잡이의 역할을 할 수 있을 것으로 기대합니다.

그동안 제가 대학에서 강의하면서 글을 읽고 글을 쓰고 글을 가르칠 수 있었던 데에는 크고 작은 도움과 후의를 베풀어준 분들 덕분임을 잘 알고 있습니다. 마음 깊이 고마움을 간직하고 있다는 인사를 드립니다. 아무것도 해드린 것 없으나 저를 늘 따뜻하게 대해주시는 윤정모 선생님과 김준태 선생님 두 분이 추천사를 써주셨습니다. 눈감을 때까지 고마움을 잊지 않을 것입니다. 많지 않은 저의 독자에게도 크나큰 감사의 인사를 드립니다. 내내 평온하소서.

심영의

제3부 애도와 재현, 그리고 미학

상흔과 치유를 위한 연대

문학이 상처를 치유해주지는 못한다. 문제를 해결해줄 수도 없다. 다만 한가를 통해 문제를 직시하게는 한다. 소설이 현실의 문제를 해결해줄 수 없는 것처럼 텍스트 분석을 통해 국가폭력의 현실을 분석하고 읽는 이 쯤속 셈과 폭력을 예방하고 그것을 이겨낼 수 있는 방법을 제시하는 것 자체가 난센스일 것이다. 평화와 인간성 회복을 위한 연

살아남음과 살아 있음의 간극

—정찬과 박솔뫼의 소설

1. 5월이라는 상징과 소설

이름이란 단순한 기호가 아니라 깊은 상징이다. 김춘수가 그의 시 「꽃」에서 "내가 그의 이름을 불러주었을 때 그는 내게 와서 꽃이 되었다."고 노래했듯이, 무엇인가에 대한 명명 역시 그러하다. 상징으로 말하면, 노래도 그러할 것이다. 그것은 또한 맺혀 있는 어떤 것 — 그것이 시름이든 한이든 아무튼 어떤 정서를 풀어헤치는 데 있어서도 모종의 역할을 감당한다. 광해군 시절 당쟁의 풍파에 의해 억울하게 벼슬자리에서 물러나 있던 신흠은 "노래를 처음 만든 사람은 아마도 시름이 많기도 많았구나, 진실로(노래를 불러 시름이)풀릴 것이면, 나도 불러보고 싶구나." 하고 노래했다.

그렇다면 5·18은 어떠할까. '5·18'은 열흘간 광주 일원에서 일어났던 사건의 지칭이면서 그것을 넘어서는 어떤 상징이다. 5·18의 경험의 차이 혹은 바라보는 관점에 따라서 그것은 상처요, 한이거나 죄의식이거나 부끄러움이거나 또는 저항이거나 봉기이기도 할 것이다. '5·18소설'이라는 일종의 명명 혹은 범주화도 다르지 않다. 5·18을 제재로 한 소설들을 이 글에서는 '5·18소설(들)'이라고 부르자. 주지하다시피 그것은 5·18이라는 사건과 관련된 서사일 뿐만 아니라 그 사건과 두루 관계 있는 기억과 감정을 아우르는 상징이기도 하다.

오르한 파묵은 "우리는 주변부에서, 시골에서, 외곽에서, 분노하거나 슬픔에 싸여 있기 때문에 책상 앞에 앉는다. 그러나 결국에는 문학을 통해 그 슬픔과 분노 너머의 다른 세계에 도달하게 된다."고 말한다. 이를테면, 5·18소설들이 그러하지 않을까. 그런데 대략 1980년대 말부터 발표되기 시작한 5·18소설들은 시간의 흐름과 그때마다의 사회적 상황에 따라 일정한 경향을 보인다. 그것은 대체로 그날 왜 그토록 참혹한 일들이 일어났는가를 묻는 것에서 시작하여 평범했던 이들이 왜 총을 들었는가 하는 질문으로, 친구와 가족을 지켜내지 못했다는 죄의식을 거쳐 마침내 어떻게 상흔을 치유할 수 있겠는가 하는 화두로 이동한다.

특히 살아남은 자들의 고통의 측면에서 5·18을 재구성한 선행연구나 조사는 대략 네 가지 범주로 구별할 수 있다. 첫째는 심리학적 연구이다. 오수성을 위시한 이들 연구는 피해자의 외상 후 스트레스 장애(PTSD)나 생활 스트레스 대처방식 척도, 사회적 지지 척도(SSI) 등의 심리학적 검사 도구를 이용하여 개별 피해자의 심리적 충격을 드러내는 작업이다.[1] 둘째는 변주나·이민오·김중원 등의 연구로, 신체적·심리학적 후유증 실태를 조사하면서도 비교적 의학적이고 생리학적인 측면에 초점을 맞추는 경향

---

1 오수성, 「광주5월민중항쟁의 심리적 충격」, 광주현대사사료연구소 편, 『광주5월민중항쟁』, 풀빛, 1990; 오수성, 「5·18 피해자의 외상 후 스트레스 장애」, 『2006년 임상심리학회 춘계학술대회자료집』, 2006; 오수성·김상훈·신현균·최정기, 『5·18민주유공자 생활실태 후유증 실태조사 및 치료프로그램 개발 연구』, 5·18기념재단, 2007.

제1부 상흔과 치유를 위한 연대

이다.[2] 이들은 피해자들의 고통의 실태를 매우 구체적으로 보여준다는 장점이 있다. 셋째로는 한인섭·박원순·정응태 등의 연구로, 보상이나 과거청산과 관련하여 고통의 문제를 검토하는 법학적 연구가 있다.[3] 넷째로는 피해자의 생활실태를 조사하는 과정에서 자연스럽게 경제적 빈곤이나 사회생활에서의 어려움, 정신적·육체적 상처 및 질병, 후유증 등을 종합적으로 기록한 조사결과를 들 수 있다. 이 연구 및 조사들은 한국 사회에서 국가폭력으로 인한 고통의 구체적인 실상을 보여주면서 문제의 심각성을 인식할 수 있는 계기를 제공해준다는 점에서 의미가 있다. 그러나 고통 그 자체에 대한 질문이기보다는 현실적이고 정책적인 관심에서 출발했다는 한계를 안고 있다.[4]

필자는 박사학위논문과 그 이후의 공부 많은 부분을 5·18소설들의 일정한 흐름에 주목했다.[5] 까닭은, 남겨진 깊은 상처가 그러하듯 그것은 80년대를 살아내야 했던 많은 동시대인들처럼 필자에게도 시간이 흘러도 지워지지 않는, 그러니까 이를테면 옹이, 흔적, 얼룩, 주름 같은 것인 때문이다. 그것을 정찬의 소설 한 부분을 인용해서 말하자면 다음과 같다.

　　예술가란…… 살아남은 자의 형벌을 가장 민감히 느끼는 사람이다. 살아 있다는 것은 축복이자 형벌이다. 빛은 어둠이 있어야 존재한다. 축복과 형벌은 빛과 어둠의 관계다. 예술가는 축복보다 형벌에 민감한 사람이다. 그 형벌을 견뎌야 한다. 견디지 못하는 자는 단언하건대 예술가가 아

2　박원순, 「국제법적 대책」, 변주나·박원순 편, 『치유되지 않은 5월』, 다해, 2000.
3　한인섭, 『한국형사법과 법의 지배』, 한울, 1998.
4　최정기, 「국가폭력과 트라우마의 발생기제 ―광주 5·18피해자를 대상으로」, 『경제와 사회』 제77호, 비판사회학회, 2008, 59~60쪽.
5　심영의, 「5·18민중항쟁 소설 연구」, 전남대학교 국문과 박사학위논문, 2008.

니다. ……예술가란 볼 수도 없고 들을 수도 없는 사람들을 보이게 하고 들을 수 있게 하는 자다.[6]

이 글에서는 5·18소설 두 편(정찬 중편소설 「슬픔의 노래」와 박솔뫼 단편소설 「그럼 무얼 부르지」[7])을 통해 5·18 당시든 그 이후든 사람들의 행위와 연결되어 있는 어떤 감정의 문제를 분석해보려 한다. 이 두 소설은 기왕에 발표된 다른 5·18소설들이 『무등산』(김종인, 1988)이라든가 「일어서는 땅」(문순태, 1987), 「남으로 가는 헬리콥터」(이영옥, 1987), 「다시 그 거리에 서면」(박호재, 1987), 「부활의 도시」(홍인표, 1990), 「광주로 가는 길」(주인석, 1995), 「망월」(심상대, 1999), 『광야』(정찬, 2002) 등 광주라는 장소, 혹은 『봄날』(임철우, 2000), 『그들의 새벽』(문순태, 2000), 『오월의 미소』(송기숙, 2000) 「그대 고운 시간」(이삼교, 1990)과 같이 5월이라는 시간을 통해서 5·18의 의미를 탐색하고 있는 것과 달리 음악이라는 상징을 통해 그것에 접근하고 있는 공통점이 있다. 더불어 광주의 진실이 무엇이었는가에 관해 탐문하고 있어 흥미롭다.

이 글에서 분석의 대상으로 삼고 있는 두 텍스트는 특히 5·18 이후에 5·18을 기억하는 사람들의 내면을 다루고 있는 공통점이 있다. 그런데 한 소설의 인물들은(정찬 중편소설 「슬픔의 노래」) 윤리적 분노와 슬픔 그리고 죄의식이라는 매우 복합적인 감정에 침윤되어 있다. 그것은 살아남았다

6　정찬, 「슬픔의 노래」, 『20세기 한국소설』 42권, 창비, 2006, 187~188쪽. 본디 이 소설은 『현대문학』 485호(1995.5)에 실렸다가 창비에서 펴낸 『20세기 한국소설』에 재수록할 때 작가에 의해 부분 수정되었다. 이 글에서는 창비판을 텍스트로 했다. (글에서 소설의 본문을 인용할 때는 괄호 안에 인용하는 쪽수만 밝히기로 한다.)

7　박솔뫼, 「그럼 무얼 부르지」, 『그럼 무얼 부르지』, 자음과모음, 2014. (글에서 소설의 본문을 인용할 때는 괄호 안에 인용하는 쪽수만 밝히기로 한다.)

는 죄의식에서 기인한다. 다른 소설의 인물은(박솔뫼 단편소설「그럼 무얼 부르지」) 그러한 감정과 거리를 둔 채 5월을 응시한다. 그것은 사건과 무관하게 살아 있다는 의식이다. 그 두 인식에는 얼마간의 간극이 있다. 그것은 1980년 5월 광주에서 계엄군이라는 이름의 폭력적 국가기구와 직접 대면했던 인물과 5·18 이후 세대가 그것을 기억하는 방식의 차이에서 기인한다. 이 글은 소설 내 인물들의 그러한 서로 다른 내면이 5·18 이후의 과제, 곧 구멍 뚫린 역사적 기록의 빈 곳을 채우면서 다시는 그와 같은 비극적인 폭력이 되풀이되지 않아야 한다는 미래의 과제에 어떤 영향을 끼치는가를 살펴본다.

2. 살아남은 자가 부르는 '슬픔의 노래'

광주에서 시민들의 무장투쟁은 피아간의 세력관계의 합리성이라거나 군사 기술적 측면에서의 주·객관적 상황이 모두 결핍된 상태에서 정상적인 사람이 평가할 때 도저히 승리의 가능성이 없다고 판단되는 상황에서 발생하였다. 그럼에도 불구하고 그들은 왜 총을 들었는가 하는 점에 관하여 5·18소설들은 다양한 해석을 내놓고 있다. 정찬에 의하면, "그들이 죽음을 초월했던 것은 인간의 존엄성을 부정하는 세계를 용서할 수 없었기 때문"[8]이었다. 문순태에 의하면, "그들을 하나로 묶어준 것은 계엄군으로 투입된 공수부대원들의 치 떨리는 만행이었다."[9] 임철우는 항쟁의 마지막 날 도청에서 죽어간 윤상현의 입을 빌려, 한 덩어리로 격렬하게 끓어 넘치

8 　정찬, 『광야』, 문이당, 2002, 155쪽.
9 　문순태, 『그들의 새벽』 2권, 한길사, 2000, 234쪽.

며 밀물처럼 저 광장 속으로 쏟아져 나오던 사람들의 심정을 "자유와 정의와 생명을 향한 그리움의 불꽃"으로 기억한다.[10] 그 모든 해석은 시민들의 자발성에 근거한 '윤리적 분노'로 수렴된다.

분노에 대하여 사전들은 대체로, '분개하여 몹시 성을 내는 것'이라고 정의하고 있다. 분노라는 원초적인 감정에 대한 이 다소 부정적인 이미지의 정의는 그 연원이 깊다. 그것은 오랫동안 개인의 인격의 완성이나 성숙한 인간관계, 사회의 조화로운 상태를 위해서는 다스려지고 통제되어야 할 감정, 혹은 치유되고 관리되어야 하는 감정으로 여겨져왔다.[11] 그러나 아리스토텔레스는 분노라는 감정을 부정적으로 보지 않고 있을 뿐 아니라, 심지어 분노를 정당한 감정이라고 말한다. 그에 의하면, "어떤 사람, 혹은 그 사람의 친구가 관계되어 있는 일"에 "정당하지 않게" 경멸이 가해졌을 때, 그 경멸에 대해 "복수하고 싶어 하는 충동"이 바로 분노이다. 아리스토텔레스는 화를 내어야 하는 상황에서 화를 내는 것은 정당하며 마땅히 칭찬받을 만하다고 본다. 그는 자신에게 가해진 모독, 그리고 자기 벗에게 가해진 모욕을 그저 견디는 것은 "노예와 같다"고까지 말한다.[12] 5·18 때 고도로 훈련된 2만여 명의 정규군에 맞서 총을 들었던 시민들의 윤리적 분노를, 그로부터 발원한 무장저항을, 우리는 아리스토텔레스적인 의미에서 평가할 수는 있다.

필자는 이 윤리적 분노라는 '감정(emotion)', 그러니까 사건을 마주한 개

10 임철우, 『봄날』 5권, 문학과지성사, 1987, 401쪽.

11 김영미·이명호, 「분노 감정의 정치학과 『제인 에어』」, 『근대영미소설』 19권 1호, 한국근대영미소설학회, 2012, 33쪽.

12 위의 글, 34쪽에서 재인용.

개인의 감정이 모인 '집합적 감정'[13]이 그때 광주에서의 무장시민군들을 포함한 시민들의 행위주체를 설명하는 틀로 삼는다.[14] 바바렛은 "감정적 분위기는 공통의 사회구조와 과정에 연루된 개인들로 구성된 집단에 의해 공유될 뿐만 아니라 정치적·사회적 정체성과 집합행동의 형성과 유지에 중요한 일련의 감정 또는 느낌"[15]이라고 주장한다. 그렇다면 특정한 감정적 분위기는 사람들로 하여금 그에 상응하는 행위를 유도한다고 볼 수 있을 것이다.

그러니까 시민들의 저항 행위의 이면에는 친구를 비롯한 이웃들과 함께 했던 경험을 통해 그들에게 느끼고 있는 어떤 '감정' 때문이고, 이처럼 감정은 행위를 준비하는 데 결정적인 역할을 하며, 행위를 실질적으로 가능하게 한다. 이를 고려하지 않고 어떤 행위자가 단순히 사회문화적 구조에 놓여 있다는 것만으로 구조에 '대한' 반응을 총체적으로 설명하는 것은 무리가 있다. 1980년 5월 광주에서의 민중의 저항행위를, 사건을 마주한 개개인의 감정이 모인 '집합적 감정'으로 본 까닭은, 그렇지 않다면 죽음을

---

13 잭 바바렛(Jack Barbalet), 『감정의 거시사회학』, 박형신·정수남 역, 일신사, 2007, 60 쪽. 바바렛은 '배후의 감정'을 논하면서, 이를 감정의 범주에 속하지 않는 것으로 간주되는 감정들이라고 설명한다. 예컨대 감정을 배제하는 도구적 합리성이 구현되기 위해서는, 역으로 도구적 합리성의 실현에 방해가 되는 감정들을 피하게 만드는 특정한 감정들이 필요하다는 것이다. 그러나 이 글에서는 그 둘을 크게 구분하지 않고 사용할 것이다. 자본주의에서는 감정이 이미 도구적 합리성을 파괴하는 것으로 개념화된 범주이기 때문에, '배후의 감정들'은 감정이 아니라 태도(attitude)나 문화의 구성요소 등으로 간주되는 경향이 있기 때문이다.

14 심영의, 「5·18소설에서 항쟁 주체의 문제 — 한강 소설 『소년이 온다』의 경우」, 『민주주의와 인권』 제15권 1호, 전남대학교 5·18연구소, 2015, 43쪽. 잭 바바렛의 '집합적 감정 개념'은 한강 소설 『소년이 온다』를 분석하는 글에서도 동일하게 활용한다.

15 잭 바바렛, 앞의 글, 15쪽.

넘어선 저들의 행위를 윤리적 분노만 가지고 온전하게 이해하기는 어려운 때문이다.

레비나스는 타자에 대한 윤리적 책임과 관련하여, "타자에 대한 책임은 타자의 요청에 의해 내가 타자를 대체하는 것"[16]이라고 말한다. 그에 따르면 휴머니즘의 근원은 타자이며, 이런 휴머니즘 안에서의 책임이 나의 유일성에 대한 중요한 근거가 된다. 그때 시민들의 행위에 대해서도 그런 설명이 가능하다.

레비나스가 말한 타자에 대한 책임은 그때 시민들의 행위(휴머니즘에 바탕을 둔)를 설명할 수 있는, 어떤 감정과 연결되어 있을까. 감정은 그 자체가 하나의 사회관계 현상이며, 그 관계의 맥락 속에서 사회적으로 구성되는 것(social construction)이다. 사회적 구조와 얽혀 있는 감정은 단순한 '느낌(feeling)'이 아니라 '느낌의 규칙들(feeling rules)'이다.[17] 물론 슬픔이나 한(恨)뿐만 아니라 기쁨이나 소망도 인간의 기본적인 정서임은 분명하다. 인간의 정서를 창조하는 요인은 한없이 많다. 현대의 예술학자들은 그것을 '사회'라고 말한다. 복잡하고 다양한 현대사회는 역시 그와 같은 인간 정서를 만들게 한다.[18] 그러니까, 그때 시민들이 광장에 나간 행위를 우리는 타자와의 '연대의 감정'이라고 규정할 수 있을 것이다. 그렇다면, 타자에 대한 윤리적 책임과 그것으로부터 발원한 윤리적 분노의 총합으로서의 '집합적

---

16 베른하르트 타우렉(Bernhard H.F.Taureck), 『레비나스』, 변순용 역, 황소걸음, 2005, 236~238쪽.

17 함인희, 「일상의 해부를 위한 앨리 혹실드의 개념 도구 탐색 : "감정노동"부터 "아웃소싱 자아"까지」, 『사회와이론』 25, 한국이론사회학회, 2014, 305쪽.

18 조응순, 「음악의 기능에 관한 역사적 고찰」, 『인문연구』 16권1호. 영남대학교 인문과학연구소, 1994, 455쪽.

감정'이 그때 시민들의 저항행위를 온전하게 설명할 수 있는 틀이 된다.

다른 한편, 일각에서는 그때 시민들의 행위에 대하여, 그러니까 무기를 반납하고 질서를 회복하자고 주장했던 수습파들의 입장에서 보면 무장항쟁은 무모하기 이를 데 없는 일이었다. 그러면 그들은 무기를 들지 말았어야 했는가 하는 질문이 제기될 수 있다. 모스크바에서 무장봉기와 시가전이 발발하였던 1905년 12월 플레하노프는 그들은 무기를 들지 말았어야 했다고 평하였다. 이는 물론 주·객관적 상황 속에서 무장투쟁을 매개로 한 혁명의 실현 불가능성을 논하였던 것이다. 그렇다면 봉기에 참여한 사람들은 혁명적 낭만주의자나 혁명적 광신주의자들인가? 그 투쟁은 역사적으로 아무것도 얻어질 수 없는 불임의 결과를 남기는 것일 뿐일까? 역사 허무주의적 관점에서 보면 그럴 수 있다.

그러나 사건은 이미 일어났고, 살아남은 이들은 그날의 일들을 기억하면서 의미를 재구성한다. 루카치는 문학 텍스트에서 중요한 줄거리는 역사에서 발견되어야 한다고 역사와 문학의 밀접함을 강조한 바 있으며, 아스만은 제2차 대전 때의 파괴와 망각의 재난만큼 활성화된 기억은 없을 것이라고 함으로써 파괴와 기억의 관련성에 주목하였다. 즉 예술은 특별한 기억의 순간에 발생하며, '상흔'을 토대로 하는 파괴는 중요한 기억의 주제가 된다.[19]

정찬 중편소설 「슬픔의 노래」에서 사건과 관계된 인물들의 이야기를 전달하는 서술자 — '나'는 신문사 기자다. 그는 소설가이기도 한데, 소설에

---

19 연남경, 「집단학살의 기억과 서사적 대응」, 『현대소설연구』 46권 0호, 한국현대소설학회, 2011, 283쪽

서 서술자가 글을 쓰는 자라는 사실은 이 소설이 5·18을 가능하면 객관적으로 바라보려 애쓰고 있는 것과 무관하지 않다. 몸담고 있는 신문사에서 공산권의 유명 음악원 취재를 기획하고 그 첫 취재 대상으로 폴란드의 쇼팽 음악원이 결정되자, '나'는 폴란드에 가는 김에 '구레츠키'를 인터뷰해보라는 부장의 지시를 받게 된다. 교향곡 3번 〈슬픔의 노래〉로 유명한 '구레츠키'는 전 세계 매스컴으로부터 인터뷰 요청이 쇄도하지만 정작 매스컴에 노출되는 것을 싫어해서 인터뷰 약속을 잡는 것이 쉽지 않은 일이었다.

'구레츠키'가 작곡한 교향곡 3번 〈슬픔의 노래〉 속에는 소프라노가 부르는 세 곡의 노래가 있다. 15세기경부터 폴란드의 수도원에서 전해져오는 성십자가 탄식이라는 기도문과, 2차 대전 중 게슈타포 수용소에 갇힌 18세 소녀가 벽에 새긴 애절한 기도문, 그리고 잔혹한 적에게 사랑하는 아들의 목숨을 빼앗긴 어머니의 애통해하는 폴란드 민요가 그것이다. 아들을 잃은 어머니의 애절한 노래인 폴란드 민요는 다음과 같은 시를 담고 있다.

어디로 갔는가,
내 사랑하는 아들은?
폭동이 일어났을 때
내 아들은 잔인한 적에게 살해당했겠지.

오, 너 나쁜 사람아
가장 성스러운 신의 이름으로
나에게 말해다오, 왜 내 아들을 죽였는지를.(「슬픔의 노래」, 170~171쪽)

'나'는 수소문 끝에 쇼팽 음악원에서 작곡 공부를 하고 있는 '김성균'에

제1부 상흔과 치유를 위한 연대

게 '구레츠키'와의 인터뷰 약속을 부탁한다. '김성균'은 국내에서 여러 편의 작품을 발표한 바 있는 젊은 작곡가로 '구레츠키'와 인연이 있었다. 바르샤바 공항에는 '김성균'과 통역을 맡은 '박운형'이 '나'를 마중 나온다. 또 한 사람, 인터뷰 장면 사진을 찍기 위해 부탁한 '민영수'를 만난다. '민영수'는 폴란드에서 영화를 공부하고 있다. '박운형'은 폴란드에서 유일한 한국인 배우다. 그런데 문제는 '구레츠키'가 영국 여행을 준비하는 일이 바빠서 당장 만나지 못하고 여행 후에나 만날 수 있다는 것이고, 그를 만나려면 2주일을 더 기다려야 하는데, 그것은 '나'의 출장 일정상 불가능하다는 점이었다. '구레츠키'는 아직 집에 있었고, 그래서 '나'는 일단 그가 있는 카토비체로 가기로 결정한다.

가는 길에 아우슈비츠에 들러보고자 하는 '나'의 바람은 우선 '박운형' 등의 심리적 저항에 부딪친다. 그들 사이에 어색한 침묵이 흐른다. '김성균'과 '민영수'는 굳은 표정을 하고 있고, '박운형'은 시선을 내린 채 술잔을 만지작거린다. '박운형'은 말한다. 아우슈비츠는 독일식 발음이다. 폴란드어로 '오슈비엥침'이라고 한다. 아주 좋은 땅, 축복받은 땅이라는 뜻이다. 마을 이름을 그렇게 지은 건 신에게 그런 마을을 만들어달라는 염원의 표현이었을 것이다. 이름이란 단순한 기호가 아니라 깊은 상징이니까. 그런데 그곳이 지옥의 땅으로 변해버렸다. 축복받은 땅에서 150만 명 이상이 죽어버렸다. '박운형'은 누구에게랄 것도 없이 묻는다. "왜 그렇게 악착스럽게 죽었을까요? 독일인이 잔인해서? 아니면 신에게 기도를 잘못한 것일까요? (「슬픔의 노래」, 183쪽)

아무도 그 질문에 대답하지 못한다. '박운형'은 5월 그날 광주에 계엄군으로 파견되어 사람 몇을 죽인 기억에서 벗어나지 못한다. 그는 '나'에게 묻는다. "칼로 사람의 몸을 찔러본 적이 있습니까? 광주에서 전…… 그렇게…… 했습니다. 칼이 몸속으로 파고들 때 몸은 반항을 하지요. 죽음에 대한 반항 말입니다."(「슬픔의 노래」, 218쪽)

아스만은, "우리가 기억을 소홀히 한다 해도 그 기억은 결코 우리를 놓아주지 않을 것"이라고 말한다.[20] 기억은 우리의 무의식 어딘가에 저장되었고 오랫동안 잠복해 있다가 무의식에서 순환할 것이기 때문이다. 이렇게 무의식은 셈하고, 기록하고, 모두 적어두고, 저장하며, 언제든지 그 정보를 불러낼 수 있다.[21] 이 소설 「슬픔의 노래」에 나오는 연극배우 '박운형'은 5월의 기억에서 결코 벗어나지 못한다. 갈라진 배 속에서 튀어나온 창자, 두개골이 으깨진 시체, 손을 적시는 붉은 피, 그 살인의 기억, 그 피비린내가 세월이 가도 지워지지 않는다. 따라서 살인자는 죄의식의 공포로부터 벗어나기 위해 자신이 희생자가 되는 것을 끊임없이 꿈꿀 거라는 자신을 향한 타인의 시선에 대해 "물론 그것이 진실일 수도 있겠으나 자신에게는 다만 광주는 생명의 원천일 뿐"(「슬픔의 노래」, 214쪽)이라고 말한다.

다시 말해 그는 연극 공부를 하러 갔던 뉴욕에서 그로토프스키의 연극을 보고 난 뒤 아우슈비츠의 야만, 아우슈비츠의 잔혹 속에서 신음하는 인간의 비참함 속으로 들어간다. 처음에는 광주의 죄의식에서 벗어나려는 갈망을 느꼈으나, 광주에서의 참혹함을 마침내 무대에서, 곧 세상에서 견뎌내는 힘의 원천으로 삼게 되었다고 그는 말한다. 그 견딤이란 오이디푸스가 저주받은 운명을 탄식하며 스스로 두 눈을 찌를 때 배우는 눈이 찔리는 아픔을 느껴야 하는데, 그 아픔의 견딤이 무대에서의 견딤이라고, 곧

---

20 알라이다 아스만(Aleida Assmann), 『기억의 공간』, 변학수 외 역, 경북대학교 출판부, 2003, 540쪽.

21 브루스 핑크(Bruce Fink), 『라캉의 주체 — 언어와 향유 사이에서』, 도서출판 b, 이성민 역, 2012, 37쪽.

인간에게는 운명을 거역할 수 있는 힘이 없다고 고백한다. 소설에서 많은 부분을 할애하여 이 '박운형'의 이야기를 전달하고 있는 화자, 곧 작가의 속내는 무엇일까.

소설에서 '박운형'은 기자이며 작가인 '나'에게 묻는 형식을 통해, 광주의 이야기를 소설로 쓰는 것에 대해, 그것은 광주를 소설의 도구로 이용하는 것이라고, 그것은 다만 부끄러움일 뿐 진실은 형태가 없다고 말한다. 그러니까 이 작가는 여타의 5·18소설의 문법, 곧 계엄군과 시민군, 가해자와 피해자, 악과 선이라는 이분법적 구도에 대해 그것이 진실일 수도 있겠으나 반드시 그것만이 진실은 아니라고 말하고 싶어 한다. 그러면 무엇인가. 무엇으로 5·18을 설명할 수 있는가. 이 작가는 그의 또 다른 5·18 소설 『광야』(2002)를 통해, '절대는 일상의 무게를 견디지 못한다는 것, 꿈이 삶을 이길 수는 없다는 것'을 강조한다. 그는 절대적 신념(이데올로기)에 대한 회의로부터 출발하고 있다. 그것은 '또 다른 진실'일 수도 있다. 사건에 관한 해석은 풍부할수록 진실에 접근할 수 있다.

작가가 이 소설 「슬픔의 노래」에서 5·18을 해석하면서 아우슈비츠를 말하고 있는 까닭은 그런데, 어디에 있을까. '나'는 교향곡 3번 〈슬픔의 노래〉를 작곡한 '구레츠키'를 만나 인터뷰를 한다. '나'는 '구레츠키'에게, 교향곡 3번 〈슬픔의 노래〉는 소프라노가 부르는 세 개의 노래 속에 주제가 집약되어 있다고 생각한다, 그런데 이 노래는 모두 폴란드의 슬픈 역사와 연관된다, 이 곡의 창작배경을 말해달라, 고 묻는다. 질문에 대한 '구레츠키'의 대답에, 어쩌면 작가가 이 소설을 통해 말하고자 하는 5·18의 진실이 담겨 있는 듯하다. '구레츠키'는 말한다.

2차 대전이라는 인류의 재앙이 시작된 곳이 폴란드다. 나치의 전력은 폴란드를 압도했다. 그럼에도 그들은 바르샤바가 폐허가 될 때까지 포격과 공습을 멈추지 않았다. 수만 명이 공습으로 죽었고, 집단살해와 처형이 횡행했다. …… 나는 어릴 때부터 이곳(아우슈비츠 수용소)에 흩어져 있는 게슈타포 수용소를 보며 자랐다. 수용소에 갇힌 어린 소녀가 벽에 새긴 글을 보라. 우는 어머니를 달래면서 성모 마리아에게 자신들을 버리지 말라고 기도하고 있다. 성십자가의 탄식과 폴란드의 민요 속에는 자식을 잃은 어머니의 통절한 슬픔이 서려 있다. 이들의 눈물이 바로 슬픔의 강이다. 〈슬픔의 노래〉는 슬픔의 강이 흐르는 소리다.(「슬픔의 노래」, 186~187쪽)

　　감정은 사물에 의해 느껴 일어나는 심정, 즉 의식의 주관적 측면이다. 그 어떤 대상에 의해 받는 느낌, 즉 심정 활동은 딱히 무엇이라 하기 어려울 정도로 복잡한 양상이지만 그래도 이는 하나의 복합적인 개념으로 정리되고 성격 지어지는데, 이것이 바로 '감정(感情, emotion)'인 것이다. 우리는 기쁨 혹은 슬픈 감정으로 빠져든다. 아니면 분노를 느끼거나 사랑하는 마음, 혹은 연민의 정을 느끼기도 한다. 그 결과에 있어 긍정적 아니면 부정적인 행로까지 이어질 수 있는 예측불허의 감정세계와 대칭을 이루는 또 다른 정신영역이 이성이다. 도덕성이나 합리성 혹은 논리성과 밀접히 연관되는 이성은 이러한 변화무쌍한 감정세계를 전반적으로 제어할 수 있는 일종의 통제기능이다. 한 강렬한 감정은 때로는 이성을 마비시키기도 하지만 혹은 반대로 이성에 의해 절제되기도 한다. 즉 본능적 느낌의 결과물인 감정과 지적 사고의 결과물인 이성은 우리의 정신세계가 지니는 서로 다른 성격의 두 모습이지만 결국 하나의 합일체를 이루는 것이다. 그렇다면 정찬 소설 「슬픔의 노래」에서 5·18 때 계엄군으로 광주에 왔던 '박운형'이 그 고통의 기억을 넘어서서 다다른 '운명'이라는 나름의 깨달음은

　　　　　　　　　　　　제1부 상흔과 치유를 위한 연대

그가 자신의 의지대로 뿌리칠 수 없었던 그날의 고통과 그로 인한 죄의식의 감정으로부터 벗어나고자 하는 이성의 결과로 볼 수 있다.

남는 문제는 그렇다면 다시 '구레츠키'의 대답, 곧 슬픔의 강을 어떻게 건너야 할 것인가에 있을 것이다. 소설에서, 예술가는 어둠 속에서 빛을 찾는 사람이라고, 그런데 그 빛은 슬픔의 강 너머에 있다고, 그러하니 이제 그 슬픔의 강을 어떻게 건너야 할 것이냐고 묻는다. 이 질문에는 '이미' 지나가버린 사건에 대해, 그것이 아우슈비츠에서든 광주에서든, '이미' 지나가버린 것이라는 것, 그것은 다만 '슬픈 일'이라는 인식이 전제된다. '슬픈 일'인 건 맞다. 이 글에서 군이 정찬 소설 「슬픔의 노래」을 읽어내고 있는 것은 그 때문이다. 여타의 5·18소설이 계엄군으로 대표되는 국가의 무참한 폭력에 대한 시민들의 윤리적 분노를 이야기할 때, 이 소설은 그러한 일들 — 죽임과 죽음 — 모두를 슬픔이라는 감정으로 시선을 돌리고 있기 때문이다.

하나의 죽음에는 그 죽음을 애도하는 수많은 이들의, 제각기 고유하고 특별한, 비통한 슬픔이 있다.[22] 그러나 정찬 소설 「슬픔의 노래」에서는 그 모든 죽음들을 단지 슬픔이라는 감정으로 묶어버린다. 그러고는 이제 그 슬픔의 강을 어떻게 건널 것인가의 문제로 이동한다. 강을 건너는 방법에는 두 가지가 있다. 배를 타는 것과 스스로 강이 되는 것. 작가에 의하면, 대부분의 작가들은 배를 탄다. "작고 가볍고 날렵한 상상의 배"(「슬픔의 노래」, 222쪽)를 탄다. 그 작고 가볍고 날렵한 상상의 배란, 광주에 계엄군으로 왔던 '박운형'의 입을 통해 광주의 이야기를 소설로 쓰는 것에 대해, 그

---

22 오카 마리, 「우리는 누구의 시선으로 세계를 볼 것인가」, 『당대비평』 17권, 생각의나무, 2001, 184쪽.

것은 광주를 소설의 도구로 이용하는 것이라고, 그것은 다만 부끄러움일 뿐 진실은 형태가 없다고 말하는 것을 의미한다. 그렇다면 스스로 강이 된다는 것은 무엇을 의미할까? 결국 '박운형'처럼 그날의 고통의 기억을 운명으로 받아들이자는 것일까. 그러나 한편, 소설이 세계를 바꾸지 못하는 한, 이제 와 무엇을 할 수 있겠는가. 이것이 정찬 소설에서 5·18을 기억하고 추모하는 한 방식이다. 소설의 화자가 여행하는 장소가 굳이 아우슈비츠인 까닭도 그러한 인식과 관련된다. 작가가 그날 계엄군에 저항했던 시민의 시선이 아니라 계엄군의 일원으로 광주에 왔던 이의 시선으로 광주의 비극을 해석하는 것은, 신선하기는 하나 그것은 도리 없이 역사허무주의의 관념으로 후퇴하고 있을 뿐이다.

3. 살아 있는 자는, '그럼 무얼 부르지?'

음악의 기능이란 동양과 서양, 옛날과 지금을 가리지 않고 비슷한 것이다. 여러 가지의 기능이 있었고 현대로 올수록 그 기능은 다양해졌지만, 주된 기능, 참된 기능은 언제나 우리의 정서를 고양시키고 우리를 즐겁게 만드는 낭만적인 것이었다.[23] 그러나 한편 음악은 듣는 이에게 이미지를 환기시킨다. 음악이 듣기 좋은 소리로 부르는 노래를 듣지 못하게 하는 한, 음악은 억압을 미화하고 변명한다.[24] 역사적 사례는, 가령 다음처럼 많고도 많다.

중국인들이 어머니의 강(母親河)이라 부르는 '황하'는 문명의 시작으로부

---

23 조응순, 앞의 글, 457쪽.
24 지형주, 「음악과 권력」, 『연세음악연구』 13권 0호, 연세대학교 음악연구소, 2006, 54쪽.

제1부 상흔과 치유를 위한 연대

터 장구한 역사에 걸쳐 중국인들의 삶의 터전이었다. 대대로 중국민족의 생사고락을 지켜온 어머니 강 황하는 한결같이 그들을 격려해주는 안식처이자 경외의 대상이었다. 중일전쟁 시기 민족 단결과 항일 투쟁의 의지를 북돋아주었던 민족적 칸타타라고 할 수 있는 〈황하대합창〉이 상징하는 민족정신과, 문화대혁명이라는 특수한 시기의 정치적 함의가 결합되어 탄생한 피아노 협주곡 〈황하〉는 중국 현대사의 한 단면을 고스란히 담은 대서사시이다. 〈황하〉 협주곡이 순수 관현악 음악이지만 모범적인 예술 작품인 '양판'으로 지정되었다는 것은 문화대혁명 주도 세력이 문화와 정치권력을 장악하고 이를 바탕으로 권력을 확립 및 재생산하는 과정에 관여했다는 것을 의미한다.[25]

1900년에서 10년 동안 프랑스의 음악은 드레퓌스 사건의 여파로 생겨난 정치적 우려를 크게 반영하고 있다. 이제 음악장르들은 정치적 해석의 대상이 되었으며 교향곡은 특히 많은 논쟁을 불러 일으켰다. 이 시기 많은 음악가들은 교향곡에 이념적 가치를 부여했으며, 교향곡이라는 장르를 전통의 구현이라고 극구 찬양하거나, 아니면 독일 헤게모니와 정치적 반응의 음악적 구현이라고 신랄하게 비판하는 극도의 대조적 경향을 나타냈다. 또 어떤 교향곡들은 정치적 메시지를 담고 있으며, 그러한 방식의 해석을 유도하도록 만들었다. 정부는 프랑스의 예술적 국가주의를 장려하기 위하여 작곡 경연을 개최하는 방식으로 교향곡을 후원했으며, 정부 후원을 받는 연주단체들이 새로이 작곡된 프랑스 교향곡들을 의무적으로 연주하도록 압력을 가하기도 했다.[26]

25 이서현, 「중국 문화대혁명 시기의 음악과 정치」, 『음악과 문화』 제31호, 2004, 228쪽.
26 노영해, 「음악과 인접 학문 : 논문 ; 음악과 정치 ― 음악의 정치적 역할」, 『서양음악학』 1권 0호, 한국서양음악학회, 1998, 260쪽.

나폴레옹은 개인적으로도 음악을 매우 좋아하고, 음악에 대해 많이 알았기 때문에, 음악을 통해 사람들을 다스리는 방법을 간파하고 있었다. 그는 작은 규모의 궁정극장들을 여럿 세웠다. 파리의 극장들이 대국민적 선동에 이용되었다면, 궁정극장들은 그의 절대 권력을 선전하는 데 필요했던 것이다. 물론 그가 음악을 통제만 한 것이 아니라, 제도를 개선하고 재정적으로 지원을 아끼지 않았기 때문에 음악가들에게 인기가 높았다. 베토벤이 그의 〈영웅교향곡〉을 나폴레옹에게 헌정하려고 할 정도로 그를 추앙했었다는 것은 널리 알려진 사실이다.[27]

우리의 경우 특히 굴곡 많은 근·현대사는 음악을 비롯한 대중문화 전반에 대한 정치적 통제와 검열이 일상적으로 행해졌다. 박정희 정권의 대중문화에 대한 간섭과 통제는 대부분 향락주의를 배격하고 엄숙주의를 강화하는 방향으로 모아졌다. 저질코미디 시비가 일자 아예 TV에서 코미디 프로그램을 폐지하도록 했던 1977년의 사례나, 금지곡을 남발하거나 오히려 정권의 입맛에 맞는 소위 건전가요를 대대적으로 보급, 지원하는 형태의 왜곡으로 나타났다. 그것은 온갖 엄숙주의와 금욕주의의 가치를 내세우던 박정희가 방탕한 환락의 장소에서 종말을 맞았던 아이러니와 함께 문화정책의 모순적 상황을 단적으로 보여준다.[28]

앞에서 음악에 대한 정치권력의 지배의지를 다소 길게 언급했던 까닭은 그 점이 박솔뫼 단편소설 「그럼 무얼 부르지」가 제기하는 핵심적인 질문과 맞닿아 있기 때문이다. 이 소설에서 화자는, 5월의 노래인 〈임을 위한 행진곡〉을 공식적인 행사에서 부르지 않기로 한 정부의 정책에 '그럼 무얼

---

27 민은기, 「음악과 권력 : 그레트리 「보나파르트 찬가」의 정치적 역학」, 『음악과 민족』 42권 0호, 민족음악학회, 2011, 245~250쪽.

28 김창남, 『대중문화의 이해』, 한울아카데미, 2003, 147~148쪽.

제1부 상흔과 치유를 위한 연대

부르라는 것이냐고 묻는다. 박솔뫼는 젊은 작가다. 2010년경에야 소설을 발표하기 시작했다. 그런데 작가가 5·18을 바라보는 시선은 깜짝 놀랄 만큼 무덤덤하다. 이를테면, 소설의 도입부에서 서술자 '나'는 여행 중에 우연히, 한국에 관심이 있는 사람들이 모여 한국어를 배우는 모임인 샌프 란시스코 어느 카페에 나가서 '해나'를 만나는데, 그 장면을 묘사하는 다음의 문장들을 보자.

> 버클리대학 근처에 있는 테이블이 넓은 카페, 목요일 오후 8시였다. 그날의 밤공기가 가볍고 건조했다는 것이 기억난다. 모임은 대체로 정해진 순서대로 진행되는 듯했다. …(중략)… 그날은 해나의 차례였다. 해나의 어머니는 한국인이었지만 아버지는 미국인이었다. 어머니는 10년 전에 돌아가셨고 …(중략)… 처음 본 나에게 이런저런 이야기가 이어졌다. 나는 설명할 게 아무것도 없었다. 그런가? 하는 표정으로 해나의 이야기를 듣기만 했다. …(중략)… 해나는 가방에서 스테이플러가 박힌 프린트물을 꺼내 사람들에게 건넸다. May, 18th에 관한 자료라고 했다. 아 5·18이 May eighreenth구나 당연한 것을 신기하다고 생각하며 그래? 거기는 내 고향인데, 하고 말했다. 해나는 정말이야? 감탄하고는 나를 바라보았다. 왜 놀라워하는 거지, 감탄하는 거지, 어째서 눈을 크게 뜨는 거지, 생각하다 웃으며, 그래 나는 거기서 태어났다고 덧붙였다. (「그럼 무얼 부르지」, 140~141쪽)

이 소설의 화자 '나'가 5·18과 관계 맺고 있는 사람들을 만날 때 보이는 저런 무심한 듯한 포즈를 곧바로 이해하기란 쉽지 않다. 해나가 가져온 프린트물은 5·18재단에서 만든 영어로 된 자료와 『뉴욕타임스』에 실린 기사를 편집한 것이었는데, '나'는 해나를 비롯한, 모임에 나온, 주로 한국어가 익숙지 않은 교포들이 영어와 한국어를 섞어가며 나누는 5·18에 관한 이야기들을 오히려 낯설어하고 있는 것이다. "흰 종이에 빽빽한 글씨와 몇 개의 사진, 뭉개진 얼굴의 남자와 트럭 위에서 깃발을 흔드는 젊은 남자, 무릎 꿇은 사람들을 내려다보는 그런 사진들"(「그럼 무얼 부르지」, 142쪽)을 가운데에 놓고 이야기를 나누는 그들과 '나' 사이에는 어떤 '장막'이 있다고 느끼는 것이다. 무슨 연유일까? 그것은 자칫 5·18을 체험하지 못한 (혹은 않은) 젊은 세대가 5·18을 바라보는, 지나간 사건으로서의 역사에 대한 일종의 '나와 관계없음'이라는 감정적 태도와 관계되지 않을까 생각할 수 있다. 소설에서 '해나'는 '나'와 비슷한 나이인 데다 더구나 내가 광주에서 태어난 것과 달리 그녀는 미국 남자와 결혼한 한국 여자에게서, 그리고 미국에서 태어난 것인데도, '해나'는 '나'와 달리 5·18에 대해 명확한 역사적 태도를 보인다. '해나'는, 누군가 광주가 어디에 있는 도시냐고 물었을 때, 종이 위에 한국의 지도를 그리고 정확하게, "여기, 서울의 남쪽, 부산의 서쪽"(「그럼 무얼 부르지」, 143쪽)이라고 짚어주는 것이다.

'나'는 '해나'가 건네주는 종이 몇 장을 받아 들고 숙소로 돌아온다. 숙소는 차이나타운을 지나야 나왔는데, 도로의 신호등 앞에서 어떤 중년 백인 남자와 눈이 마주친다. 중년 백인 남자는 내게 중국인이니? 대만인이니? 일본인이니? 하고 묻고, 같이 술을 마시러 가자고 한다. "나는 이 사람을 따라가 술을 마시고 무엇을 시키든 시키는 대로 해버려야지, 누군가 내 안에서 속삭이는 소리를 듣는다."(「그럼 무얼 부르지」, 144쪽)고 말한다. 이국의 도시를 여행하는 중에 만난 한국 혈통을 지닌 자기 또래의 여자에게, 그것도 내가 자란 곳에서 30여 년 전에 일어났던 비극적 사건을 열심히 이야기하는, 광주가 고향이라 했을 때 무척이나 반가워했던 여자에게 보였던 무덤덤함과, 밤거리를 걸어가다 마주친 중년 백인 남자에게 보인 저 흔들리는 태도를 이해하는 것 역시 간단치 않은 일이다.

숙소로 돌아와서 한국어와 영어로 각각 타이핑된 김남주 시「학살 2」를 읽을 때의 무덤덤한 태도 역시 마찬가지다. '나'는 그 시를 읽으며 마치 외국 사람의 시 같았다고, 60년대 후반 멕시코나 칠레의 대학에 군인들이 들어섰을 때, 그것을 숨죽이며 지켜본 누군가가 쓴 것 같았다고 말한다. 거리에서 사람들이 사라지는 것을 보게 된 누군가가 쓴 것 같았다고, 게르니카에 대한 글 같았다고, 1947년의 타이베이에 대한 글 같았다고, 밤의 골목에서 누군가가 얻어맞는 시였다고, 누가 때렸다고 하는 시, 누군가가 때리고 누군가는 맞아 죽고 죽이는 사람이 있으며 죽는 사람이 있다고, 그리고 우는 사람이 아주 많다고, 그런 시였다고, 마치 나와는 무관한 일인 듯 말한다.

무심해 보이는 태도는 소설이 진행되는 내내 일관된 형태로 그려진다. 3년 후 일본의 교토로 여행을 가서 광주에 대해 이야기하는 사람을 만나고, 그 남자가 광주에서도 제주에서도 사람들이 많이 죽었다는 것을 이야기해도 그다지 놀라거나 하지 않는다. 이듬해 봄에 다시 '해나'를 만나도 그다지 반가워하지 않는다. 물론 인사를 나누고 짧게 포옹을 하지만, 여전히 무언가 어색하고 그들 사이에 어떤 장막이 쳐져 있다는 느낌에서 벗어나지 못한다. 그것은 아마도, '나'의 무심함과 대비되는 '해나'의 어떤 적극성에서 기인한 낯선 감정일 것인데, 그것은 이를테면 5·18 30주년을 맞은 광주가 "조용했고 딱히 다른 날과 다르지 않았다. 특별히 소리 내어 무언가를 말하는 사람은 없었다. 의외로 이곳에서 무언가를 말하는 사람이 없었다."(「그럼 무얼 부르지」, 150쪽)는 거듭된 진술로 미루어보건대, 이미 지나가버린 사건에 대해 거듭 이야기하는 것에 대한 모종의 알레르기 혹은 거부감과도 같은 감정적 태도를 이 작가가 갖고 있는 게 아닐까 생각되기도 한다.

도청 앞에서 열리기로 한 광주시향의 말러 교향곡 2번 5악장 〈부활〉의 연주를 듣기 위해 나갔으나 비가 내린 탓에 연주회가 취소되고 대신 이 기간에 특별히 공개된 구 도청 안에 들어가서의 태도도 다르지 않다. "텅 빈 복도, 어두운 복도, 회색, 무거운 회색 복도, 시멘트 건물, 벗겨진 페인트, 그들의 냄새, 이 회색 복도에서 정말로 무슨 일이 있었는지 입 밖으로 소리 내어 말을 하는 사람은 드물다."(「그럼 무얼 부르지」, 150~151쪽)는 유사한 진술의 반복은 어쩌면 사람들이 거듭해서 5월을 이야기하는 것에 대한 일정한 반감으로 해석될 여지도 있다. 그것은 거듭 말하지만, 5·18을 직접 체험하지 않은 젊은 세대가 지나간 역사적 사건에 대해 갖고 있는 '나와는 무관함'의 감정적 태도일 것이다. 그것은 어쩌면 그날의 사건과 무관하게 '살아 있음'에 대한 자기인식의 반영일 것이다. 경험기억이 빠르게 소멸되고 있는 시점에서 사건의 체험과 무관한 후속세대가 갖는 저 '나와는 무관함'의 감정적 태도는 우선 역사적 몰각에 대한 우려를 남긴다.

그러나 그것뿐이라면 대체 이 소설의 의의는 어디에 있단 말인가. 단순하게, 제목이 지시하는 것처럼, 그리고 소설에서의 다음과 같은 진술, "그 노래는 그해에 서울에 있는 광장에서 부를 수 없게 된 노래였다. 왜인지 납득이 가지 않는 이유로 부를 수 없게 되었고, 그 때문에 노래를 부르고 싶은 사람들을 구차하게 만들었다. 왜 부르면 안 되나? 부르게 하라."(「그럼 무얼 부르지」, 150~154쪽)처럼 〈임을 위한 행진곡〉을 부르지 못하게 된 데 따른 반감의 표출로만 읽는다면 이 소설의 의의를 찾기는 어려울 것이다. 그러면 소설의 저 무심한 듯한 서술자의 태도를 어떻게 해석해야 옳을까.

우선 작가-작중 화자가 5·18을 바라보는 데 있어 짐짓 거리두기를 하고 있는 데에는 역사적 사실에 대한 시선의 문제가 개입되어 있다고 보아야 할 것이다. 오카 마리는 사건의 전체상을 조망할 수 있는 시선이 존재하는가, 진실로 투명한 사건 기록이 가능한가에 대해 회의적이라고 말한다. 그녀는 전쟁, 학살 등의 역사적 사건을 사실로 기록해내는 것에 의문을 제기하고 있다.[29] 진실은 하나일 수 없다는 것으로, 그것은 거듭 이야기되고 전달되고 나누어 갖는 것을 통해 서사적 진실을 담보할 수 있다는 것으로 이해된다.

이 점은 조금 중요한데, 왜냐하면 앞에서 살폈던 정찬 소설의 인물들이 기왕의 광주의 진실이라는 것에 대해 회의하는 태도와 유사하면서도 다르기 때문이다. 곧 정찬 소설에서는 광주에 관한 기왕의 해석들을 다소 부정하는 포즈를 취하는데 이 소설에서 화자–'나'가 거듭해서, 광주가 조용했고 딱히 다른 날과 다르지 않았다고, 특별히 소리 내어 무언가를 말하는 사람은 없었다고, 의외로 이곳에서 무언가를 말하는 사람이 없었다고 강조하는 것은 5·18과 같은 폭력적 사건에 대해 언어로는 결코 설명할 수 없다는, 재현 불가능성에 대한 작가의 회의–시선에서 기인하는 것으로 보이기 때문이다.

기억을 말한다는 것은 고통을 말하는 것이다.[30] 그러므로 이 소설에서 5·18의 기억을 말하는 것에 대한 '나'의 무덤덤한 태도를 '나와는 무관함'의 감정적 태도, 5·18 미체험 세대의 몰역사적인 태도로 보는 것은 표피적인 읽기가 되고 만다. 그러한 포즈는 오히려 이해할 수 없는, 더구나 용서할 수 없는 역사적 폭력에 대한 분노와 슬픔의 감정을 깊숙한 곳에 감추어놓는 것으로 이해할 수 없을까. 그러니 그것은 나와는 무관한 일인 듯하는 태도가 아니라 '그들의 사건'을 '우리의 사건'으로, 인간의 역사로서

29 오카 마리, 『기억·서사』, 김병구 역, 소명출판, 2004, 81쪽.
30 오카 마리, 「타자의 언어」, 송태욱 역, 『흔적』 2, 문화과학사, 2001, 396쪽.

보편적으로 기억할 새로운 회로(분유[分有], 경험 혹은 기억을 나누어 갖는 것)를 이 작가가 인식하고 있다는 것으로 이해해야 마땅하다. 왜냐하면, 30여 년이 지났어도 그와 같은 폭력의 잔재는 여전히 남아 있으며, 그날의 슬픔을 노래하는 것은 여전히 부정되고 있기 때문이다.

오카 마리는 전쟁과 학살이라는 폭력적 사건에 대해 이야기하면서, 우리는 여전히 그러한 폭력적인 사건 속에서 살아가고 있다고 말한다. 소설의 화자는 김정환의 「오월곡(五月哭)」이라는 시 끝 부분인 "은밀한 죄악의 밤조차 진저리쳤던 대낮이었습니다."라는 부분에 밑줄을 그으며 김남주의 시 「학살 2」처럼 "이것은 광주만의 이야기만은 아닐지도 몰라, 이건 50년대 남미의 이야기일지도 모르지"(「그럼 무얼 부르지」, 159쪽) 하는 생각을 한다. 그것은 작가가 5·18이라는 국가폭력을 우리만의 기억에서 제3세계의 보편적인 문제로 연결 짓고 있음을 알 수 있다. 소설에서 '나'가 숙소로 돌아가는 밤길에서 마주한 중년 백인 남자가 내게 중국인이니? 대만인이니? 일본인이니? 하고 묻고 같이 술을 마시러 가자고 했던 일은, 그러므로 '나'에게 폭력적 사건이 된다. 그것은 '나'에게는 30년 전에 일어났던, 내가 경험하지 못했던 5·18이라는 역사적 사건과 결코 분리할 수 없는 상징이다. 그것은 '밤길'이라는 시간과 '건널목'이라는 공간, 그리고 '중년의 백인 남자'라는 기표와 무관하지 않다.

'나'는 숙소로 돌아와 '해나'가 건네준 쪽지에 적혀 있는 김남주의 시 「학살 2」를 읽는다. 시에는, 5월 어느 날, 밤 열두시, 미국 민간인들이 도시를 빠져나가는 것을, 이민족의 침략과도 같은 일단의 군인들을 보는 화자의 진술이 이어지고 있다. 그러한 까닭에 밤길에서 마주한 중년 백인 남자가 내게 중국인이니? 대만인이니? 일본인이니? 하고 묻고 같이 술을 마시러 가자고 했던 일 다음에 김남주의 시를 읽는 화자의 행위를 서로 무관한 일로 간과해서는 안 된다. 다시, 밤길에서 마주한 중년 백인 남자가 내게 중국인이니? 대만인이니? 일본인이니? 하는 질문은, 이청준 소설 『소문의 벽』에서 그러했던 것처럼, 밤중에 들이닥친 일단의 무리들이 전짓불을 들이대며 '너는 누구의 편'이냐고 대답을 강요했던 일과도 다르지 않다. 그러므로 그녀가 "나는 이 사람을 따라가 술을 마시고 무엇을 시키든 시키는 대로 해버려야지, 누군가 내 안에서 속삭이는 소리를 듣는다."(「그럼 무얼 부르지」, 144쪽)고 말하는 것을 흔들림으로 읽어도 그것은 오독이 된다. 그것은 두려움을 마주한 힘없는 자의 방백일 뿐이다. 더불어 그러한 폭력에 저항하지 못한(혹은 할 수 없는), 그리고 타인의 고통 앞에 무력하기만 한 자신의 수치스러움과 죄스러움과 부채의식과 경멸과 분노의 복합적인 감정의 기표가 된다.

또한 이 소설에서 화자가 여행하는 장소가 미국과 일본이라는 점 역시 주목을 요한다. 그 두 나라는 각각 우리를 폭력적으로 지배했거나 지배하고(아니라도 그와 상응하는 상태에 있는 것은 분명하지 않은가?) 있는 점에서 닮았다. 그러니까 이 소설의 화자가 여행하는 장소, 곧 샌프란시스코와 교토에서 5·18에 대해 이야기하는 사람들을 만나는 방식으로 망각되어가는 기억을 되살리는 것은 의미 있는 소설적 구성이 된다. 장소란 집단적 망각의 단계를 넘어 기억을 확인하고 보존할 수 있는 곳이다. 장소가 기억을 되살릴 뿐만 아니라 기억이 장소를 되살리기도 한다는 점에서 그러하다.[31]

소설에서 화자는 거듭 질문한다. "왜 들으면 안 돼요? 그럼 무얼 듣지? 무얼 불러야 하지?"(「그럼 무얼 부르지」, 155쪽) 그것은, 노래를 통해 그날을 기억하고 추모하고 연결 지으려는 바람마저 봉쇄되는 현실에 대한 한탄이

---

31 알라이다 아스만, 앞의 책, 25쪽.

면서, 다시 수치스러움과 죄스러움과 부채의식과 경멸과 분노의 복합적인 감정의 기표가 된다. 다시 그것은, 홀로코스트뿐만 아니라 팔레스타인 난민 캠프에서 죽어간 이들과 제주와 광주에서 죽어간 이들의 죽음이 결코 다르지 않다는 분유(分有)의 태도로 연결된다. 그럼에도 불구하고 이 소설의 화자가 5월에 대해 보이는 거리두기의 태도는 그날과 무관하게 살아 있음을 증명하는 새로운 세대의 기억인 것만은 분명해 보인다.

4. 분노와 슬픔, 그리고 기억

문화적 기억은 공식 역사에서 배제한 혹은 억압하거나 왜곡한 빈틈을 메우는 데서 나아가 기억을 공유하고 정서를 환기하는 데 강력한 영향을 끼친다. 이 글에서는 5·18소설 두 편(정찬 중편소설 「슬픔의 노래」와 박솔뫼 단편소설 「그럼 무얼 부르지」)을 통해 5·18 당시든 그 이후든 사람들의 행위와 연결되어 있는 어떤 감정의 문제를 살펴보았다. 그 감정은 많은 5·18소설들에서 타자의 부름에 응답하는 윤리적 분노로 이해되고 해석되어왔다. 필자의 경우 이 윤리적 분노라는 '감정(emotion)', 그러니까 사건을 마주한 개개인의 감정이 모인 '집합적 감정'으로 보았다. 감정적 분위기는 공통의 사회구조와 과정에 연루된 개인들로 구성된 집단에 의해 공유될 뿐만 아니라 정치적·사회적 정체성과 집합행동의 형성과 유지에 중요한 일련의 감정 또는 느낌이라고 보기 때문이다. 그러니까 시민들의 저항 행위의 이면에는 친구를 비롯한 이웃들과 함께했던 경험을 통해 그들에게 느끼고 있는 어떤 '감정' 때문이고, 이처럼 감정은 행위를 준비하는 데 결정적인 역할을 하며, 행위를 실질적으로 가능하게 한다고 이해한다.

'도덕적 감정'이라는 개념을 빌려와 설명을 보완하는 것도 가능하다. 도덕은 시공간의 맥락에 따라 집단구성원들이 상호작용에 의해 구성한 협약 체계로써 집단구성원들에게 부여되는 당위적인 행위규범이다.[32] 객관화된 추상적 범주로서의 도덕은 개개인이 스스로 반성(反省) 혹은 성찰의 인지 심리적 과정을 통해 실현된다. 그러나 '도덕 감정'은 타자 공감을 출발로 하여 스스로를 수치스러워하고, 죄스러워하고, 경멸하고 분노하는 감정들을 복합적으로 탑재하고 있다. 도덕 감정은 타자 지향의 공동체 의식을 바탕으로 형성된 복합감정체이기에 자신과 타자를 제3자의 입장에서 성찰하는 공감, 배려, 호혜 등 사회연대의 기초를 이루는 감정이 되기도 한다. 도덕 감정의 타자 지향적 성격, 즉 대자적이고 공동체적인 속성 때문에 기본적으로 이 감정 속에는 공동체에 대한 부채와 감사, 그리고 이를 수행하지 못하는 것에 대한 죄책감이 융합되어 있다. 그렇게 볼 때, 이 글에서 다루었던 두 소설의 인물들은 5 · 18이라는 참혹한 사건에 대해 얼마간의 간극이 없지 않으나 그럼에도 도덕적 감정의 상태에 있음을 알 수 있다.

그런데 5 · 18은 다른 역사적 사건과 마찬가지로 이제 기억에 의존할 수밖에 없는 형편에 놓여 있다. '이미' 과거의 일이 되었기 때문이다. 그러나 아스만은, "우리가 기억을 소홀히 한다 해도 그 기억은 결코 우리를 놓아주지 않을 것"이라고 말한다. 기억은 우리의 무의식 어딘가에 저장되었고 오랫동안 잠복해 있다가 무의식에서 순환할 것이기 때문이다. 이렇게 무의식은 셈하고, 기록하고, 모두 적어두고, 저장하며, 언제든지 그 정보를 불러낼 수 있다.

정찬 소설 「슬픔의 노래」에 나오는 연극배우 '박운형'은 5월의 기억에서

---

32 김왕배, 「도덕감정 : 부채의식과 감사, 죄책감의 연대」, 『사회와이론』 23, 한국이론사 회학회, 2013. 136쪽.

결코 벗어나지 못한다. 그는 연극 공부를 하러 갔던 뉴욕에서 그로토프스키의 연극을 보고난 뒤 아우슈비츠의 야만, 아우슈비츠의 잔혹 속에서 신음하는 인간의 비참함 속으로 들어감으로써 처음에는 광주의 죄의식에서 벗어나려는 갈망을 느낀다. 그러나 곧 광주에서의 참혹함을 마침내 무대에서, 곧 세상에서 견뎌내는 힘의 원천으로 삼게 되었다고 말한다. 5 · 18 때 계엄군으로 광주에 왔던 '박운형'이 그 고통의 기억을 넘어서서 다다른 '운명'이라는 나름의 깨달음은 그가 자신의 의지대로 뿌리칠 수 없었던 그날의 고통과 그로 인한 죄의식의 감정으로부터 벗어나고자 하는 이성의 결과로 볼 수 있을 것이다. 그런데 소설은 '이미' 지나가버린 사건에 대해, 그것이 아우슈비츠에서든 광주에서든, '이미' 지나가버린 것이라는 것, 그것은 다만 '슬픈 일'이라는 인식만이 남는다. 그러한 태도가 의미 없는 것은 아니나, 그러한 감정만 가지고는 폭력에 대한 성찰을 이끌어내기에 역부족이라는 데 문제가 있다.

　박솔뫼 단편소설 「그럼 무얼 부르지」가 제기하는 핵심적인 질문은 5월의 노래인 〈임을 위한 행진곡〉을 공식적인 행사에서 부르지 않기로 한 정부의 정책에 '그럼 무얼 부르라는 것이냐'고 묻는 데에 있다. 음악은 사람의 정서와 기억의 공유에 강력한 영향을 끼친다. 노래를 부르지 못하게 한 까닭 역시 그러한 데 있을 것이다. 그래서 왜 부르면 안 되나? 부르게 하라는 질문은 〈임을 위한 행진곡〉을 부르지 못하게 된 데 따른 반감의 표출일 뿐 아니라, 노래를 통하여 그날을 기억하고 추모하고 연결 지으려는 바람마저 봉쇄되는 현실에 대한 한탄이면서, 다시 수치스러움과 죄스러움과 부채의식과 경멸과 분노의 복합적인 감정의 기표가 된다. 그것은 다시 그러한 폭력에 저항하지 못한(혹은 할 수 없는), 그리고 타인의 고통 앞에 무력하기만 한 우리의 수치스러움과 죄스러움과 부채의식과 경멸과 분노의 복합적인 감정의 기표가 된다.

이 소설 「그럼 무얼 부르지」에서 특히 강조되는 것은, 아일랜드의 피의 일요일이나, 칠레의 피노체트가 저지른 일과 억압받았던 그곳 사람들의 이야기가 제주 혹은 광주에서 죽음과 결코 무관한 일이 아니라는 것에 있다. '그들의 사건'을 '우리의 사건'으로, 인간의 역사로서 보편적으로 기억할 새로운 회로(분유[分有], 경험 혹은 기억을 나누어 갖는 것)로 이 작가가 인식하고 있는 것은 아우슈비츠와 광주의 그것을 단지 '슬픔'의 감정으로 기억하는 정찬의 소설에 비해 폭력에 대한 우리의 시선을 더 깊게 하는 데 기여하고 있다.

5·18소설은, 억압과 금지를 넘어 노래가 불러지듯이 거듭 이야기되고 전달되고 나누어 갖는 것을 통해 서사적 진실을 풍부하게 재현해 나갈 것이다. 이제 그것은 여전히 온전하게는 해명되지 않은 학살의 진실을 밝혀내는 일과 함께 사건에 개입했던 이들의 행위 동기를 좀 더 다양한 관점에서 분석해내는 작업으로 이동해 나갈 것이다. 이 부족한 글에서는, 5·18에 개입해 들어갔던 사람들과 그 이후의 사람들이 과거를 기억하는 방식에서 어떤 관점의 차이를 보이는지, 더불어 그들의 내면에 어떤 감정적 요소가 개입해 있는지를 살펴보았다.

그것은 윤리적 분노와 슬픔, 그리고 부채의식과 죄의식이라는 도덕적 감정의 잔여에서 여전히 자유롭지 못하다는 것, 그러나 한편 지구상 곳곳에 산재한, 그리고 지나간 과거의 일일 뿐 아니라 현재에도 지속되고 있는 다양한 폭력적 사건에 대해 '그들의 사건'을 '우리의 사건'으로, 인간의 역사로서 보편적으로 기억할 것을 다짐하는 것으로 확인했다. 그 두 인물들의 기억과 감정의 양태가 체험과 미체험의 차이에서 오는, 살아남음에 대한 죄의식과 살아 있음에 대한 자기인식이라는 일정한 간극을 보이고는 있으나, 그보다는 공통의 요소가 더 많다는 점도 확인했다.

그것은 과거의 기억을 잊지 않는 것, 과거를 직시하는 것, 그 참혹한 기억이 지나간 이야기로서의 과거일 뿐만 아니라 현재에도, 그리고 미래에도 여전히 유효한 의미를 담고 있다는 것, 무엇보다 광주를 넘어 우리를 억압하는 모든 폭력적인 것에 대한 저항과 연대가 그날의 죽음의 의미를 헛되이하지 않는다는 것으로 수렴된다. 기실, 이야기하기(혹은 노래하기)를 통한 과거 회상은 삶의 중요한 고비마다 행해지는 제의의 일상적 기능이라 할 수 있을 것이다. 그러한 제의의 반복성은 인간 삶의 보편성과 본질적 측면을 보여준다. 그것은 또한 과거를 비판적으로 분석하고 개인의 심리적 억압기제를 분석, 치료하기 위해 중요한 의미를 갖는다.

이 글에서 살펴보았던 두 텍스트 내 인물들은 그러한 기억의 반복을 통하여 5·18 이후의 과제, 곧 구멍 뚫린 역사적 기록의 빈 곳을 채우면서 다시는 그와 같은 비극적인 폭력이 되풀이되지 않아야 한다는 미래의 과제에 일정한 시사점을 주고 있다.

1979~1980, 부마와 광주민중항쟁의 문학 담론

1. 역사적 진실과 서사적 진실

이야기하기를 통해 이루어지는 기억이 왜곡과 변형의 과정을 거친 은폐 기억이라는 관점에서 볼 때, 과거는 복원되는 것이라기보다는 이야기하는 시점의 상황과 서술자의 욕망에 따라 (재)구성된다고 보는 게 설득력 있겠다. 그렇게 볼 때 "모든 이야기는 그러한 은폐 기억에 의해 구성되는 기억의 서사"[1]라 할 수 있다.

한국의 민주주의 발전에 획기적인 계기를 제공했던 1979년 부산과 마산 일원의 시민항쟁과 1980년 광주에서의 비극을 제재로 한 문학 담론도 다르지 않다. 그것이 누군가가 무엇인가를 이야기하는 서술 행위라는 점에서 예외일 수는 없다. "서술된 담론은 그것이 어떤 스토리를 말하는 한에서 존재한다. 당연하게도 스토리 없이는 서사가 아니며 따라서 반드시 누군가에 의해 말해져야 한다. 따라서 말하는 사람 없이는 담론이 될 수 없

1 　김현진, 「기억의 허구성과 서사적 진실」, 최문규 외, 앞의 책, 2003, 253쪽.

는 것 역시 자명하다."[2]

이 글은 부마민주항쟁[3]과 광주민중항쟁[4]을 제재로 한 소설을 비교해서 살펴본다. 부마항쟁과 관련해서는 노재열 장편소설『1980』과 정광민 장편소설『부마항쟁 그 후』를 읽는다. 광주항쟁을 제재로 한 소설은 그동안 많이 창작되었으나 부마 관련 소설은 현재까지 단 두 편의 장편만 제출된 까닭이 가장 크다.[5]

---

2 제라르 즈네뜨,『서사 담론』, 권택영 역, 서울 : 교보문고, 1972, 18쪽.

3 1979년 10월 16일부터 20일까지 부산과 마산에서 발생한 일련의 반정부 시위 사건은 관점과 논자에 따라 다양하게 호명되고 있다. 이 글에서는 4·19, 5·18, 6·10민주항쟁과 함께 한국 현대사에서 민주이념을 계승한 민주항쟁의 하나로 평가받으며, 2019년 9월 17일 국가기념일로 지정되고 있고 관련 기념재단에서도 '부마민주항쟁'을 공식적으로 사용하고 있음을 감안하여 '부마민주항쟁'으로 명명한다. 부마항쟁의 경우 주로 야간에 시위가 많이 이루어진 것과 관련하여 차성환은 유신체제의 공포정치와 조직적 지도부의 부재 등을 들어 "군중은 야음의 익명성 속에서 억압된 자아의 해방감을 유감없이 분출하였다."고 설명하는 반면, 야간시위를 주도했던 이들은 민중이나 시민으로 환원할 수 없는 존재였으며, 따라서 부마항쟁을 민주화운동이나 민중운동의 연장선에서 파악해서는 안 된다는 임미리의 주장도 있으나 이 글의 목적이 부마항쟁의 성격을 규정하는 데 있지 않으므로 관련 논쟁에 대한 더 이상의 언급은 하지 않겠다.

4 1980년 5월 광주에서 발생한 '5·18민중항쟁'은 매우 복합적인 성격을 갖고 있는 일련의 사건이다. 학술적인 역사서에 광주민중항쟁으로 처음 기록(『한국사강의』, 한울아카데미, 1989)된 이후 다양한 학문 분야에서 항쟁의 성격을 규명하는 일련의 작업을 해왔다. 광주항쟁도 부마항쟁과 마찬가지로 다양한 명명이 있었으나 정부에 의해 1997년 5·18을 '민주화운동'으로 규정하고 법정기념일로 제정하여 기념하고 있다. 이 글에서는 5·18을 반독재 민주화운동의 내용을 가지면서도 민중운동의 특징을 갖는다는 점에서 '광주민중항쟁'이라고 부르기로 한다. 이 명칭이 역사성을 충실히 담아내고 있는지, 저항과 투쟁이라는 구도만으로 올바른 평가와 적절한 해석이 가능한지에 대한 일부의 문제 제기가 없는 것은 아니지만 이 글은 광주와 관련한 보편적인 해석에 따르기로 한다.

5 2020년에 부마항쟁기념재단 주최로 제1회 문학작품공모전이 시행되었고, 시와 단편소설 등에서 당선작을 선정하고 책으로 묶이긴 했으나 본격적인 부마항쟁소설로 보기는 어려운 탓에 이 글에서는 제외한다. 더구나 필자의 소설이 우수작으로 선정되기도

광주항쟁에 관련해서는 40여 년 동안 소설만 하더라도 어림잡아 100여 편의 장·단편 소설이 발표되어 '5월 문학사'를 구성할 만한데, 이 글에서는 특히 80년 5월 광주에 함께하지 못했다는 죄의식의 정동(affect)을 주제로 한 몇 편의 소설에서 발견되는 정치적 무의식에 주목하려 한다. 비교적 초기작품인 임철우 단편 「봄날」(1984), 윤정모의 단편 「밤길」(1985)과 공선옥 단편 「목마른 계절」(1995), 류양선 장편 『이 사람은 누구인가』(1989)와 정찬 중편 「슬픔의 노래」(1995)가 그 대상이다. 초기작품들 일부만을 분석의 대상으로 한 까닭은 5월 문학 전체를 관통하는 하나의 정동을 살아남은 자의 죄의식으로 보기 때문이다. 그러한 정동에는 드러나거나 드러나지 않은 (작가의) 정치적 무의식이 내포되어 있을 것이다.

이 글에서 분석의 대상으로 삼은 부마와 5월 문학 텍스트 사이에 영향과 수용 관계를 발견하기는 어려운 일이다. 따라서 이 글에서는 대상 텍스트에서, 무엇보다 누가 어떻게 말하는가 하는 서술 주체의 정치적 무의식에 주목한다. 라캉은 진정한 주체는 "말하는 주체를 통해 드러나는 무의식의 주제"[6]라고 말한다. 욕망과 무의식의 주체는 발화행위를 통해 자신을 드러낸다는 것으로 이해된다.

그러나 한편 "문화적 형상물로서의 문학적 재현은 역사적 기억의 단순한 재생이나 모방이 아니라 또 다른 하나의 실재적 기억 공간이 된다."[7] 그것은 자아/공동체를 하나의 주체로 재구성함으로써 비극의 반복을 제어하는 성찰의 계기로 작동한다. 소박할 수 있겠으나 그런 의미에서 이 글은

한 탓에 이 글에서 분석의 대상으로 삼기에는 적절하지 않다.

6   박찬부, 『라캉 : 재현과 그 불만』, 문학과지성사, 2011, 155쪽.
7   심영의, 「오월의 기억과 트라우마, 그리고 소설」, 『민주주의와 인권』 제8권 1호, 전남대학교 5·18연구소, 2008, 6쪽.

두 지역에서 발생했던 역사적 사건을 담론화하는 서로 다른 발화의 주체가 궁극적으로 상호 이해를 통해 연대를 모색하는 하나의 계기가 되기를 소망(목표로)한다. 문학적(혹은 문화적)기억으로 기록되거나 재현되지 않는 역사적 기억은 시간의 흐른 속에서 망각되거나 진실과는 다른 개인의 기억들로 얼룩질 염려가 있기 때문이다. 더불어 5 · 18문학이 1980년이라는 시간과 광주라는 공간에 갇혀 있다는 일부의 비판을 수용하면서 더욱 풍부하면서도 의미 있는 항쟁 문학의 성취를 이루는 데 이 연구가 일정한 자극이 되기를 바란다. 그것은 이제 막 시작하는 부마항쟁 관련 문학의 생산에도 유용한 참고가 될 것이다.

2. 소외된 서술 주체

부마항쟁은 한국의 민주화운동 역사에서 크게 두 가지 점에서 의의를 갖는다. 첫째, 부산과 마산에서 일어난 도심 시위는 1960년 4 · 19혁명 이후의 최초의 대규모 민중항쟁이었다. 부마항쟁은 일반 시민이 반유신 시위에 대규모로 가담했다는 점에서 큰 의미가 있다. 둘째, 유신체제 붕괴의 직접적인 요인은 권력 내부의 갈등과 대립으로 발생한 10 · 26정변이었기 때문에 부마항쟁이 유신체제를 붕괴시킨 결정적 사건이었다고 주장하기에는 무리가 따른다. 그러나"부마항쟁은 집권세력 내부에 위기의식을 일으키고 집권세력 분파들 사이에 갈등과 균열과 대립을 초래해 결국 10 · 26정변이 일어나는 계기를 만들었다는 점에서 유신체제 붕괴에 기여한 매우 역사적인 사건이다."[8]

---

8 이내영, 「유신체제 후반기의 민주화운동과 유신붕괴의 동학」, 신명순 편, 『한국의 민

그런데 부마민주항쟁 제35주년 기념토론회 자료들[9]을 일별하다 보면, 부마민주항쟁이 유신체제에 대항한 최대의 항쟁이었음에도 불구하고 그 의미가 저평가되고 있는 것, 그러나 그 이듬해(1980)에 일어난 서울의 봄과 광주항쟁과 연결하여 이해하고 평가할 것이 필요하다는 것을 강조하고 있음을 알 수 있다. 학술토론회의 주제를 "부마에서 광주로"로 정했는데 광주지역에서 5월 항쟁을 기념하는 다양한 행사에서 흔히 "5월에서 통일로"를 강조해온 것과 비교할 때 그 지향점이 유사할 뿐 아니라 부마와 광주가 긴밀하게 연결되어 있음을 강조하려는 무의식을 느끼게 된다. 실로 1979년의 부마민주항쟁은 유신의 종말을 앞당긴 결정적 사건이면서 1980년 광주민중항쟁으로 이어지는 디딤돌 역할을 했다.

그동안 "부마항쟁의 주체"를 연구해온 차성환은 부마항쟁에 참여했던 민중들은 평소 유신체제에 대한 비판 내지 반감을 갖고 있었고, 이데올로기적으로 자유민주주의를 지향하고 있다고 주장한다. 5월 항쟁에 참여했던 광주시민들과 매우 유사한 이데올로기적 성격이라고 본다. 「부마항쟁과 민주화운동」이라는 제목의 이은진의 발제에서 흥미 있는 부분은, 항쟁에 참여했던 시민들의 호응(참여의 계기)이 김영삼에 대한 지지에 기반한다는 것, 김영삼이 부산 지역의 민의를 대변할 뿐 아니라 전국적으로 정통성을 지닌 야당 당수였다는 점에서 그에 대한 시민들의 지지가 민주주의에 대한 지지와 동일시될 수 있다는 점을 강조하고 있는 부분이다. 광주항쟁에 참여했던 시민들의 구호 가운데 하나가 전두환 신군부에 체포된 김대중을 석방하라는 요구였고, 이는 호남지역을 대표하는 정치인 김대중에

주화와 민주화운동」, 민주화운동기념사업회, 2016, 266쪽.

9   2014년 11월 13일자 민주주의사회연구소 발행 계간지 『성찰과 전망』의 기사를 참고, 인용하였다.

대한 지지와 민주주의에 대한 요구가 자연스럽게 연결된다는 점에서 두 사건의 발생 요인과 관련한 유사점이 보인다.

제40주년 기념 국제학술대회(2019.10.17.~18)에서 「부마민주항쟁의 기억과 기념」이라는 제목의 발제를 맡은 이은진은, 부마항쟁이 전국적으로 이슈가 되고 기록되는 데 제약으로 작용한 주된 요인을 다음과 같이 설명한다. 즉, 사건 즉시 계엄령이 발동되고 시민적 자유가 극도로 억압된 가운데 10월 26일 당시 대통령이었던 박정희가 김재규 중앙정보부장에게 피격되는 사건이 발생하였다는 것과 그의 피격 사망을 강조한다.[10] 1980년 5월 항쟁의 경우, 군부의 언론 장악과 통제로 광주 바깥 지역에서는 그날 광주에서 무슨 일이 일어났는지 알 수 없는 대신 무장폭도 혹은 북한의 사주를 받은 극렬분자들의 난동으로 왜곡되어 알려진 것과 비교되는 대목이다. 광주의 경우는 오히려 그러한 언론 통제가 광주의 진실이 무엇인가 하는 관심을 더욱 유발했다 할 수 있을 것이다.

그런데 부마항쟁 관련 저서, 연구서, 특히 문학 텍스트가 광주의 그것과 비교하면 아직까지는 깜짝 놀랄 만큼 적다.[11] 그중에 의미 있는 작업은 시위에 참여하다 체포되어 옥고를 치른 사람들의 증언록이 2011년부터 2019년까지 모두 세 권 발행되었다는 점이다. 2019년에 발행된 『부마민주항쟁 증언집 3권 마산 편』만 하더라도 모두 30명의 관련 증언이 기록되어 있는데, 이는 항쟁을 기억하고 기리는 다양한 문화적 기억의 원천자료가 될

---

10 이은진, 『부마민주항쟁 40주년기념 국제학술대회자료집』, 부마민주항쟁기념재단, 2019, 312쪽.

11 필자가 찾은 관련 기록 내지 텍스트는 다음과 같다. ① 김하기 역사서, 『부마민주항쟁』, 민주화운동기념사업회, 2004. ② 노재열 장편소설, 『1980』, 산지니, 2011. ③ 정광민 에세이, 『시월의 노래』, 헤로도토스, 2019. ④ 정광민 장편소설, 『부마항쟁 그 후』, 시월의 책, 2016.

것이다. 다만 문학 텍스트(소설)의 경우 2020년 말까지 노재열 장편소설 『1980』(2011)과 정광민 장편소설 『부마항쟁 그 후』(2016) 단 두 권이 출판되었다. 두 문학 텍스트에서 유사한 부분은 두 소설의 작가 모두 제도로서의 등단 절차를 거쳐 작가가 된 게 아니라 부마항쟁에 깊이 관여했던 인물로서의 역사적 책임감으로 소설을 썼다는 특징이 있다는 점이다.

『1980』을 쓴 작가 노재열은 경남 진주에서 태어나 부산에서 대학을 다녔고 전두환 정권 때 세 차례 구속되면서 노동운동을 한 인물이다. 부산 강서구 녹산공단에서 노동상담소를 운영하고 있다.(2011년 현재, 소설을 발간하던 때 기준) 『부마항쟁 그 후』의 작가 정광민은 부산에서 태어나 부산에서 대학을 다녔다. 작가 프로필에 따르면, 정광민은 1979년 부마항쟁을 주도한 이후 두 차례 옥고를 치르고 부산에서 민주화운동과 사회운동에 종사했다. 노재열의 『1980』이 부마항쟁에 참여했던 인물의 개인적 체험에 바탕 한 역사 인식에 초점을 두고 이야기를 전개하고 있다면, 정광민의 『부마항쟁 그 후』는 항쟁 이후의 운동의 계승과 관련하여 여러 세력과 인물들이 벌이는 인정투쟁사의 이면을 비판적으로 그리고 있다.

노재열 장편소설 『1980』은 1979년 10월 부마항쟁부터 1981년 3월까지의 기간을 집중적으로 다루고 있는데, 소설은 주인공인 대학생 '배정우'를 내세워 당시 사건을 기억-재현하고 있다. 소설은 1979년 10월 16일부터 시작된 부산 지역의 시위 상황, 마산으로 확산하는 시위의 양상, 그것에 대응하는 군부의 움직임 등을 다큐처럼 기록한다. 소설의 인물 '배정우'는 아마도 작가를 대리하는 인물로 보이는데, 5·18 때 계엄군에게 붙잡혀 고문당하기도 하는 등 동료와 함께 민주화 투쟁을 벌이며 대중의 힘을 자각해 나가는 인물로 그려진다.

그는 광주에서 5·18항쟁이 발생하던 시기 부산대학생으로 5·17전국 계엄 확대를 비난하는 부산대학교 학생들의 시위를 조직하고 유인물을 배포하는 등의 시위를 하다가 붙잡혀 군사법정에서 징역 1년의 실형을 선고받는다. 소설은 주요 인물 '배정우'가 시위에 참여하다가 체포·구속되고 구치소에서 지내는 일련의 과정을 서사화하고 있다. 부산에서 영등포로 이감되고 그 안에서 소위 잡범들과 지내면서 민중이란 무엇인가를 고민하고 그래서 "민중이란 존재하는 것이 아니라 만들어지는 것이라고, 스스로 자신의 권익을 위해 저항할 때 민중이 되는 것"(131쪽)이라는 자각을 하기도 하는 인물로 묘사한다.

장편소설 『1980』에는, 수감되었던 군부대 영창에서 일상적으로 일어나는 다양한 고문과 폭력을 묘사하는데, 그것을 지휘하는 '헌병 k'는 유신 혹은 5공의 무자비한 폭력성을 상징하는 기표가 된다. 잔혹한 고문과 이어지는 폭행의 묘사는 읽는 이를 진저리치게 하는 면이 있다.

정광민 장편소설 『부마항쟁 그 후』에서 부마항쟁 관련자 '석현'은 어느 날 부산항쟁계승사업회 이사장 '이인식' 신부가 10여 년 전 1979년 부마항쟁과 1987년 민주항쟁을 이끌었다는 공적으로 훈장을 받았다는 사실을 우연히 알게 된다. 그런데 이 신부의 공적은 둘 다 허위 공적이었다는 것이다. 이 신부는 1979년 부마항쟁을 이끌지도 않았고 1987년 민주항쟁을 이끌지도 않았다는 것이다.

또 다른 인물 '해동'은 이 소설 작가의 분신으로 읽히는데, 37년 만에 부마항쟁 관련자로 인정받고 재심을 통해 무죄 선고를 받았다. 석현이나 해동을 비롯한 부마항쟁 관련자는 이 신부에게 편지를 보내서 허위 공적을 사과하고 훈장을 반납할 것을 요구한다. 그러나 이 신부와 그 충성파는 오히려 석현과 해동을 공격한다. 이로부터 부마항쟁의 역사적 진실을 둘러싸고 이 신부 측과 공방이 벌어지는데, 해동은 이 신부가 역사 왜곡의 진원지였음을 밝힌다. 이 소설은 "부마항쟁의 관련자들이 시퍼렇게 눈 뜨고 살아 있는데도 역사 왜곡이 벌어졌다"는 것을 비판하면서 역사를 바로 세우기 위한 의도로 창작되었음을 누누이 강조하고 있다.

소설 『부마항쟁 그 후』에서 눈길을 끄는 것은 "부마항쟁은 박정희 18년 독재를 종식시킨 결정적 사건이었고 이 나라 민주화의 주요한 사건이었지만 이상하게도 홀대받았다는 것, 비슷한 시기에 있었던 5·18과 비교해도 역사적 의미가 그에 못지않지만 10·16부마항쟁은 저평가되었고 피해자 구제도 명예회복도 더뎠다."(33쪽)는 지적이다. 그러한 사정에는 부산 지역 민주화운동 세력의 주류를 차지하고 있는 소위 친노와 친문, 나아가 김대중의 정치적 계산이 자리하고 있다고 여긴다.

부마항쟁은 박정희의 갑작스러운 죽음이 아니었다면 필경 중앙정보부의 음모(사전 시나리오)처럼 대규모의 용공조작사건이 되었을 것(217쪽)이라는 것, 친노와 친문세력은 부마항쟁과는 관련이 없는 탓에 자신들이 직접 관여한 부림사건 그리고 6월항쟁을 더 중요시했다는 것(40쪽), 따라서 부마항쟁의 지도자로 둔갑해서 훈장을 받은 인물(소설에서는 이인식 신부로 나온다.)을 통해 친노와 친문 그룹은 역사적 상징성과 현실적 상징성을 모두 손에 쥐게 됐다는 것(69쪽), 김대중은 부산경남 지역의 정치적 지지가 빈약한 틈을 메우기 위해 1979년 10월 16일 항쟁 당시에 부산에 없었던 친노 친문의 후원자인 '이인식 신부'에게 부마항쟁을 이끌었다는 공적서와 함께 훈장을 수여했다는 것(10~11쪽) 등의 소위 부마항쟁과 관련한 '역사왜곡'에 울분을 토로하는 설명 등이 그것이다.

소설은 정제되지 않은 날 선 언어로 여러 인물들을 가혹하게 비난하고 있고, 비난의 대상이 된 인물들에게는 항변권이 주어지지 않는다. 서사란 결국 의사소통이며, 같은 이야기겠지만 "이야기하기란 결국 쌍방향의 문제"라는 점에서 소설적 구성보다는 작가의 의도가 지나치게 전면화되어 있어 이것을 소설이라 이름할 수 있을 것인가 하는 당혹스러운 점이 없지 않다. 물론 어떤 (문학) 텍스트가 문학성이 있느냐 없느냐를 결정하는 데에는 어떤 이야기의 진실성과 허위성의 증명 가능성보다는 그 이야기를 문학적인 것 또는 비문학적인 것으로 독서하는 이른바 '해석공동체'의 판단이 더 중요하기는 하다. 다만 정보로서의 사실의 호소력은 두 가지 면에서 제약을 받는데, 하나는 관련 사실의 설명이 이제 금기로 남은 영역이 아니라는 것, 다른 하나는 발화자의 신뢰성 여부에 있다.

이 글의 관심은 서술 주체의 정치적 무의식에 있다. 아니 더 정확하게 이야기하면, 실제로 무슨 일이 일어났는가보다는 실제로 일어난 일을 어떻게 이야기하는가가 더욱 큰 관심이다. 노재열 장편소설 『1980』에서 주인공인 대학생 '배정우'의 무의식을 지배하면서 그의 입을 통해 말하고 있는 "외래적이고 낯선 것처럼 보이는 어떤 것"은 누구 혹은 무엇을 대신하여 발화하고 있는가 하는 것이다. 아니 어떻게 그것이 그의 내부에 들어오게 된 것일까가 더 문제겠다. 라캉의 경우 "무의식은 타자의 담화"라고 말한다. 프로이트와 라캉의 심리분석 개념을 그의 서술이론에 적용하면서 제임슨은 서술의 행위는 꿈과 같은 의식이 아니라는 것, 그것은 다름 아닌 무의식의 작용의 산물이라고 주장한다. 문학 텍스트는 마치 꿈처럼 현실 혹은 역사의 문제를 몇 가지 무의식의 전략을 통해 해결하려 한다는 것이다.[12]

그렇다면 '배정우'가 "민중이란 존재하는 것이 아니라 만들어지는 것이

---

12 여홍상, 「제임슨의 서술이론 : 『정치적 무의식』을 중심으로」, 『실천문학』, 1991.8, 291 쪽.

라고, 스스로 자신의 권익을 위해 저항할 때 민중이 되는 것"이라고 말할 때, 서술자 너머에 존재하는 작가의 목소리를 대신하고 있는 것은 이론의 여지가 없어 보인다. 그러나 한편 그러한 사유와 발화는 소설의 인물이 상황을 경험하면서 갖게 된 자연스러운 인식이라기보다는 작가의 관념이 개입되고 그것이 투사된 발화일 뿐이라는 점에서 이 소설이 증언 너머의 문학 텍스트가 되지 못하는 한계가 있다.

『부마항쟁 그 후』는 정도가 상대적으로 더 심한 편이다. 제목이 시사하고 있는 것처럼, 이 소설은 사건 이후 그것을 평가하고 기억하고 기념하는 과정에서 누가 그 평가와 기억과 기념의 주체가 되어야 할 것인가의 문제에 집중하고 있다. 문제 제기는 크게 두 가지로 볼 수 있다. 하나는 5·18과 비교할 때 역사적 평가가 제대로 이루어지지 않은 데 대한 섭섭함의 토로이고, 다른 하나는 기억과 기념의 주체가 항쟁에 참여했던 당사자들이 배제 혹은 소외된 상태에서 현실 정치의 권력작용에 따라 이루어지고 있다는 것에 대한 비판이다.

제임슨의 경우 텍스트 해석을 일종의 알레고리적 행위로 본다. 그는 '무엇을 의미하는가'라고 묻는 문학적 질문은 최종적으로 결정짓는 심급에 의해 어떤 텍스트를 체계적으로 '다시 쓰는' 행위라고 본다.[13]

소설의 형식이든 다른 서술 형식이든 누구나 무엇이나 주장할 수는 있다. 문제는 그것이 일반의 이해와 공감과 지지를 받을 수 있는가에 있다. 그것이 가능하기 위해서는 이 소설에서 작가의 분신으로 읽히는 '해동'의 발화행위에 작가의 직접적 개입 대신 그가 소설적 상황 내에서 고뇌하고

---

13 프레드릭 제임슨(Fredric Jameson), 『정치적 무의식 — 사회적으로 상징적인 행위로서의 서사』, 이경덕·서강목 역, 서울 : 민음사, 2015, 41쪽.

변화 발전하는 성격의 인물로 그려질 것이 필요하다. 그것이 무엇이든 소설이라는 문학 텍스트 내부에 축조된 서사인 이상 그러한 미학적 장치를 소거해버린 채 행해지는 서술 주체의 발화—정치적 무의식이란 더 많은 공감과 지지를 받기엔 역부족이다.

다만 부마항쟁 문학이 이제 출발점에 섰다는 점에서 이후의 관련 문학은 좀 더 풍부한 서사와 미학적 장치의 균형을 통해 의미 있는 성과를 낼 수 있을 것으로 기대한다.

3. 죄의식과 트라우마의 정동

5·18민중항쟁을 제재로 한 소설들은 역사적 상처를 또다시 마주해야 하는 고통을 통과한 작가들의 열정의 산물이다. 그것은 다시 하나의 문화적 실재이자 기억 공간이 된다. 서사론에 따르면, "역사/이야기는 인간이 자기 자신과 다른 사람들 및 현실과의 관계를 조직해주고 의미 있는 것으로 해석하게끔 해주는 일종의 틀이다."[14] 그동안 5·18을 제재로 한 문학의 생산과 관련 연구는 상당한 성취를 보인다.

그러나 이 글에서 그것을 간략하게나마 정리하는 일 자체가 버거운 것은 그 성취의 양이 많고 이 글은 분량이 제한되어 있는 것이 거의 유일한 까닭이다. 따라서 이 글에서는 선행연구를 제시하는 대신 앞에서 밝힌 것처럼 80년 5월 광주에 함께 하지 못했다는 죄의식의 정동(affect)을 주제로 한 몇 편의 소설—비교적 초기작품인 임철우 단편 「봄날」(1984), 윤정모 단편 「밤길」(1985)과 공선옥 단편 「목마른 계절」(1995), 류양선 장편 『이 사

---

14 조경식, 「망각의 담론, 기능 그리고 역사」, 최문규 외, 앞의 책, 298쪽.

람은 누구인가』(1989)와 정찬 중편 「슬픔의 노래」(1995)에서 발견되는 정치적 무의식에 집중해서 논의를 전개하려 한다.

5·18민중항쟁을 소설화하는 작업의 초기에 작가들은 "항쟁의 진상과 은폐된 진실을 밝혀야 한다는 사명감과, 그렇게 하지 못하는 현실적 상황에 따른 죄의식에 시달린다."[15] 이 죄의식은 1980년대 중반에 와서야 항쟁이 남긴 후유증을 형상화하는, 즉 진실에 대한 우회적 접근을 통해 소설적 진실을 드러내는 양상으로 구체화된다. 그것은 항쟁 체험의 전면적 재현을 통한 진상 규명을 유보하는 대신 5·18 이후 살아남은 이들의 정신적 고통과 죄의식을 통해 광주 체험을 유추하는 방식을 택하고 있다.

5·18을 제재로 하는 문학 텍스트, 특히 소설은 시가 시대의 암흑을 뚫고 시대의 맨 앞에서 닫힌 심상을 열었던 것과는 달리 그로부터 몇 년을 두려움과 침묵 속에 묻어두어야 했다. 이는 소설 장르가 갖는 운명이기도 하려니와 무엇보다 충격적 사건 앞에서 망연자실할 수밖에 없었던 작가들의 고통과 죄의식에서 연유하는 것이기도 하다. '아아 광주여 우리나라의 십자가여'로 시작하는 김준태의 시는 1980년 6월 2일 『전남매일신문』에 실려 광주의 참상을 비통에 젖어 노래했지만, 소설은 그로부터 몇 년 뒤인 84년에야 임철우가 「봄날」을, 윤정모가 85년 「밤길」을, 황석영이 대표 집필한 『죽음을 넘어 시대의 어둠을 넘어』가 85년에, 김종인이 88년에 『무등산』을, 홍희담이 88년에 「깃발」을 발표하게 된다.

임철우 단편 「봄날」은 무엇보다 그날에 살아남은 자들의 그 이후의 삶 ─ 죄의식, 부끄러움의 문제를 다루고 있다. 이 소설에서 주요 등장인물

---

15 심영의, 「5·18가해자들의 기억과 트라우마 ─ 5·18소설을 중심으로」, 『민주주의와 인권』 제17권 1호, 전남대학교 5·18연구소, 2017, 25쪽.

의 명명(命名)이 유비(Analogy)의 방식을 통해 인물의 형상성을 높이고 있는 점도 눈여겨볼 대목이다. 명부는 명부(冥府), 곧 그날에 죽은 이를 상징하며 상주는 곧 상주(喪主), 그러니까 죽은 이의 제(祭)를 감당해야 할 살아남은 이(수의를 입은)의 알레고리로 기능한다.

「봄날」에서 말하는 이는 누구인가. 누가 무엇을 보는가. 「봄날」의 경우 드러난 사건(의 연쇄)은 상주의 정신병원 입원과 그를 문병 가는 친구들이다. 그런데 상주의 면회는 금지되어 있다. 그들은 상주를 직접 보지 못한다. 대신에 상주의 일기와 그의 여동생 상희의 전언을 통해서 우리는 상주의 고통에 찬 목소리를 듣는다. 그 매개 과정을 통해 우리는 광주의 5월을 전해 듣게 된다. 이 소설에서 서술자인 나는 자신의 목소리를 죽은 명부의 목소리까지 포함해서 다른 인물의 목소리와 혼합시킨다. 우리는 명부와 상주와 그리고 '나-길수'의 목소리를 동시에 들으면서 이 소설에서 실제로 우리에게 말하는 목소리가 서술자의 것인지 인물의 것인지 명확하게 판단하지 못한다. 복합담화의 서술방식을 통해 이 소설은 우리에게 죽음과 파괴에 대한 공포, 5월의 비극적 상흔과 새삼 마주하게 한다.[16]

윤정모의 단편 「밤길」도 「봄날」에서 보듯 살아남은 자의 죄의식을 핵심 주제로 삼고 있는 소설이다. 마지막 날 밤 요섭은 김 신부와 함께 도청을, 광주를 빠져나온다. 세상(광주 바깥)에 진실을 알려달라는 동지들의 뜻에 따라 요섭은 지금 김 신부와 함께 밤길을 걸어 서울로 가고 있는 중이다. 그런데 그들은, 특히 요섭은 그러한 자신의 행위를 떳떳한 것으로 여기지 못한다. 고립에서 벗어나고자 하는 몸부림이 얼마나 무망한 것인지,

---

16 심영의, 『5·18과 문학적 파편들』, 한국문화사, 2016, 82쪽. 이하의 5·18문학작품들에 대한 분석의 많은 부분을 필자의 박사학위논문(「5·18민중항쟁소설연구」)과 이후에 발표한 필자의 5·18문학 연구들에서 인용하고 있음을 밝힌다.

제1부 상흔과 치유를 위한 연대

그러면서도 또한 얼마나 절박한 것인가는 김 신부의 음성을 통해 제시된다. 요섭은, 동지들은 도청에서 거리에서 죽어가고 있는데 자신만 사지(死地)에서 빠져나왔다는 죄의식의 심연으로부터 벗어나지 못하고 있다. 아무리 그러한 결정이 동지들의 뜻이었고 반드시 필요한 일이었다 하더라도 자신은 삶에 속해 있고 그들은 죽음에 속해 있다는 것, 이것은 요섭의 힘만으로는 도저히 빠져나올 수 없는 부끄러움 그 자체다. 김 신부는 요섭의 임무가 아직 끝나지 않았다는 것을 상기시키며 위로하지만 한편 그 또한 도청을 빠져나올 때 자신의 탈출이 과연 출애굽인가, 정녕 그러한가를 스스로에게 반문한다. 그날에 살아남은 자 그 누구도 죄의식에서 자유롭지 못함을 이 소설은 보여주고 있는 것이다. 그 점은 이 소설의 제목이 「밤길」이라는 점에서도 충분히 유추가 가능하다. 밤길은 누구에게나 어둡고 두려우며 부끄러움을 감추고자 하는 심리적 기제를 갖는 일종의 문학적 약호(code)인 까닭이다.

공선옥은 1980년 5월 이후 광주를 살아가는 사람들의 모습에 소설적 관심을 보인다. 「목마른 계절」에서 문제 삼고 있는 것은, 그날에 살아남은 사람들이 지금 어떻게 살아가고 있는지를, 어떻게 죽어가고 있는지를 선연하게 보여주면서 작중인물들의 힘겨운 삶의 조건이란 이처럼 아직 해결되지 않은 과거의 비극에서 연유하고 있다는 것으로 요약할 수 있다. 그래서 광주는 아직 현재진행형이라는 것인데, 작가의 그러한 인식은 기본적으로 옳지만 작품 내적으로 그만한 설득력은 확보하지 못한 것으로 보인다. 여성 인물 현순의 작품 내 인물 성격과 그녀가 하고 있는 말 — 내용 사이에 일관성이 결여되어 있기 때문이다. 이를 달리 말하면 서술자의 권위에 대한 문제가 될 것이다. 그녀가 가지고 있는 역사(현실)의식이 선험적인가 아니면 어떤 사회화 과정을 통해 획득된 인식인가가 분명하지 않기 때문이다.

공선옥의 「목마른 계절」에는 홍희담 중편 「깃발」(1988)과는 또 다른 관점에서 작가의 정치적 무의식이 두드러지게 표출된다. 「깃발」이 여성 노동자의 존재를 계급의식을 중심으로 서사화하고 있다면, 「목마른 계절」에서는 여성성을 넘어선 보편적 윤리로서의 모성을 통하여 상처의 치유와 연대를 모색하고 있는 점이 두드러진다. 여성성을 넘어선 보편적 윤리로서의 모성을 통하여 상처의 치유와 연대의 모색이라는 가능성을 강조하고 있다. 국가폭력과 무장저항이라는 5·18소설의 담론에서 타자화되고 분열된 '나'의 파괴된 삶이란 역사의 폭력성에서 기인하는 것이라 보고, 그럼에도 불구하고 이 두 여성은 자매애(Sisterhood)를 통해 그 상처를 극복하려 한다는 점에서 이 소설은 긍정적인 면이 있다. 그러나 그것은 자칫 모성에 대한 강박의 결과일 수도 있다.

김경희[17]는 역사의 상처를 치유하는 것이 모성이라는 논리는 여성 문제의 하나로 다루어야 할 어머니의 문제를 역사 담론 속에 지워버리는 결과를 가져온다는 측면에서, 이덕화[18]는 공선옥 작품에서의 현실은 (노동자) 의식을 가진 사람들이 사는 소우주 공간일 뿐, 개연성을 가진 현실은 아니라는 측면에서 냉정한 평가를 내린다.

5·18항쟁에 있어 특이한 점은 항쟁의 주체를 문제 삼는 기존 연구들이 어김없이 '지식인의 배반'이라는 관점에서 접근하고 있는 점이다. 무장항쟁의 참여자 대부분이 학생과 노동자, 특히 도시 룸펜 프롤레타리아 계층이었음을 강조하면서 그것에 상당한 의미 부여를 하고 있다. 그런데 류양

---

17 김경희, 『한국 현대소설의 모성성 연구』, 조선대학교 박사학위논문, 2005, 131쪽.
18 이덕화, 「공선옥론 2 : 반란의 시학, 삶의 거리 지키기」, 명지대학교 인문과학연구소 편, 『문학 속의 여성』, 월인, 2002, 98쪽.

선 장편『이 사람은 누구인가』(1989)의 경우 작가는 죄의식과 자기분열의 고통에 시달리는 지식인들의 내면을 묘사하고 있다. 지식인의 죄의식과 트라우마를 제제로 하고 있는 거의 유일한 장편소설이다. 그런 까닭에 이 소설은 광주의 참상을 직접적인 목소리로 전달하려 하지 않는다. 오히려 광주의 싸움은 인간 내면의 정신적 · 윤리적 싸움으로 재현된다. 이 소설의 시간적 배경은 1980년 5월에서 6월에 걸친 한 달 정도의 기간이다. 전체 7장으로 구성된 이 소설의 등장인물들은 각각 부산 · 광주 및 서울에 거주하는 젊은이들로 대학 강사(영섭), 정신과 의사(성준), 예술가(한빈), 시인(원규) 등 전문직에 종사하는 전형적인 지식인들이다. 이 인물들의 공통적인 특징은 하나같이 고통스러운 죄의식에 짓눌려 있다는 점이다. 각각 표현의 형식은 달라도 마음속 깊은 곳에 이들은 양심의 고통과 부끄러움을 견뎌내고 있는데 이는 5월 광주로 표상되는 당시의 폭압적 정치 현실에서 기인한 것이다.

소설의 마지막 부분에, 한빈을 추적하던 영섭이 마침내 땅끝마을에 이르러 목격한 남루를 걸친 구도자의 조각은, 그러므로 목발 한쪽을 벗어 던지고 새롭게 삶을 시작하려는 조각가 한빈의 모습일 뿐 아니라 이 광기와 야만의 시대에서도 의미 있는 삶을 살아가려는 살아남은 자 우리 모두의 초상이 될 것이다. 또한 이 소설에서 주요 인물들은 사르트르적 의미의 지식인, 곧 지식인은 자기 고유의 모순이 결국 객관적 모순의 특수한 표현임을 깨닫고서, 자신과 타인을 위해 이러한 모순과 싸우는 모든 인간에게 연대감을 느끼는 것이다. 결국 이 소설의 인물들은 「타자로서 자기 자신」에서 리쾨르가 강조하듯이 어떠한 단계(혹은 상황)에서도 '자기'는 그의 타자와 분리되는 않는, 즉 윤리적이고 도덕적인 주체로서의 역할을 감당하고 있는 것이다.

정찬 중편 「슬픔의 노래」(1995)에서는 특히 5·18 이후에 5·18을 기억하는 사람들의 내면을 다루고 있다. 소설의 인물들은 윤리적 분노와 슬픔 그리고 죄의식이라는 매우 복합적인 감정에 침윤되어 있다. 그것은 살아남았다는 죄의식에서 기인한다. 소설에서 '박운형'은 기자이며 작가인 '나'에게 묻는 형식을 통해, 광주의 이야기를 소설로 쓰는 것에 대해, 그것은 광주를 소설의 도구로 이용하는 것이라고, 그것은 다만 부끄러움일 뿐 진실은 형태가 없다고 말한다. 또 다른 인물, 연극배우 '박운형'은 5월의 기억에서 결코 벗어나지 못한다. 갈라진 배 속에서 튀어나온 창자, 두개골이 으깨진 시체, 손을 적시는 붉은 피, 그 살인의 기억, 그 피비린내가 세월이 가도 지워지지 않는다.

다시 말해 그는 연극 공부를 하러 갔던 뉴욕에서 그로토프스키의 연극을 보고 난 뒤 아우슈비츠의 야만, 아우슈비츠의 잔혹 속에서 신음하는 인간의 비참함 속으로 들어간다. 처음에는 광주의 죄의식에서 벗어나려는 갈망을 느꼈으나, 광주에서의 참혹함을 마침내 무대에서, 곧 세상에서 견뎌내는 힘의 원천으로 삼게 되었다고 그는 말한다. 그 견딤이란 오이디푸스가 저주받은 운명을 탄식하며 스스로 두 눈을 찌를 때 배우는 눈이 찔리는 아픔을 느껴야 하는데, 그 아픔의 견딤이 무대에서의 견딤이라고, 곧 인간에게는 운명을 거역할 수 있는 힘이 없다고 고백한다.

이상에서 소략하게 살펴본 5·18소설들의 인물은 모두 살아남은 자의 죄의식과 트라우마에 시달린다. 아무리 시간이 흘러도 외상의 완결에는 종착지가 없다.[19] 완성된 회복이란 가능한 일이 아니다. 이렇게 외상(Trauma) 사건은 기본적인 인간관계마저 의문을 제기하는 형벌이다. 가족

---

19 주디스 허먼(Judith Herman), 『트라우마』, 최현정 역, 서울 : 플래닛, 2007, 351쪽.

제1부 상흔과 치유를 위한 연대

과 우정과 사랑 그리고 공동체에 대한 애착이 깨진다. 타인과의 관계에서 형성되고 유지되는 자기 구성이 산산이 부서진다. 자연과 신성의 질서에 대한 믿음이 배반당하고 급기야 존재의 위기 상태로 내던져진다.[20]

오카 마리는 전쟁과 학살이라는 폭력적 사건에 대해 이야기하면서, 우리는 여전히 그러한 폭력적인 사건 속에서 살아가고 있다고 말한다. 그것은 두려움을 마주한 힘없는 자의 방백일 뿐이다. 더불어 그러한 폭력에 저항하지 못한(혹은 할 수 없는), 그리고 타인의 고통 앞에 무력하기만 한 자신의 수치스러움과 죄스러움과 부채의식과 경멸과 분노의 복합적인 감정의 기표가 된다.

4. 기억과 정치적 무의식

2021년은 부마민주항쟁이 발발한 지 42년, 광주민중항쟁이 발발한 지 41주기가 되는 해다. 부마민주항쟁은 4·19혁명, 5·18 민중항쟁, 6·10 민주항쟁과 함께 한국 현대사에서 민주이념을 계승한 민주항쟁의 하나로 평가받으며, 2019년 9월 17일 부마민주항쟁 발생일인 10월 16일이 국가 기념일로 지정되었다. 부산과 마산, 그리고 광주는 현대사의 비극, 그리고 불의한 체제에 맞서 저항했던 공간이라는 공통의 기억을 공유하고 있다. 부마항쟁이 유신체제 붕괴의 한 징후라 할 수 있다면, 광주항쟁은 억압적인 체제의 속성을 명료하게 드러낸 사건으로 이해할 수 있다. 두 사건은 공히 우리 사회가 민주주의를 확고히 하는 데 결정적인 기여를 했다.

한말의 상황이 무능한 집권세력과 부패한 관료들, 그리고 벼랑으로 내

---

20 위의 책, 97쪽.

몰리고 있는 민중의 삶, 자연재해와 역병의 창궐, 더하여 외세의 압박 등의 내외의 혼란을 충분하게 감당하지 못한 탓에 결국 국권의 상실로 이어진 것과 매우 유사하게 "유신체제는 오랜 억압적인 통치로 권력 내부의 균열, 경제 침체와 노동자들에 대한 탄압, 시민들의 저항 의식의 고조, 야당 정치세력의 성장, 미국과의 갈등 지속 등의 요인 등이 복합적으로 작용하여 종말을 고한 것이다."[21]

그런데 부마항쟁이 그 역사적 의의만큼 전국적으로 이슈가 되고 기록되는데 제약으로 작용한 주된 요인으로, "사건 즉시 계엄령이 발동되고 시민적 자유가 극도로 억압된 가운데 10월 26일 당시 대통령이었던 박정희가 김재규 중앙정보부장에게 피격되는 사건이 발생하였다는 것"에 있는 것으로 이해할 수 있다.[22] 그러니까 부마항쟁 이후의 정치적 사건 전개가 매우 가파르게 진행된 탓에, 더구나 최고 권력자의 죽음이라는 충격적인 사건과 그 이후의 전개 과정이 우리나라의 정치적 지형도를 완전히 바꿀 만큼의 엄청난 파장을 불러오는 바람에 부마민주항쟁은 잊히고 말았다 할 수 있다. 더하여 부마항쟁 관련 운동 주체들의 분열 내지는 정치적 의제화의 실패가 상대적으로 5 · 18과 비교하여 너무 늦게 조명되고 있는 것으로 이해된다. 그런 탓에 관련 문학의 성과조차 아직은 매우 미흡해 보인다.

---

21 김정배, 「미국, 유신, 그리고 냉전 체제」, 『미국사 연구』 제38권, 한국미국사학회, 2013 참조. 박정희 정부와 미국 사이의 불신은 특히 박정희의 북진 가능성과 독재에 근거했다. 박정희 정부는 협상이나 압력의 수단으로 북진을 종종 언급했다. 게다가 유신은 한반도의 구조적 안정을 목적으로 삼은 미국의 정책과 정면으로 배치되었다. 미국은 국익을 위해 유신체제를 받아들였다. 하지만 박정희에 대한 불신은 쉽게 해소될 수 없었다.

22 이은진, 『부마민주항쟁 40주년기념 국제학술대회자료집』, 부마민주항쟁기념재단, 2019, 312쪽.

반면 광주민중항쟁은 최정예부대인 공수특전단을 전격적으로 투입하여 양민학살을 자행하고 이에 맞선 시민들이 자체적으로 무장한 상태에서 투쟁을 벌였다는 역사적 사건 자체가, 물론 공간적으로는 광주 시내에, 시간적으로는 열흘간이라는 한계, 무엇보다 열악한 시민들의 무장상태로 고도로 훈련된 공수특전단을 상대로 한 무장투쟁이라는 여러 한계를 지니고 있었음에도 불구하고 그것은 동학농민혁명 이래 가장 뚜렷한 민중봉기라는 점에서 상대적으로 주목을 받았다.

　　"문학은 온갖 형태의 비인간적 억압과 지배, 그리고 학대에 가장 본질적으로 대항하며 인간의 소망하는 삶을 고양시키는 한편 그 목표를 인간의 해방 또는 자유의 확대에 두는 상상적 재현"[23]이라고 볼 수 있다. 우리가 부마시민항쟁이든 1980년 5월 광주에서 있었던 국가폭력의 기억이든 그것을 망각의 창고에 가두지 않고 꾸준한 소설적 탐구를 거듭하는 까닭은, 그것이 거대한 폭력에 대항해서 끝내 지켜내야 할 인간성의 옹호라는 본질적인 측면에서 여전히 유효한 성찰의 대상이기 때문일 것이다. 또한 과거가 단순한 역사적 기록으로만 남아 있지 않고 우리와 함께 숨 쉬며 정서적 교감까지 가능하게 하는 것은 소설을 포함한 문학/문화의 기능이고 힘이다.

　　문학/문화는 모두 기억에서 출발한다. "기억은 문화의 근원이자 바탕이다. 문화는 변화무쌍한 일상 저편에서 중요한 것은 기억해내고, 안정적이지 못하고 우연적인 것은 망각함으로써 개인과 공동체가 이용할 수 있는 하나의 의미체계를 세우는 기억의 능력을 통해 존재의 바탕을 얻는다."[24]

23　유임하, 「타자화된 기억의 상상적 복원」, 동국대학교 한국문학연구회 편, 『전쟁의 기억, 역사와 문학』 下권, 월인, 2005, 248쪽.

24　고규진, 「그리스의 문자 문화와 문화적 기억」, 최문규 외, 앞의 책, 58쪽.

그런데 "기억된 역사적 사건은 기억 그 자체로서보다 객관적인 문화적 형상물로 재현될 때 특별한 의미를 만들어 낸다."[25] 이렇게 재현은 단순한 기억의 재생이나 모방이 아니라 또 다른 하나의 실재를 만들어내는 것이다. "기억과 문학적 상상력이 서로 교차하는 문학 텍스트는 그 스스로 하나의'기억 공간'이 된다."[26]

뿐만 아니라 "문학작품이 유통되고 소비되는 이유 가운데 하나는 어떤 기억에 대한 동질성의 확보이며, 문학 공간은 이와 같은 기억을 보전하고 재생산하는 역할을 담당한다."[27] 그런데 그 동질성을 거듭 확인하면서 기억을 보존하고 재생산하기 위해서는 부마와 광주항쟁을 제재로 한 문학 텍스트의 창작과 비교 연구가 더욱 활발해질 필요가 있다.

이 글에서 주목했던 것은 부마와 광주의 문학 담론에 개입하고 있는 정치적 무의식의 문제였다. "정치적이란 개인적이고 심리적인 차원이 아닌 계급적이고 집단적이며 역사적인 차원의 담론이며, 무의식이란 모순적이며 폭력적인 현실을 살아내기 위한 무의식적이면서도 필사적인 반응을 말한다."[28]

이 글에서 읽었던 부마항쟁 관련 문학 텍스트에서는 무엇보다 소외된 서술 주체의 분노가 두드러진다. 두 가지 면에서 그러한데, 하나는 광주의 5·18과 비교할 때 항쟁의 역사적 의의에 대한 평가가 지나칠 만큼 늦었다는 것이고, 다른 하나는 기억과 기념의 주체와 관련하여 항쟁의 당사

25 나간채, 「문화운동 연구를 위하여」, 나간채 외, 『기억 투쟁과 문화운동의 전개』, 역사비평사, 2004, 16쪽.

26 박은주, 「기억과 망각의 역설적 결합으로서의 글쓰기」, 최문규 외, 앞의 책, 313쪽.

27 김수복, 『한국문학 공간과 문화콘텐츠』, 청동거울, 2005, 13쪽.

28 프레드릭 제임슨, 앞의 책, 397쪽.

자가 아닌 정치적 이니셔티브(initiative)를 쥔 사람들이 그것을 독점화하고 있다는 데 있다. 그것은 사실 부마항쟁만의 문제라기보다는 대부분의 역사적 사건과 기억의 문제에 있어서 제기되는 '기억의 사유화'와 관련이 깊다. 국가나 사회공동체의 오늘을 있게 만든 역사적 사건은 모든 후세대의 구성원이 응당 기억하고 기념해야 한다. 그러나 "역사적으로 중요한 사건에 대한 사회적 망각이나 공식적 공공적 기억의 결핍과 굴절, 그리고 희생자들에 대한 인정이나 대우의 부재는 희생자들의 분노를 불러일으킬 수밖에 없다."[29]

광주의 비극을 서사화한 소설과 2차 연구들은 상당한 성과가 제출되어 있다. 이 글에서는 비교적 초기작품들 일부만을 분석의 대상으로 했다. 까닭은 5월 문학 전체를 관통하는 하나의 정동(affect)을 살아남은 자의 죄의식으로 보았기 때문이다. 살펴보았던 텍스트들에는 살아남은 자의 죄의식으로 가득한 인물들을 확인할 수 있었다. 그것은 광주의 비극을 마주한 작가들의 정치적 무의식이 작동하고 있는 것이지만 초기 이후의 작품들뿐 아니라 이후에도 그러한 정동이 지배적이라면 그것은 간단한 문제가 아니다. 왜냐하면 그러한 외상사건이 사건을 경험하지 않은 후세대 사람들에게서 보편적 공감과 지지를 얻기 위해서는 보다 복합적이고 중층적인 서사적 장치 곧 재현미학이 요구되기 때문이다.

밀접하게 관련된 다른 하나는 5·18이 발생하고 40여 년의 시간이 지난 현재, 정치적으로 미해결의 과제가 여전히 남아 있기는 하지만 기억과 기념사업은 상당할 정도로 이루어진 측면이 있다. 곧 제도화가 이루어졌다.

---

29 김동춘, 「민주화 역사를 어떻게 기억하고 기념할 것인가」, 『기억과 전망』 제45호, 한국민주주의연구소, 2020, 3쪽.

그것은 희생자들에 대한 보상과 기억의 공식화를 의미하면서 또 다른 측면에서는 그러한 과정에서 희생자들과 일반 시민들과의 연대의식의 약화를 가져온 것도 간과할 수 없는 사실이다. 문학적 재현이 현실의 문제를 서사화할 수밖에 없는 숙명을 지녔다 할 때, 문학 바깥에 있는 독자의 현실 인식을 외면하기란 가능하지 않다. 죄의식의 과잉 역시 경계해야 한다는 뜻이다.

현재까지 문학 담론의 (재)구성을 보면 부마는 부마대로 광주는 광주대로 두 지역에서 일어났던 역사적 사건을 연관 짓는 대신 각각의 시간과 공간에 갇혀 있는 것도 사실이다. 5·18항쟁 문학 담론에 담긴 정치적 무의식에는 민주주의와 인권의 가치를 외부로 확장하고자 하는 욕망이 담겨 있기도 한데, 그렇다면 부마항쟁과의 긴밀한 연결은 더 이상 외면할 문제는 아닐 것이다.

제1부 상혼과 치유를 위한 연대

상흔과 기억의 연대

─광주와 제주, 그리고 아시아

1. 역사적 상흔과 문학

'상흔문학(傷痕文學)'은 1978년 8월 상하이 『문회보(文匯報)』에 발표된 루썬화(盧新華) 단편소설 「상흔(傷痕)」이 계기가 되어 그 명칭을 얻게 되었다. 그러니까 상흔문학이란 '문혁'이라는 기호를 해체하여 그 속에서 상처받고 파열된 '참(the real)'의 편린을 찾아내 복원하거나 혹은 재현하려는 목적을 가졌던 포스트 문혁기 문학을 말한다.[1]

이 글에서는 역사적 상처를 부여안고 통곡하는 문학을 그렇게 부르겠다. 우리의 경우는 4·3문학과 5·18문학이, 밖으로는 중국의 문화대혁명과 관련한 문학, 그리고 베트남 전쟁을 형상화한 문학을 그렇게 부를 수 있다. 따라서 이 글에서는 우리의 경우 제주 4·3사건을 제재로 한 현기영 중편소설 「순이 삼촌」과 광주 5·18을 그 배경으로 하고 있는 한강 장편소

---

1   유민희, 「포스트 문혁기 문학 속에 나타난 '5·4' 징후 읽기」, 『中國語文論叢』 제58권 0호, 중국어문연구회, 2013, 320쪽.

설 『소년이 온다』를, 밖으로는 중국의 문화대혁명을 배경으로 하고 있는 다이어우잉 장편소설 『사람아 아, 사람아』와 베트남 전쟁을 배경으로 한 바오 닌 장편소설 『전쟁의 슬픔』을 비교하여 읽는다.

이들 작품들 간에 직접적인 영향과 수용 관계를 발견하기는 어렵다. 제주 4·3과 광주 5·18의 근원에는 분단과 이데올로기, 그리고 국가폭력이라는 문제가 개입되어 있는 것은 사실이나 현기영과 한강 소설에서 그 두 사건의 인과적 영향 관계는 명시적으로 드러나지 않는다. 폭력과 피비린내와 죽음을 배경으로 한 문화대혁명을 겪어낸 인물들이 마침내 도달한 휴머니즘이라는 가치의 발견을 이야기하고 있는 다이어우잉의 소설과 프랑스 식민 지배에서 벗어난 베트남이 남북으로 분단되고 남부 베트남을 점령한 미군과의 전쟁을 배경으로 한 바오 닌의 소설에서도 얼핏 보면 사정은 마찬가지다. 그러나 내용 혹은 주제에서의 유사성은 이들 작품들을 비교문학의 관점에서 살펴볼 수 있는 근거가 된다. 또 다른 하나는 이들 소설의 지리적 배경이 되고 있는 각각의 공간들이 제국주의 세력의 침략과 지배를 경험한 곳이라는 유사성이 있다. 그런 의미에서 이들은 하나의 텍스트를 이룬다. 그것은 폭력적인 상황에 놓인 인간들의 죽음과 죽임, 그리고 그것을 넘어선 휴머니즘의 문제를 제기하고 있는 점에서 그러하다. 역사적 상흔을 기억해내면서 종국에는 그러한 비극의 되풀이를 허용해서는 안 된다는 강력한 전언을 남기고 있는 것 역시 그러하다.

문학의 언어는 무엇보다 정서적 소통을 목적으로 한다. 제주와 광주, 그리고 중국과 베트남에서의 역사적 상흔을 이야기하고 있는 이들 소설들의 비교연구는 국민문학 혹은 민족문학의 경계를 넘어 서로에 대한 이해와 소통을 강화하는 데 자극이 될 수 있을 것이다. 기실 다원주의와 탈민족의 특징을 지닌 세계화의 시대에서 경계를 초월한 문화들, 문명들, 그리고 문학들의 비교는 단순한 대조나 우열의 가름이 아니라 그들 사이의 소통과 대화의 관계를 구축하고 인류의 미래를 공생과 평화의 방향으로 이끌어가는 기능을 요청받고 있다.[2]

따라서 영향과 수용관계를 중심으로 이루어졌던 과거의 비교문학 연구가 아닌 새로운 비교문학이 초점을 둘 곳은 타자의 개념과 그 실제 양상이다. 비교문학의 진정한 '비교'는 타자의 존재를 전제로 하며, 타자와 대화하고 타자를 번역하는 능력, 그리고 타자와 섞이는 자세를 바탕으로 하기 때문이다. 결국 비교문학은 타자들 사이에 초점을 맞추는 '관계'의 학문이라 볼 수 있다. 그것이 곧 '비교'가 의미하는 것이기도 하다. 그러니까 이 경우의 비교는 우열을 가리고 줄 세우고 분류하는 것이 아니라 둘 또는 둘 이상의 다수의 주체들을 서로 대비시켜 유사점과 차이점을 밝혀서 각 주체들의 정체성을 분명히 하는 것이다. 나아가 각 주체들 간의 공존을 위한 상호이해 그리고 상호보완의 경지까지 나아가야 하는 것[3]이라고 볼 때, 이 글에서 함께 읽고자 하는 작품들은 다시 하나의 텍스트가 된다.

이 글에서는 각각의 작품들에서 인물들이 감당해야 하는 폭력의 정체가 무엇인지, 그들은 그러한 폭력적 상황에서 어떤 대응 양상을 보이는지 혹은 기억하고 있는지를 우선 살펴볼 것이다. 자연스레 그들이 갖고 있는 상흔을 치유하기 위해 어떤 해결방안을 각각의 텍스트가 제시하고 있는지, 그것들은 실천 가능한 맥락에 위치하고 있는 것인지도 질문해볼 것이다.

---

2 박상진, 「비교문학의 새로운 과제 : 혼종성에서 혼종화로」, 『비교문학』 39권 0호, 한국비교문학회, 2006, 223쪽.

3 정정호, 「드라이든의 문학비평과 비교방법론」, 『비교문학』 51권 0호, 한국비교문학회, 2010, 296쪽.

2. 기억의 반복과 현재화

현기영 중편소설 「순이 삼촌」(창작과비평, 1978)은 제주 4·3문학의 본격적인 시발이 되는 작품이다. 무엇보다 정치권력에 의해 조장된 4·3에 대한 금기의 벽이 이 작품 발표를 계기로 30년 만에 허물어지기 시작했기에 「순이 삼촌」은 그야말로 4·3문학의 대명사 격인 작품이라고 할 수 있다.[4] 일본어로 쓰인 김석범 소설 「간수 박서방」(文藝首都, 1957)과 「까마귀의 죽음」(文藝首都, 1957)이 그보다 20여 년 전 발표[5]되었으나 이 글에서는 「순이 삼촌」만을 읽기로 한다. 다른 사건과 관련한 텍스트 역시 한 편씩만 비교하면서 읽기로 한 까닭이다.

「순이(順伊) 삼촌」(『20세기 한국소설』 36권, 창비, 2005)의 소설적 현재-기억의 재현이 이루어지는 공간은 대부분 제삿집이다. 그러니까 이 소설은 제삿집에 모인 사람들이 제사 시간을 기다리며 나누는 이야기를 담아내고 있는 것이다. 살아남은 사람들이 죽은 자들을 기억해야만 하는 것이 제삿날이다. 제삿날은 산 자들이 모여 죽은 이를 추모하는 시간이다. 그리고 산 자와 죽은 자들이 대화를 나누는 시간이기도 하다. 소설의 서술자 '상수'는 가족묘지 매입 문제로 상의할 일이 있으니 할아버지 제삿날에 맞춰 한번 다녀가라는 큰아버지의 부름을 받고 8년 만에 고향인 제주를 찾는다. 그에게 고향의 이미지는 다음과 같다. "내게 고향이란 무엇이었나. 나에게 깊은 우울증과 찌든 가난밖에 남겨준 곳이 없는 고향이었다. 적어도 내 상

---

4 김동윤, 「진실 복원의 문학적 접근 방식 — 현기영의 '순이 삼촌'론」, 『탐라문화』 23권 0호, 제주대학교 탐라문화연구소, 2003, 1쪽.

5 노종상, 「4·3사건의 문학적 형상화와 '심적 거리(psychic distance)' — 현기영의 〈순이 삼촌〉과 김석범의 〈까마귀의 죽음〉을 중심으로」, 『인문학연구』 79권 0호, 충남대학교 인문과학연구소, 2010, 8쪽.

상 속에서 나의 향리는 예나 제나 죽은 마을이었다."(106쪽) 어쨌거나 서울에서 대기업 부장으로 일하고 있는 그는 이틀간의 짧은 휴가를 얻어 제삿날에 귀향하였는데, 그 제사는 보통의 기제사와는 성격이 달랐다.

> 그 시간이면 이 집 저 집에서 청승맞은 곡성이 터지고 거기에 맞춰 개 짖는 소리가 밤하늘로 치솟아오르곤 했다. 한날한시에 이 집 저 집 제사가 시작되는 것이었다. 이날 우리 할아버지 제사는 고모의 울음소리로부터 시작되곤 했다. 이어 큰어머니가 부엌일을 보다 말고 나와 울음을 터트리면 당숙모가 그 뒤를 따랐다. 아, 한낱 한시에 이 집 저 집에서 터져 나오던 곡성소리, 음력 섣달 열여드렛날, 낮에는 이곳 저곳에서 추렴 돼지가 먹구슬 나무에 목 메달려 죽는 소리에 온 마을이 시끌짝했고, 5백 위를 넘는 귀신들이 밥 먹으러 강신하는 한밤 중이면 슬픈 곡성이 터졌다.(123쪽)

할아버지의 제사는 4 · 3과 연관된 것이었다. 할아버지는 마을에 집단 학살이 있던 날 희생되었다. 허벅지 상처 때문에 집에 남아 있었는데 불이 나자 병풍을 들고 나오다가 토벌대의 총에 맞아 죽은 것이다. 상수네 일가는 이날 할아버지 제사만 치른 것이 아니었고 하루에 여러 집 제사를 치르는 이들은 상수네 가족만이 아니었다. 그날 서촌마을의 제사 대상은 무려 5백 위나 되었으니 이날은 기실 마을 전체의 제삿날인 것이다. 그런데 마땅히 제삿집에 있어야 할 '순이 삼촌'이 보이지 않아서 '상수'는 이를 궁금해한다. 큰집 제삿날마다 부주로 기주떡 바구니를 들고 오던 순이 삼촌은 촌수는 멀어도 서너 집 건너 이웃에 살아서 큰집과는 서로 기제사에 왕래할 정도로 각별한 사이였던 것이다. 그런 '순이 삼촌'의 부재를 이상하게 여긴 상수가 무슨 일인가 알아보는 데서 비극의 전모가 밝혀지기 시작한다. '순이 삼촌'은 최근에 죽었다는 것을 알게 된다. 소설의 서사는 그래서

'순이 삼촌'이 단서가 되어 이야기가 시작된다. "그 흉물스럽던 까마귀들도 사라져버리고, 세월이 삼십 년이니 이제 괴로운 기억을 잊고 지낼 만도 하건만 고향어른들은 그렇지가 않았다. 오히려 잊힐까봐 제삿날마다 모여 이렇게 이야기를 하며 그때 일을 명심해 두는 것이었다."(125쪽)

아스만은 '문화적 기억'이라는 개념을 통해 개개인은 공동의 규칙과 가치에 구속되어 있는 한편 과거에 대한 공통적인 기억을 갖고 있다고 말한다. 그 결과 개개인은 공동의 지식과 공동의 자아상을 갖게 된다. 아스만은 이러한 공동의 지식과 자아상을 개개인이 서로를 '우리'라는 집합 명사로 부를 수 있게 만드는 연결구조라고 지칭한다. 이러한 연결 구조의 기본 원칙 중 하나는 '반복'이다. 과거의 본보기가 다시 인식되어 체계화되고, 공통적인 문화 요소로 동일시될 수 있도록 보장하는 것이 이 반복이다. 연결구조의 다른 하나는, '현재화'인데, 이것은 종교적 의식과 연관된다. 종교적 의식은 전통을 해석하는 가운데 수행되는 현재화된 기억의 문화다.[6] 이 소설에서 제주 사람들이 제삿날마다 반복적으로 기억하는 과거의 상흔은 그들을 각각의 개인에서 '우리'로 연결하는 일종의 매개항이며, 그것은 또한 현재에도 결코 지워내지 못하는 트라우마로 기능한다.

'순이 삼촌'은 스물여섯에 사태를 만났다. 그녀는 사태의 와중에 엄청난 수난을 당한다. 다른 많은 제주 여성들이 그랬던 것처럼 그녀는 서북청년단의 횡포에 휘둘리고 만다. 그들은 여맹(女盟)이 뭣 하는 데인지도 모르는 처녀들을 붙잡아다가 여맹에 가입했다는 거짓 혐의를 뒤집어씌우고는 발

---

6 고규진, 「그리스의 문자문화와 문화적 기억」, 최문규 외, 『기억과 망각』, 책세상, 2003, 57쪽.

제1부 상흔과 치유를 위한 연대

가벗긴 채 눈요기를 일삼았다. 순이 삼촌도 그들의 횡포에서 벗어나지 못한다. 지서에 붙들어다 놓고 남편의 행방을 대라는 닦달 끝에 옷을 벗겼다는 것이었다. 어이없게도 그것은 남편이 왔다 갔는지 알아본다는 핑계였는데, 남편이 왔다 갔으면 분명 그 짓을 했을 것이고, 아직 거기엔 분명 흔적이 남아 있을 테니 들여다보자는 것이었다. 한국의 소설에서, 전쟁이나 그에 준하는 폭력적 상황에서 여성들이 겪는 겁탈 모티프는 결코 사소한 예외가 아니다. 이 겁탈은 비이성적 충동의 결과이거나 예외적인 폭력이 아닌 보다 구조적이고 중층적인 문제에서 비롯한다. 그것은 정상과 질서를 위협하는 예외적 범죄가 아니라 가부장제가 정상과 질서를 구성하는 방식 자체에 이미 잠재되어 있는 폭력인 것이다.[7]

1949년 제주에서 일어났던 집단학살은 좌우 이데올로기에 의한 국가폭력의 외피를 두르고 있다. 그러나 여성들에 대한 광범위한 성적 폭력은 남성들이 일상적으로 내면화하고 있는 강제적 성관계의 확장 혹은 과정이라는 점에서 그것은 가부장제 이데올로기와 결탁한 폭력인 것이다. 문제는, 가해자 남성은 사전에는 두려움이 없고 사후에는 후회가 거의 없이 겁탈을 자행하며, 피해자 여성은 희생자에서 오염된 자로, 그리하여 정화와 보호의 대상으로 무력하게 이동할 뿐이라는 점이다. 이 소설에서는 오랫동안 그 진실이 봉인된, 제주에서의 민간인 학살의 폭력성과 비극성을 이야기하고 있으나, 그리하여 작가가 국가기구에 끌려가 고문을 당하는 고초를 겪고 마침내 4·3문학의 길잡이 역할을 하게 되지만, 여성이 겪어야 했던 성폭력의 문제가 어디에서 연유하는가에 대해서는 말하고 있지 않다.

---

7 이경, 「태백산맥에 나타난 겁탈모티프와 처벌의 잉여」, 『여성학연구』 제24권 제1호, 부산대학교 여성연구소, 2014, 9쪽.

어쨌거나 소설에서 아직 어렸던 나-'상수'는 어느 날 마당에서 도리깨질 하던 '순이 삼촌'이 남편의 행방을 대지 않는다고 빼앗긴 도리깨로 머리가 깨지도록 얻어맞는 광경을 직접 보기도 했었다.

이 같은 수모를 겪던 '순이 삼촌'은 굴에 숨어 지내다가 오누이를 데리러 마을에 내려와 있던 중 음력 섣달 열여드렛날 학살 현장으로 끌려간다. 그녀는 군인들의 무차별 총질의 와중에서 까무러쳐 시체 더미에 깔려 있다가 기적적으로 살아났지만, 학살 현장에서 오누이를 모두 잃고 청상과부가 되고 만다. 임신 중이던 그녀는 아이를 낳고 살아갔으나, 온전한 삶이 아니었다. 피해의식과 지독한 결벽증, 그리고 신경쇠약에 환청 증세까지 있어서 한라산 아래 절간에서 정양하기도 했으나 사태로 인한 생채기는 더욱 깊어져갔다. 그녀는 토벌대에 의한 1949년의 마을 소각 때 깊은 정신적 상처를 입어, 불에 놀란 사람 부지깽이만 봐도 놀란다는 옛말처럼 군인이나 순경을 먼빛으로만 봐도 질겁하고 지레 피하는 신경 증세를 보이고 있었던 것이다.

군인이나 순경은 4·3때 그들에겐 공포 그 자체였다. '순이 삼촌'은 그런 상흔으로 인해 서울 '상수'네 집에서도 순탄하게 지내지 못한다. 결국 일 년 만에 고향으로 돌아온 그녀는 한 달 만에 초등학교 근처 일주도로변 후미지고 암팡진 밭을 찾아가 스스로 누워버리고 만 것이다. 그 밭은 그녀가 평생 일궈먹은 밭이요, 오누이가 묻혀 있는 밭이요, 그녀가 시체더미에 깔려 있던 밭이었다. 사건이 일어나고 오랜 시간이 지나도, 외상을 경험한 많은 사람들은 그들 안의 한 부분이 마치 죽어버린 듯한 느낌을 받는다. 차라리 죽었으면 하는 가장 뿌리 깊고 고통스러운 소망에 시달린다.[8] 이

---

8 주디스 허먼, 『트라우마』, 최현정 역, 플래닛, 2007, 95쪽.

제1부 상흔과 치유를 위한 연대

소설에서는 특히 '순이 삼촌'이 그러한 트라우마의 희생자인 셈이다.

'삼촌'은 제주에서는 촌수를 따지기 어려운 먼 친척 어른을 남녀 구별 없이 가깝게 부르는 이름이다. 이 소설에서 '순이 삼촌'은 그러므로 평범하기 이를 데 없는 고향마을 사람들을 대신하는 이름이기도 하다. 그러니까이 소설은 평범하기 이를 데 없는 사람들이 토벌대에 의해 집단으로 죽임을 당하고 살아남은 이들 역시 그 상흔을 평생 떨쳐버리지 못한 채 살아가다 비극적 죽음을 맞이했다는 데서 역사적 비극의 현재성을 이야기하고있다. 이렇게 과거는 언제나 끊임없이 기억되면서 현재화된다. 그런 점에서 과거는 역사를 잉태하고 있다. 한편 기억은 의미를 발생하고 의미는 기억을 고정한다.[9] 이 소설의 서술자 나―'상수'의 고모부가 가지고 있는 4·3의 기억과 의미가 대표적이다.

5·18소설들의 대부분은 우선적으로 그 참혹한 죽음/죽임의 원인이 무엇이었는지를 묻는다. 그래서 맨 처음에는, "이것이 웬 날벼락입니까?"라는 절규 끝에, "금남로 일대는 완연한 사냥터였다. 광기에 눈이 뒤집힌 채피를 찾아 쫓고 몰아대는 짐승의 사냥터"였으며, 따라서 "시위대를 대상으로 한 폭력은 허락된 카니발"이었다고 답한다. 광주는 우발적인 사건이아니라 신군부의 권력 장악 프로그램에 의해 '선택'된 것이라는 관점을 보이는 것이다. 그런데 4·3문학과 비교하면 5·18문학은 시나 소설에서 압도적으로 양적인 우위를 보임에도 불구하고 5·18소설(들)과 관련한 논의에서 놓치고 있는 지점이 있다. 그것은 무엇보다 대부분의 5·18소설(들)의 인물들이 하나같이 표백된 인물들이라는 점에서 기인한 것인데, 이를테면, 그들은 한결같은 놀라움과 분노로만 작동되는 화석 같은 존재들이

---

9   알라이다 아스만, 『기억의 공간』, 변학수 외 역, 경북대학교 출판부, 2003, 171쪽.

라는 점이다.

한강 소설 『소년이 온다』(창비, 2014)에서 기억을 말하는 자[10]는 중학교 3
학년 소년 '동호'다. 이 소설은 80년 그날, 도청 앞 광장의 광경을 소년의
기억으로부터 호출하는 것으로 시작한다. 소년은 도청 옆 상무관에서 주
검들을, 그러니까 진압군에 의해 죽임을 당한 시체들이 관 속에 누워 있는
것을 지키고 있다. 소년은, "코피가 터질 것 같은 시취를 견디며 손에 들고
있는 초의 불꽃을 들여다본다."(12쪽) 그는 생각한다. "몸이 죽으면 혼은 어
디로 가는 걸까. 얼마나 오래 자기 몸 곁에 머물러 있을까."(12~13쪽) 소년
은, 애초에는, 군인들이 총을 쐈을 때, 친구 '정대'가 그 총에 맞는 걸 동네
사람들이 보았다고 해서 여기까지 찾으러 온 거였다. 그러다 "총검으로 목
이 베여 붉은 목젖이 밖으로 드러난 젊은 남자의 얼굴을 물수건으로 닦아
내고 있던 고등학생 누나의 "오늘만 우리를 도와줄래?"라는 말 때문에"(15
쪽) 여전히 그곳에 남아 있는 것이다.

소년은 그러니까 소식이 없는 친구를 찾기 위해 이 광장에 나온 것이었
다. 그것을 우리는 '내부적 충동'이라고 이름할 수 있을 것이다. 그러니까
소년이 광장에 나오고 또 계속해서 광장에 남아 있는 일차적인 이유는 죽
은 것으로 믿어지는 친구를 찾기 위한 것이다. 그 행위의 이면에는 친구와
함께했던 경험을 통해 친구에게 느끼고 있는 어떤 '감정' 때문이고, 이처
럼 "감정은 행위를 준비하는 데 결정적인 역할을 하며, 행위를 실질적으로

---

10 오닐, 『담화의 허구』, 이호 역, 예림기획, 2004, 153쪽. 초점화는 '눈으로 보는 것'에 관
한 문제이지만, 이와 관련된 시야는 결코 물리적 시야에만 제한되지 않으며, 심리학적
또는 이데올로기적 구성 요소들을 포함할 수 있다는 의미에서 누가 보는가의 문제는
누가 지각하고, 생각하고, 추정하고, 이해하고, 욕망하고, 기억하고, 꿈꾸는가, 하는 의
미로 이해되어야 한다는 것이 오닐의 견해이다. 이 소설에서 소년은 그가 본 기억을 독
자들에게 증언하고 있다.

가능하게 한다."[11] 이를 고려하지 않고 어떤 행위자가 단순히 사회문화적 구조에 놓여 있다는 것만으로 구조에 '대한' 반응을 총체적으로 설명하는 것은 무리가 있다. 기왕의 소설과 연구에서 항쟁 참여자들의 행위를 진압군에 의한 시민들의 죽임과 이에 '대한' 자동적인 저항으로 해석하고 있는 것은 5월을 풍부하게 해석하는 데 일종의 강박-망상성 장애로 기능한다.

소년과 함께 시신들을 돌보고 있는 어린 두 소녀도 여고 3학년(은숙)과 양장점 미싱사(선주)인 아직 십대의 소녀들이다. 그녀들은 "피가 부족해 사람들이 죽어간다는 가두 방송을 듣고 각자 헌혈을 위해 전남대 부속병원에 갔고, 시민자치가 시작된 도청에 일손이 필요하다는 말을 듣고 왔다가 얼결에 시신들을 돌보고 있는"(16쪽) 참이다. 소년과 마찬가지로, 그녀들의 행위에 개입되어 있는 것은 어떤 (저항)'의식'이 아니라 (자연발생적인) 어떤 '감정'인 것이다.

레비나스는 타자에 대한 윤리적 책임과 관련하여, "타자에 대한 책임은 타자의 요청에 의해 내가 타자를 대체하는 것"[12]이라고 말한다. 그에 따르면 휴머니즘의 근원은 타자이며, 이런 휴머니즘 안에서의 책임이 나의 유일성에 대한 중요한 근거가 된다. 이 소녀들의 행위에 대해서도 그런 설명이 가능할까. 레비나스가 말한 타자에 대한 책임은 소녀(소년을 포함한)들의 행위(휴머니즘에 바탕을 둔)를 설명할 수 있는, 어떤 감정과 연결되어 있을까. 감정은 그 자체가 하나의 사회관계 현상이며, 그 관계의 맥락 속에서 사회적으로 구성되는 것(social construction)이다. 사회적 구조와 얽혀 있는 감정은

---

11 잭 바바렛, 『감정의 거시사회학』, 박형신 · 정수남 역, 일신사, 2007, 119쪽.

12 베른하르트 타우렉(Bernhard H.F. Taureck), 『레비나스』, 변순용 역, 황소걸음, 2005, 236~238쪽.

단순한 '느낌(feeling)'이 아니라 '느낌의 규칙들(feeling rules)'이다.[13] 그러니까, 이 소년 소녀들이 광장에 나간 행위를 우리는 타자와의 '연대의 감정'이라고 잠정적으로 규정할 수 있을 것이다. 개인 혹은 공동체의 정체성을 말하는 것은 '누가 그러한 행동을 했는가?', '누가 그것의 행위 주체인가?'라는 질문에 대답하면서 성립된다. '누구?'에 대한 질문에 답하는 것은 한 삶의 역사를 이야기하는 것이다. 그러므로 이야기된 역사는 행위의 주체를 말한다.[14] 거듭 말하지만, 이 소설에서 기억을 이야기하는 자는 소년이다.

5월의 사회과학에서 의미 있는 논의를 제출했던 최정운에 의하면, 대규모 군중이 참여하고 투쟁한 사건에서 모든 사람들이 하나의 동기로 참여한 예는 거의 없다. 개개인은 각자 다른 동기에서 참여하며 투쟁의 와중에 또는 그 이후에 투쟁의 의미를 공통적인 해석을 통해 만들어낼 뿐이다. 5·18의 경우에도 모든 시민들이 하나의 동기로 시위에 참여했다는 것은 비현실적 발상이며, 따라서 5·18을 하나의 원인에서 찾는 것도 현실과 맞지 않은 일이라고 말한다.[15] 그래서 최정운은 사회과학의 관점에서 5·18을 분석하고 있는 정해구의 논의를 빌려 다음과 같은 다섯 가지의 요인들을 제시한다. 그것은 첫째로 민주주의의 열망과 그를 대변하는 학생운동권, 둘째로 호남 차별에 대한 불만과 원한, 셋째로 민중적 저항 운동에 대한 역사와 전통, 넷째로 경제적 구조, 다섯째로 전통적 공동체문화 등이다. 그러나 최정운은 그 각각의 경우에 대한 반론을 통해 그것들이 추상적

13 함인희, 「일상의 해부를 위한 앨리 혹실드의 개념 도구 탐색 : "감정노동"부터 "아웃소싱 자아"까지」, 『사회와이론』 25, 한국이론사회학회, 2014, 305쪽.

14 김선하, 『리쾨르의 주체와 이야기』, 한국학술정보, 2007, 138쪽.

15 최정운, 「폭력과 사랑의 변증법 : 5·18민중항쟁과 절대공동체의 등장」, 『5·18민중항쟁과 정치·역사·사회』, 5·18기념재단, 2007, 243~244쪽.

이고 막연한 이야기임을 역설하면서, "인간의 존엄성을 짓밟는 것에 대한 이성적 분노와 그 분노에 따라 반응하지 못하고 두려움에 도망친 자기 자신에 대한 수치와 분노" 곧 '증오의 감정'을 가장 보편적인 요인으로 정리한다. 앞에서도 언급했던 것처럼 많은 5·18소설(들)은 직접적으로든 간접적으로든 항쟁에 참여했던 이들의 행위의 동기를 윤리적 분노에서 찾고 있다.

   그러니까 그 열흘간의 항쟁 기간에 대부분의 사람들은 자발적으로, 직접적으로든 간접적으로든 항쟁에 참여했던 셈이다. 그것은 어떤 대가를 바란 행위는 물론 아니었다. 문순태는 그의 장편소설 『그들의 새벽』에서, 이들의 심정을 "한 번도 사람대접을 받아보지 못한 이들이 도청을 사수하며 처음 받던 박수, 평등한 세상에 대한 그리움, 인간적 자존심 회복 때문이 아니었을까."라고 짐작한다. 그것을 그들이 받고자 했던 대가라고 할 것은 없겠다. 오히려 앞의 훅실드의 논의에서 이야기했던 것처럼, 사회가 기대하는 바람직한 상태에 부응하고자 하는 감정규칙에 충실했던 것으로 설명할 수 있을 것이다. 그것은 구체적으로 '슬픔과 연민의 감정'이다. 또한 죽음에 대한 '공포의 감정'이다. 사건의 마지막 날, 그러니까 80년 5월 27일 날, 소년은 함께 있는 선주 누나에게 묻는다. "오늘 남는 사람들은 다 죽어요?"(28쪽) 그것은 극복할 수 없는 죽음에 대한 '공포의 감정' 이외 다른 아무것도 아니다. 앞에서, 기억은 결코 과거를 완벽하게 재현할 수 없다고 했다. 기억은 망각과 함께 작동되기 때문이며, 그것은 과거의 체험에서 말미암은 원상(trauma)과 관련된다. 소년은 왜 말하는가. 그것은 체험된 사실로부터 말미암은 원상의 회복, 트라우마의 치유를 위해서다. 그러나 적어도 5·18의 상흔에서 완전한 회복이란 없다. 그것은 아래에서 살피게 될 소년의 죄의식에서 말미암은 것으로, 그 상흔은 깊고도 깊다.

일반적으로 정신적 외상이라 번역되는 트라우마(trauma)는 "충격적인 체험이 잠재의식에 각인으로 남아, 때때로 무심코 떠올리는 기억으로 드러나서 지독한 정신적 고통을 유발하는 병증"[16]으로 설명된다. 정신분석학은 트라우마가 의식이 일차적으로 망각한 무의식의 부분이라는 것, 그리고 그것은 일정한 계기가 주어지면 반드시 나타난다는 것을 증명했다. 그것은 사진기의 섬광처럼 순간적으로 나타나 신체에 고통의 흔적을 각인시킨다. 니체는, "무엇인가 기억에 남도록 하려면 그것을 낙인으로 찍어 넣어야 한다. 지속적으로 고통을 주는 것만이 기억에 남아 있는 법"[17]이라고 했다. 그리고 그 고통, 즉 기억의 문자는 마음이나 영혼이 아니라 예민하고 연약한 몸의 표면에 기록된다. 니체는 신체에 각인된 인상을 능동적 의무감(양심)으로 받아들이는 기억의 작용을 '의지의 기억'이라고 명명했다. 소설의 앞부분에서 소년은, 여기(상무관)에 "왜 왔어?"(13쪽)라고 묻는 교복 입은 누나의 질문에, "친구 찾으려고요."(13쪽)라고 답한다. 그는 군인들이 총을 쐈을 때, 친구 '정대'가 그 총에 맞는 걸 동네 사람들이 보았다고 해서 여기까지 찾으러 온 거였다고 (독자들이) 믿게 만드는 것이다. 그러나 소년이 처음 누나를 만났을 때, 그가 한 말 중 사실이 아닌 게 있었다. 역전에서 총을 맞은 두 남자의 시신이 리어카에 실려 시위대의 맨 앞에서 행진했던 날, 중절모를 쓴 노인부터 열두어 살의 아이들, 색색의 양산을 쓴 여자들까지 인산인해를 이뤘던 저 광장에서, 마지막으로 정대를 본 건 동네 사람이 아니라 바로 소년, 그 자신이었던 것이다. "모습만 본 게 아니라 옆구리에 총을 맞는 것까지 봤다."(31쪽)

---

16 주디스 허먼, 앞의 책, 17쪽.
17 고봉준, 『반대자의 윤리』, 실천문학, 2006, 364쪽에서 재인용.

제1부 상흔과 치유를 위한 연대

그러나, "지금 나가면 개죽음이여."라고 말하는 옆의 아저씨의 말과 총성과 함께 쓰러지는 사람들을 보면서 소년은 친구 정대의 주검을 향해 달려나갈 엄두를 내지 못했다. 아니, 정적 속에 10여 분의 시간이 흐르고 더이상 군인들의 총소리가 들리지 않자 그때를 기다린 듯, 옆 골목과 맞은편 골목에서 사람들이 뛰어나가 피를 흘리며 쓰러져 있는 사람들을 들쳐업을 때도 소년은 정대를 향해 그들처럼 달려나가지 않았다. 소년은 "겁에 질려, 저격수의 눈에 띄지 않을 곳이 어디일까만을 생각하며 벽에 바싹 몸을 붙인 채 광장을 등지고 빠르게 걸었던 것"(33쪽)이다. 그리하여 소년은 친구 '정대'를 잊지 못한다. 정대는 소년의 무의식에 수시로 출몰하면서 강박적으로 호출해낼 정도로 강렬하면서도 폭력적인 트라우마가 된다. 라캉은 "무의식은 언어다."라고 매우 단순하게 진술한다. 어떤 주어진 언어에서 그 언어를 구성하는 요소들 사이에 존재하는 것과 동일한 종류의 관계들이 무의식적 요소들 사이에 존재하는 것이다.[18] 가령 다음과 같은 진술들이 그러하다.

> ……공부보다 돈을 벌고 싶어 하는 정대, 누나 때문에 할 수 없이 인문계고 입시준비를 하는 정대, 누나 몰래 신문 수금 일을 하는 정대, 초겨울부터 볼이 빨갛게 트고 손등에 흉한 사마귀가 돋는 정대, 그와 마당에서 배드민턴을 칠 때, 제가 무슨 국가 대표라고 스매싱만 하는 정대…….(35쪽) 지금 정미 누나가 갑자기 대문을 열고 들어온다면 달려 나가 무릎을 꿇을 텐데, 같이 도청 앞으로가서 정대를 찾자고 할 텐데, 그러고도 네가 친구냐, 그러고도 네가 사람이냐, 정미 누나가 그를 때리는 대로 얻어맞으면서 용서를 빌 텐데…….(36쪽)

---

18 브루스 핑크, 『라캉의 주체 — 언어와 향유 사이에서』, 도서출판 b, 이성민 역, 2012, 33쪽.

이렇게 무의식은 양심과 죄책감, 혹은 프로이트가 말한 초자아의 형태로 다른 사람들의 말, 다른 사람들의 대화, 그리고 다른 사람들의 목표, 열망, 환상으로 가득 차 있다. 이 소설에서 자신의 기억을 말하면서 듣는 자, 소년은, "아무것도 용서하지 않겠다고, 그 자신마저 용서하지 않겠다."(45쪽)고 말한다. 이것은 치유가 가능하지 않은 원한과 저주의 정서-감정이다.

한강 소설 『소년이 온다』는 사건이 종결되고 오랜 시간이 지났어도 그날에 살아남은 자들이 갖고 있는 트라우마에 대해 말하고 있다. 그것은 현기영 소설 「순이 삼촌」의 서사가 4·3사건이 지난 30년 후라는 배경과도 유사한데, 두 소설은 한 세대 정도의 시간이 지나도 결코 지워지지 않는, 그리고 회복될 수 없는 역사적 상처와 상실을 이야기하고 있는 점에서도 닮았다.

3. 혁명과 전쟁의 성찰

문혁에 관한 글쓰기(書寫)는 크게 두 가지로 나눌 수 있다. '상흔 글쓰기'와 '성찰적 글쓰기'가 그것이다. 전자는 문혁 종결 직후 온양(醞釀) 시간이 충분치 않은 시점에 문혁의 상처를 다룬 작품으로 「상흔」과 「고련(苦戀)」 등의 중·단편을 들 수 있다. 이에 반해 후자는 1976년에 종결된 문혁에 대해 충분한 성찰의 시간을 가지고 주로 장편 형식으로 묘사하고 있다.[19]

이 글에서 살펴보고 있는 다이어우잉 장편소설 『사람아 아, 사람아』(다섯수레, 1991)는 후자에 속한다. 다이어후잉은 그녀의 또 다른 소설 『시인의

---

19 임춘성, 「문화대혁명에 대한 성찰적 글쓰기와 기억의 정치학 — 『나 혼자만의 성경』의 사례를 중심으로」, 『중국연구』 52권 0호, 한국외국어대학교 중국연구소, 2011, 140쪽.

죽음』과 관련하여 다음과 같이 말한다. "나는『시인의 죽음』을 발표할 목적으로 쓰지 않았다. 단지 감정상의 필요에 의해 썼을 뿐이다. 남들이 상처를 부둥켜안고 통곡하는 것을 보니 내 몸의 상처도 아파오기 시작하였다. 통곡하고 싶고 울부짖고 싶었으며, 남들에게 이해받고 싶었으며 위로받고 싶었다. 게다가 영웅도 아니고 권력도 없는 나와 같은 평범한 사람들이 역사에 막대한 대가를 치렀다는 것을 사람들에게 토로하고 싶었다." 이들 평범한 사람들이 지나친 대가를 치렀다고 분노하는 역사적 배경에는 문화대혁명이 자리하고 있다.

문화대혁명이 일어난 본질적 동기와 이에 대한 역사적 평가 여하와 관계없이 그 운동이 가진 이념은 매우 이상적이고 긍정적이었던 데 반해 이의 실행 과정에서 나타난 여러 현상들은 좌편향의 극단으로 귀결되었다. 인민을 신뢰하고 인민에 의거하며 인민이 스스로를 해방하고 스스로를 교육시키는 것을 지향하면서 교육개혁, 문예개혁 등 사회주의 경제기초에 맞는 상부구조의 개혁, 교육과 생산노동의 결합, 지식인과 노동대중의 결합 등 사회주의 사회의 기초를 공고히 하면서 사회주의를 발전시키는 것이 문화대혁명이 내건 목적이며 이상이었다. 그러나 그것의 실천은 극단적인 계급 이기주의의 편향으로 나아갔다.

그래서 소설『사람아 아, 사람아』에서 작가는 "계급투쟁을 위하여 인위적으로 계급을 만들어내고 인민과 가정을 분열시키는 것은 황당하고도 잔인한 일"(361쪽)이라고 비판한다. 그러나 한편 작가는 소설 내 인물의 입을 빌려 그것을 '저마다의 진실'(11쪽)이라고 한 발 물러나 바라보고 있다. 그것은 "우린 두 번 다시 맹목적으로 숭배하거나 복종하지 않으며 두 번 다시 유치하고 경솔한 짓은 하지 않아."(419쪽)라는 소설 내 인물의 발화를 통해, 그러니까 사람들을 기계적으로 분류하고 단죄했으며, 사상과 언론의 박해, 무엇보다 동지관계의 파괴는 물론 부자지간의 기본적인 인륜의 파괴를 겪어내고 나서의 성찰의 결과일 뿐이다. 그 과정에는 "인간의 피와 눈물의 흔적, 비틀려진 영혼의 고통스런 신음"(473쪽)이 있어야 했다.

1978년에서 1980년 사이 중국 작가들은 문화대혁명에서 기인한 상처를 노래했다. 이른바 상흔문학기였다. 이 시기 문학의 핵심 가운데 하나가 폭력에 대한 것이다. 상흔문학에서 폭력은 직설적으로 묘사되곤 한다. 예를 들어, 정이(鄭義)의 단편소설 「단풍」에서 주인공 루단펑(盧丹楓)은 마오쩌둥 선집을 학습하는 열성분자였다. 문화대혁명이 일어나면서 린뱌오(林彪)가 쓴 마오쩌둥 선집의 「재판 서문」까지도 빠짐없이 암송하였다. 전교 행사인 '마오쩌둥 선집 독서경험 교류대회'에서 붉은 표지의 마오 어록을 술술 외워 보이기도 하였다. 그리고 그들은 학교의 지도자들이 마오쩌둥 선집 학습운동을 의도적으로 회피하고 있다는 사실을 폭로하는 비판대회도 열었다. 그런데 홍위병들의 무력투쟁은 1967년이 되면 홍위병과 조반파(造反派) 간의 투쟁 및 군부 내부의 투쟁 양상으로 번진다. 1967년 7월 '우한 사건' 이후에는 홍위병 조직이 와해되면서 홍위병 간의 투쟁, 홍위병과 조반파 간의 투쟁, 군의 개입 등으로 전국이 무정부상태로 변해 갔다. 소설 「단풍」은 이러한 사회배경 하에서 일어난 제6중학 동창생들 사이의 처절한 무력투쟁을 그리고 있다.

1980년대 들어서면서 작가들은 자신들이 겪었던 상처와 아픔으로부터 거리를 유지하면서, 왜 아프고 상처를 입었는지, 역사는 무엇이며 인간은 어떤 존재인지 하는 문제에 천착하기 시작한다. 이른바 반사(反思)문학이다. 상흔문학에 반해 성찰문학에서는 폭력을 직접적으로 묘사하기보다는 다른 장치를 설정해 대자적으로 묘사한다. 이를테면 왕샤오보의 『황금시대』에서 작가의 분신과도 같은 주인공 왕얼(王二)은 언어유희와 성 탐닉을 통해 권력자들에게 항거한다. 왕얼은 자신이 겪은 고통을 마치 병정놀이처럼 대한다. 농촌으로 하방되어 노동개조에 처한 상황에서도 예쁜 여자를 유혹하고 반성문을 쓰면서도 게이머의 감각을 놓치지 않는다. 이렇듯 이 시기 성찰 소설들에서는 마르크시즘과 휴머니즘에 대한 열린 사색의 공간 속에서 역사와 전통, 인간 주체에 대한 반성과 성찰이 이루어지는데, 그 핵심은 '인간'의 문제로 집약된다.

다이어우잉의 이 소설 역시 "그 아버지가 치른 거대한 희생은 역사와 어떤 관계가 있는 것일까. 역사는 영원히, 오로지 큰 인물의 행동과 운명을 기록할 뿐이다. 많은 사람들은 역사란 인민이 만드는 것이라고 인정하고 있다. 그러나 그들이 역사를 서술할 때 '인민'이라는 개념에서 과연 생명이 있고, 감정이 있고, 개성이 있는 실체를 읽어낼 수 있을까?"(360~361쪽) 하는 근본적인 회의를 바탕으로 인간의 문제를 고민하고 있음을 알 수 있다. 그래서 소설의 인물은, "그러나 계급을 만들어내고 인민과 가정을 분열시키는 것은 황당하고도 잔인한 일."(361쪽)이라는 깨달음에 이른다. 작가는 인간의 목적을 '인간의 개성을 말살하고 인간의 가정을 파괴하며, 사람들을 갖가지 울타리로 격리하는 것'쯤으로 오인해온 교조적 마르크시즘에 대해 비판하면서 마르크시즘의 핵심가치로서 휴머니즘을 재발견하고 이에 대하여 풍부하면서도 진지한 반성적 사유로 나아가고 있다. 작가는 소설 후기에서 "나는 인간의 피와 눈물의 흔적을 썼고 비틀려진 영혼의 고통스러운 신음을 썼고, 암흑 속에서 솟아오른 정신의 불꽃을 썼다."(473쪽)고 덧붙인다.

다이어우잉 소설 『사람아 아, 사람아』는 전체 4장으로 구성되어 있는데, 각 장의 제목은 다음과 같다. 즉 1장은 '저마다의 진실', 2장은 '마음이 머물 곳을 찾아서', 3장은 '가슴에 흩어지는 불꽃', 4장은 '동녘에 솟는 해, 서녘에 지는 해'로 되어 있다. 그리고 각 장마다 소설의 주요 인물들, 즉 자오져후안, 쑨위에, 허징후, 쉬어엉종, 쏜한, 씨리우, 리이닝, 한한 등 11명의 인물들이 교차하는 시점으로(각 장 마다 초점 인물을 달리하여) 기억과 연대와 열정을 이야기하고 있다. 그 기억이란 앞에서도 대략 언급한 것처럼, 문화대혁명이라는 역사의 격동 속에서 사랑과 우정, 이상과 신념이 어떠한 운명을 겪어가는가, 어떠한 것이 무너지고 어떠한 것이 껍질을 깨고 자라나는가를 보여주고 있다. 이 소설은 그러므로 '인간'을 이야기하고 있지만 역설적이게 그런 깨달음의 배후에는 문화대혁명이라는 폭력이 내재돼 있음을 알 수 있다. 그 폭력의 한 가운데에 있었던 다음과 같은 한 인물의 술회를 통해 문혁 10년 동안의 억압이 결과한 허망함과 고통의 흔적을 우리는 어림할 수 있다.

　　4인방이 날뛰었을 때는 난 고통과 불안으로 날마다 그들이 쓰러지기만을 빌었어. 그리고 드디어 그들이 쓰러졌을 때 난 수천수만의 군중들과 같이 거리로 뛰어나가서 환호성을 올리고 노래를 불렀어. 노동자가 거대한 북채를 높이 휘두르는 것을 보고 뜨거운 눈물을 참을 수가 없었지. 그 채가 내 마음을 때리고 있는 것 같은 느낌이었어. 냉혹한 겨울은 지나갔다, 봄이 온 것이다, 하고. 나는 뜨거운 분위기에 잠겨 있었을 뿐 아무것도 생각할 여유가 없었어. 하지만 흥분은 곧 사라졌어. 그런 다음 나는 과거에 경험했던 모든 것을 생각하기 시작했고, 지금까지 맛본 적이 없었던 고통을 느끼게 되었어. 나를 괴롭히는 것은 10년의 동란의 결과 때문이 아니야. 그보다 그 원인이야. 게다가 그 결과와 원인은 지금의 현실 속에 여전히 존재하고 있어. 나는 상처받은 것 같기도 하고 속은 것 같기도 해서 지금도 혼자서 남몰래 울고 있어. 밤이 깊어서 사람들이 조용해지고 한한이 잠들 무렵이면 나는 밤마다 나 자신에게 물어봐. 너는 무엇을 보았는가? 네가 신봉해 왔던 것은 무너져 버렸는가? 추구해 온 것은 환상으

로 사라져 버렸는가?(233~234쪽)

　슬라보예 지젝(Slavoj Zizek)은 폭력에 관한 여섯 가지 우회로를 검토하면서, 폭력을 '주관적(subjective) 폭력'과 '객관적(objective) 폭력'으로 나누고, 후자를 다시 '상징적(symbolic) 폭력'과 '구조적(systemic) 폭력'으로 나눈 연후, 직접적이며 가시적인 주관적 폭력보다 그와 반대인 '구조적 폭력'에 주목하라고 당부한다. 왜냐하면 후자가 전자의 원인임에도 우리가 구조적 폭력의 결과에 대해 둔감하기 때문이다. 이는 '하나의 체계 속에 내재된 폭력'으로, '지배와 착취의 관계를 지속시키는, 보다 더 감지하기 어려운 형태의 강압들'이다. 구조적 폭력은 피해자뿐만 아니라 가해자도 그에 대해 놀랄 만큼 무감각하기 때문에 우리들은 의식하지 못할 뿐만 아니라 그에 대처할 수도 없이 속수무책으로 당할 수밖에 없다. 우리 눈에 비치는 폭력이 주관적 폭력이라면 구조적 폭력은 사회가 정상적으로 작동할 때에도 보이지 않는 곳에서 작용한다.[20]

　지젝의 폭력 성찰은, 자신도 언급했다시피, 발터 벤야민(Walter Benjamin)에 기대고 있다. 실정법을 통해 개인에게 강제되는 국가권력의 신화적 성격을 성찰하면서 그에 대한 효과적 대항폭력 또는 비폭력적 폭력을 조르주 소렐(Georges Sorel)의 폭력론에 기대어 '총파업'에서 찾고 있는 벤야민은 「폭력비판을 위하여」에서 폭력을 '신화적 폭력'과 '신적 폭력(holy terror)'으로 나누고 있다. 그에 따르면, '신화적 폭력'이 법정립적이고 경계를 설정하며 죄를 부과하면서 동시에 속죄를 시키고 위협적이며 피를 흘리게 한다. '신적 폭력'은 법 파괴적이고 경계가 없으며 죄를 면해주고 내리치는

20　슬라보예 지젝, 『폭력이란 무엇인가』, 이현우 외 역, 난장이, 2011, 23~25쪽.

폭력이고 피를 흘리지 않은 채 죽음을 가져온다. '신화적 폭력'-'법정립적 폭력'과 그 폭력에 봉사하는 '관리된(verwaltet) 폭력'-'법보존적 폭력'은 배척되어야 한다. 그것은 본질적으로 '개입하여 통제하는(schaltend) 폭력'이다. 그에 반해 '신적 폭력'은 '성스러운 집행의 옥새와 인장'이라 할 수 있는데 그것은 신화적 폭력과 달리 '베풀어 다스리는(waltend) 폭력'이라 부를 수 있을 것이다.[21]

프랑스혁명에서 로베스피에르(Maximilien F. M. I. de Robespierre)가 루이 16세를 단두대에 보낸 것은 그를 처형해야만 공화국의 이상을 실현할 수 있었으므로 '신적 폭력'이라 할 수 있다. 그와 마찬가지로 공산혁명이 성공하고 프롤레타리아 독재를 실행한 것도 같은 맥락으로 이해할 수 있다. 그러나 그것은 시간이 지나면서 변질되었고 어느 순간 자신의 성스러운 성격을 상실하지만 여전히 자신이 신적 폭력의 주체라고 오인하게 된다. 이때 신적 폭력은 신화적 폭력으로 추락하게 되고 혁명의 이상을 보호하는 장치에서 혁명을 파괴하는 시스템으로 변모하고 만다. 신화적 폭력은 자신이 대의명분을 가지고 신성한 임무를 수행하고 있다는 오해로 인해 자신의 모든 행위를 정당화하려 한다. 신화적 폭력과 대면한 개인은 무력하고 비굴하다. 개인이 힘을 발휘하는 순간은 신화적 폭력에 편승할 때뿐이다. 그러나 그 순간조차도 개인은 가해자인 동시에 피해자이다. 다이어우잉 소설 『사람아 아, 사람아』의 주요 인물들이 너나없이 그러한 폭력의 가해자인 동시에 피해자인 까닭은 그러한 연유에 기인한다.

우리나라와 베트남은 1992년 외교관계를 재개한 이후 사회 전 분야에

---

21 발터 벤야민, 『역사의 개념에 대하여/ 폭력비판을 위하여/ 초현실주의 외』, 최성만 역, 길, 2009, 116~117쪽.

제1부 상흔과 치유를 위한 연대

서 교류가 급증하고 있지만 서로에 대한 이해는 여전히 부족하다. 양국이 편견과 적대감을 극복하고 민족문화 발전에 기여하려면 단절의 원인이 된 베트남 전쟁에 대한 이해가 우선되어야 한다. 미국은 도미노 이론과 반공 논리에 따라 베트남 전쟁에 개입하였다. 그러나 베트남 전쟁은 그렇게 단순하게 정의하기 어려운 매우 복합적인 성격을 지닌 전쟁이었다. 베트남 전쟁은 단순한 '반공주의 대 공산주의'의 이념 대결이 아니었다. 민족주의/제국주의, 독립투쟁/식민주의, 혁명/반혁명, 통일/분열, 독립/의존, 자유/억압, 황색인/백색인, 아시아/서양, 낙후/현대, 농업/공업…… 그리고 그 밖에도 상상할 수 있는 20세기의 모든 갈등 요소가 뒤범벅이 되어서 전개된 전쟁이었다.[22]

따라서 미국에서 베트남 전쟁은 비도덕적이고 명분 없는 전쟁이 어떻게 국내를 분열하고, 제국의 명예를 실추시키는지를 보여주는 아픈 경험이었던 것이다.[23] 한국은 미국의 동맹국으로 전쟁에 참여하였는데, 박정희 정부는 미국의 도미노 이론과 반공 논리를 확대재생산하고 베트남 전쟁을 정권의 안정화와 경제개발 기반 구축에 적극 활용하였다. 한국은 미국과 베트남 사이에서 동일화와 차이의 양가적 담론 구성을 통해 자신의 정체성을 만들어갔으며, 이는 모순되고 분열된 자화상을 그려내는 작업일 수밖에 없었다. 윤충로는 베트남 전쟁 당시 한국이 만들어갔던 정체성을 식민지적 무의식과 식민주의적 의식의 모순적 접합을 통해 설명하고자 한다. 식민지적 무의식은 식민지 주민의 집단 무의식, 일종의 정신병리 현

---

22 리영희, 『베트남전쟁 : 30년 베트남전쟁의 전개와 종결』, 두레, 1991, 7쪽.

23 윤충로, 「베트남전쟁 시기 한·미·월 관계에서 한국의 '정체성 만들기' — 식민지적 무의식과 식민주의를 향한 열망 사이에서」, 『담론201』 9권 4호, 한국사회역사학회, 2007, 173쪽.

상으로 주체의 상실과 식민주의자와 동일화되고자 하는 욕망이라고 말할 수 있다. 반면 식민주의적 의식은 지배관계를 반영하는 것으로, 인류학적으로 대조적인 상으로써 인종주의와 같은 '열등한 타자성의 구성', 문화적 사명과 같은 '사명에 대한 믿음과 보호의 책임', 무질서의 식민지에 질서를 부여하고 정치를 비정치화하여 행정적으로 통제하는 '무정치의 유토피아'의 설정 등을 특성으로 한다.

베트남 전쟁을 소재로 한 작품들 가운데 안정효의 『하얀 전쟁』은 당시 국내외적 정황과 작전전술을 잘 형상화한 작품이다. 『하얀 전쟁』은 인물들의 정신적 상흔과 파괴된 삶이 전쟁에서 비롯되었음을 이야기하는데, 이 지점에서 한국문학은 베트남 문학과 만날 수 있다.

베트남 작가인 바오 닌은 『전쟁의 슬픔』을 통해 전쟁의 잔혹함과 인간의 황폐함을 이야기한다. 지배이념과 외부 세력에 의해 관계없는 사람들만 희생되는 전쟁의 참혹한 실상을 마주하면서 베트남 문학은 한국문학과 조우한다. 베트남과 수교가 이루어진 이후, 문학 분야에서는 1995년에 '베트남을 이해하려는 젊은 작가들의 모임'이 시작되어 꾸준히 인적 교류를 하고 있다. 창작 및 번역 분야 교류도 이루어지고 있지만, 아직 많이 부족한 실정이다. 두 나라의 문학이 자국의 지배이념과 이익이 아닌 인간의 보편적 가치를 방어하기 위해 노력하고 있다는 사실을 세계에 알리기 위해서는 더 많은 작품들을 소개하고 번역하는 작업이 필요하다. 한국과 베트남의 문학교류가 특별한 의의를 지니는 것은 중심이 주변을 구원할 수 없고 사람과 생명만이 가치라는 것을, 자신이 치른 역사를 담보로 옹호할 수 있는 두 나라가 만나는 것이기 때문이다.[24]

---

24 방재석 · 조선영, 「베트남전쟁과 한–베트남 문학 교류 고찰」, 『현대소설연구』 57권 0

이 글에서 살피고 있는 『전쟁의 슬픔』(아시아, 2012)은 베트남이 낳은 세계적인 작가 바오 닌의 대표작으로 베트남 땅에서 베트남 사람이 겪은 전쟁, 청춘을 전쟁에 점령당해야 했던 세대의 사랑, 울부짖는 영혼이 안개처럼 감도는 밀림을 그린 소설이다. 작가 바오 닌은 이 소설로 베트남 문인회 최고상을 받고, 1994년에는 이 작품이 영국 『인디펜던트』지로부터 최우수 외국소설로 선정되기도 했다.

전쟁 이후 첫 건기, 주인공 '끼엔'은 전사자 유해발굴단의 일원으로 부대원들이 전멸당한 전선으로 이동 중이다. 살아남은 단 열 명의 전사 중한 명인 '끼엔'은 그 지역이 익숙하다. '끼엔'은 "이곳에서는 해 질 녘 나무들이 바람결에 내는 신음 소리가 마치 귀신의 노랫소리와도 같았다. 그리고 숲의 어느 구석도 다른 어떤 구석과 같지 않고, 그 어느 밤도 여느 밤과 같지 않아서 누구도 이곳에 익숙해질 수 없었다. 방금 지나간 전쟁에 대한 가장 원시적이고도 야만적인 전설들, 온몸을 부들부들 떨게 하는 허구적인 이야기들도 이 지역 사람들이 지어낸 것이 아니라 아마도 산이 낳고 숲이 낳았을 것이다."(18쪽)라고 회상한다. 그 패배가 낳은 수많은 혼령과 귀신을 마주하자 '끼엔'의 마음속으로 바로 작년까지 이어졌던 수많은 전투와 전투에 희생된 전우들, 그리고 전쟁이 갈라놓은 첫사랑 '프엉'을 기억해낸다. '끼엔'은 열일곱 살 나이에 이 전쟁에 뛰어들었다. 조국의 독립과 통일을 위해서라면 '끼엔'처럼 전쟁에 나서지 않은 젊은이가 없었다. 그러나 그에게 막 피어나기 시작한 첫사랑은 그 두 사람에게 상처를 남긴다.

이렇듯, 전쟁은 일상을 파괴하고 대지를 할퀴며 인간의 영혼에 상처를 입혔다. '끼엔'에게는 그의 첫사랑 '프엉'만이 마음속에 유일한 실체다. 처

호, 한국현대소설학회, 2014, 56쪽.

절한 전쟁은 아군과 적군, 군인과 민간인, 남자와 여자, 어른과 아이 구분 없이 너무나 많은 목숨을 앗아가고, '끼엔'의 영혼은 전쟁 속에서 메말라 간다. 그래서 더욱 그에게 종전은 믿기지 않는 그 무엇이 된다. 그러니까, 지옥보다 끔찍한 전장을 경험한 '끼엔'에게 종전은 전쟁보다 실감 나지 않는 현실이다. 그에게 전쟁과 그 이후의 기억이란 다음과 같다.

전쟁이 끝나고 나서 지금까지 나는 날이면 날마다 밤이면 밤마다 이 기억에서 저 기억 속으로 떠다녀야 했다. 벌써 몇 년째인가? 멀쩡한 정신으로도 나는 사람들로 가득한 길 한가운데서 문득 길을 잃고 꿈속을 헤매기도 한다. 그런 날이 결코 적지 않다. 길가에 뒤섞인 악취가 갑자기 썩은 냄새로 변하고, 나는 1972년 섣달 끝 무렵의 어느 날로 돌아가 피비린내 나는 육박전 끝에 시신들이 즐비했던 '고기탕' 언덕을 지나고 있다. 보도에서 풍겨 오는 죽음의 냄새가 너무 지독해 나는 지나가는 사람들 앞에서 마치 실성한 사람처럼 황급히 팔을 올려 코를 틀어막는다. 어느 날 밤에는 천장 선풍기가 돌아가는 소리에 소스라치게 놀라 깨어나기도 했다. 그 소리가 등골이 오싹한 무장 헬리콥터의 굉음처럼 들려왔던 것이다.(68쪽)

첫사랑 '프엉'과의 재회는 그를 감당할 수 없는 혼란과 슬픔으로 몰아넣는다. 전쟁은 프엉과의 추억을 앗아갔을 뿐만 아니라 그녀를 변화시키고, 그에게도 그녀에게도 지울 수 없는 상처를 남긴다. 그는 '프엉'을 잊으려 갖은 노력을 다했다. "다만 한심한 것은 어찌해도 그녀를 잊을 수 없다는 것이었고, 더욱 가련한 것은 여전히 마음속으로 그녀를 갈망한다는 것이었다. 물론 그는 이 모든 것이 곧 지나갈 것이며, 그의 나이 또래면 사랑마저도, 가슴속 슬픔마저도 세상에 영원히 머무르지 않는다는 걸 알았다. 그리고 자신의 번민이나 고통이 얼마나 보잘것없고 무의미한 것인지, 공허한 인생 속으로 흩어지는 한 줄기 연기와 같다는 것을 또한 잘 알았다."(94

제1부 상흔과 치유를 위한 연대

쪽) 방황하는 '끼엔'이 할 수 있는 것은 글을 쓰는 일뿐이었다. '끼엔'은 자신이 기적처럼 살아남은 전장에서의 죽음에 관한 기억을 글로 쓰기 시작한다.

작가 바오 닌은 전쟁에 대한 어떤 미화나 과장도 용납하지 않는다. 그는 다만 안타깝고, 끔찍하고, 잔인하며 아주 가끔 따듯했던 전쟁이 어린 연인들의 청춘과 사랑을 이렇게 미궁에 빠뜨렸는지를 냉정하면서도 격정적으로 진술하고 있다. 작가는 이 소설을 통해, 잃어버린 젊음과 아름답고도 애달픈 사랑에 관한 이야기를 들려주고 있다. 전쟁소설이자 사랑의 이야기인 이 소설은 전쟁을 정당화하는 정치가들의 이데올로기적 수사의 허구성을 폭로한다. 작가는 '전쟁만이 아는 슬픔'을 잔인할 정도로 솔직하게 그려냈다. 기나긴 전쟁 기간 내내 끝없이 불안하고 불편한 잠을 자는 한 인간의 영혼을 결코 포기하지 않고서. 우리는 이 소설을 통해서 거듭, 전쟁이란 인성을 비인간화하는 광기 어린 공격성이자 살해와 방자한 잔인성을 향한 부자연스러운 갈증을 창조하는 일이라는 것을 깨닫게 된다.

베트남 전쟁은 한국의 젊은 병사들이 직접적인 적대관계에 있지 않은 상대를 향해 국경 밖에서 '국군'의 이름으로 총을 겨눈 초유의 전쟁이었다. 이 역사적 사건은 한국의 작가들에게도 무거운 과제를 안겨주었다. 안정효는 그의 소설『하얀 전쟁』후반부에서 소설의 인물 한기주를 통해 전쟁 자체가 지닌 야만적 폭력성에 주목한다. 그는 "전장의 병사는 엄청나게 커다란 전쟁이라는 기계의 움직임에 따라 타인의 동기와 목적에 따라 돌아가는 자그마한 바퀴"와 같은 존재라는 무력감에서 나아가 결국 전쟁 자체에 대한 분노로 발전한다.

히틀러는 국가의 영광과 민족의 긍지를 부르짖으며 전쟁을 일으켜 죽음과 국가의 분단 이외에 무엇을 얻었던가? 한국 전쟁에서는 외국으로부터 수입된 독재자 이데올로기를 내세우고 서로 죽여서 결국 남북의 한국인들이 무엇을 받았던가? 나폴레옹과 알렉산더 대왕과 시저는 그 수많은 사람을 죽여 제국의 허상 이외에 인류에게 무엇을 남겨주었던가? 남편을 잃고도 자랑스러워해야 하는 전쟁미망인……. 무엇이 그들을 세뇌시키고 기만하는가? 어떤 대의명분이 과연 목숨을 버린 영원한 가치가 있는 것인가? 전쟁이란 폭력에 의한 정치 형태, 순리와 협상 대신에 힘으로 빼앗고 억누르는 것, 두들겨 패서 굴복시키겠다는 원시적 폭력 정치가 언제까지 더 인간을 다스려야 하는가?(『하얀 전쟁-제2부 전쟁의 숲』, 고려원, 1993, 52쪽)

안정효 소설『하얀 전쟁』은 전쟁을 기획하고 젊은이들을 전쟁터로 내몰고, 남편을 잃고도 자랑스러워하도록 세뇌하는 지배자들의 폭력에 대해 분노를 터뜨린다. 그리고 이 지점에서 한국문학과 베트남 문학은 서로를 향해 손을 내밀 수 있는 계기로 작용한다. 베트남 전쟁을 다룬 베트남 문학 중『전쟁의 슬픔』은『하얀 전쟁』과 마찬가지로 전쟁 자체에 초점을 맞추어 전쟁의 잔혹함과 인간의 황폐함에 대해 이야기하고 있다. 작가 바오 닌은 직접 베트남 전쟁에 참전했던 사람으로, 고등학교를 졸업하던 열일곱 살에 자원입대해서 전쟁이 끝날 때까지 6년 동안 최전선에서 싸웠다. 남베트남의 즈엉 반 민(楊文明, Duong Van Minh) 대통령이 항복방송을 하는 시간까지 떤선녓 국제공항을 사수하기 위해 남베트남 공수부대를 상대로 치열한 교전을 벌였던 하사관 출신의 작가이다.

소설에서 주인공 '끼엔'은 베트남 전쟁을 역사적 당위성과 민족적 정체성을 기반으로 한 민족해방운동으로 여기고 참전한다. 그러나 전쟁 체험을 통해 전쟁의 잔인함과 인간의 황폐함을 인식하게 되고, 전쟁의 승리가 전쟁의 슬픔까지 극복해주지 못함을 깨닫게 된다. "아아! 전쟁이란 집도 없고 출구도 없이 가련하게 떠도는 거대한 표류의 세계이며 남자도 없고 여자도 없는, 인간에게 가장 끔찍한 단절과 무감각을 강요하는 비탄의 세계인 것이다."(47쪽)

전쟁의 슬픔은 베트남 전쟁의 성격이나 정당성과는 별개로 전쟁 자체가 지닌 야만적 폭력성에서 비롯된 것이다. 작가 바오 닌은 누군가 살아남기 위해서는 누군가 쓰러져야 하는 것이 전쟁이라고 말한다. 그러면서 전쟁이 지닌 황당한 성격은 아무런 책임 없는 이들이 모든 책임을 지고 싸우는 데 있다고 했다.

> 정의가 승리했고, 인간애가 승리했다. 그러나 악과 죽음과 비인간적인 폭력도 승리했다. 주위를 둘러보면 안다. 조금만 곰곰이 생각해보면 안다. 파괴된 것은 다시 세울 수 있다. 잃어버린 것은 보상받을 수 있다. 상처는 아물고 통증은 가라앉는다. 그러나 전쟁이 남긴 이 슬픔은 그 어느 것으로도 위로받을 수 없으며 세월이 갈수록 더 깊고 커져만 간다.(바오 닌, 『전쟁의 슬픔』, 260쪽)

> 한 번 전쟁을 겪은 사람에게는 그 전쟁이 영원히 끝나지 않는다. 성숙이 시작되는 시기에 의식의 밑바닥으로 스며드는 전쟁터에서의 경험, 감각을 마비시키는 그런 경험은 깨어나면 홀가분하게 없어지는 악몽과는 같지 않다. 인간의 과거란 잇몸에 낀 진득거리는 더러움이나 마찬가지로 불쾌하고 끈질기다. 과거는 현재를 파먹고 덮어버리는 침전물이다. 그래서 과거에 겪은 전쟁은 현재의 기억에서 지워버릴 수가 없다. 전쟁 때문에 타의에 의해 파괴된 영혼은 십 년이 지나도 본디 상태로 재생되지 못하는 까닭에서이다.(안정효, 『하얀 전쟁』 1부, 32쪽)

결국 우리나라와 베트남은 자국의 지배이념과 이익에 의해 그것과 아무 관계없는 사람들이 희생당한 참혹한 전쟁의 역사를 공통적으로 안고 있다. 그리고 이를 인식하는 지점에서 한국문학과 베트남 문학은 상호 이해의 폭을 넓힐 계기를 마련하게 된다.

4. 치유와 극복의 문제

국가폭력은 말 그대로 국가가 행위의 주체가 되는 폭력을 의미한다. 이 글에서 살펴보았던 한국의 4·3과 5·18, 중국에서의 문화대혁명, 그리고 베트남 전쟁을 다룬 상흔문학은 모두 국가폭력의 상황에서 각각의 인민들이 어떤 대응 양상을 보이는가 하는 점을 다루고 있다. 이 글에서는, 이들 소설의 지리적 배경이 되고 있는 각각의 공간들이 제국주의 세력의 침략과 지배를 경험한 곳이라는 유사성으로 인해 각각의 소설이 창작된 시기가 다름에도 불구하고, 또한 각각의 텍스트에서 명시적인 상호 영향 관계를 발견하기 쉽지 않음에도 이들을 하나의 텍스트로 다루었다. 그것은 이들 소설들이 공통적으로 폭력적인 상황에 놓인 인간들의 죽음과 죽임, 그리고 그것을 넘어선 휴머니즘의 문제를 제기하고 있는 점에서도, 역사적 상흔을 기억해내면서 종국에는 그러한 비극의 되풀이를 허용해서는 안 된다는 강력한 전언을 남기고 있는 점에서도 그렇게 했다.

국가폭력에 의해 일어난 양민학살 사건과 그 사건에 대한 사람들의 기억은 항상 중요한 정치적 의미를 가지게 되고, 사건 이후에 많은 영향을 끼치게 된다. 그러면 왜 한국에서의 저 두 항쟁에 대한 사람들의 기억과 역사적 함의는 차이를 가지게 되었는가? 그 이유는 제주 4·3 항쟁은 1948년 항쟁의 발생 이후 국가의 억압에 의해 오랜 시간 동안 침묵을 강요당하며 지속적인 기억투쟁을 전개하지 못하였고, 광주 5·18 항쟁은 1980

년 발생 이후 국가폭력에 대한 지속적인 기억투쟁을 전개하여, 새로운 정치적 함의가 생산되었던 까닭으로 이해된다. 결과적으로 광주와 제주항쟁에 대한 역사적 평가의 차이는 국가폭력에 대한 역사적 평가를 만드는데 가장 필요한 것은 바로 사람들에 의한 강한 기억투쟁이라는 것을 보여준다.[25]

국가에 의해 자행된 양민학살은 국가권력이 폭력을 동원하여 대중들을 권력의 목표에 순응하도록 통제하는 과정이었다. 곧 국가권력의 이해와 어긋나는 대중은 국가의 이름으로 제거된다는 교훈을 주는 것이다. 이를 통해 대중들의 국가권력에 대한 두려움과 공포를 경험하게 하는 동시에 한편으로 대중이 국가권력에 순응하는 문화를 만들어낸다. 해방 이후 벌어진 여러 사건들 중에 제주와 광주에서 벌어진 4·3과 5·18은 대규모의 양민학살을 동반하였고, 이를 기반으로 국가권력을 확립하는데 이용했다는 점에서 유사하다. 주지하다시피 4·3사건은 해방 직후 불안정한 정치적 지형, 즉 남북분단과 좌우 이데올로기 대립의 국면에서 발발하였다. 5·18은 군사정권의 장기독재와 억압체제에 대한 민중적 저항투쟁이었다. 두 사건의 공통점은 주민의 공동체적 참여에 의해 이루어졌고, 무장투쟁이라는 치열성을 보여주었다는 것이다. 분단 아래에서의 국가폭력은 분단체제의 한 결과이자 현상이지만, 동시에 분단을 유지 강화시키는 도구이기도 하다.

문화대혁명과 베트남 전쟁 역시 인간에게 가장 끔찍한 단절과 무감각을 강요하는 비탄의 상흔을 남겼다. 그것은 폭력 혹은 전쟁 체험을 통해 그것

---

25 이성우, 「국가폭력에 대한 기억투쟁 : 5·18과 4·3 비교연구」, 『OUGHTOPIA』 26(1), 경희대학교 인류사회재건연구원, 2011, 63쪽.

의 잔인함과 인간의 황폐함을 인식하게 되고, 무엇인가의 승리가 그로 인한 슬픔까지 극복해주지 못함을 깨닫게 하는 것과 관련된다. "나는 인간의 피와 눈물의 흔적을 썼고 비틀려진 영혼의 고통스런 신음을 썼고, 암흑 속에서 솟아오른 정신의 불꽃을 썼다."고 진술하는 소설『사람아 아, 사람아』작가 다이어우잉의 말과 "아아! 전쟁이란 집도 없고 출구도 없이 가련하게 떠도는 거대한 표류의 세계이며 남자도 없고 여자도 없는, 인간에게 가장 끔찍한 단절과 무감각을 강요하는 비탄의 세계인 것이다."라는 바오닌 소설『전쟁의 슬픔』의 화자의 말을 통해 여실히 드러난다.

그리하여 우리는 결국 그러한 국가폭력의 이면에는 자본과 시장이라는 그물망이 자리하고 있다는 것을 알게 된다. 오늘날 문제가 되는 '식민주의'는 '식민의 잔재'나 '식민의 기억'이 아니다. 이것들은 이제 하나의 변수에 불과하며, 식민주의 재생산의 근원은 '시장'에 있다. 시장에서 주변부로 내몰린 인종과 문화는 폄하되면서 존립 자체에 위협을 받는다. 이들은 심지어 드라마나 영화, 소설에서도 더 자주 범죄나 부도덕과 관련되며, 당연한 일이지만 일반적으로 빈곤과 관련된다. 그리하여 결국에는 빈곤 그 자체가 부도덕이 되어버리는 것이다. 이들이 스스로가 처해 있는 경계선 영역에서 어떤 새로운 정체성과 의지를 얻을 가능성은 충분하지만, 과연 그것에 세상을 바꿀 만큼 일상적이고 강력할 수 있을지는 확신하기 어렵다. 그보다는 그러한 상황에 처해 있는 이들이 무척이나 힘든 상처투성이의 삶을 살아갈 것이라는 점에 좀 더 주목해야 한다.[26]

이제 남는 문제는 그와 같은 국가폭력 내지 제국주의적 침탈 혹은 이데

---

26 김창현, 「한국비교문학의 미래 — 잡종화와 주체성의 문제」, 한국비교문학회, 2005, 291쪽.

제1부 상흔과 치유를 위한 연대

올로기 투쟁 과정에서 무고한 사람들의 희생을 어떻게 방지 혹은 줄여나갈 수 있을 것인가 하는 것이다. 국가 간 전쟁 상황을 피할 수 있다면 가장 좋을 것이다. 그러나 이념의 다름에서뿐 아니라 이해의 충돌로 인한 분쟁과 전쟁은 오늘도 계속되고 있는 게 현실이다. 앞에서도 언급한 것처럼 이제 대부분의 국가폭력의 이면에는 자본과 시장이라는 그물망이 자리하고 있기 때문이다. 다른 한편, 이 글에서 다루지는 못했지만 팔레스타인 사람들에 대한 이스라엘의 무도한 폭력과 죽임이 현재진행형이고 아랍에서의 종교 간 분쟁과 그에 따른 테러와 보복 살해 역시 끊임없이 되풀이되고 있다. 중국과 러시아에서도 소수민족에 대한 분리 독립 투쟁을 제어하기 위한 국가폭력이 산발적으로 일어나고 있고, 우리나라의 경우도 이제 4·3 혹은 5·18과 같은 직접적이고 대규모인 국가폭력은 그 발생 가능성이 낮다고 할 수 있겠으나, 2014년 4월에 발생했던 세월호 참사와 같은 형태의 의심스러운 폭력적 상황은 우리를 서늘하게 하는 면이 있다.

그래서, 이 글의 결론에서 제시할 수 있는 대안이란 사실상 없다. 문학이 상처를 치유해주지는 못한다. 문제를 해결해줄 수도 없다. 다만 환기를 통해 문제를 직시하게는 할 수 있다. 소설이 현실의 문제를 해결해줄 수 없는 것처럼 텍스트 분석을 통해 국가폭력의 현상을 분석하고 있는 이 글에서 전쟁과 폭력을 예방하고 그것을 이겨낼 수 있는 방법을 제시하는 것 자체가 난센스일 것이다. 평화와 인간성 회복을 위한 연대 운운은 얼마나 나이브한 구두선일 것인가. 폭력의 그늘에 자본주의적 지배가 관철되고 있음을 우리가 깨달았다한들 사정은 마찬가지다.

문학은 다만, 그것의 두려움을, 그 두려움의 정서를 독자와 함께 공유할 뿐이다. 그리하여 저마다의 가슴에 이제 어떻게 할 것인가 하는 질문을 제기하는 것만으로도 버거운 것이다. 그럼에도 불구하고 전쟁 혹은 국가폭력의 트라우마를 겪고 있는 이들에게 남겨진 과제, 곧 그것을 어떻게 치유하고 극복해낼 것인가 하는 것은 여전히 우리의 지속적인 관심을 요구한다. 이 글은 그러한 점에서 얼마간의 소용이 있을 뿐이다. 그것만도 다행이다. 이 글의 작은 의의이기도 하다.

제1부 상흔과 치유를 위한 연대

연대와 상흔의 회복을 위한 서사

—이미란 소설 「말을 알다」

1. 기억 공간으로서의 소설

이 글은 이미란 소설 「말을 알다」[1]를 분석한 글이다. 대상 작품 분석을 통해 이 글은 개인의 의지 밖에서 발생한 역사적 사건이 그 개인들을 어떻게 억압하고 있는가 하는 점을 고찰하고자 한다. 아울러 그러한 사건을 경험한 소설 내 인물들이 겪는 트라우마가 어떠한 기억 과정을 거쳐 문화적 기억으로 재현 및 전승되는가를 살펴보고자 한다.

주지하다시피 문학-문화는 모두 기억에서 출발한다. 기억은 문화의 근원이자 바탕이다. 문화는 변화무쌍한 일상 저편에서 중요한 것은 기억해 내고, 안정적이지 못하고 우연적인 것은 망각함으로써 개인과 공동체가 이용할 수 있는 하나의 의미체계를 세우는 기억의 능력을 통해 존재의 바탕을 얻는다.[2] 그런데 기억된 역사적 사건은 기억 그 자체로서보다 객관적

---

1 이미란, 「말을 알다」, 계간 『문학들』, 2007년 겨울호, 158~184쪽.
2 고규진, 「그리스의 문자 문화와 문화적 기억」, 최문규 외, 『기억과 망각』, 책세상, 2003, 58쪽.

인 문화적 형상물로 재현된다.[3] 이렇게 재현은 단순한 기억의 재생이나 모방이 아니라 또 다른 하나의 실재를 만들어내는 것이다. 기억과 문학적 상상력이 서로 교차하는 문학 텍스트는 스스로 하나의 '기억 공간'이 된다.[4] 어떤 형태로든 5월과 관계 맺고 있는 소설들은 지워지지 않는 하나의 '기억 공간'으로 남는다. 문학 공간은 확장된 삶의 공간이며, 역사적 경험을 기억하는 흔적이면서 과거의 체험을 현재화하는 동시대적 공간이기도 한다.[5] 「말을 알다」는 우선 5월의 기억과 관계 맺고 있는 소설이다.

2. 기억의 서사

소설의 주인공 장형수는 한국의 국립 지방대학 교수인데, 지금 중국 텐안대학에 교환교수로 와 있다. 그는 외국인 교수 숙소 옆방에 들어 있는 미국인 교수의 중국인 아내 옌쯔량에게 관심을 갖게 된다. 그녀는 문화대혁명 때 헤어진 아버지를 찾기 위해 상해에 와 있다. 그녀로부터 문화대혁명이라는 말을 들었을 때 장형수는 장국영이 여장 경극 배우 '데이'로 분했던 영화 〈패왕별희〉의 한 장면을 떠올린다. 주인공 데이와 샬로는 그 문화대혁명의 와중에 서로를 배반하게 된다. 그래서 장형수에게 문화대혁명은 "인간성에 대한 혹독한 고문이며 시대의 폭력"(168쪽)으로 기억-해석된다. 자연스레 장형수는 1980년 5월을 회상-기억하게 된다. 그는 그때 광주의 한 대학을 다녔고, '5·18'로 인해 문학동인으로 만났던 네 사람의 삶

---

3 나간채, 「문화운동 연구를 위하여」, 나간채 외, 『기억 투쟁과 문화 운동의 전개』, 역사비평사, 2004, 16쪽.
4 박은주, 「기억과 망각의 역설적 결합으로서의 글쓰기」, 최문규 외, 앞의 책, 313쪽.
5 한원균, 「문학과 공간」, 『한국문예창작』 제6호, 2004, 35쪽.

은 저마다 지워지지 않는 상흔을 갖게 된다.

소설의 주인공 장형수가 외국인 교수 숙소 옆방에 들어 있는 미국인 교수의 중국인 아내 옌쯔량에게 관심을 갖게 된 것은, 무엇보다 숙소의 방 구조 때문이었다. 그것은 이웃하는 방과 침실은 침실끼리 거실은 거실끼리 붙어 있어서 침실에서는 옆방의 침대 조명등 끄고 켜는 소리까지 다 들렸다. 처음에 장형수는 그녀에게 숨겨진 애인이 있으리라 지레 짐작한다. 중국어를 잘 알아듣지는 못하지만 장형수는 그녀가 오래 붙들고 있는 송수화기를 통해 응, 응, 하는 다정한 응대, '–야,' '–아' 하는 친근한 어미 처리, "뚜이, 뚜이, 뚜이." 하면서 늘 상대의 의견에 동의하는 듯한 대화 방식을 통해 그녀가 버리고 간 연인의 트집이나 응석을 받아주고 있는 것이 아닐까 상상(160쪽)했기 때문이다.

그녀의 숨겨진 연인에 대한 장형수의 상상은 김영희에 대한 회상으로 이어진다. 그 시절, 대학신문사에서 공모한 문학상의 단편소설 부문에는 장형수가, 시 부문에는 김영희가 당선되었다. 그들 ― 장형수의 국문과 선배였던 박영선, 의대생이었던 최성호 등 네 사람은 함께 문학동인을 만들었던 것이다. 박영선은 일찍이 연극반 활동을 통해 학생운동을 시작한 사람이었고, 의과대학 학생회 임원으로 있었던 최성호는 의대 축제 때, 반정부 혐의로 감옥에 다녀온 작가를 초청할 정도로 당돌한 면모가 있었다. 장형수는 스스로를 "나는 작가 지망생으로서의 기본적인 사회 인식은 있다고 할 수 있었지만, 집단 활동에 대해서는 알레르기가 있는 편이었다"(168~169쪽)고 규정한다. 지금 그가 그리워하는 인물, 김영희는 "그저 평화주의자"(169쪽)로만 기억된다.

그날, 5월 27일 오후, 도청으로 가기로 했던 장형수는 그의 아버지가 방문을 잠가버리는 바람에 약속을 지킬 수 없었다. 그는 "아버지가 문을 잠

갔을 때, 도청에 가지 않아도 될 핑계를 얻어서 기뻤을지도 몰랐다."(169쪽)
고 생각한다. 그날 자정 무렵, 그는 "광주시민 여러분! 계엄군이 쳐들어오
고 있습니다! 우리 모두 나섭시다!"라고 가두방송을 하고 다니던 여인의
목쉰 소리를 들었으나 다만 죄의식에 떨며 방에 숨어 있었던 것이다. 사정
은 김영희도 다르지 않은데, 그녀는 27일 밤 도청에 있던 박영선에게서 나
와달라는, 나와서 지켜봐달라는 전화를 받았으나 "무서워서"(170쪽) 나가
지 못했다. 그날 이후, 그녀는 천둥 번개 치는 날은 밖에 나가기가 두렵다
는 무의식-죄의식에 사로잡혀 지낸다. 이렇게 인간 존재는 우리가 의식하
지 못하는 무의식의 심연에서 발원된 욕망이나 두려움, 혹은 필요나 갈등
들에 의해 동기가 부여되거나 행동이 유발된다. 무의식은 고통스러운 경
험과 감정의 저장고다.[6]

　그날 이후, 장형수가 남몰래 마음에 두었던 그녀는 수녀가 되었다. 박영
선은 도청에서는 살아남았으나, 남은 생애를 그날 최후의 순간에 자신이
지켜보았던 사람들에 대해 책임을 다하기 위해 애쓰다 과로로 인한 간암
이 악화되어 죽었다. 최성호는 의료 사고를 내고 난 뒤 자살로 생을 마감
했다.

　야스퍼스는 『책죄론(責罪論)』에서 다음과 같이 말한다. "타인을 죽이는
행위를 막기 위해 생명을 바치지 않고 팔짱 낀 채 보고만 있었다면 그것은
바로 내 자신의 죄라고 생각한다. …… 그러한 일이 벌어진 뒤에도 아직
내가 살아 있다는 것은 씻을 수 없는 죄가 되어 나를 뒤덮는다."[7] 그해 5월
에 있었던 일들 때문에 장형수의 문학동인들은 모두 존재의 위기 상태로

6　한승옥, 「'무정'에 나타난 친밀감의 거부 방어기제」, 『현대소설연구』 제35호, 2007,
　106쪽.

7　주디스 허먼, 『트라우마』, 최현정 역, 플래닛, 2007, 97쪽.

내던져진 것이다.

장형수는 생각한다. "오월이 아니었더라면 우리 네 사람은 지금도 어느 찻집에서 만나고 있었을 것이다."(183쪽) 공간은 작품의 개연성을 제고하고, 의미 있는 서사적 구조를 형성하는 데 기여한다. 이렇게 공간 속에는 잊지 못할 기억들이, 우리들에게 잊지 못할 것일 뿐만 아니라 우리들이 우리들의 보물을 줄 사람들에게도 잊지 못할 그런 기억들이 있다. 그 속에는 과거, 현재, 미래가 응집되어 있다. 그리하여 공간은 기억을 넘어서는 것의 기억이 된다.[8] 뿐만 아니라 인간이 공간을 인식한다는 것 자체가 그 자신의 존재를 인식하는 것이 된다.[9]

한편 「말을 알다」는 광주라는 공간으로 한정되다시피 한 기왕의 '5 · 18' 소설들과 비교해 볼 때, 서사 공간의 확장이라는 측면에서도 눈여겨볼 가치가 있는 소설이다. 왜냐하면 기왕의 '5 · 18' 소설들을 분석 · 비평하고 있는 평자들은 거의 한결같이 ('5 · 18' 소설들이) 너무 오래 1980년 주변을 벗어나지 못했다는 것, 그렇다 보니 '5월'을 바라보는 시각 역시 지나치게 일면적이고 닫혀 있는 것은 아닌가 하는 지적과 아울러 이제 광주라는 공간의 '안'에서 그만 벗어날 것을 주문하고 있는데 이러한 지적은 어느 정도 설득력이 있기 때문이다.[10]

---

8   가스통 바슐라르, 『공간의 시학』, 곽광수 역, 동문선, 2003, 184쪽.

9   안남일, 『기억과 공간의 소설현상학』, 나남출판, 2004, 153쪽.

10 김형중, 「『봄날』 이후」, 5 · 18기념재단, 『5 · 18민중항쟁과 문학 · 예술』, 2006, 267쪽.
    고은, 「광주5월민중항쟁 이후의 문학」, 위의 책, 343쪽.
    이성욱, 「오래 지속될 미래, 단절되지 않는 '광주'의 꿈」, 위의 책, 389쪽 등에서 이와 같은 지적을 확인할 수 있다.

3. 5월의 트라우마

과거는 뒤늦게 나타나 고통을 호소한다. 그런데 트라우마에서 흘러나오는 신음 소리는 내게는 생경한 타인의 목소리이다. 그것은 지금 여기에 살아 있는 나로서는 알 수 없는 어떤 피맺힌 진실을 증언한다. 만약 이 목소리에 진정으로 귀 기울인다면, 나는 섣부른 재현의 작업에 나설 수 없다.[11] 서사화를 할 수 없는 사회는 현재의 불만을 불식할 진보적 방법을 생각해낼 능력을 잃어버린 사회이기도 하다.[12] 그래서 「말을 알다」의 서술 시간은 그날로부터 오랜 시간이 경과한 때일 뿐 아니라 기억-재현의 공간을 광주와 중국의 상해로 병치시킨다. 그런 의미에서 「말을 알다」의 서사는 시간성을 의미 있게 만드는 것이기도 하다.

그날의 참혹했던 기억과 관련된 트라우마는 기본적인 인간관계에 대해 의문을 제기한다. 그것은 가족, 우정, 사랑 그리고 공동체에 대한 애착을 깨지게 한다. 다른 사람과의 관계 안에서 형성되고 유지되는 자기 구성이 산산이 부서진다. 인간 경험에 의미를 부여하는 신념 체계의 토대가 침식당한다. 자연과 신성의 질서에 대한 피해자의 믿음이 배반당하고, 피해자는 존재의 위기 상태로 내던져진다.[13]

김영희의 의식 속에 그해 5월의 광주라는 공간은 무서움으로 각인되어 있다. 그녀는 세상을 떠나 수녀원으로 들어가고 만다. 장형수는, "박영선과 만나는 건 내가 숨기고 있는 죄의 목격자를 만나는 것 같기도 하고, 내가 가해한 당사자를 만나는 것 같기도 했다"(169쪽)고 고백한다. 그는, 아버

---

11 전진성, 「기억의 정치학을 넘어 기억의 문화사로」, 『역사비평』, 2006년 가을호, 476쪽.

12 제레미 탬블링, 『서사학과 이데올로기』, 이호 역, 플래닛, 2000, 257쪽.

13 주디스 허먼, 앞의 책, 97쪽.

제1부 상흔과 치유를 위한 연대

지가 문을 잠근 바람에 도청에 나가지 못했던 데 대한 죄의식과 박영선이 도피 생활의 통고를 겪는 동안, 아무 일 없었다는 듯 자신은 대학원에 다니고 밥벌이를 하고 있었다는 부끄러움에서 쉽사리 벗어나지 못한다. 박영선 역시 진압군이 탱크를 앞세우고 도청을 공격해 들어오던 그날 밤, 그곳에서 빠져나왔다는 자책감에 시달리기는 마찬가지다. 그는 과로로 인한 암으로 죽음을 맞이한다. 최성호는 박영선이 수배되었을 때, 숨겨주지 못한 것에 대해 평생 죄책감을 지니고 살다가 의료사고를 저지른 후 자살로 생을 마감한다. 5월이 아니었더라면 문학동인이었던 그들 네 사람은 지금도 어느 찻집에서 만나고 있었을 것이지만, 그들은 예상치 못했던 광기를 만나 흩어지고 혹은 스러지고 말았다.

개인의 내적 동일성의 회복과 공동체의 복원을 위해 5·18민중항쟁과 관련된 트라우마의 치유는 그러므로 필수적인 과제가 된다. 그러나 "혐오든 사랑이든, 외상을 완전히 치유할 수 없다."[14]는 게 문제가 된다.

4. 말—소통을 넘어선 치유의 모색

중국어를 좀 더 알아듣게 되면서 장형수는 외국인 교수 숙소 옆방에 들어 있는 미국인 교수의 중국인 아내 옌쯔량이 한 사람에게만 전화하는 것이 아니라는 것을 알게 된다. "이름을 알게 되면 (타인의) 존재를 느끼게 되는 법"(161쪽)이기도 하지만, 한편 우리가 어떤 대상을 안다는 것은 물 자체(실재계)도 관념도 아닌 그 둘 사이의 공간(문화의 공간)에서 생성되는 사건을 아는 것이다. 우리는 사건을 통해 사물에 대해 아는 동시에 문화의 공간에

---

14 위의 책, 316쪽.

서 의미를 발생시키게 된다.[15] 이렇게 의미 부여는 적응의 문제일 뿐만 아니라 자기 규정의 문제이기도 하다.[16]

좋아하는 열대 과일들을 사들고 숙소로 돌아오던 장형수는 어느 날, 그의 숙소 옆 방 문 앞에서 열쇠를 찾느라 핸드백을 뒤지고 있는 옌쯔량을 만난다. 그녀는 감기에 걸린 듯 무척 피곤해 보였다. 장형수는 극구 사양하는 그녀에게 감기에 좋다며 오렌지 몇 개를 건네고, 벽 너머로 기침 소리가 잦아들던 어느 날 옌쯔량은 과일 샐러드를 만들어 그의 숙소를 방문한다. 그녀가 문화대혁명 기간에 아버지와 헤어지게 된 사연을 듣게 되는 계기가 마련된다. 그 많은 전화가 아버지의 행방을 수소문하는 것과 관계되어 있음도 알게 된다. 아버지의 소식을 알게 되었으나 아버지가 자신을 만나려 하지 않으려 해서 너무 슬프고 화가 난다는 것, 그럼에도 미국에 있는 그녀의 어머니가 간절히 원하기 때문에 아버지와 만나기로 했다는 이야기도 듣게 된다.

장형수는 학기가 끝난 겨울방학을 이용해 잠시 한국에 나가 있는 동안, 중국에 관한 몇 권의 책을 읽는다. 그는 『케임브리지 중국사』나 『문화대혁명사』, 『우붕잡업(牛棚雜億)』 등의 책을 읽으며, 문화대혁명의 전모가 매우 구체적이고 세밀하게 분석되고 있는 것을 알게 된다. 그것과 비교할 때 5·18광주민중항쟁이 그 전모를 드러내지 못하고 반쪽 역사로만 기술되고 있는 점에 대해 그는 "가슴 아프게 생각"(173쪽)한다.

서사에 등장하는 인물들이 찾는 궁극적인 지향점은 자기성찰 혹은 자아

---

15 나병철, 『소설과 서사문화』, 소명출판, 2006, 369-370쪽.
16 알라이다 아스만, 『기억의 공간』, 변학수 외 역, 경북대학교 출판부, 2003, 334쪽

인식이라 할 수 있다.[17] 따라서 "행복은 서로 닮아 있고, 불행은 저마다의 얼굴을 가지고 있다고 하지만, 그네들의 삶과 우리의 삶을 지배했던 힘의 연원은 비슷한 것이 아니었을까."(175쪽)하는 생각―인식을 갖게 된 장형수는 옌쯔량을 만나게 되면 그녀가 그녀의 아버지에 대해 좀 더 자세한 이야기를 해줄 수 있을 거라는 기대를 갖고 그의 숙소로 돌아간다.

옌쯔량의 아버지가 그녀를 만나지 않으려 했던 것은 그에게 부인이 있었기 때문이었다. 그러나 옌쯔량은 그녀의 아버지에게 화를 내지 못했다고 말한다. 왜냐하면 "그들이 너무 늙어 있었기 때문"(176쪽)이다. 그녀의 아버지가 그녀에게 했다는 말은 장형수뿐 아니라 독자들에게도 공감을 불러일으킨다. "우리들은 세월 속에 자기 자신을 묻어 버렸다."(176쪽)

옌쯔량의 아버지가 견뎌내야 했던 참혹한 세월과 그해 5월을 겪었던 장형수의 상흔은 본질적인 면에서 다르지 않을 것이다. 자기 자신을 시간 속에 묻지 않을 수 없었던 그것은 광기라 부를 만한 것인데, 광기는 꿈과 그토록 유사한 이미지에 오류를 구성하는 긍정이나 부정이 덧붙여질 때 존재할 것이다. 광기는 진실과 인간의 관계가 혼란되고 흐려지는 바로 거기에서 시작된다.[18] 광기 속에서는 영혼과 육체의 총체성이 흐트러진다.

그래서 「말을 알다」는 소통을 넘어서서, 우리를 억압했던 기나긴 세월―상처의 치유를 모색하는 소설이기도 하다. 그러나, 옌쯔량의 아버지는 그를 그리워했던 사람들과 만날 수 있는 가능성이 아직 남아 있지만 장형수는, "어디로 가서 그리운 사람들을 만날 수 있을 것인가"(184쪽) 하는 회한만이 남는다.

---

17 이은영, 「주체의 인식공간과 공간성 연구」, 한국소설학회 편, 『공간의 시학』, 2002, 134쪽.
18 미셸 푸코, 『광기의 역사』, 나남출판, 2006, 399~400쪽.

이야기하기를 통한 과거 회상은 삶의 중요한 고비마다 행해지는 제의의 일상적 기능이라 할 수 있을 것인데, 제의의 반복성은 인간 삶의 보편성과 본질적 측면을 보여준다.[19] 그것은 또한 과거를 비판적으로 분석하고 개인의 심리적 억압기제를 분석, 치료하기 위해 중요한 의미를 갖는다.[20] 과거를 마무리지은 생존자는 이제 미래를 형성하는 과제에 직면한다.[21] 그는 과거의 기억을 통해 현재와의 연속성을 찾고 자신의 정체성을 확고히 하며, 어떤 일에 대해 자신의 확고한 입장을 표명하고 결단을 내린다.[22] 트라우마의 치유는 악이 전적으로 승리할 수는 없었음을, 그리고 치유를 가능케 하는 사랑이 여전히 세상 속에 존재한다는 희망에 기반하고 있다. 그러나 외상의 완결에는 종착지가 없다. "어디로 가서 그리운 사람들을 만날 수 있을 것인가" 하고 묻는 장형수의 독백–과거 회상이 시사하는 것처럼, 완성된 치유–회복이란 무엇으로도 가능하지 않다는 데 그해 5월의 비극성이 있다.

장형수는, 명시적으로 말하고 있지는 않지만 그러한 비극의 연원을 어느 쪽이든 인간을 억압하는 이데올로기라고 생각하고 있는 듯싶다.[23] 이데

19 오세정, 「제의적 공간과 신화적 인식」, 한국소설학회 편, 『공간의 시학』, 예림기획, 2002, 7쪽.

20 정항균, 『므네모시네의 부활』, 뿌리와 이파리, 2005, 125쪽.

21 주디스 허먼, 앞의 책, 326쪽.

22 정항균, 앞의 책, 69쪽.

23 이경덕, 「탈식민주의와 마르크시즘」, 고부응 외, 『탈식민주의 이론과 쟁점』, 문학과 지성사, 2005, 183쪽. 명목상의 해방을 이룬 신식민지의 상황에서는 같은 민족이 새로운 식민 세력으로 자리하면서 같은 민족을 억압하고 통치하는 데 민족주의 이데올로기를 사용하는 것을 볼 수가 있다. 즉 지배자들이 자신들을 대립항으로 만들지 않기 위해 민족 내지 인종에 대한 의식을 민족 자체 혹은 인종 자체의 결속을 위한 이데올로기로 만들 필요가 생기는 것이다. 독재자를 우상화하는 작업이나 대대적인 의식 개혁으

제1부 상흔과 치유를 위한 연대

올로기는 개인들을 주체로 불러 세운다고 말한 알튀세르와는 달리 지마는 "이데올로기적 순응주의가 가치들의 무차별성에서 발원하며 주체의 실존적 토대인 이데올로기 그 자체가 결국 무차별하고 교환 가능한 것으로 되어버린다."[24]고 말한 바 있다. 그런 측면에서 이미란의 「말을 알다」는 중국의 문화대혁명과 광주의 5월이라는 비극의 겹침을 통해 인간 삶을 억압하는 기제로서의 이데올로기에 대한 비판적 함의를 담고 있는 소설이기도 하다.

5. 기억과 치유의 문제

문화대혁명이든 혹은 그해 5월이든, 평범했던 사람들의 일상을 뿌리째 흔들고, 진실과 인간의 관계를 혼란스럽게 만든 결과를 가져온 게 분명하다. 살아남은 사람들은 그날의 기억에 의해 무력감과 두려움, 죄책감으로 고통을 겪는다.

이 글에서 살펴본 이미란 소설 「말을 알다」는 5월의 기억과 관계 맺고 있는 소설이다. 기억과 문학적 상상력이 서로 교차하는 문학 텍스트는 스스로 하나의 '기억 공간'이 된다. 문학공간은 확장된 삶의 공간이며, 역사적 경험을 기억하는 흔적이면서 과거의 체험을 현재화하는 동시대적 공간이기도 한다. 자칫 망각의 유물 혹은 기억의 박물관으로 남겨질지도 모르는 그해 5월의 기억을, 「말을 알다」는 소설이라는 문화적 기억-재현을 통해 새삼스레 그 현재-미래적 의미를 묻는다.

로서의 중국의 문화대혁명이 그러하거니와 우리의 현대사의 경우에도 그와 유사한 측면을 볼 수 있다.

24 페터 V. 지마, 『소설과 이데올로기』, 김창주 역, 문예출판사, 1997, 215쪽.

「말을 알다」의 서술 시간은 그날로부터 오랜 시간이 경과한 때일 뿐 아니라 기억-재현의 공간을 광주와 중국의 상해로 병치시킨다. 광주라는 공간으로 한정되다시피 한 기왕의 5 · 18소설들과 비교해 볼 때, 서사 공간의 확장이라는 측면에서도 「말을 알다」는 눈여겨볼 가치가 있는 소설이다. 한편 소설 「말을 알다」는 소통을 넘어서서, 우리를 억압했던 기나긴 세월-상처의 치유를 모색하는 소설이기도 하다.

말 — 이야기하기를 통한 과거 회상은 삶의 중요한 고비마다 행해지는 제의의 일상적 기능이라 할 수 있을 것인데, 제의의 반복성은 인간 삶의 보편성과 본질적 측면을 보여준다. 그것은 또한 과거를 비판적으로 분석하고 개인의 심리적 억압기제를 분석, 치료하기 위해 중요한 의미를 갖는다. 트라우마의 치유는 악이 전적으로 승리할 수는 없었음을, 그리고 치유를 가능케 하는 사랑이 여전히 세상 속에 존재한다는 희망에 기반하고 있다. 그러나 외상의 완결에는 종착지가 없다. "어디로 가서 그리운 사람들을 만날 수 있을 것인가" 하고 묻는 장형수의 독백-과거 회상이 시사하는 것처럼, 완성된 치유-회복이란 무엇으로도 가능하지 않다는데 그해 5월의 비극성이 있다. 문화대혁명의 전모가 매우 구체적이고 세밀하게 밝혀진 것과는 달리 5 · 18광주민중항쟁은 그 전모를 드러내지 못하고 반쪽 역사로만 기술되고 있는 때문이다. 총을 쏜 자도, 총을 쏘라고 명령한 자도 드러나지 않았는데 무려 2백여 명이 그때 죽었다. 그런데도 거짓 화해를 이야기하는 담론들이 존재하고 있는 것은 어찌된 일인가.

개인의 내적 동일성의 회복과 공동체의 복원을 위해 5 · 18민중항쟁과 관련된 트라우마의 치유는 필수적인 과제이다. 그런데 그것이 가능하지 않다면 우리는 무엇을 어떻게 할 것인가? 어떻게 해야 하는가? 이미란 소설 「말을 알다」는 조심스럽게, 치유를 가능케 하는 연대가 여전히 세상 속에 존재한다는 희망을, '광주'라는 공간을 넘어선 곳에서 제시하고 있다. 그것은 옌쯔량의 아버지가 견뎌내야 했던 참혹한 세월과 그해 5월을 겪었던 장형수의 상흔은 본질적인 면에서 다르지 않다는 인식, 행복은 서로 닮아 있고, 불행은 저마다의 얼굴을 가지고 있다고 하지만, 그네들의 삶과 우리의 삶을 지배했던 힘의 연원은 비슷한 것이 아니었을까 하는 생각—인식을 통해 잘 드러나고 있다. 소설 「말을 알다」가 기왕의 '5·18'소설들과 다른, 빛나는 지점이라 할 것이다.

기억과 항쟁 주체의 문제

5·18 가해자들의 기억과 트라우마

1. 역사적 기억과 문학적 기억

이 글은 5·18 가해자[1]의 기억과 트라우마를 다룬다. 특히 '5·18소설'
들에서 가해자는 누구이며, 그들은 어떻게 호명되고 있는지, 그들은 사건
을 어떻게 기억-해석하고 있으며, 어떤 종류의 트라우마를 겪고 있는지
살펴본다. 이는 과거사 청산의 목표와도 부합되는 작업이다. 과거사 청산
은 궁극적으로 역사의 정의를 세우고 화해의 길로 나아가 발전적 미래를
만드는 것이라 할 수 있다. 그렇게 하기 위해서는 피해자들뿐만 아니라 가
해자들의 고통에 대한 이해도 필수적이다.

문학은 역사적 기억 속의 인간 존재의 고통을 말함으로써 역사 속의 고
통이 어떻게 만들어졌으며, 도대체 왜 우리는 거기에서 고통을 느껴야 했

---

[1] 5·18의 가해자들을 엄밀하게 규정하자면 폭력적인 국가기구, 좀 더 좁히면 5·17군
사정변의 지휘라인에 있었던 이들이거나 계엄군의 지휘관들이겠다. 다만 이 글에서는
계엄군의 일원으로 광주에 내려와 시민들을 상대로 폭력적인 진압을 했던 군인들로
한정한다.

으며, 나아가 그것은 왜 지금까지도 반복되고 지속되는가, 하는 문제의식을 던지는 데 유용한 텍스트다. 까닭에 역사와 문학은 상보적이다.

그런 의미에서 5 · 18소설에서 역사적 기억을 말한다는 것은 구멍 뚫린 역사적 기록의 빈 곳을 채우면서 다시는 그와 같은 비극적인 폭력이 되풀이되지 않아야 한다는 미래의 과제를 제시하는 것까지를 포함한다. 즉 역사적 고통에 대해 5 · 18소설이 말하고 있다면, 그것은 고통의 해결이나 제거가 아니라 고통을 주었던 부정적 역사와의 간격을 지탱하면서 수많은 사람들의 고통이 변질되지 않도록 애쓰는 것, 그리고 그것을 다시 반복해서 겪지 않으려는 눈뜬 성찰이다. 문학은 고통의 크기가 커지면 커질수록 역사적 기억에 대해 말하는 것을 지속해야 할 충분한 이유를 갖는다. 이것이 가장 '사실'적이지 못한 문학(문학적 상상력)이 역사적 기억과 고통에 대해 말할 수 없음에도 말해온 것이며, 앞으로도 말해야 할 것이다.[2]

그런데 기왕의 연구들에서 확인할 수 있는 것은 그것이 피해자들의 고통만을 다루고 있다는 점이다. 물론 미래는 과거와 분리되어 있지 않으며, 현재를 매개로 하여 과거와 깊숙이 연결되어 있다. 따라서 잘못된 과거가 만들어놓은 뒤틀린 매듭을 올바로 풀지 않는다면 아무리 우리가 앞을 향해 나아가려 해도 매듭은 더욱 꼬이기 마련이다.[3] 국가폭력에 의한 피해자와 피해자 가족들이 겪는 정신적 트라우마는 상당하다. 폭력을 행사한다는 것은 결국 타인의 권리를 침해하는 것으로 고통을 수반하는 폭력에는 피해자의 존재, 행동 그리고 가치에 영향을 미친다. 폭력은 혼돈의 위협을 이끌어

---

2 한순미, 「고통, 말할 수 없는 것 : 역사적 기억에 대해 문학은 말할 수 있는가」, 『호남문화연구』 45권 0호. 전남대학교 호남학연구원, 2009, 93~94쪽.

3 오수성, 『국가폭력과 트라우마』, 『민주주의와 인권』 13권 1호, 전남대학교 5 · 18연구소, 2013, 5쪽.

제2부 기억과 항쟁 주체의 문제

내며, 그 혼돈의 위협 속에서 인간 본래의 정체성을 파괴하게 한다.

따라서 피해자들의 고통을 이해하고 그들이 겪고 있는 트라우마를 치유하기 위한 우리 사회의 지속적인 관심과 노력은 아무리 강조해도 지나치지 않는다. 피해자들의 온전한 치유와 진정한 역사적 화해의 길이 가해자들의 진심 어린 사죄로부터 시작될 수 있다면, 바로 그렇기 때문에라도 가해자들의 고통에 대해서도 주목할 필요가 있다. "과거사의 문제로 인하여 오랫동안 내면의 고통으로 고착화된 트라우마를 치유의 프로그램을 통한 완전 치유의 단계로 나아갈 수 있도록 제도적 장치를 마련하여 그들의 상처를 온전히 치유해야 과거사 청산은 완성될 것이다. 과거사 청산의 궁극적 목적은 역사의 정의를 세우고 화해의 길로 나아가 발전적 미래를 만드는 것이기 때문이다."[4]라는 주장은 온당하다. 그러나 문제는 치유의 대상에 가해자는 제외되고 있다는 점일 것이다.

이 글에서 5·18소설들을 통해 그러한 문제에 주목하는 까닭은 문학이 정서적 소통을 목적으로 하는 언어이며, 무엇보다 문학 읽기는 읽는 주체인 자아와 텍스트로서의 세계가 상호작용하는 매우 독특한 경험 공간이라는 점에서 그러하다. 그러니까 이 글은 넓게 보아 역사적 고통은 왜 반복되고 지속되는 것일까에 관한 문학적 탐구의 일환이면서 그동안 우리가 무심하게 지나쳤던 가해자들의 고통에 관심을 갖는다. 필자는 이 글에서 조심스럽게 가해자들의 인권 ― 존엄성의 문제를 생각해보고자 한다. 어떤 사람을 존엄하게 대우하는 것은 그 사람을 정중하게 대우하는 것이다. 근본적 권리의 어떤 집합을 존중함으로써 존엄성을 존중하는 대신에 존엄

4   엄찬호, 「과거사 청산과 역사의 치유」, 『인문과학연구』 33권, 강원대학교 인문과학연구소 2012, 263쪽.

은 정중함을 요구한다.[5] 사실 기본적 인권의 발견에 이르는 역사적 과정은 어떤 종류의 삶이 인간에게 바람직한가를 발견하는 과정이라고 믿는다. 기본적 인권의 기초는 무엇일까? 칸트의 도덕철학을 중요한 이론적 자원으로 삼으면서 독일의 기본법 제1조 1항, 이른바 '존엄성 조항'의 해석을 둘러싼 법적 논쟁을 다루고 있는 윌리엄 탤벗은, 그것을 자신에게 바람직한 것(one's own good)에 대한 확실한 판단 능력이라고 말한다.[6] 탤벗에 따르면, 정상적인 모든 인간이 이 능력을 가지고 있다. 5·18가해자들은 어떠할까. 그들은 단지 '괴물'이기만 했을까.

이 글에서는 5·18기념재단이 2012년에 간행한 『5월문학총서·2 소설편』[7]에 실려 있는 중단편 중에서 임철우 단편 「봄날」과 윤정모 단편 「밤길」, 홍희담 중편 「깃발」, 한승원 단편 「어둠꽃」, 문순태 단편 「최루증」을 집중적으로 살핀다. 총서에는 수록되지 않았으나 이 글에서 살펴보고자 하는 가해자의 문제를 집중적으로 다루고 있는 이순원 단편소설 「얼굴」[8]

---

5   마이클 로젠, 『존엄성』, 공진성·홍석주 역, 아포리아, 2016, 84쪽.

6   윌리엄 J. 탤벗, 『인권의 발견』, 은우근 역, 한길사, 2011, 51쪽.

7   5월문학총서간행위원회, 『5월문학총서·2 소설편』, 2012, 5·18기념재단. 『5월문학총서·2 소설편』은 5·18기록물이 유네스코 세계기록문화유산에 등재된 것을 기념하기 위해 5·18기념재단이 간행한 문학총서시리즈 중 하나로 5·18을 제재로 한 중·단편소설 13편이 수록되어 있어서 문학사회학적으로 일정한 의의가 있다. 수록작품을 순서대로 살펴보면, 「봄날」(임철우), 「밤길」(윤정모), 「어둠꽃」(한승원), 「십오방 이야기」(정도상), 「깃발」(홍희담), 「우투리」(송기숙), 「저기 소리 없이 한 점 꽃잎이 지고」(최윤), 「불나방」(백상우), 「다시 그 거리에 서면·2」(박호재), 「최루증」(문순태), 「목마른 계절」(공선옥), 「망월」(심상대), 「그 희미한 시간 너머로」(심영의) 등 모두 13편이다.

8   이순원, 「얼굴」, 『5월광주대표소설집』, 풀빛, 1995. 이 소설은1990년 문학과사회 11호(1990년 겨울)에 처음 실렸고, 1993년 문학과지성사에서 펴낸 이순원 소설집 『얼굴』에 수록되어 있으나, 이 글에서는 풀빛에서 1995년에 펴낸 『5월광주대표소설집』에 수록된 작품을 읽는다.

과 정찬 중편소설 「슬픔의 노래」[9], 그리고 피해자의 죄의식과 트라우마를 중점적으로 다루고 있는 류양선 장편소설 『이 사람은 누구인가』[10] 등 여덟 편의 소설들을 읽어가면서 가해자들이 해석하고 있는 5·18의 의미와 그것으로 인한 트라우마를 살펴본다.

기억은 하나의 행위이며 재현 또는 표상이다. 따라서 기억이론은 한 집단 또는 사회가 과거를 재구성하는 행위와 그 결과에 대한 연구로서 역사적 진실보다는 과거가 형성되고 재현되고 특정 기능을 담당하는 역동성에 관심을 둔다. 물론 이 글이 5·18소설들을 분석 대상으로 하고 있는 까닭에 앞에서도 언급한 것처럼 기억이론을 원용하되 역사적 기억과 문학적 기억을 구분하여 텍스트를 읽어낼 것이다.

여기에서 유용한 논의가 문학과 사회와의 구조 상동성을 논한 골드만 (Lucien Goldmann)과 그의 이론을 비판적으로 계승한 지마(Peter V. Zima)의 '텍스트 사회학'이 될 것이다. 이 연구가 5·18문학작품에 표상된 가해자의 고통과 트라우마를 다루고 있다는 한계를 그것이 얼마간 매워줄 것으로 기대한다. 소설에 표상된 가해자의 발화가 곧바로 현실의 그것은 아니라는 점에서, 그럼에도 불구하고 우리의 경우 독일에서처럼 국가폭력의 가해자의 일원이었던 사람들의 고백록 혹은 체험수기와 같은 직접적인 자료가 생산되지 않고 있다는 점에서 이 연구가 문학작품 분석을 통한 가해자의 고통을 살펴보는 것으로 그친 것은 불가피한 점이 있다.

---

9 정찬, 「슬픔의 노래」, 『20세기 한국소설』 42권, 창비, 2006. 본디 이 소설은 『현대문학』 485호(1995.5)에 실렸다가 창비에서 펴낸 『20세기 한국소설』에 재수록 할 때 작가에 의해 부분 수정되었다. 이 글에서는 창비판을 텍스트로 했다. (글에서 소설의 본문을 인용할 때는 괄호 안에 인용하는 쪽수만 밝히기로 한다.)
10 류양선, 『이 사람은 누구인가』, 현암사, 1989.

2. 살아남은 자의 트라우마

문화란 '상징적 의미 세계'로서 인간의 유한적이고 무상한 상태를 초월하고 의미 있는 행위와 체험을 지시하는 지평으로서, 집단과 그 구성원의 정체성을 표시해주는 '의미 저장고'이다. 그리고 이러한 문화는 바로 '상징적 현재화의 능력', 즉 거리와 조망의 능력을 지닌 기억에 존재의 기반을 두고 있다. 그런 의미에서 문화는 박물관 같은 건물 속에 보존되어 있는 유물들에 의해 구성되는 것이 아니라 '흔적', '찌꺼기'로 간주되는 기억의 파편화된 유산과 긴밀한 관계를 맺음으로써 구성된다.[11]

많은 5·18소설들은 모두 5·18 때 살아남은 자들의 부끄러움과 죄의식에 대해 이야기하고 있다. 특히 5·18을 소설화한 의미 있는 첫 작품들인 임철우 단편 「봄날」(1984)과 윤정모 단편 「밤길」(1985)의 경우에 그러한 정서가 각별하게 드러난다. 임철우 단편 「봄날」은 그날에 살아남은 자들의 그 이후의 삶 — 죄의식, 부끄러움의 문제를 다루고 있다. 이 소설에서 말하는 이는 누구인가. 누가 무엇을 보는가. 「봄날」의 경우 드러난 사건(의 연쇄)은 상주의 정신병원 입원과 그를 문병 가는 친구들이다. 그런데 상주의 면회는 금지되어 있다. 그들은 상주를 직접 보지 못한다. 대신에 상주의 일기와 그의 여동생 상희의 전언을 통해서 우리는 상주의 고통에 찬 목소리를 듣는다. 그 매개 과정을 통해 우리는 광주의 5월을 전해 듣게 된다. 이 소설에서 서술자인 나는 자신의 목소리를 죽은 명부의 목소리까지 포함해서 다른 인물의 목소리와 혼합시킨다. 우리는 명부와 상주와 그리고 '나-길수'의 목소리를 동시에 들으면서 이 소설에서 실제로 우리에게

---

11 최문규 외, 『기억과 망각』, 책세상, 2003, 93쪽.

말하는 목소리가 서술자의 것인지 인물의 것인지 명확하게 판단하지 못한다. 복합담화의 서술방식을 통해 이 소설은 우리에게 죽음과 파괴에 대한 공포, 5월의 비극적 상흔과 새삼 마주하게 한다.

윤정모 단편소설 「밤길」도 「봄날」에서 보듯 살아남은 자의 죄의식을 핵심 주제로 삼고 있는 소설이다. 마지막 날 밤 '요섭'은 '김 신부'와 함께 도청을, 광주를 빠져나온다. 세상(광주 바깥)에 진실을 알려달라는 동지들의 뜻에 따라 요섭은 지금 김 신부와 함께 밤길을 걸어 서울로 가고 있는 중이다. 그런데 그들은, 특히 요섭은 그러한 자신의 행위를 떳떳한 것으로 여기지 못한다. 동지들은 도청에서 거리에서 죽어가고 있는데 자신만 사지(死地)에서 빠져나왔다는 죄의식의 심연으로부터 벗어나지 못하고 있음을 알 수 있다. 아무리 그러한 결정이 동지들의 뜻이었고 반드시 필요한 일이었다 하더라도 자신은 삶에 속해 있고 그들은 죽음에 속해 있다는 것, 이것은 요섭의 힘만으로는 도저히 빠져나올 수 없는 부끄러움 그 자체다. 김 신부는 요섭의 임무가 아직 끝나지 않았다는 것을 상기시키며 위로하지만 한편 그 또한 도청을 빠져나올 때 자신의 탈출이 과연 출애굽인가, 정녕 그러한가를 스스로에게 반문한다. 그날에 살아남은 자 그 누구도 죄의식에서 자유롭지 못함을 이 소설은 보여주고 있는 것이다. 그 점은 이 소설의 제목이 「밤길」이라는 점에서도 충분히 유추가 가능하다. 밤길은 누구에게나 어둡고 두려우며 부끄러움을 감추고자 하는 심리적 기제를 갖는 일종의 문학적 약호(code)인 까닭이다.

대중들은 오래전 광주에서 무시무시한 사건이 발생했었다는 사실을 주기적으로 알게 되지만, 그 앎이 오래가는 일은 드물다. 사건의 한쪽에서는 잊고자 소망하지만 결코 잊지 못하는 피해자가 있고, 다른 편에는 잊기를 원하고 또한 그러는 데 성공하는 강하고 종종 무의식적인 동기를 지닌 다른 모두가 있기 때문이다. 전쟁과 피해자는 공동체가 잊고자 하는 무엇이다. 망각의 베일은 고통이 담긴 불쾌한 모든 것들에 드리워져 있다. 그럼에도 우리는 문학적 혹은 문화적 재현을 통해 5 · 18이 역사적 유물 — 흘러간 과거사로 남지 않도록 그것의 현재, 그리고 미래적 의미를 끊임없이, 그리고 새롭게 탐문하는 일이 필요하다. 거대한 폭력에 대항해서 끝내 지켜 내야 할 인간성의 옹호라는 본질적 측면에서 그것은 여전히 유효한 성찰의 대상이기 때문이다.

과거에 대해 눈을 감는 자는 결국 현재에 대해서도 눈이 멀게 될 뿐만 아니라 비인간적인 행위를 마음에 새기려 하지 않는 자는 또 그러한 위험에 빠지기 쉽다.[12] 뿐만 아니라 시대의 증인들이 갖고 있는 경험기억이 미래에 상실되지 않게 하기 위해서는 후세의 문화기억으로 번역될 것이 필요하다. 개인과 문화는 언어적, 조형적, 제의적 반복이라는 소통을 통해서 그들의 기억을 교호적으로 만들어 나간다. 개인과 문화, 이 양자는 신체 밖의 저장매체와 문화적 행위의 도움으로 그들의 기억을 유기적으로 엮어 나간다. 이것 없이는 세대를 넘고 시대를 넘어 통하는 어떠한 기억도 형성될 수가 없다.[13]

우리에게 주어진 또 다른 과제는 트라우마(Trauma)의 치유를 통해 개인의 정체성과 공동체의 복원을 모색하는 일이다.[14] 정신분석학은 트라우마

---

12 타나카 히로시 외, 『기억과 망각』, 이규수 역, 삼인, 2005, 89쪽.

13 알라이다 아스만(Aleida Assmann), 『기억의 공간』, 변학수 외 역, 경북대학교 출판부, 2003, 23쪽.

14 주디스 허먼, 『트라우마』, 최현정 역, 플래닛, 2007, 17쪽. '외상 후 스트레스 장애'라고도 하며 과도한 위험과 공포, 스트레스 상황에 대한 심각한 심리적 충격을 일컫는다. 『정신장애 진단 및 통계 편람 4판』에 따르면, 외상(trauma)이란 심각한 죽음이나 상해를 입을 위험을 실제로 겪었거나 그러한 위협에 직면했을 때, 혹은 타인이 죽음이나 상

제2부 기억과 항쟁 주체의 문제

가, 의식이 일차적으로 망각한 무의식의 부분이라는 것, 그리고 그것은 일정한 계기가 주어지면 반드시 나타난다는 것을 증명했다. 그것은 사진기의 섬광처럼 순간적으로 나타나 신체에 고통의 흔적을 각인시킨다. 양심의 형태로 각인되는 기억은 인간의 삶을 도덕과 책임감에 사로잡히게 만들고, 인간의 모든 시야를 과거에 고착시키는 퇴행적 결과를 불러온다. 살아남은 이들의 기억을 통해 드러나는 5·18은 폭력과 광기의 상흔으로만 호명된다. 그러므로 개인의 내적 동일성의 회복과 건강한 공동체의 복원을 위해 5·18과 관련된 트라우마의 치유 — 완전한 회복은 필수적인 과제가 된다. 회복의 기본은 안전의 확립, 외상 이야기의 재구성, 그리고 생존자와 공동체 사이의 연결 복구에 있다.

다만 여전히 문제가 되는 것은 많은 5·18소설들에서 가해자의 고통에 관해서는 아무런 말이 없다는 점에 있다. 그것은 물론 이 소설들이 차마 고개 돌려 바라볼 수 없는 비정한 사실들을 이야기하지 않을 수 없는 사정과 연관된다. 광주는 무엇보다 공포의 이름이다. 달리기의 늦고 빠름이, 남을 것인가 아닌가의 선택이, 그 찰나의 순간이 삶과 죽음을 가른 그곳에서 누군가는 죽고 누군가들은 살아남았다. 그 죽음이 어디로부터, 무엇으로부터 온 것인지를 묻는 일은 그러므로 어쩌면 사치스러운 일인지도 모른다. 눈앞에서, 사람이 사람을 죽이는 일이 벌어지고 있을 때, 그 죽이는

해의 위협에 놓이는 사건을 목격하였을 때, 이에 대하여 강렬한 두려움, 무력감, 공포를 경험한 경우를 의미한다. 이런 일들은 흔히 전쟁참전용사나, 어렸을 때 성적인 학대를 당한 사람, 그리고 강간을 당한 여성들에게서 흔히 발병하는 것으로 알려져 있다. 허먼은 가정폭력이든 정치적 테러든 폭력의 메커니즘은 어디에서나 동일하며, 이러한 폭력을 종결짓기 위해서는 인권 운동 같은 정치적이고 공적인 행위의 개입이 절대적으로 필요하다고 주장한다.

자의 배후에 있는 자를 떠올리는 일은 거의 불가능하다.[15] 그러할진대 살아남은 자들에게 남겨진 사람을 이야기하면서 가해자의 고통을 돌아볼 수 있는 여유란 더욱 더 가능한 일이 아니다. 그런 까닭에 또 다른 5·18소설들은 그날 누가 어떻게 싸웠는가 하는 문제에 주목한다.[16] 무엇보다 항쟁의 주체는 각성된 노동자 계급이었다는 시각이 지배적이다.

그런데 텍스트는 이데올로기적으로 생산되는 것이지만, 그 말은 바흐친이 말한 바, '하나의 사회적인 형성이 또 다른 사회적 형성에 영향을 미친다.'는 의미에서 그렇다. 그렇다하여 이 '사회적 형성'이라는 개념이 단순히 사회가 예술의 소재를 제공한다거나 '예술은 이데올로기이다.' 라는 식의 설명인 것은 아니다. 어디까지나 작가라는 주체를 통해서 사회적 사실이 예술적으로 가공되고 변형될 때 독자들과의 역사적 담론적 공감이 형성된다는 의미에서 그렇다. 이 '사회적 사실이 예술적으로 가공되고 변형'될 때에도 '사실의 왜곡'까지 허용되는 것은 아닐 터이다. 다시 말하지만, 무엇보다 5·18을 노동자 계급의 당파성이라는 측면에서만 재해석해버린다면, 그것은 5월 소설들을 매우 협애화해버리는 결과를 가져올 위험이 있다. 그것은 사실의 측면에서도 부합하지 않는다. 특히 홍희담 소설 「깃발」에서 그리고 있는 노동자는 사실 그때 광주에서, 금남로에서, 도청에서 존재하지 않았다고 보는 것이 옳다. 5·18을 광주만의 항쟁으로 보는 것과 같은 차원에서 그것을 노동자만의 항쟁으로 보는 이념적 경사, 열정의 극복을 통과할 때 소설적 진실이 확보될 수 있을 것이다.

---

15 방민호, 「광주항쟁의 소설화, 미완의 탑」, 『5·18민중항쟁과 문학·예술』, 5·18기념재단, 2006, 195~196쪽.

16 홍희담 「깃발」, 송기숙 「우투리」, 정도상 「십오방 이야기」, 백성우 「불나방」, 심영의 「그 희미한 시간 너머로」

제2부 기억과 항쟁 주체의 문제

3. 가해자에게 새겨진 고통과 죄의식

기억이란 과거의 것을 정신 속에 보전하는 일이다. 개인의 심리적 차원에서 인간의 기억 속에는 대체로 과거의 일이나 정신적 과정의 일부만이 보존된다. 그러나 망각된 것으로 여겨진 과거의 체험들은 한 인간의 내면에서 완전히 사라지는 것이 아니라 인간의 정신 속에서 어떤 다른 형태로 잔존하는 것이다. 어떤 계기가 주어질 때 그 기억은 외부로 드러나서 그 기억과 관계된 사람들의 일상을 뒤흔든다. 개인적 기억의 표출과 밀접한 관계에 있는 심리적 현상은 '은폐기억'과 '강박적 반복'이다. 은폐기억이란 꿈에서 억압된 무의식적 내용이고, 강박적 반복이란 잊고 있던 어떤 억압된 내용을 기억해내야 하는 경우, 그것을 기억하지 않고 행동으로 그 억압된 내용을 반복하는 것을 말한다.[17] 이 장에서는 1980년 광주의 5월과 관계된 이들, 특히 가해자의 일원으로 광주에 파견되었던 계엄군들의 자의식 속에 남아 있는 '은폐기억'과 '강박적 반복'의 양상을 살펴보도록 한다.

이순원의 「얼굴」은 광주 청문회가 방영되었던 시기를 배경으로 진압군으로 참가한 7공수 출신의 은행원 '김주호'의 고통과 죄의식, 그리고 지워지지 않는 상흔을 그리고 있다. 일반병으로 입대했다가 차출되어 공수부대원으로 광주에 투입되었던 그는 훈련된 군인으로 명령에 따라 광주 현장에서 데모 군중에게 적개심을 갖고 폭력을 행사했었다. 하지만 제대하고 사회에 나와서는 그것이 결코 떳떳하지 못했던 일임을 깨달으며, 공수부대 출신이라는 자신의 경력 때문에 동료들로부터 따돌림을 당한다. 특히 그가 사회에 나와 결혼을 생각했던 여자 '박영은'이 광주 출신이고 그

17　김현진, 「기억의 허구성과 서사적 진실」, 최문규 외, 앞의 책, 205~208쪽.

녀의 오빠가 당시에 죽었다는 말을 들은 후 과거의 기억은 더욱 선명하게 그를 괴롭힌다. "혹시 광주에 가보신 적 있으세요?" 하고 그녀가 묻는다. 그가 대답한다. "아뇨, 아직 한 번도." 이 소설의 문제적 상황은 여기에 있다. 삶은 광주의 피해자들에게만 남겨진 것이 아니라는 것, 가해자들에게도 시간은 펼쳐져 있고 그들 또한 살아가야 하는데, "도대체 누가 진정한 가해자인가"[18] 하는 물음을 이 소설은 던지고 있는 것이다.

가해자는 없고 폭력의 하수인만 다시 드러나는 현실, 이것이 광주의 비극을 안고 있는 우리들의 고뇌라는 것, 살아남은 자 그 누구도 이 죄의식의 상흔으로부터 벗어날 수 없다는 것, 뿐만 아니라 어쩌면 '5·18'은 영원히 치유되기 힘든 역사적 사건으로 남을지 모른다는 지적을 하고 있다.

한승원의 「어둠꽃」은 그 상처의 치유에 관해 나름의 해법을 모색하고 있는 작품이다. 이 소설의 주인공 '이종남' 역시 「얼굴」의 '김주호'처럼 당시 공수부대원이었고, 제대하고 난 후 그 사실을 가족이나 친지에게 말한 적이 없다. 자기가 그때 그렇게 도시로 투입되어 총칼을 휘둘렀다는 사실을 참회하는 투로 털어놓는다 하더라도 자기는 사람들에게 밟혀 죽을 것만 같았기 때문인데, 그 비밀이 응어리가 되어 그를 자나깨나 아프게 고문하는 중이다. 그는 직원들이 모두 그를 따돌리고 있다는 강박증에 시달리며 거듭 다짐한다.

> 죽어도 내가 이 도회를 얼룩무늬 옷 입고 들어온 일에 대해서는 발설하
> 지 않아야만 한다. 내가 왜 발설을 해? 나 죽으려고 발설을 해? (47쪽)

이 내적 독백(발화되지 않은 독백)은 간섭하는 서술자 없이 인물의 발화되

---

18 방민호, 앞의 글, 204쪽.

지 않은 생각들의 직접적이고 즉각적인 제시로 기능한다.[19] 그는 한 건물의 옥상에서 도청 앞 분수대와 금남로 일대를 향해 총을 갈겨대던 일을 생각한다. 아무리 생각해도 그의 잘못이란, "쏘라는 명령을 거역할 수 없었"던 것뿐이다.

그런데 이 소설에서 제시하고 있는 상처의 치유는 개인적인 모럴(moral)의 수준에서의 제시인데, 이는 사회의 내부에서 생긴 외적 요청과 개인의 내적 자발성이 일치하는 지점에서 성립할 수 있는 명제라는 점에서 일정한 의미와 한계를 함께 내포하고 있다. 결국 「어둠꽃」은 개인적 차원의 용서와 화해, 그로부터의 구원이란 최소한 5월의 경우 아직은 섣부른 접근이라는 것을 역으로 일러주고 있는 셈이다.

정찬 중편소설 「슬픔의 노래」에서 사건과 관계된 인물들의 이야기를 전달하는 서술자─'나'는 신문사 기자다. 그는 소설가이기도 한데, 소설에서 서술자가 글을 쓰는 자라는 사실은 이 소설이 5·18을 가능하면 객관적으로 바라보려 애쓰고 있는 것과 무관하지 않다. 몸담고 있는 신문사에서 공산권의 유명 음악원 취재를 기획하고 그 첫 취재 대상으로 폴란드의 쇼팽 음악원이 결정되자, '나'는 폴란드에 가는 김에 '구레츠키'를 인터뷰해보라는 부장의 지시를 받게 된다. 교향곡 3번 〈슬픔의 노래〉로 유명한 '구레츠키'는 전 세계 매스컴으로부터 인터뷰 요청이 쇄도하지만 정작 매스컴에 노출되는 것을 싫어해서 인터뷰 약속을 잡는 것이 쉽지 않은 일이었다.

'구레츠키'가 작곡한 교향곡 3번 〈슬픔의 노래〉 속에는 소프라노가 부르는 세 곡의 노래가 있다. 15세기 경 부터 폴란드의 수도원에서 전해져오는 성십자가 탄식이라는 기도문과, 2차 대전 중 게슈타포 수용소에 갇힌 18

---

19 로버트 숄즈·로버트 켈로그, 『서사의 본질』, 임병권 역, 예림기획, 2001, 231쪽.

세 소녀가 벽에 새긴 애절한 기도문, 그리고 잔혹한 적에게 사랑하는 아들의 목숨을 빼앗긴 어머니의 애통해하는 폴란드 민요가 그것이다.

'나'는 수소문 끝에 쇼팽 음악원에서 작곡 공부를 하고 있는 '김성균'에게 '구레츠키'와의 인터뷰 약속을 부탁한다. '김성균'은 국내에서 여러 편의 작품을 발표한 바 있는 젊은 작곡가로 '구레츠키'와 인연이 있었다. 바르샤바 공항에는 '김성균'과 통역을 맡은 '박운형'이 '나'를 마중 나온다. 또 한 사람, 인터뷰 장면 사진을 찍기 위해 부탁한 '민영수'를 만난다. '민영수'는 폴란드에서 영화를 공부하고 있다. '박운형'은 폴란드에서 유일한 한국인 배우다. 그런데 문제는 '구레츠키'가 영국 여행을 준비하는 일이 바빠서 당장 만나지 못하고 여행 후에나 만날 수 있다는 것이고, 그를 만나려면 2주일을 더 기다려야 하는데, 그것은 '나'의 출장 일정상 불가능하다는 점이었다. '구레츠키'는 아직 집에 있었고, 그래서 '나'는 일단 그가 있는 카토비체로 가기로 결정한다.

가는 길에 아우슈비츠에 들러보고자 하는 '나'의 바람은 우선 '박운형' 등의 심리적 저항에 부딪친다. 그들 사이에 어색한 침묵이 흐른다. '김성균'과 '민영수'는 굳은 표정을 하고 있고, '박운형'은 시선을 내린 채 술잔을 만지작거린다. '박운형'은 말한다. 아우슈비츠는 독일식 발음이다. 폴란드어로 '오슈비엥침'이라고 한다. 아주 좋은 땅, 축복받은 땅이라는 뜻이다. 마을 이름을 그렇게 지은 건 신에게 그런 마을을 만들어달라는 염원의 표현이었을 것이다. 이름이란 단순한 기호가 아니라 깊은 상징이니까. 그런데 그곳이 지옥의 땅으로 변해버렸다. 축복받은 땅에서 150만 명 이상이 죽어버렸다. '박운형'은 누구에게랄 것도 없이 묻는다. "왜 그렇게 악착스럽게 죽였을까요? 독일인이 잔인해서? 아니면 신에게 기도를 잘못한 것일까요? (「슬픔의 노래」, 183쪽)

아무도 그 질문에 대답하지 못한다. '박운형'은 5월 그날 광주에 계엄군으로 파견되어 사람 몇을 죽인 기억에서 벗어나지 못한다. 그는 '나'에게 묻는다. "칼로 사람의 몸을 찔러본 적이 있습니까? 광주에서 전…… 그렇게…… 했습니다. 칼이 몸속으로 파고들 때 몸은 반항을 하지요. 죽음에 대한 반항 말입니다."(「슬픔의 노래」, 218쪽)

아스만은, "우리가 기억을 소홀히 한다 해도 그 기억은 결코 우리를 놓아주지 않을 것"이라고 말한다.[20] 기억은 우리의 무의식 어딘가에 저장되었고 오랫동안 잠복해 있다가 무의식에서 순환할 것이기 때문이다. 이렇게 무의식은 셈하고, 기록하고, 모두 적어두고, 저장하며, 언제든지 그 정보를 불러낼 수 있다.[21] 이 소설 「슬픔의 노래」에 나오는 연극배우 '박운형'은 5월의 기억에서 결코 벗어나지 못한다. 갈라진 배 속에서 튀어나온 창자, 두개골이 으깨진 시체, 손을 적시는 붉은 피, 그 살인의 기억, 그 피비린내가 세월이 가도 지워지지 않는다. 따라서 살인자는 죄의식의 공포로부터 벗어나기 위해 자신이 희생자가 되는 것을 끊임없이 꿈꿀 거라는 자신을 향한 타인의 시선에 대해 "물론 그것이 진실일수도 있겠으나 자신에게는 다만 광주는 생명의 원천일 뿐"(「슬픔의 노래」, 214쪽) 이라고 말한다.

다시 말해 그는 연극 공부를 하러 갔던 뉴욕에서 그로토프스키의 연극을 보고 난 뒤 아우슈비츠의 야만, 아우슈비츠의 잔혹 속에서 신음하는 인간의 비참함 속으로 들어간다. 처음에는 광주의 죄의식에서 벗어나려는 갈망을 느꼈으나, 광주에서의 참혹함을 마침내 무대에서, 곧 세상에서 견뎌내는 힘의 원천으로 삼게 되었다고 그는 말한다. 그 견딤이란 오이디푸

---

20 알라이다 아스만, 앞의 책, 540쪽.
21 브루스 핑크(Bruce Fink), 『라캉의 주체 — 언어와 향유 사이에서』, 도서출판 b, 이성민 역, 2012, 37쪽.

스가 저주받은 운명을 탄식하며 스스로 두 눈을 찌를 때 배우는 눈이 찔리는 아픔을 느껴야 하는데, 그 아픔의 견딤이 무대에서의 견딤이라고, 곧 인간에게는 운명을 거역할 수 있는 힘이 없다고 고백한다. 소설에서 많은 부분을 할애하여 이 '박운형'의 이야기를 전달하고 있는 화자, 곧 작가의 속내는 무엇일까.

소설에서 '박운형'은 기자이며 작가인 '나'에게 묻는 형식을 통해, 광주의 이야기를 소설로 쓰는 것에 대해, 그것은 광주를 소설의 도구로 이용하는 것이라고, 그것은 다만 부끄러움일 뿐 진실은 형태가 없다고 말한다. 그러니까 이 작가는 여타의 5·18소설의 문법, 곧 계엄군과 시민군, 가해자와 피해자, 악과 선이라는 이분법적 구도에 대해 그것이 진실일 수도 있겠으나 반드시 그것만이 진실은 아니라고 말하고 싶어 한다. 그러면 무엇인가. 무엇으로 5·18을 설명할 수 있는가. 이 작가는 그의 또 다른 5·18 소설 『광야』(2002)를 통해, '절대는 일상의 무게를 견디지 못한다는 것, 꿈이 삶을 이길 수는 없다는 것'을 강조한다. 그는 절대적 신념(이데올로기)에 대한 회의로부터 출발하고 있다. 그것은 '또 다른 진실'일 수도 있다. 사건에 관한 해석은 풍부할수록 진실에 접근할 수 있다.

감정은 사물에 의해 느껴 일어나는 심정, 즉 의식의 주관적 측면이다. 그 어떤 대상에 의해 받는 느낌, 즉 심정 활동은 딱히 무엇이라 하기 어려울 정도로 복잡한 양상이지만 그래도 이는 하나의 복합적인 개념으로 정리되고 성격 지어지는데, 이것이 바로 '감정(感情, emotion)'인 것이다. 우리는 기쁨 혹은 슬픈 감정으로 빠져든다. 아니면 분노를 느끼거나 사랑하는 마음, 혹은 연민의 정을 느끼기도 한다. 그 결과에 있어 긍정적 아니면 부정적인 행로까지 이어질 수 있는 예측불허의 감정세계와 대칭을 이루는 또 다른 정신영역이 이성이다. 도덕성이나 합리성 혹은 논리성과 밀접히 연관되는 이성은 이러한 변화무쌍한 감정세계를 전반적으로 제어할 수 있는 일종의 통제기능이다. 한 강렬한 감정은 때로는 이성을 마비시키기도 하지만 혹은 반대로 이성에 의해 절제되기도 한다. 즉 본능적 느낌의 결과물인 감정과 지적 사고의 결과물인 이성은 우리의 정신세계가 지니는 서로 다른 성격의 두 모습이지만 결국 하나의 합일체를 이루는 것이다. 그렇다면 정찬 소설 「슬픔의 노래」에서 5·18 때 계엄군으로 광주에 왔던 '박운형'이 그 고통의 기억을 넘어서서 다다른 '운명'이라는 나름의 깨달음은 그가 자신의 의지대로 뿌리칠 수 없었던 그날의 고통과 그로 인한 죄의식의 감정으로부터 벗어나고자 하는 이성의 결과로 볼 수 있다.

남는 문제는 그렇다면 다시 '구레츠키'의 대답, 곧 슬픔의 강을 어떻게 건너야 할 것인가에 있을 것이다. 소설에서, 예술가는 어둠 속에서 빛을 찾는 사람이라고, 그런데 그 빛은 슬픔의 강 너머에 있다고, 그러하니 이제 그 슬픔의 강을 어떻게 건너야 할 것이냐고 묻는다. 이 질문에는 '이미' 지나가버린 사건에 대해, 그것이 아우슈비츠에서든 광주에서든, '이미' 지나가버린 것이라는 것, 그것은 다만 '슬픈 일'이라는 인식이 전제된다. '슬픈 일'인 건 맞다. 이 글에서 굳이 정찬 소설 「슬픔의 노래」를 읽어내고 있는 것은 그 때문이다. 여타의 5·18소설이 계엄군으로 대표되는 국가의 무참한 폭력에 대한 시민들의 윤리적 분노를 이야기할 때, 이 소설은 그러한 일들 ― 죽임과 죽음 ― 모두를 슬픔이라는 감정으로 시선을 돌리고 있기 때문이다.

하나의 죽음에는 그 죽음을 애도하는 수많은 이들의, 제각기 고유하고 특별한, 비통한 슬픔이 있다.[22] 그러나 정찬 소설 「슬픔의 노래」에서는 그

---

22 오카 마리, 「우리는 누구의 시선으로 세계를 볼 것인가」, 『당대비평』 17권, 생각의나

모든 죽음들을 단지 슬픔이라는 감정으로 묶어버린다. 그러고는 이제 그 슬픔의 강을 어떻게 건널 것인가의 문제로 이동한다. 강을 건너는 방법에는 두 가지가 있다. 배를 타는 것과 스스로 강이 되는 것. 작가에 의하면, 대부분의 작가들은 배를 탄다. "작고 가볍고 날렵한 상상의 배"(「슬픔의 노래」, 222쪽)를 탄다. 그 작고 가볍고 날렵한 상상의 배란, 광주에 계엄군으로 왔던 '박운형'의 입을 통해 광주의 이야기를 소설로 쓰는 것에 대해, 그것은 광주를 소설의 도구로 이용하는 것이라고, 그것은 다만 부끄러움일 뿐 진실은 형태가 없다고 말하는 것을 의미한다. 그렇다면 스스로 강이 된다는 것은 무엇을 의미할까? 결국 '박운형'처럼 그날의 고통의 기억을 운명으로 받아들이자는 것일까.

대부분의 5·18소설들에서 광주는 죽음과 죽임의 공간으로 기억된다. 문순태의 단편 「최루증」은 13년이라는 시간의 흐름 속에서도 여전히 그날의 상처에서 진물이 흐르고 있음을 보여주고 있다. 이렇듯 기억은 우리가 그것을 소홀히 한다 해도 결코 우리를 놓아주지 않는다.

더구나 이 소설의 주인공은 사진관 주인이었던 오동섭이라는 인물이다. 그는 '보도' 완장을 차고 그날의 역사적 사건들을 기록/기억해두었던 것인데, 도청 안에 들어가 "형체를 알아볼 수 없을 정도로 얼굴이 짓이겨지거나 뭉그러진 시신들이 여기저기 처참하게 눕혀져 있는 모습을 보았던 것이다."(「최루증」, 66쪽) 그 후 그는 해마다 5월이 되면 고질병이 도지듯 가슴이 벌렁거리면서 맥박이 빨라지곤 했다. 그러면서 생긴 병이 눈물샘의 통제선이 마비되어버린 것처럼 눈시울이 온통 촉촉하게 젖는 최루증이었다.

본디 그는 눈물 많은 사람이 아니었던 것으로 소개된다. 6·25 때 아버

무, 2001, 184쪽.

지와 형이 세상을 떠났을 때도 그는 결코 눈물을 보이지 않았었다. 그는 슬픔과 고통은 혼자 있으면서, 혼자 힘으로 이겨내는 것이라고 생각하는 인물이다. 그런 오동섭이 13년 전 5월, 시민군들이 진을 치고 있었던 도청 안에서 난생처음으로 눈이 팅팅 붓도록 울었다. 슬픔 때문이 아니라 참을 수 없는 분노의 울부짖음 같은 것이었다. 여기서 우리는 광주라는 공간이 국가폭력에 무장으로 저항했던 장소로서, 그리고 그 근원에는 시민들의 도덕적·윤리적 분노가 자리하고 있었음을 다시 확인할 수 있다.

개인적 기억의 표출과 밀접한 관계에 있는 심리적 현상은 '은폐기억'과 '강박적 반복'이다. 은폐기억이란 꿈에서 억압된 무의식적 내용이고, 강박적 반복이란 잊고 있던 어떤 억압된 내용을 기억해내야 하는 경우, 그것을 기억하지 않고 행동으로 그 억압된 내용을 반복하는 것을 말한다. 다시 말해 "억압은 처음부터 존재하는 방어기제가 아니라 의식의 정신 활동과 무의식의 정신 활동 사이에 확연한 간극이 생길 때 발생한다."[23] 또한 "무의식 과정에서 이루어지는 과정들은 무시간적(無時間的)이다."[24] 바꿔 말하면, 그 과정들은 시간적인 순서에 따라 일어나는 것도 아니며, 시간의 경과에 따라 변화되지도 않는다.

5·18 13주년이 되었을 때 그날의 트라우마를 갖고 있는 공수부대원 오치선이 사진사 오동섭을 찾아온다. 그는 오동섭이 공개한 사진이 신문에 나오기 전에도 악몽에 시달렸다고 고백한다. 그때 죽은 사람들이 살아나서 자신을 목매달아 죽이는 꿈을 수도 없이 꾸었다는 것, 그래서 완전히 술에 취해 살았다는 것, 그래서 죽은 사람들보다는 오히려 살아 있는 자신이 더

---

23 프로이트(Sigmund Freud), 『정신분석학의 근본개념』, 윤희기 역, 열린책들, 2004, 139쪽.

24 위의 책, 190쪽.

욱 고통스러웠다고 말한다. 우리는 이러한 진술을 통해 가해자의 일원으로 광주에 파견되었던 계엄군들의 자의식 속에 남아 있는 '은폐기억'과 '강박적 반복'의 양상에 주목하게 된다. 「최루증」의 오치선, 곧 이 폭력적 사건의 가해자 역시 피해자들 못지않게 극심한 죄의식에 시달린다. "그런데 여기에 와보니까 그때 죽은 사람들은 거 뭐냐…… 그래요, 완전히 부활했고, 그 대신 나는 영원한 패배자가 되어 있구만요."(70쪽)라는 그의 진술을 통해 자기 존재의 부정에 이를 만큼 심각한 죄의식의 양상을 보인다.

양심의 형태로 우리의 의식에 각인되는 기억은 인간의 삶을 도덕과 책임감에 사로잡히게 만들고, 인간의 모든 시야를 과거에 고착시키는 퇴행적 결과를 불러온다. 따라서 5월의 트라우마의 양상과 그것을 어떻게 회복시킬 것인가에 대한 작가적 탐구는 작가에게 소설의 주인공들이 겪는 고통과 죄의식을 함께 겪는 고통의 감내를 요구한다.

오치선은 그때 자신의 폭력에 속수무책으로 당하던 청년의 사진을 확대해서 인화해달라고 오동섭에게 요청하는데, 그의 생사를 확인해보고 싶다는 것, 그런 다음에 이제는 새 출발을 하고 싶다는 심정을 피력한다. 그러나 오동섭은 오치선이 진정으로 자신의 잘못에 대해 반성하고 용서를 비는 것이 아니라, 자신이 죄책감의 굴레로부터 벗어나서 새로운 삶을 살아보겠다는 이기적인 생각을 갖고 있다고 판단한다. 오동섭은 왼손을 잡는 그에게서 징그러운 이질감을 느끼며 손을 뿌리치고 만다.

「최루증」을 통해 작가는, 가해자나 피해자나 그날의 상처로부터 벗어날 수 없는 트라우마를 간직하고 있으나 아직은 진정한 화해의 길에 이르지 못했음을 보여준다. 고민 끝에 오동섭이 젊은이의 사진을 확대 인화해두고 오치선이 다음 날 찾아오기를 기다리지만 그는 한 시간이 지나도록 오지 않는다. 사진사 오동섭은 사진 속의 젊은이를 눈시울이 젖도록 오랫동안 들여다본다. 그러자 사진 속의 젊은이가 그에게 말을 걸어오지 않는가. "아저씨, 그를 기다리지 마세요. 그는 오지 않을 겁니다. 아직 올 때가 안 되었어요."(81쪽) 1980년 5월의 참상과 관련하여 아무것도 해결되지 않은 상태에서 섣부른 화해의 움직임을 경계하는 작가의 의도가 이 부분에 단적으로 드러나 있음을 알 수 있다.

4. 누가 죄인인가의 문제

5·18을 소설화하는 작업의 초기에 작가들은 항쟁의 진상과 은폐된 진실을 밝혀야 한다는 사명감과, 그렇게 하지 못하는 현실적 상황에 따른 죄의식에 시달린다. 벤야민은 「이야기꾼」에서 공동의 구술적 이야기하기의 상실에서 분명히 드러난, 의사소통이 가능한 경험의 상실에 대해 숙고한 바 있다. 그는 "1차 세계대전이 종결될 무렵 전쟁터에서 돌아온 인간들이 점차 침묵에 빠져들게 된다는 것, 말하자면 의사소통될 수 있는 경험이 더 풍부해지는 것이 아니라 더 빈약하게 되었다는 것은 주목할 만한 일이 아니었던가?"[25]라고 묻는다. 아마도 1차 세계대전은 유럽지성들에게 전쟁에 대한 가능한 재현의 힘을 좌절시킨 최초의 사건일지 모른다. 우리에게는 1980년 광주의 5월이 그러하지 않았을까. 이 죄의식은 1980년대 중반에 와서야 항쟁이 남긴 후유증을 형상화하는, 즉 진실에 대한 우회적 접근을 통해 소설적 진실을 드러내는 양상으로 구체화된다. 광주항쟁을 다루되 체험의 전면적 재현을 통한 진상 규명을 유보하는 대신 5·18 이후 살아남은 이들의 정신적 고통과 죄의식을 통해 광주 체험을 유추하는 방식

---

25 제레미 탬블링, 『서사학과 이데올로기』, 이호 역, 플래닛, 2000, 265쪽에서 재인용.

을 택하게 되는 것이다.

아스만은 '문화적 기억'이라는 개념을 통해 개개인은 공동의 규칙과 가치에 구속되어 있는 한편 과거에 대한 공통적인 기억을 갖고 있다고 말한다. 그 결과 개개인은 공동의 지식과 공동의 자아상을 갖게 된다. 아스만은 이러한 공동의 지식과 자아상을 개개인이 서로를 '우리'라는 집합 명사로 부를 수 있게 만드는 연결구조라고 지칭한다. 이러한 연결구조의 기본 원칙 중 하나는 '반복'이다. 과거의 본보기가 다시 인식되어 체계화되고, 공통적인 문화 요소로 동일시될 수 있도록 보장하는 것이 이 반복이다. 연결구조의 다른 하나는, '현재화'인데, 이것은 종교적 의식과 연관된다. 종교적 의식은 전통을 해석하는 가운데 수행되는 현재화된 기억의 문화다.[26] 5·18소설 내 인물들이 반복적으로 기억하는 과거의 상흔은 그들을 각각의 개인에서 '우리'로 연결하는 일종의 매개항이며, 그것은 또한 현재에도 결코 지워내지 못하는 트라우마로 기능한다. 그런데 앞에서 살펴본 것처럼 대부분의 5·18소설들은 피해자의 기억을 반복 재생하고 있다.

헝가리 유대인으로 아우슈비츠에서 살아남은 홀로코스트 생존 작가 엘리 위젤은 그때 독일인들이 "유대인은 인간이 아니었다."는 말로 그들이 겪었던 참상을 고발한다.[27] 5·18소설들의 대부분은 우선적으로 그 참혹한 죽음/죽임의 원인이 무엇이었는지를 묻는다. 그래서 맨 처음에는, "이것이 웬 날벼락입니까?"(임철우, 「봄날」)라는 절규 끝에, "금남로 일대는 완연한 사냥터였다. 광기에 눈이 뒤집힌 채 피를 찾아 쫓고 몰아대는 짐승의 사냥터"(정찬, 『광야』)였으며, 따라서 "시위대를 대상으로 한 폭력은 허락

---

26 고규진, 「그리스의 문자문화와 문화적 기억」, 최문규 외, 앞의 책, 57쪽.
27 엘리 위젤, 『나치스와 유대인 3부작 ― 밤과 새벽 그리고 낮』, 김범경 역, 한글, 1999.

제2부 기억과 항쟁 주체의 문제

된 카니발"[28]이었다고 답한다. 그리하여 "저놈들을 죽입시다."(송기숙, 「우투리」)라는 저항으로 맞선다. 학살이 자행되는 공포와 죽음의 상황, 그 속에서 자신만의 안전을 도모했다는 살아남은 이들의 죄의식은 1980년대를 살아온 모든 이의 가슴에 응어리진 상처로 확대된다.

슬라보예 지젝은 폭력에 관한 여섯 가지 우회로를 검토하면서, 폭력을 '주관적 폭력'과 '객관적 폭력'으로 나누고, 후자를 다시 '상징적 폭력'과 '구조적 폭력'으로 나눈 연후, 직접적이며 가시적인 주관적 폭력보다 그와 반대인 '구조적 폭력'에 주목하라고 당부한다. 왜냐하면 후자가 전자의 원인임에도 우리가 구조적 폭력의 결과에 대해 둔감하기 때문이다. 이는 '하나의 체계 속에 내재된 폭력'으로, '지배와 착취의 관계를 지속시키는, 보다 더 감지하기 어려운 형태의 강압들'이다. 구조적 폭력은 피해자뿐만 아니라 가해자도 그에 대해 놀랄 만큼 무감각하기 때문에 우리들은 의식하지 못할 뿐만 아니라 그에 대처할 수도 없이 속수무책으로 당할 수밖에 없다. 우리 눈에 비치는 폭력이 주관적 폭력이라면 구조적 폭력은 사회가 정상적으로 작동할 때에도 보이지 않는 곳에서 작용한다.[29]

지젝의 폭력 성찰은, 자신도 언급했다시피, 발터 벤야민에 기대고 있다. 실정법을 통해 개인에게 강제되는 국가권력의 신화적 성격을 성찰하면서 그에 대한 효과적 대항폭력 또는 비폭력적 폭력을 조르주 소렐의 폭력론에 기대어 '총파업'에서 찾고 있는 벤야민은 「폭력비판을 위하여」에서 폭력을 '신화적 폭력'과 '신적 폭력'으로 나누고 있다. 그에 따르면, '신화적 폭력'이 법정립적이고 경계를 설정하며 죄를 부과하면서 동시에 속죄를

---

28 정찬, 앞의 책, 37쪽.
29 슬라보예 지젝, 『폭력이란 무엇인가』, 이현우 외 역. 난장이, 2011, 23~25쪽.

시키고 위협적이며 피를 흘리게 한다면, '신적 폭력'은 법 파괴적이고 경계가 없으며 죄를 면해주고 내리치는 폭력이고 피를 흘리지 않은 채 죽음을 가져온다. '신화적 폭력'–'법정립적 폭력'과 그 폭력에 봉사하는 '관리된(verwaltet) 폭력'–'법보존적 폭력'은 배척되어야 한다. 그것은 본질적으로 '개입하여 통제하는(schaltend) 폭력'이다. 그에 반해 '신적 폭력'은 '성스러운 집행의 옥새와 인장'이라 할 수 있는데 그것은 신화적 폭력과 달리 '베풀어 다스리는(waltend) 폭력'이라 부를 수 있을 것이다.[30]

프랑스혁명에서 로베스피에르가 루이 16세를 단두대에 보낸 것은 그를 처형해야만 공화국의 이상을 실현할 수 있었으므로 '신적 폭력'이라 할 수 있다. 그와 마찬가지로 공산혁명이 성공하고 프롤레타리아 독재를 실행한 것도 같은 맥락으로 이해할 수 있다. 그러나 그것은 시간이 지나면서 변질되었고 어느 순간 자신의 성스러운 성격을 상실하지만 여전히 자신이 신적 폭력의 주체라고 오인하게 된다. 이때 신적 폭력은 신화적 폭력으로 추락하게 되고 혁명의 이상을 보호하는 장치에서 혁명을 파괴하는 시스템으로 변모하고 만다. 신화적 폭력은 자신이 대의명분을 가지고 신성한 임무를 수행하고 있다는 오해로 인해 자신의 모든 행위를 정당화하려 한다. 신화적 폭력과 대면한 개인은 무력하고 비굴하다. 개인이 힘을 발휘하는 순간은 신화적 폭력에 편승할 때뿐이다. 그러나 그 순간조차도 개인은 가해자인 동시에 피해자이다.

이순원 단편소설 「얼굴」이 광주 청문회가 방영되었던 시기를 배경으로 진압군으로 참가한 7공수 출신의 은행원 '김주호'의 고통과 죄의식, 그리

30　발터 벤야민, 『역사의 개념에 대하여/ 폭력비판을 위하여/ 초현실주의 외』, 최성만 역, 길, 2009, 116~117쪽.

고 지워지지 않는 상흔을 그리고 있음은 앞에서 살펴보았다. 이 소설이 의미 있는 것은 '도대체 누가 진정한 죄인인가?' 하는 물음을 제기하고 있기 때문이다. 문순태 단편소설 「최루증」에서 광주에 내려왔던 계엄군 병사 '오치선'은 그 사건으로 인해 자신의 인생이 아주 망가지고 말았다고 생각한다. 한승원 단편소설 「어둠꽃」에서도 '이종남'은 그가 광주에 얼룩무늬 옷 입고 들어온 일에 대해서는 발설하지 않아야만 한다고, 내가 왜 발설을 하느냐고, 나 죽으려고 발설을 하느냐고 스스로에게 다짐한다. 그것은 가해자들에게 드리운 공포의 기억이다.

정찬 중편소설 「슬픔의 노래」에 나오는 '박운형'은 5월의 기억에서 결코 벗어나지 못한다. 갈라진 배에서 튀어나온 창자, 두개골이 으깨진 시체, 손을 적시는 붉은 피, 그 살인의 기억, 그 피비린내는 세월이 가도 지워지지 않는다. 그러나 한편 이들은 그날 광주에서 그들이 저지른 행위에 대해 자신의 과거를 합리화해 보려 노력한다. 그때 그들이 광주에 가게 된 것은 나라의 부름이었다는 것, 더럽게도 운이 없어 그곳으로 차출된 한 익명의 공수대원이었기 때문이라는 것, 그래서 그때는 누구라도 그런 짐승 같은 짓을 할 수밖에 없었다고 변명한다. 물론 이들은 국가의 부름을 받았을 뿐인 평범한 젊은이들이었다. 그럼에도 불구하고 그들의 행위는 그들의 말마따나 짐승 같은 짓이었음도 분명하다. 그들에게는 죄가 없는 것일까? 우리의 경우와 반드시 같지는 않으나 나치강제수용소에서의 학살과 관련된 연구를 참고함으로써 그들의 행위동기를 살펴볼 수 있다.

이삼성은 그의 저서에서 유대인을 색출하고 집결시켜 죽음의 수용소로 보내거나 현지에서 직접 살해하는 역할을 수행한 나치의 치안예비경찰 101대대 구성원들의 행위와 심리상태 등을 면밀히 분석한 브라우닝 (Christopher R. Browning)의 논의를 소개하고 있다. 여기서 브라우닝의 관심사는 이 냉혹한 살인집단의 성원들이 과연 특수한 집단이었는가, 아니면 평범한 아버지요 남편이요 직장인들이 특정한 환경조건에서 끔찍한 살인집단의 역할을 수행한 것인가를 규명하는 것이다. 브라우닝의 결론은 이들이 원래 잔인한 성격을 가진 특수한 집단이어서가 아니라 그들 역시 평범한 보통사람들이었다는 것이다. 즉 이들의 유대인에 대한 잔혹한 살해행위는 잔인한 집단의 성격적 결과가 아니라 그 시대, 그 사회적 조건 속에서 배태된 사회적 기원을 갖고 있었다는 것이다.[31] 그런데 문제는 왜, 어떻게 이 평범한 자들이 변화된 상황 속에서 가공할 범죄행위를 저지를 수 있었는가를 설명하는 일일 것이다.

이삼성은 집단범죄를 실행시키는 정치적 메커니즘이 세 가지 요소를 내포한다고 설명한다. 그 첫째는 도살허가증이 발행되는 정치적 과정이다. 이는 학살집행자들의 도덕적 감각 자체를 변형시키는 작업을 포함한다. 두 번째 요소는 대량살육의 실행에 필요한 모든 행동과 절차를 일상화시킴으로써 그것을 기계화된 과정으로 만드는 일상화의 매커니즘이다. 세 번째 요소는 비인간화이다. 이는 살상할 대상이 인간이라는 사실을 잊게 만드는 매커니즘의 작동을 의미한다. 이는 인종주의나 반공주의와 같은 정치적 이데올로기를 동원하는 기억의 정치를 통해서 이루어지기도 하지만 한편으로 학살자와 희생자 사이의 어떤 접촉도 불필요하게 만드는 핵무기 등의 첨단무기체계의 발전을 통해 더욱 심화될 전망이다. 5·18의 경우에는 어떻게 설명할 수 있을까.

권터 안더스의 이론은 근대 노동과정을 소외론적으로 분석함으로써 어

---

31 이삼성, 『20세기 문명과 야만』, 한길사, 1998, 19~70쪽. 이하의 글은 이삼성의 글과 함께 주정립의 글, 「국가폭력의 소외론적 분석 : 히로시마와 아우슈비츠, 광주의 '학살'을 중심으로」을 참고하여 논의를 진행하고 있음을 밝힌다.

뜷게 그것이 평범한 자들의 도덕적 감각을 마비시키고 주어진 명령을 일상적으로 성심성의껏 수행하게 만드는가를 보여주고 있다.[32] 안더스의 이론은 히로시마와 핵시대에 대한 근본적인 철학적 성찰인데 근대산업사회의 작업 및 행위구조의 변화를 심층적으로 분석함으로써 히로시마뿐만 아니라 산업화된 근대사회에서 저질러질 수 있는 다른 모든 끔찍한 학살에 대한 해석의 단초를 제공해준다. 무엇보다 그의 이론은 5·18이 도덕적 괴물들이 아니라 평범한 자들에 의해 자행된 일이며 앞에서 설명한 것처럼 도살허가 과정과 일상화, 비인간화 과정이라는 총체적 연관 속에서 일어난 참극임을 설명하는 도구로 매우 유용하다.

안더스는 특히 근대의 변화된 노동구조에 주목한다. 그는 대규모 인간 살육 과정이 점점 더 산업적 생산의 과정을 닮아가고 있다고 파악한다. 그에 따르면 오늘날 노동은 기업에 의해 조직되고 통제를 받는 공동노동으로 되었다. 몇 가지 영역을 제외하면 오늘날 우리들의 일은 조직화된, 우리가 그 전체적인 모습을 조망할 수 없는, 그러나 우리에게 기속력을 갖는 기업의 틀 내에서 진행되기 때문에 결국은 순응주의적으로 '같이하는 것'으로 귀결된다. 이렇게 같이 일하는 데 있어 어디까지가 수동적으로 일하도록 떠밀리는 것이고 어디서부터가 능동적으로 스스로 일하는 것인지를 구분하는 것은 불가능한 일일 뿐만 아니라 부차적인 것이 되었다. 왜냐하면 오늘날 대부분의 인간 현존재는 오직 스스로 행하는 것만도 아니며, 그렇다고 오직 떠밀려 행하는 것만도 아니기 때문이다. 그것은 능동적–수동적–중립적이라고 할 수 있을 것이다.

안더스는 이러한 우리들의 현존재 향식을 매개적이라고 부를 것을 제안

---

32 주정립, 위의 글, 200쪽.

한다. 그에 의하면 기업은 매개적-양심 부재의 인간유형이 산출되는 장소이다. 즉 기업은 순응주의자의 탄생지인 것이다. 이처럼 오늘날의 기업이 획일적 순응화의 산실이고 노동방식이 그 모형이라는 사실을 통찰할 때에만 아우슈비츠나 히로시마의 만행을 적절하게 이해할 수 있다. 즉 이러한 만행을 저지르는 데 있어 가담한 자들의 적어도 다수는 만행을 저지르는 상황에 있어서 그들의 내면을 형성한 노동조직 속에서 익숙해져 있었던 것과 근본적으로 다름없이 행동한 것이다. 노동과정의 목표와 결과로부터 소외된 노동자들이 양심 부재의 상태에서 아무런 책임감도 느낄 필요가 없이 그저 같이 능동적-수동적-중립적으로 성심껏 행하는 데 익숙해짐으로써 이들은 자신들의 임무에 대해 그저 평소와 다름없이 '일한 것'이었다. 그래서 그들은 광주에 갔던 것은 명령에 따랐을 뿐이며, 그들이 저질렀던 행위에 대해서도 그것은 어쩔 수 없었다는 인식을 보일 수 있는 것이다. 더해서 광주시민들은 선량한 시민이 아니라 빨갱이들의 사주를 받은 폭도들이라는 오도된 인식이 그들의 행위에 정당성마저 부여해줄 수 있었던 것이다. 물론 그렇다 하더라도 명령한 자는 명령한 자의 책임이 있고, 그것을 실행한 자는 실행한 자의 책임이 있는 것이다. 아니라면 누구도 책임지지 않는 소위 무책임의 체계가 반복될 위험이 상존한다.

그럼에도 불구하고 그들도 분단체제의 피해자라는 인식은 5·18소설들에서 의미 있는 발견이다. 나아가 그들에게도 기본적 인권에 대한 존중이 가능한 사회적 합의가 필요하다. 탤벗에 따르면, 기본적 인권의 토대는 무엇이 자신에게 바람직한지에 대한 확실한 판단을 내릴 수 있는 정상적 성인이 가진 능력이다.[33] 그에 따르면, 정상인 자신이 자신의 삶에서 그런 능

---

33 윌리엄 J. 탤벗, 앞의 책, 356쪽.

력을 계발하고 실행할 수 있게 하는 것, 곧 자율성을 보장해주는 것이 매우 필요한 과제가 된다. 칸트 역시 자율성이란 인간의 본성이 지닌 존엄성의 기초라고 말한다.[34] 로젠에 따르면, 그것은 인간의 존엄성과 관련된 매우 본질적인 문제가 된다. 로젠은 칸트의 말을 빌려 존엄성은 모든 인간이 공통으로 가지는 것이라고 주장한다.[35] 다만 여전히 남는 문제는 가해자의 진정한 사과가 선행되지 않는 한 피해자들과의 연결은 가능해 보이지 않는다는 데 있다.

---

34 마이클 로젠, 『존엄성』, 공진성 · 홍석주 역, 아포리아, 2016, 50쪽에서 재인용.

35 위의 책, 49쪽.

5·18소설이 여성을 호명-기억하는 방식

1. 5·18과 여성, 여성성

이 글은 5·18소설들에 나타난 여성 재현 양상을 살펴보는 데 목적을 둔다. 5·18소설은 지배담론에 저항한 대항담론의 성격을 갖는다. 5월을 제재로 한 소설들이 현실과 연결된 공감을 통해 긍정적 평가를 받은 점과는 별개로, 그것을 타자-여성의 관점에 놓고 볼 때, 5·18소설은 또 다른 지배담론으로 기능하고 있음을 부정할 수 없다. 기실 5월을 대상으로 한 소설들은 미적 형상화와 증언의 소명의식이라는 두 축 사이를 왕복하며 소설에 대한 해석과 평가 또한 이 스펙트럼 속에 위치한다. 알레고리와 환상성을 통해 금기의 시대에 접근하기도 하며, 역사의 복원이라는 소명의식 아래 기록물에 근사한 서사방식을 취하기도 한다. 그러나 상반되는 형상화 방식에도 불구하고 여성성에 관한 한 국가권력의 야만적 폭력성에서 출발하는 5·18소설의 계보에서 여성은 누락되거나 비가시화되는 경향이 강하다.[1]

---

1 이경, 「비체와 우울증의 정치학 — 젠더의 관점으로 5·18소설 읽기」, 『여성문학연

그런 의미에서 이 글은 5·18항쟁과 관련한 논의, 곧 지배담론에 의해 차별과 배제 혹은 억압되고 무시되고 지워져왔던 타자─여성의 목소리가 주요 5·18소설에서 재현되는 양상을 살펴보고자 한다. 왜냐하면 항쟁에 있어서 여성이 타자가 아니라 주체의 자리에 놓일 때 5월 항쟁이 그 본래적 의미에서 온전하게 해석되고 계승될 수 있다고 보기 때문이다.

또 하나는 좀더 본질적인 의미에서 왜 5·18소설들이 논의되어야 하는가의 문제가 있는데, 그것은 여전히 체제의 억압이 우리의 일상을 억압하고 있다는 점에서 그것을 넘어서기 위한 서사전략으로 5월담론이 유효하다고 보기 때문이다. 5·18이 언젠가부터 기억과 기념의 문제로 전환되었고, 의례적인 기념행사에 대통령의 불참이 비난의 대상이 되고 있는 사실이 그러한 사정을 증명한다. 그러나 조정환의 경우 5월 운동의 미봉적 종료와 박제화가 자본의 예외독재로서의 신자유주의가 5월 항쟁을 가져온 군사적 예외독재로서의 권위주의와 본질적으로 다름없는 정치적 상황을 재연하고 있다는 측면에서 5·18의 계속성을 살피고 있다.[2] 필자 역시 조정환의 견해와 크게 다르지 않은 지점에서 5·18담론을, 특히 문학의 영역에서 탐색하고 있다. 특히 이 글에서 5·18소설과 여성성의 문제를 다루고자 하는 것은 항쟁과 항쟁 이후에 대한 여성적 글쓰기/말하기는 급격히 제도화─의례화되고 있는 일련의 흐름에 대한 일종의 항의의 양식이 될 수 있다고 보기 때문이다.

이 글에서는 '여성적 특질(feminity)'이 생물학적으로 결정되는 것이 아니라, 그 차이를 개념화하는 의미작용에 의해 구성되는 하나의 문화적 구성

구」, 한국여성문학회, 2007.
2 조정환, 『공통도시 ─ 광주민중항쟁과 제헌권력』, 갈무리, 2010, 44~45쪽.

물이라고 판단한다. 라캉은 우리 모두가 현실이 아니라 거울이 사방에 걸려 있는 방과 같은 기표 세계 속에 갇혀 있다고 주장한다. 이때 라캉이 말하는 기표들은 고정된 개념들과 연결되어 있지 않다. 언어는 기표들이 끊임없이 흘러가는 흐름이며, 이 기표들은 서로 차이를 이루며 말하는 주체에게 소급하여 일시적 의미를 얻어준다. 개념의 의미가 언어로 발음되기 전에 고정된다고 전제하는 합리주의자들을 비판하며 기표를 유동적인 것으로 파악한 점이나, 우리의 자아가 허구이고 여성성과 남성성도 언어를 습득하며 형성된다고 보는 점에서 라캉은 페미니스트들에게 유용한 틀을 제공해준다.[3]

따라서 이 글 역시 '여성성'을 여성에게 내재된 고정된 특성이라기보다는 역사적으로 구성되었고 상황에 따라 변화가능한 일종의 개념으로 파악한다. 물론 생물학적 성(sex)과 사회적 성(gender)이 본질적으로 어떤 관계를 갖는가의 문제는 여전히 논쟁적인 것으로 남아 있다. 왜냐하면 생물학적 성차가 어떻게 사회적으로 구조화되어 사회적 성이 되는지, 생물학적 성에 대한 우리의 생각이 어떻게 생물학을 구성하는지 등은 일반적인 용어로 설명하기 어렵기 때문이다.[4] 또한 크리스테바 같은 경우 '여성성'을 정의하기를 거부하고 '주변성'이라는 개념과 관련하여 '하나의 위치'로 보기를 선호하기도 한다.[5] 그럼에도 불구하고 생물학적 성은 모든 여성이 공통적으로 가지고 있는 것이지만, 여성들이 남성에게 억압당하는 것은 사회적 성

3 박정오, 「새로운 상징질서를 찾아서」, 한국영미문학페미니즘학회, 『페미니즘, 어제와 오늘』, 2000, 187쪽.

4 캐롤린 라미자노글루, 『페미니즘, 무엇이 문제인가』, 김정선 역, 문예출판사, 1997, 102쪽.

5 앤 브룩스, 『포스트페미니즘과 문화 이론』, 김명혜 역, 한나래, 2003, 208쪽.

때문이라는 관점에서 이 글은 5·18을 제재로 한 소설들 중에서, 생물학적 여성 작가의 작품뿐 아니라 남성 작가의 작품 역시 주요한 분석 대상으로 삼음으로써 젠더 관계 속에서 규정되는 여성, 그리고 담론 구성 과정에서 다시 호명되고 재생산되는 '여성'이라는 기호를 문제 삼게 될 것이다.

이를 위해 이 글은 5·18소설들 속에 나타난 여성 재현 양상을 세 개의 범주로 나누어 살펴보고자 한다. 그것은 우선 여성 서술자를 내세운 소설, 그리고 여성을 대상화한 소설, 마지막으로 여성을 주체로 내세운 소설이다. 이상의 연구대상에 대한 구체적 분석을 통해 기본적으로 여성이 5월의 대표와 중심을 구성하는 과정에 어떻게 관여하고 있는가의 문제를 살펴보려고 한다.

그동안 발표된 5·18소설들은 약 80여 편에 이른다. 그중에서 연구자들이 언급한 주요 작품으로는 임철우 장편소설 『봄날』(문학과지성사, 1997)과 문순태 장편소설 『그들의 새벽』(한길사, 2000), 송기숙 장편소설 『오월의 미소』(창비, 2000), 정찬 장편소설 『광야』(문이당, 2002)와 중편 「슬픔의 노래」(조선일보사, 1995), 최윤 중편소설 「저기 소리없이 한 점 꽃잎이 지고」(문학과지성사, 1992), 홍희담 중편소설 「깃발」(창비, 1998), 윤정모 단편소설 「밤길」(인동, 1987) 등이 있다.

그동안의 관련 논문들 대부분은 5·18소설들에서 5·18민중항쟁의 의미를 어떻게 재구성하고 있는가에 초점을 맞추어왔다고 하겠다. 구체적으로는 역사적 사실의 재현이라는 관점과 5월의 의미를 어떻게 미학적으로 재구성할 것인가 하는 문제, 그리고 기억의 현재적 의미와 관련하여 5월 문학사의 가능성을 제기하는 글들로 분류가 가능하다.[6]

6   심영의, 「5·18민중항쟁소설연구」, 전남대학교 박사학위논문, 2008, 7~13쪽. 역사적

물론 여성주의적 관점에서 5월 문화 전반을 검토한 연구 성과가 없는 것은 아니다. 특히 김양선의 「광주민중항쟁 이후의 문학과 문화」, 신지연의 「오월광주―시의 주체 구성 메커니즘과 젠더 역학」, 이경의 「비체와 우울증의 정치학―젠더의 관점으로 5·18소설 읽기」, 김옥란의 「5월을 재현하는 방식――광주 지역 민속극을 중심으로」, 조혜영의 「항쟁의 기억 혹은 기억의 항쟁―5·18의 영화적 재현과 매개로서의 여성」 등 한국 여성문학학회에서 2007년에 발행한 『여성문학연구』 제17권의 성과는 괄목할 만하다.

특히 이경의 논문에서는 임철우의 『봄날』, 정찬의 『광야』, 홍희담의 「깃발」, 그리고 공선옥의 소설들을 "비체의 귀환과 우울증의 윤리"라는 관점에서 읽어내고 있다. 그의 관점과 텍스트 분석의 결과에 대해 필자는 기본적으로 동의하면서도 몇 가지 아쉬운 점이 있는데, 특히 홍희담과 공선옥의 소설들과 관련해서 필자는 다른 해석과 가치 부여를 하고 있다. 따라서 이 글에서는 그러한 선행연구를 바탕으로 기존의 논의와 다른 지점, 그리고 누락되었거나 혹은 비교해서 살펴볼 필요가 있는 작품들을 대상으로 연구를 진행하기로 한다.

5·18문학이 민주주의와 평화를 갈망하는 모든 사람들의 소통과 연대

사실의 재현이라는 관점에서 '5·18소설'들을 살피고 있는 글로는 황정현의 「80년대 소설론―중·단편을 중심으로」, 방민호의 「광주항쟁의 소설화」, 장세진의 「80년대 문학의 사회적 의미」, 고은의 「광주5월민중항쟁 이후의 문학」 등을 꼽을 수 있다. 5월의 미학적 재구성과 관련해서는 김태현의 「광주민중항쟁과 문학」, 이성욱의 「오래 지속될 미래, 단절되지 않는 '광주'의 꿈」, 김형중의 「『봄날』 이후」를 값진 성과라 할만하다. 마지막으로 기억의 현재적 의미와 관련하여 5월문학사의 가능성을 제기하는 글들로는 최원식의 「광주항쟁의 소설화」, 김명인의 「한국문학사에서 '5월 문학'은 가능한가?」, 윤지관의 「광주항쟁의 도덕적 의미」, 이성욱의 「오래 지속될 미래, 단절되지 않는 '광주'의 꿈」 등이 있다.

를 통해 우리의 안팎을 넘나드는 진정성 있는 이야기로서 기능하기 위해서는 5월의 또 다른 주체이면서도 5·18소설(문학) '안(창작과 연구의 관심)'에서 소홀하게 다루어온, 혹은 배제되어온 여성성에 대한 탐구는 그 '안'과 '바깥' 모두와 소통하기 위해 필요한 지점이라 생각한다. 이 글에서 5·18소설들을 여성성의 관점에서 읽기-재해석하고자 하는 의도가 여기에 있다.

이 글에서 다루려는 대상 텍스트는 모두 중단편 소설 열 편이고, 그것들을 세 가지 범주로 나누어 논하려고 한다. 곧 여성 서술자를 내세운 소설로는 박호재의 「다시 그 거리에 서면」과 김중태의 「모당(母堂)」, 등 두 편의 단편소설을 살펴보고자 한다. 이 작품들은 모두 『80년 5월 광주항쟁소설집』(1987)에 실려 있는 데, 여성 서술자를 내세우면서도 무의식적인 여성 역할의 고정화라는 공통점을 갖고 있다. 여성을 대상화한 소설로는 이삼교의 「그대 고운 시간」, 심상대의 「망월(望月)」, 박상률의 「너는 스무 살 아니, 만 열아홉 살」, 구효서의 「더 먼 곳에서 돌아오는 여자」를 살펴볼 것인데, 이들 소설들은 여성을 희생자의 기호로만 호명하고 있는 공통점이 있다. 마지막으로 여성을 주체로 내세운 소설들의 경우 공선옥의 「목마른 계절」, 홍희담의 「깃발」과 「문밖에서」, 김승희의 「회색고래 바다여행」을 살펴볼 것인데, 이들 작품들의 경우 여성을 말하는 주체로 재정의하고 있다는 긍정적인 측면에서의 공통점과 함께 여성 주체성의 구성에 있어 일정한 편차를 보이고 있다.

2. 젠더화된 서술자, 타자로 남은 여성

박호재의 「다시 그 거리에 서면」[7]은 도심에 있던 특수부대가 외곽으로 철수한 때로부터 다시 계엄군에 의해 광주가 장악되기까지의 약 일주일 간의 시간을 다루고 있다. 홀어머니와 어린 남동생 둘을 거느리면서 집안의 살림을 도맡고 있는 서술자 '지숙'에게 초점을 맞추고 있는 이 소설에서 그녀는 가족의 행복과 평안한 일상을 소망한다. 반면 운동권 대학생 형석은 그런 누나의 소망을 소시민적 안정에 대한 욕구라며 비웃는다. 지숙은, "그럼 너희들이 늘상 열기에 받쳐 내뿜는 그 분노의 실상은 무엇이냐? 그래서, 세상을 어쩌겠다는 얘기냐?"(68쪽)고 묻고, 남성인 형석은 "누군가 내가 아닌, 아니 내 집단이 아닌 다른 이들이 죽어야 뭔가를 이루겠다는 그 비열한 발상이 절대 아닌, 우리들 모두의 가치 있는 삶이 역사 발전과 동떨어지지 않는 가운데 꾸려져야 한다."(69쪽)고 답하게 한다.

육체적 고통이나 현실적 역경과 같이 성별 구분을 떠나 보편적으로 인식할 수 있는 상황 속에서도 지숙의 여성적 특성과 결부지어 감성/이성, 희생적 여성/영웅적 남성의 이항대립이 노정되는 것이다. 그래서 동생의 안부를 염려하는 지숙은 외곽으로 빠지는 국도들이 계엄군에 의해 완전히 봉쇄돼버린 상황, 푸성귀와 여름 과일들을 구할 수 없는 상황에서 "딸기와 오이와 상치와 깻잎과 호박잎과 고추와 그런 것들을 먹고 싶다는 생각을 하다가 무슨 불륜의 쾌락을 탐한 것인 양 참담한 부끄러움"(87쪽)에 고개를 들지 못하고 만다.

이 소설에서 여성은 내적 욕망이 탈색된 헌신적인 여성상으로만 기존

---

7   박호재, 「다시 그 거리에 서면」, 한승원 외, 『일어서는 땅』, 인동, 1987, 65~96쪽.

의 남성 중심적인 모성 이데올로기를 부지불식간에 재현하고 있는 듯 보인다. 여성의 고통과 근심, 슬픔이 서사의 한쪽에 존재하되 그것을 극도로 절제하거나 초극해야만 하는 대상으로 그려져서 5월의 서사에서도 여성은 여전히 주변화된 타자의 위치에 자리하고 있음을 알 수 있다. 그럼에도 불구하고 이 소설의 여성 인물 '지숙'은 거대 담론이 포착하지 못했던 일상, 구체적인 삶의 영역을 체현하고 있는 인물로 해석할 수 있는 가능성이 있다. 문제는 이 소설에서 '지숙'이 여전히 가족 이데올로기의 범주에 갇혀 있는 인물로 묘사되고 있는 점일 것이다.

김중태의 「모당(母堂)」[8]은 항쟁의 현장에서 뜻밖에 살아 돌아온 아들의 목숨을 지켜내기 위한 '어머니'의 노심초사를 서사의 중심에 놓고 있다. 그녀의 머릿속에는 아들을 찾으러 다니던 지난 며칠이 마치 꿈속인 듯 여겨진다. "마지막까지 남아 싸우던 이들이 모두 죽었다더라."(173쪽)는 어머니의 전언에 아들은 "제가 비겁했어요, 어머니."(173쪽) 하고 울먹이는 소리로 말한다. 어머니는 당부한다. "총칼 앞에서는 어뜬 장사두 없는 게여. 그러니 이 에미가 나와도 좋다구 헐 때까장은 꼼짝 말구 죽은 듯이 여기에 있어야 헌다."(174쪽) 이렇듯 기존의 가부장제 아래서의 맹목적이고 헌신적인 어머니로서의 모성성의 발현은 이 소설에서도 예외 없이 드러나고 있다. 어머니에게는 양육의 정체성 외에 다른 정체성은 허용되지 않는다. 어머니의 책임감이 사회의 질서를 유지시켜준다고 보기 때문이다.[9]

그래서, "격렬하게 서로를 밀어내면서 서로 다른 세계를 달려가고 있는

---

8   김중태, 「모당(母堂)」, 위의 책, 155~183쪽.
9   박정오, 앞의 글, 185쪽.

것처럼 보였지만 그러나 그들의 싸움이 권력지향의 모습을 하고 있다는 점에서 그 둘의 욕망은 궁극적으로 닮은꼴을 하고 있었다."[10]는 후일의 지적은 너무 가혹한 것일까. 그것이 기득권 쪽의 것이건, 저항 세력 쪽의 것이건 본질적으로는 동일한 속성을 지닌 두 권력 지향의 욕망들이 충돌하는 남성 중심적인 힘의 논리 속에서 개인은, 특히 여성은 그 주체적 자리를 확보하기는커녕 뿌리 깊은 가족 이데올로기와 거기에 순종하는 어머니, 그리고 그러한 어머니와 하등 다를 것 없는 착한 맏딸 강박관념만이 재현되고 있음을 본다.

　이 장에서 살펴보았던 소설들이 5월이라는 참혹한 사건을 다루고 있다 하더라도 무의식적일망정 성역할의 고정화라는 문제에서 자유롭지 못한 것은, "환유도 유사도 존재하지 않은, 일종의 유사성 장애"[11]로서의 5월문학이라는 얼마간 냉혹한 지적 말고도 또 다른 한계로 지적 할 수 있겠다. 이들 소설에 등장하는 여성들은 처음부터 주변인이었으며 끝내 비가시적인 존재로 드러난다. 특히 문제가 되는 것은, 모든 어머니에게 모성은 다른 어떤 욕망보다도 우선한다는 모성성의 신화를 반복 생산하고 있다는 점이다. 여성은 약하나 어머니는 강하다는 것인데, 그렇다면 왜 어머니는 강한가? 어머니이기 때문이다. 어머니라는 존재는 자식을 양육하고 보호해야 하기 때문에 강하다는 것이다. 어머니 이전에 여성으로서 갖는 정체성은 고려될 여지가 없다. 그렇다면 어머니는 여성인가 아닌가. 어머니는 여성도 남성도 아닌 제3의 성이 되어버리고 만다.[12] 이렇게 모성이란 시대

10　박혜경, 『상처와 응시』, 문학과지성사, 1997, 73쪽.

11　김형중, 「오월문학에 나타난 국가폭력의 이미지화 방식에 대하여」, 『이미지 시대의 인문학(제10회 영·호남 4개 대학 인문학연구소 합동학술대회 자료집)』, 2010, 47쪽.

12　김주희, 「90년대 여성소설의 화두 — 딸의 서사와 어머니의 서사」, 『한국문예비평연

와 문화를 초월하여 어머니라면 누구나 가지고 있는 보편적이고 항구적인 고유한 역할이나 특성으로 간주되어왔다. 그러나 페미니즘의 입장에서는 이러한 통념, 즉 고정적이고 본질적인 어머니상에 대한 의문을 제기하지 않을 수 없다. 그리하여 이러한 모성 담론이 여성을 어머니로 환원함으로써 여성의 사회 참여나 성적 욕망의 표출을 제한하는, 억압적 이데올로기로 작동하고 있기 때문이다.[13] 물론 역사적 기억과 인간의 고통을 왜곡되지 않게 담아내는 일이 쉽지 않다는 것, "살아 있으면서도 죽어가는 자 혹은 죽어가는 자와 같은 반(半)인간들, 시체 혹은 유골상자와 같은 비(非)인간들이 역사가 남긴 고통을 문학이 말할 수 있는가"[14] 하는 참혹한 질문과 마주하고 보면 5·18소설들에서 여성성의 문제를 제기하는 것이 자칫 한가한 노릇 아닌가 하는 비판이 있을 수도 있겠다. 그럼에도 불구하고 텍스트의 리얼리티와 그것의 이해와 감상을 통해 형성되는 가치관은 별개의 문제일 것이다.

3. 희생자의 기호로 남은 여성

이삼교의 「그대 고운 시간」[15]은 열한 살 소년 화자 '나-창석'의 눈으로 1980년 5월을 본다. 동네 사람들이 골목 뒤 둔덕에 올라 시가지 쪽을 바라

구」, 한국현대문예비평연구학회, 2003, 210쪽.

13 이정옥, 「페미니즘과 모성 ─ 거부와 찬양의 변증법」, 심영희 외, 『모성의 담론과 현실 ─ 어머니의 성·삶·정체성』, 나남신서, 1999, 55쪽.

14 한순미, 「고통, 말할 수 없는 것 ─ 역사적 기억에 대해 문학은 말할 수 있는가」, 『호남문화연구』 제45집, 2009, 107쪽.

15 이삼교, 「그대 고운 시간」, 『부활의 도시』, 인동, 1990, 189~207쪽.

보며 중얼거렸다. "워메, 저것이 뭔 일이다요. 뭔 세상이 이런 세상이 있다요 잉."(194쪽) 그런 와중에 대학생 형은 집에 돌아오지 않고 있었다. 학교가 쉬고, 누나가 출근을 멈추고, 어머니도 공사장에 가는 일을 중단했다. 그래서 시간은 죽어 있는 것이나 마찬가지였다. 일상의 정지, 아니 "전쟁이다, 전쟁. 이것은 전쟁이여"(193쪽)라고 외치는 어머니의 절규를 통해 5월 광주의 단면을 상징적으로 드러내고 있다. 나는 집 안에서 한 발짝만 밖으로 나갔다가는 다리 토막을 작신 분질러놓겠다는 어머니의 으름장 속에 갇혀 있다. 결국 경애 누나가 형을 찾아 나섰지만, 누나는 돌아오지 않는다. 어머니의 "불쌍한 새끼, 제대로 입히지도 멕이지도……"(200쪽)라는 한 맺힌 절규 때문이었을까, 형은 그동안 연행되어 있다가 별 탈 없이 돌아왔다.

"연행되어 있다가 별 탈 없이 돌아왔다."는 전언은 이 작가가 당시의 광주를 제대로 이해하고 있는지 그 성실성에 얼마간의 의문을 갖게 하지만, 영영 돌아오지 않는 누나와 대비하자면 그래도 돌아왔으니까, '별 탈 없이' 돌아왔다고 할 수는 있겠다. 하여튼, 영영 돌아오지 않는 스무 살 고운 나이의 누나를 '나'는 지금까지 잊지 못하고 있다.

상고를 나와서 시내에 있는 대리점 경리사원으로 일하고 있던 누나는 대학생 누나들보다 더 예뻤지만 돈이 없어 대학에 가지 못했다. 그 누나가 어머니를 대신하여 남동생을 찾으러 다니다가 영영 돌아오지 못했다는 이 서사에는 기다림의 주체로서의 여성(아들을 기다리는 어머니)과 특히 희생자 혹은 애절한 대상으로서의 여성(남동생을 찾으러 나가서 영영 돌아오지 못한 누나)으로 곧, 죽음에 의해 비극적 상황을 고조시키는 대상으로 기호화되고 있다. 앞에서 살펴보았던 작품들과는 달리 등장인물인 여성의 희생적 죽음을 통해 5월의 비극성을 강조하되 그 역시 가부장제의 관습 속에 포섭된 여성의 희생을 그리고 있는 데에 불과하다. 서술자의 회상 속에 그려지고 있는 이 '누나'의 죽음은, 상황 속에서 보조적이고 주변적일 뿐 역사의 주제로서의 자리를 확보하고 있지 못한다. 텍스트에 재현된 젠더−누나의 "이미지는 대상의 주체적 의지나 본질을 나타내기보다는 그 대상을 바라보는 타자−남성 작가의 시선이나 가치관이 강하게 개입되어 만들어지는"[16] 까닭에 그러하다. 침묵의 여성화 또는 여성화된 침묵이 현대사의 민감한 축 뒤에 숨겨져 있다는 것, 여성의미에 대한 침묵 그리고 여성들의 침묵이 현대사의 폭력성의 문제를 야기한다고 볼 수도 있을 것[17]이라는 논의와 그 궤가 다르지 않다고 생각한다.

심상대의 단편소설 「망월(望月)」[18]은 5·18민중항쟁 때 아들을 잃은 한 어머니의 넋두리를 통해 그날에 가족을 잃은 이들의 가슴에 각인된 트라우마와 그것의 해원 가능성을 함께 모색하고 있는 작품이다. 집안의 대들보로 믿고 기대던 생때같은 큰아들을 잃은 한 여인의 원한의 정서가 이 소설을 지배하는 정조이다. 그날 이후 16년 만에 어머니는 아들의 무덤을 찾아간다. 남편이 살아 있을 때에는 그의 성화에 가고 싶어도 가지 못하다가 이제야 찾아가는 길이다. 그런데 길을 가면서 어머니는 "야아, 나는 인자 다 잊어부렀다. 다 잊어부렀어."(10쪽) 하고 끊임없이 혼자 소리를 한다. 그러나 어머니는 결코 아들을 잊지 못한다.

어머니에게 있어 큰아들의 죽음은 일종의 트라우마다. 큰아들의 죽음

---

16 차희정, 「현대사회와 탈전형적 여성성 : 메두사의 후예들」, 『이미지와 폭력』(조선대학교 인문학 연구원 이미지 연구소 정기 학술대회 자료집), 2010, 6쪽.

17 조은, 「침묵과 기억의 역사화 : 여성·문화·이데올로기」, 『창작과비평』, 2001년 여름호, 88쪽.

18 심상대, 「망월」(望月), 『늑대와의 인터뷰』, 솔, 1999.

으로 인한 한과 죄의식이 앞의 인용에서와 같이 어머니의 무의식에 수시로 출몰하면서 그것을 강박적으로 호출해 낼 정도로 강렬하면서도 폭력적이기 때문이다. 사건이 일어나고 오랜 시간이 지나도, 외상을 경험한 많은 사람들은 그들 안의 한 부분이 마치 죽어버린 듯한 느낌을 받는다.[19] 어머니의 시종일관 주술처럼 반복되어 나타나는 '나는 이제 다 잊어버렸다'는 의식 층위에서의 발화는 그러나 '아무리 잊으려 해도 하나도 잊혀지지 않는다'라는 무의식 층위에서의 대립적인 발화를 전제하고 있다. 그럼에도 불구하고 '다 잊어버렸다'는 넋두리를 강박적으로 반복하는 것은 자신의 원한의 정서와 아들을 구하지 못했다는 죄의식의 감정을 승화시키고자 하는 방어기제적 행위라고 할 수 있다.

박상률의 「너는 스무 살 아니, 만 열아홉 살」[20] 역시 심상대의 「망월」과 매우 유사한 내용 전개를 보인다. 어머니-월산댁은 큰아들 영균의 죽음을 납득하지도 수락하지도 못해서 끝내 미쳐버리고 마는 인물이다. 월산댁은 남편과 함께 손수레에 채소를 싣고 다니며 팔았다. 그러던 어느 날 남편과 함께 새벽시장에서 뗀 채소를 손수레에 싣고 길을 건너다가 그만 교통사고를 당하고 말았다. 남편은 그 자리에서 숨지고 자신은 허리를 다쳐 석 달 동안을 꿈쩍도 하지 못한 채 병원에 누워 있어야만 했다. 목격자도 없는 뺑소니 사고를 당한 탓에 남편의 보상금은 물론 자신의 치료비조차 건지지 못했다. 그나마 다행히도 고등학교 3년 내내 우유 배달과 신문 배달 등을 하며 학비를 벌고 집안 살림에 보태던 큰아들 영균이 낮에는 철물점에서 일하고 밤에는 야간대학에 다니면서도 마음 쓰는 것이나

19 주디스 허먼, 『트라우마』, 최현정 역, 플래닛, 2007, 95쪽.

20 박상률, 「너는 스무 살 아니, 만 열아홉 살」, 『내일을 여는 작가』, 2003년 겨울호, 82~117쪽.

행동하는 것이 슬거워서 식구들이 굶지 않고 살아낼 수가 있었다. 그런데 그 난리통에, 난리통과는 아무 관계 없이 지낼 수 있었던, 고단한 야간대학생이요, 부지런하고 성실한 종업원일 뿐이었던 영균이, 학생 지도부도 아니었고, 재야 민주인사도 아니었고 정치가도 아니었던, 그렇다고 불량배이거나 건달 놈팡이는 더더욱 아니었던 영균이 가슴과 배꼽 사이에 총을 맞고 죽어버린 것이다. "차바퀴에 깔려 죽은 쥐나 몽둥이에 맞아 죽은 똥개처럼 아주 형편없는 모습, 갈기갈기 찢긴 짐승의 몰골로"(92쪽) 변해버린 것이다.

어머니-월산댁은 아들 영균이 근무하던 철물점과 다니던 야간대학을 오가며 아들의 흔적을 찾는다. 아들은 절대 죽지 않았다고, 영균이는 난리통을 피하느라 집에 들어오지 않을 뿐이라고 생각한다. 그러다 마침내 아들이 묻힌 곳, 망월동 묘역에 찾아가 다짜고짜 두 손을 뻗어 무덤의 흙을 파헤친다. 그리고 마침내 갈라진 널빤지 안에서 송장 썩는 냄새를 맡으며 절규한다. "아이고메! 이것이 시방 뭔 일이당가!"(117쪽) 어머니의 이 절규와 마침내 드러나는 광기는, 난리통에 생때같은 큰아들을 잃은 한 여인의 회복 불가능한 원한의 정서로, 이 소설을 지배하는 정조이다. 그래서 이 소설은 심상대의 「망월」의 어머니가, 강박적으로 반복하는 넋두리를 통해 자신의 원한의 정서와 아들을 구하지 못했다는 죄의식의 감정을 승화시키고자 하는 방어기제적 행위보다 더 파멸적인 상태를 보여준다. 이 어머니가 감당해야 하는 고통은 무엇보다 수동성보다 더 수동적인 경험, 즉 우리-어머니의 선택 없이 이미 '주어진 것, 스스로 원하기도 전에 이미 주어진 것'이며, 거기에 나-우리-어머니는 벗어날 수 없는 상태로 묶여 있다. 까닭에 이 고통은 언어 이전에 있는 것이며 또 언어를 초과하여 존재하기 때문에 이 내뱉은 절규 이외에 어떤 말로도 재현할 수 없는 것, 즉 말할 수 없는 것이다.[21] 삶이란 본질적으로 다른 사람과의 관계에서 자신을 경험하고, 다른 사람이 우리 안에서 불러일으켰고 거듭해서 불러일으키는 것을 종종 자신으로 경험하며, 인간관계, 특히 사랑의 관계에서 가장 내밀한 자기와의 관계를 만들어가는 것이다. 우리와 그렇게 연결된 사람을 잃게 되면 실제 우리의 한 부분도 그와 함께 죽는다.[22]

그런데 이 두 소설―「망월」과 「너는 스무 살 아니, 만 열아홉 살」에서 어머니라는 존재는 가족 이데올로기에 포박된 채, 아들을 지켜내지 못했다는 죄의식을 한으로 안고 살아가는 전근대적인 혹은 모성적 자연, 영원한 여성으로서 성별 차이를 넘어선 초월적 존재로서 재현될 뿐이다. 가족 이데올로기는 여성들의 대부분의 삶을 가정적인 영역에 속하는 것으로 규정한다. 그것은 여성의 사회적 위치를 가정의 영역으로 합법화함으로써 여성들에게 공적 조직이 아니라 자신의 가족과 친족집단에 성실하도록 요구하며, 다른 여성들과 갖는 공통된 이해에 대한 인식을 약화시킨다.[23] 그런 까닭에 다른 여성―어머니들과의 연대는 물론이거니와 아들의 죽음을 가져온 상황과 맥락에 대해 굳이 물으려 들지 않는다.

이는 역사를 지배/피지배, 학살/저항이라는 단일한 구도로만 바라봄으로써, "역사를 이끄는 혹은 변혁을 꿈꾸는 집단적 주체의 역할을 떠맡는 존재는 어김없이 남성이 될 수밖에 없으며, 여성은 역사적 서사의 주체라기보다는 대상으로서, 즉 타자로서만 존재할 수 있는"[24] 5 · 18소설에 내재

---

21 한순미, 앞의 글, 98쪽.

22 베레나 카스트, 『애도』, 채기화 역, 궁리, 2007, 17쪽.

23 캐롤린 라미자노글루, 『페미니즘, 무엇이 문제인가』, 김정선 역, 문예출판사, 1997, 236쪽.

24 리타 펠스키, 『근대성의 젠더』, 김영찬 · 심진경 역, 자음과모음, 2010, 31쪽.

제2부 기억과 항쟁 주체의 문제

한 필연적인 귀결이라 할 수 있겠다. 다만 5·18의 광주에 설치된 비극의 무대는 '모성'의 시공간이 아니었다는 것, 그것은 폭력과 단호한 응징이 난무하는 죽음의 파티였지 바흐친적 의미에서의 살아서, 성장하고 과실을 맺는 민중적 낙관의 시간이거나, 생육의 모성적 시간이 아니었다[25]는 점에서, 전근대적인 혹은 모성적 자연, 영원한 여성으로서 성별 차이를 넘어선 초월적 존재로 그려지고 있다는 비판이 과연 정당한가의 과제를 안겨주고 있다.

구효서의 「더 먼 곳에서 돌아오는 여자」[26]는 동일한 인물이 한 공간에서 두 개의 시간대를 동시에 경험하도록 인물과 사건들을 배치하고 있다. 먼 곳에서 돌아와 지금 5층짜리 낡은 아파트(사직맨션)와 사동식품과 국밥을 파는 목포집 근처를 배회하는 여자, 역시 같은 공간, 사동식품과 솟을대문과 누룽지 같고 부스럼 같은 담장 안을 서성이는 소녀는 결국 같은 인물이다. 이 소설은 여자의 회상의 시점이 아니라 같은 공간에 병치시킨 사건들의 연쇄를 통해 한 인물의 내면에 각인된 상처의 징후를 드러낸다.

언덕 위 사직맨션 옆에서 흰 가오리연 날리기를 좋아했던 이 소녀는 할머니가 죽고, 그래서 고아가 되고, 뉴저지로 입양된다. 할머니가 돌아가셨을 때 한 청년이 소녀를 서림원이라는 보육원으로 데려가기로 했었다. 뉴저지로 입양된 후 "털이 숭숭 난 가운뎃손가락을 열세 살 먹은 아이의 성기에 집어넣고 휘젓기 전까지"(41쪽) 브라이언은 소녀의 양부였다. 대디가 당신 혹은 다링으로 바뀐 다음 그녀가 겪어야 했던 일은, "눈비로 얼룩진 트렌턴의 겨울 밤거리가 환히 내려다보이는 건물 꼭대기 층에서 삼백일곱

---

25 차원현, 「5·18과 한국소설」, 『한국현대문학연구』 제31집, 한국현대문학회, 2010, 449쪽.

26 구효서, 「더 먼 곳에서 돌아오는 여자」, 『현대문학』, 2001년 5월호.

명의 남자를 상대하다 실신하는"(42쪽), 그런 이벤트(포르노 배우)였다.

여자는 21년 만에 돌아왔다. 그런데 왜 이 소설이 5 · 18과 관련을 맺는가. 소설의 말미에 밝혀지는, 한 청년의 죽음과 5 · 18이 관계 맺고 있기 때문이겠으나 그보다는 5 · 18항쟁과 관련한 미국의 역할에 대해 모종의 알레고리(allegory)로 기능하기 때문이다.

구효서의 이 소설은 21년의 시간을 거슬러 그 오랜 시간 속에서도 박제되지 않은 5월을 우리 앞에 되돌려놓는다. 여자의 처참했던 미국에서의 21년이 바로 그해 5월에 시작되었다는 것을, 그리고 그 상흔은 어쩌면 영원히 지워지지 않을 것임을, 공간 몽타주(space montage)와 시간 몽타주(time montage) 기법의 적절한 활용을 통해 보여주고 있다. 이 소설의 서술자는 '여자'의 과거의 사건, 과거의 기억을 소설이 서술되고 있는 현재로 불러온다. 21년 전이라는 과거는 현재로 불려 와서 그녀에게 현재의 어느 순간처럼 생생하게 기술된다. 그녀의 기억은 현재에서 과거로 이동되어 있다. 서술자에 의해 호명된 그녀의 시선은 과거에 머무른다. 그녀는 지금 2001년에 21년 전의 기억을 회상하고 있고, 서술되는 사건의 시간은 1980년이다. 그녀는 기억 속의 1980년으로 이동한다. 거기서 그녀는 양부인 브라이언에게 성적 착취를 당한다. 과거 속의 현재 시간에서 조금 먼 과거를 '그때부터'로 지칭하면서 그녀는 시간상의 거리와 경과를 표현한다. 이 지시어 '그'가 사건에 대한 그녀의 심리적 거리를 나타내면서 소설이 기술되는 현재의 시간대로 과거가 끌려와 있다. '그때부터'의 '그'라는 지시어는 현재와 과거, 과거와 과거의 기억에 대한 기억의 혼합 양상을 보여줌으로써 현재 시점에서 그녀가 느끼는 과거에 대한 심리적 거리감을 표현하고 있다. 이것은 과거가 소멸된 시간이 아니라 여전히 현재의 그녀에게 깊은 영향을 미치고 있음을 드러낸다.

잘 알려져 있는 것처럼 탈식민주의는 유색인종이나 소수인종, 식민주의의 지배를 받은 민족을 중심으로 인종 억압이나 식민주의에 대한 비판적 시각을 통해 과거 피식민지의 역사나 문학을 재조명하고자 한다. 이 담론이 기존의 서양/동양이라는 이항대립적 질서 아래 동양이 타자의 자리에 놓여온 것에 의문을 제기하고 있다면, 페미니즘 담론은 남성/여성이라는 이항대립적 질서에서 여성이 늘 타자의 자리에 위치 지어온 것을 문제 삼는다. 따라서 이 두 담론은 억압 및 불평등에 대한 문제 제기와 그것을 이론적으로 설명하고 이해하려는 시도, 그리고 지배집단에 의해 주변화된 집단의 권리와 지위를 되찾으려는 시도 등에서 공통점을 갖는다.[27] 식민주의 페미니즘은 남성이 자신의 이념과 문화를 표준 규범과 절대적 진리로 만들어 여성을 은유적 의미에서 식민지화된 타자로 만들기 때문에 여성은 억압과 압제에 시달린다는 점에서, 그리고 자신들의 경험을 억압자의 언어로 표현해야 한다는 점에서 식민지인들과 같다고 인식한다. 구효서의 소설은 그러한 지점을 매우 뚜렷하게 드러내 보이고 있다.

4. 여성의 서사와 자매애적 연대

여성이 말하는 주체로서 스스로를 재정의할 때, 여성들이 사회적으로 부과된 말 없는 상징으로서의 역할을 깨고 스스로를 말하는 주제로서 입장을 세우고 글을 쓸 때, 공동체의 물질적, 문화적 실천에서 가장 비가시화된 부분을 가시화하며, 동시에 여성들이 단순한 피해자가 아니라 서사

---

27 마리아 미스 · 반다나 시바, 『에코페미니즘』, 손덕수 · 이나나 역, 창비, 2000, 6쪽.

에서 누락된 것을 드러내면서 헤게모니적 기억들을 보충, 대체한다.[28] 이는 5월을 대상으로 한 여성작가의 소설에도 해당되는데, 특히 공선옥은 1980년 5월 이후 광주를 살아가는 사람들 — 보다 정확하게는 여성들의 모습에 소설적 관심을 보인다. 공선옥의 「목마른 계절」[29]에는 80년 5월 이후 살아남은 자들의 힘든 삶, 특히 이혼을 했거나 애인이 죽음으로써 혼자 남겨진 여성들의 모습이 광주와 연결되고 있다.

1인칭 서술자 '나'는 소음 가득한 영구임대 아파트에서 아이 둘을 홀로 키우며 살아가는 (여성)소설가이다. 소음 때문에 견딜 수 없어 하는 '나'는 아파트 사람들의 서명을 받겠다고 뛰어다니다가 허름한 카페를 운영하는 옆집 유정이 엄마 현순과 가까워진다. 아람이 엄마 '나'는 서른 살의 이혼녀이고 유정이 엄마 현순은 마흔한 살의 이혼녀. 현순의 카페에 근무하는 종업원 미스 조는 어릴 때 열차 사고로 양친을 다 잃고 자신은 한쪽 다리를 잃은 불구의 몸이다. 거기에 거두어야 할 나이 어린 동생이 둘이나 된다.

이 세 사람의 등장인물 중에서 광주의 상처와 직접적인 관련을 맺고 있는 인물은 실상 '미스 조'다. 그녀의 애인이 5·18민중항쟁 때 시민군이었는데, 감옥에서 나와 10년을 시난고난 앓다가 최근에 죽었다. 그런데 이 '미스 조'는 9층 아파트 난간에서 저 아래를 향해 몸을 던져 자살했고 "죄가 있다면 살아 있는 것이야. 살아남음이 죄라구."(36쪽) 외치는 미스 조의 환청을 들으며 서른 살의 이혼녀 '나'도 그렇게 저 아래를 향해 몸을 던지려 한다.

---

28 박미선, 「지구지역시대 젠더이론의 쟁점 : 여성, 민족, 국가, 그리고 재기억의 텍스트 정치」, 『탈경계인문학』 창간호, 2008, 42~43쪽.

29 공선옥, 「목마른 계절」, 5월광주대표소설집 『꽃잎처럼』, 풀빛, 1995, 9~39쪽.

제2부 기억과 항쟁 주체의 문제

「목마른 계절」에서 문제 삼고 있는 것은, 그날에 살아남은 사람들이 지금 어떻게 살아가고 있는지를, 어떻게 죽어가고 있는지를 선연하게 보여주면서 작중인물들의 힘겨운 삶의 조건이란 이처럼 아직 해결되지 않은 과거의 비극에서 연유하고 있다는 것으로 요약할 수 있다. 그래서 광주는 아직 현재진행형이라는 것이고, '나'의 자살을 예감하면서 '어쨌거나 살아서 견뎌내야 한다.'고 말하는 소설 내 또 다른 인물의 외침은 비장하다. 하지만, 소설 내 인물들의 행위의 필연성이 독자들의 공감을 얻는 데는 실패하고 있다.

공선옥의 초기 작품에 해당하는 이 소설은 인물들 간의 서사적 갈등관계가 생략된 채 5·18항쟁을 일종의 기호 혹은 상징으로 처리한 탓에 현실과 문학의 간극을 오히려 넓게 만들고 말았다고 할 수 있다. 또한 공선옥의 대부분의 소설에서처럼 이 소설에도 모성에 대한 강박이 두드러진다. 그녀는 여성성을 넘어선 보편적 윤리로서의 모성을 강조하고 있다. 그것을 통하여 상처의 치유와 연대의 모색이라는 가능성을 애써 강조하고 있다. 살아가야 한다는 의지의 확인, 생명에 대한 사랑의 강조, 희망적인 결말의 화해와 용서는 그 자체로 아름답기는 하지만, 문제는 그것을 모성적인 것으로 규정짓고 늘 여성의 몫으로 남겨둔다는 데 있다. 그것은 남성/여성의 이분법적 오류를 반복하는 데 불과하다. 역사의 상처를 치유하는 것이 모성이라는 논리는 여성문제의 하나로 다루어야 할 어머니의 문제를 역사담론 속에 지워버리는 결과를 가져온다.[30] 모성이란 여성이 어머니로서 갖는 의지, 감정, 이성 등을 말한다. 때로는 모성이 개인적 차원의 상처를 치유하고 원상을 회복하는 데 일정한 도움이 될 수 있겠으나, 역사

---

30 김경희, 『한국 현대소설의 모성성 연구』, 조선대학교 박사학위논문, 2005, 131쪽.

적 상처의 치유는 모성으로 '감싸 안음' 이전에 그 상처의 원인에 대한 치열한 탐색이 우선일 것이다.

이 소설에 등장하는 세 사람의 여성 — 소음 가득한 영구임대 아파트에서 아이 둘을 홀로 키우며 살아가는 서른 살의 이혼녀인 아람이 엄마 '나'와 마흔한 살의 이혼녀 유정이 엄마 '현순'과 어릴 때 열차 사고로 양친을 다 잃고 자신은 한쪽 다리를 잃은 불구의 몸인 현순의 카페 종업원 '미스 조'는, 여성의 차이를 배제한 채 오직 모성이라는 이름으로 획일화된다. 가부장적 사회구조의 모순과 대면하고 있는 이들 여성 인물들의 부재와 결핍이 아직 해결되지 않은 과거의 비극—5·18항쟁에서 연유하고 있다는 것만으로는, 그리고 그 해결책이 '어쨌거나 살아서 견뎌내야 한다.'는 것만으로는 남성 작가들의 소설보다 좀더 예각적으로 우리가 놓여 있는 자리를 제시하고 있는가 하는 데 주저하게 한다. 따라서 공선옥 작품에서의 현실은 (노동자) 의식을 가진 사람들이 사는 소우주 공간일 뿐, 개연성을 가진 현실은 아닌 것[31]이라는 냉정한 지적이 꼬리표처럼 따라붙는 것은 아쉬운 대목이 아닐 수 없다.

홍희담의 「깃발」[32]은 5·18민중항쟁을 그 비극적 양상에서가 아니라 그리고 죄의식이라는 각도에서가 아니라, 그 투쟁의 양상에서, 그리고 혁명적 낙관이라는 각도에서 그린 소설이다.[33] 이 소설의 가장 두드러진 점은 5·18민중항쟁이 "71%의 무산자 계급에 의한 항쟁이었다는 점"(62쪽)의 강조에 있다.

31 이덕화, 「공선옥론 2 : 반란의 시학, 삶의 거리 지키기」, 명지대학교 인문과학연구소 편, 『문학 속의 여성』, 월인, 2002, 98쪽.

32 홍희담, 「깃발」, 『깃발』, 창작과비평사, 2003.

33 성민엽, 『변하는 것과 변하지 않는 것』, 문학과지성사, 2004, 191쪽.

제2부 기억과 항쟁 주체의 문제

도청 앞과 분수대 사이에서 '형자'는 '순분'에게 다음과 같이 말한다. "어떤 사람들이 이 항쟁에 가담했고 투쟁했고 죽어갔는가를 꼭 기억해야 돼. 그러면 너희들은 알게 될 거야. 어떤 사람들이 역사를 만들어 가는가를…… 그것은 곧 너희들의 힘이 될 거야."(49~50쪽) 사건이 일어나자 "들쥐처럼 도시를 빠져나가는 부자와 미국인들, 그리고 시내 곳곳에서 자행되는 공수부대원들의 만행"이 신문기사적인 문체로 그려져 있는 이 소설에서 작가는, '순분'이와 '형자'네 같은 노동자들, 그리고 야학 학생들의 곤고한 생활과 '윤강일' 같은 운동권 학생의 고민, 도청 내 강경파와 온건파의 갈등 등 현장에 대한 사실적 재현에도 상당한 공을 들이고 있다. 작가는 이 소설의 마지막 장면, 이른 새벽 여명을 헤치고 자전거를 타고 출근하는 노동자들의 건강한 모습을 보며 미소 짓는 순분과 형자 들의 묘사를 통해, 항쟁은 실패로 끝났지만 노동자에게 있어 항쟁은 피해자로서의 체험이 아니라 역사의 주체로서의 체험이었고, 앞으로의 삶은 새로운 역사의 주역으로서의 삶이어야 한다는 것을 강조하고 있다. 그런데 이 소설에 대한 대부분의 평문들에서는 '여성'이라는 항쟁-기억의 주체보다는 '여성 노동자'라는 계급의식을 중심으로 담론을 구성하고 있음을 본다. 이와 같은 '젠더 무관심성(gender indifference)'은 대항기억 내부에서도 젠더에 따른 모종의 위계화 원리가 작동하고 있음을 반증한다.[34]

또 한 가지 지적할 것은 이 소설은 여성 인물들이, 자신들이 처한 상황을 어떻게 능동적으로 깨닫고 자기 정체성을 확립해 나가는지에 초점을 맞추고 있는데, 여성 노동자들이 서사의 중심에 위치하고 있는, 5·18소

---

34 김양선, 「광주민중항쟁 이후의 문학과 문화」, 『여성문학연구』, 한국여성문학학회, 2007, 13쪽.

설에서는 유일한, 따라서 매우 기념비적인 작품이라 할 수 있다. 다만 전망은 앞으로 나아갈 바를 미리 보여주는 것이 아니라 현재의 실상을 올바로 투시함으로서 얻어지는 것이라거나, 오직 민중들의 투쟁만을 중심으로 5월을 형상화함으로써 5월의 보편적 모습을 놓치고 있다는 비판에서 자유롭지 못한 것도 사실이다. 문제는 「깃발」 이후의 홍희담의 5·18소설들이, 특히 5월 이후를 다룬 소설들이 그러한 한계를 고스란히 안고 있다는 데 있다.

5·18소설 여섯 편을 싣고 있는 홍희담의 소설집 『깃발』에서 가장 나중에 씌어진 소설 「문밖에서」[35]를 보자. 광주에서 시가전이 격렬할 때 '영신'은 남편과 함께 도시를 빠져나갔다. 결혼한 지 채 두 달이 되지 않은 때였다. 그들은 다니던 성당의 신부 주선으로 시외의 과수원 안에 있는 별채에서 지내게 되고, 거기에서 아이—수환을 갖게 된다. 도청이 계엄군에게 함락되고 광주는 평정된다. 영신은 친구 '연희'로부터 사건의 와중에 임산부였던 스물세 살의 최미애라는 여인이 계엄군의 총에 맞아 숨진 사실을 전해 듣는다. 배꽃이 하얗게 흩날리는 그때, 자신은 남편과 열락의 시간을 보냈는데, 그 시각에 한 여인은 임신한 몸으로 남편의 귀가를 기다리던 집 앞 골목길에서 계엄군이 쏜 총에 맞아 죽었다는 것이 그녀를 깊은 죄의식으로 몰아넣는다. 그런 까닭에 영신은 "죄의식과 행복해지면 안 된다는 심리로"(165쪽) 아들 수환을 미워하게 된다. 그러곤 위암으로 죽는다. 영신의 여학교 때 친구인 연희는 오랫동안 연애하던 남자와 헤어진다. "잘생기고 집안도 좋은 남자였는데 그와 결혼하면 행복할 것 같아서, 행복하면 죄스러울 것 같아서"(164쪽), 연희는 오랫동안 연애하던 남자와 헤어지고 정비

35 홍희담, 『깃발』, 창작과비평사, 2003, 146~166쪽.

공이었던 시민군 출신과 결혼한다. 그때는 숨 쉬고 있는 것조차 부끄러웠기 때문이라는 것이다.

이것은 냉정하게 말하면 소설이 아니다. 소설집에 해설을 쓴 최규찬은 이를 인위와 꾸밈을 거부하는 작가의 올곧음으로 '해설'[36]하고 있으나, 그의 말마따나 현실은 그렇게 명료하거나 단순한 게 아니다. 이 소설의 여성들이 스스로 떠안고 있는 죄의식이란 앞에서 살펴본 공선옥 소설의 여성들과 마찬가지로 모성에 대한 강박의 결과일 뿐이다. 홍희담 역시 공선옥과 마찬가지로 여성성을 넘어선 보편적 윤리로서의 모성을 강조하고 있다. 그것을 통하여 상처의 치유와 연대의 모색이라는 가능성을 강조하고 있다. 국가폭력과 무장저항이라는 5·18소설의 담론에서 타자화되고 분열된 여성 자아의 구성을 사회 문화적 맥락에서 충분하게 규명해내고 있지 못한 까닭은 5월에 대한 작가의 관념이 소설의 육체를 갉아 먹고 있는 것이다. 그럼에도 불구하고 여성으로 스스로를 동일시하는 수많은 다양한 주체들이 여성임을 긍정하고 자매애적 연대를 이룰 때, 거기에서 생산적이고 변혁적인 힘을 발견할 때, 5월에 살아남은 이들 — 특히 여성들이 안고 있는 폭력적 상황과 그로인한 상처의 치유가 일정 부분 가능하리라 생각된다.

김승희의 「회색고래 바다여행」[37]은 광주의 상처를 안고 미국으로 건너가 사는 강채정이라는 화가의 비극적 삶을 묘사하고 있는 소설이다. 서술자 '나'—유미환은 신문사 기자로 10년간 문학담당을 하다가 가정담당으로 발령을 받은 후 그토록 뛰어왔던 기자생활에 낯섦과 염증을 동시에 느

---

36 최규찬, 「오월의 역사와 함께 한 영혼의 기록」, 위의 책, 312쪽.
37 김승희, 『산타페로 가는 사람』, 창비, 1997, 103~153쪽.

끼면서 어딘지 세상 밖에 서 있는 것 같은 무감각의 고통을 느낀다. 다행스럽게 미국에서 1년 동안의 연수 기회를 갖게 되고, 그녀는 60년대 히피혁명의 발상지로 알려진 베이로 오게 된다. 그녀는 곶의 안에 들어와 고여 있는 바다의 물, 베이가 마치 자기 안에 기억의 늪을 가지고 있을 것처럼 느낀다. 유미환은 몬트레이에서 그림을 그리며 살고 있는 화가 강채정이 혼수상태에 빠져 있다는 전갈을 받고 경파와 함께 차를 몰아 가는 중이다.

두 사람은 고래가 5천 마일이나 되는 대장정을 해온다는 이야기를 나눈다. 생각하면 동물의 본능은 무섭다는 것, 단지 따뜻한 나라에서 살겠다는 것만은 아니고 따뜻한 곳에 자기 새끼를 번식시키려고 온다는 점에서 그렇다는 것, 미국에 이민 오는 사람들 대부분이 자식의 장래를 위해서라니 아마 고래의 대장정과 같은 것이 아닌가 하는 이야기를 나누며 유미환은 인간의 굽혀질 수 없는 꿈의 근육을 느낀다. 이들 셋, 유미환과 경파와 강채정은 어떻게 연결되는가. 경파의 아버지는 80년 당시 강제로 해직된 교수다. 그래서 유미환에게 스스럼없는 친밀감을 보인다. 유미환은 경파의 아버지가 이민 초기에 가지고 온 돈을 믿었던 친구에게 사기당하고 직업도 없이 어렵게 고생했다는 이야기를 듣고 벅찬 동정을 느낀다. "어떤 종류의 죄의식이, 80년대에 어찌되었든 무사했던 사람은 무사하지 못했던 사람에 대해 무언가 어떤 어두운 마음을 아직도 가지고 있기"(119쪽) 때문이다. 유미환과 강채정은 광주가 고향이다. 강채정은 5·18 때 고3이었다. 그녀의 집은 도청 뒤 서석동에 있었다. 5월 광주가 다 끝나고 금남로의 피도 수도 호스로 물을 뽑아 다 지운 다음 다시 평정을 되찾은 시내를 걸었을 때 그 5월의 아름다운 햇살이 그녀에겐 그렇게 낯설었다는 일종의 죄의식이 그녀의 내면에 자리하게 된다.

제2부 기억과 항쟁 주체의 문제

마침내 도착한 그녀의 집 벽에 붙어 있는 크로키 한 장, 벗은 젖가슴 아래로 들고 있는 쟁반에는 유두에서 피가 솟고 있는 유방 한 개가 놓여 있었다. 그것은 광주민중항쟁 사망자 명단 54번 손옥례였다. 여고를 졸업한 19세의 처녀, 친구 병문안 간다고 집을 나간 후 참혹한 시신으로 발견된 그녀는 왼쪽 가슴은 대검으로 찔렸고 오른쪽 가슴은 흉탄이 관통되어 죽은 것이다. 5월은 가지 않았고 아직 5월은 누군가를 죽음 속에 빠뜨리고 있다는 것, 아직도 5월의 진실은 인간의 영혼을 지배하려고 방황하고 있다는 것을 강채정의 상처와 고통을 보며 나 — 유미환은 아프게 깨닫는다. 그건 유언비어여야 하고 우리가 고개를 흔들고 부정하고 있는 동안 여기한 사람은(혹은 또 누군가는) 자기 조개피 안에 역사의 상처를 기르면서 오직고통 하나에 자기를 걸고 살고 있다는 것, 역사적 고통 때문에 순수한 영혼이 감당해야 할 상흔은 세월이 가도 지워지지 않는다는 것, 그럼에도 그상처를 껴안고 감당하며 극복하려는 무서운 본능의 주체는 여성이라는 것이 이 소설의 참된 주제일 것이다. 이는 물론 앞에서 지적했던 공선옥과홍희담 소설의 여성 주인공들의 모습과 본질적인 면에서 닮아 있다. 다만공선옥과 홍희담 소설의 여성 주인공들의 그것이 작가의 관념의 소산으로보이는데 반해 김승희 소설의 여성 주인공들의 경우 소설적 리얼리티를얻고 있다는 점에서 얼마간의 차이를 보일 뿐이다.

한편 강채정과 유미환 그리고 경파, 이 세 여성 인물은 남성의 지배 영역을 벗어나 '반보기–새로운 집짓기'를 시도하고 있는 것으로 볼 수 있다. '반보기'란 전통사회에서 서로 멀리 떨어져 살아 오랫동안 만나지 못한 출가한 딸과 친정어머니가, 어머니의 집도 아니며 딸의 집도 아닌 두 집 사이의 중간쯤 되는 산이나 시냇가 등지에서 만나 장만해 온 음식을 나누어 먹으며 하루를 즐기는 풍속에서 연유한 개념이다. 남성 학자의 관점에서 볼 때 자신의 공간을 갖지 못한 여성들의 비극성을 강조하는 의미[38]로 읽지만, 여성의 시각으로 볼 때 이 반보기는 감당하기 어려운 현실에서의 도피가 아닌 절대화된 남성의 지배질서에서 벗어나 여성의 자아–정체성을 새롭게 확인하고 가꾸어가는 공간으로 의미 부여할 수 있다. 비록 강채정이 80년 광주에서의 비극의 기억에서 벗어나지 못해 여전히 고통 받고 있으나 고래들이 5천 마일이나 되는 대장정을 해오듯이 이들은 그 고통의 감내와 연대를 통해 스스로를 주체로 자리로 자리매김하고 있는 것이다. 푸코도 '주체'가 담론과 담론적 실천에 의해서 창조된다는 것을 강조한 바 있다. 대항 담론은 지식, 실천, 그리고 과정의 형태로 지배적인 가부장적 담론에 도전하는 페미니스트 인식론과 실천 속에서 드러날 수 있다.[39]

4. 새로운 집짓기

이 글은 5 · 18소설들 속에 나타난 여성 재현 양상을 세 개의 범주로 나누어 살펴보았다. 이렇게 여성 서술자를 내세운 소설들과 여성을 대상화한 소설들, 그리고 여성을 주체로 내세운 소설들로 범주화한 까닭은 무엇보다 소설 속에 재현된 여성성의 차이와 주체성에 주목했기 때문이다. 우선 여성 서술자를 내세운 소설들에서 남성은 역사적 실천 행위의 주체로 구성되는 반면, 여성은 역사적 고통의 미학적 대상으로 머물러 있다는 것을 확인하였다. 이렇듯 내적 욕망이 탈색된 헌신적인 여성상은 기존의 남

---

38 임동권, 『여성과 민요』, 집문당, 1984, 22쪽.

39 앤 브룩스, 『포스트페미니즘과 문화 이론』, 김명혜 역, 한나래, 2003, 108쪽.

성 중심적인 모성 이데올로기를 부지불식간에 재현하고 있는 것이다. 여성의 고통과 근심, 슬픔이 서사의 한쪽에 존재하되 그것을 극도로 절제하거나 초극해야만 하는 대상으로 그려져서 5월의 서사에서도 여성은 여전히 주변화된 타자의 위치에 자리하고 있음을 알 수 있다.

그리고 여성을 대상화한 소설들에서는, 여성 인물들이 기다림의 주체로서의 여성(아들을 기다리는 어머니)과 특히 희생자 혹은 애절한 대상으로서의 여성(남동생을 찾으러 나가서 영영 돌아오지 못한 누나)으로 곧, 죽음에 의해 비극적 상황을 고조시키는 대상으로 기호화되고 있음을 확인하였다. 앞에서 살펴보았던 작품들과는 달리 등장인물인 여성의 희생적 죽음을 통해 5월의 비극성을 강조하되 그 역시 가부장제의 관습 속에 포섭된 여성의 희생을 그리고 있는 데에 불과하다는 것, 서술자의 회상 속에 그려지고 있는 이 누나-여성의 죽음은, 상황 속에서 보조적이고 주변적일 뿐 역사의 주제로서의 자리를 확보하고 있지 못한다.

마지막으로 살펴본 여성을 주체로 내세운 소설들은 얼마간의 편차가 있는데, 공선옥과 홍희담 소설의 여성들이 스스로 떠안고 있는 죄의식에는 모성과 5월에 대한 작가의 지나친 강박이 두드러지는 양상을 보이고 있다. 두 여성작가는 여성성을 넘어선 보편적 윤리로서의 모성을 강조하면서 그것을 통하여 상처의 치유와 연대의 모색이라는 가능성을 강조하고 있다. 문제는 역사의 상처를 치유하는 것이 모성이라는 논리는 여성문제의 하나로 다루어야 할 어머니의 문제를 역사담론 속에 지워버리는 결과를 가져온다는 점에 있다. 따라서 국가폭력과 무장저항이라는 5·18소설의 담론에서 타자화되고 분열된 여성 자아의 구성을 사회 문화적 맥락에서 충분하게 규명해내지 못하는 아쉬움을 갖게 된다.

홍희담과 공선옥의 소설들은 둘 다 작가의 과도한 관념이 인물들의 실제 삶의 세부를 압도하여 이들 여성 인물들 — 하위 주체들이 거의 분노라는 단일하면서도 경직된 성격으로서만 제시되고 있는 약점을 갖고 있다. 그럼에도 불구하고 여성으로 스스로를 동일시하는 수많은 다양한 주체들이 여성임을 긍정하고 자매애적 연대를 이룰 때, 거기에서 생산적이고 변혁적인 힘을 발견할 때, 5월에 살아남은 이들 — 특히 여성들이 안고 있는 폭력적 상황과 그로 인한 상처의 치유가 일정 부분 가능하리라 생각된다.

이들과 달리 김승희 소설의 여성 인물들은 결코 기억하고 싶지 않은, 그러나 기억하지 않을 수 없는 이 가공할 폭력에 대하여 중심/주변, 주체/타자, 남성/여성의 이항대립이라는 담론구조 속에서 여성적 자아의 재발견이라는 문제를 제기하고 있음을 확인하였다. 또한 이들 소설 내 여성들은 남성의 지배 영역을 벗어나 '반보기-새로운 집짓기'를 시도하고 있는 것으로 볼 수 있다. 이 반보기는 절대화된 남성의 지배질서-폭력에서 벗어나(회피가 아니라) 여성의 자아-정체성을 새롭게 확인하고 가꾸어가는 공간으로 의미 부여할 수 있다.

여성들은 5·18항쟁의 모든 면에서 영웅적으로 참여했음에도 불구하고, 남성들에게 늘 종속되었고, 여성으로서의 '정상적인' 역할과 행동양식에만 국한되었다. 우리는 5월을 제재로 한 텍스트 전체를 다시 읽고 작품 속에서 침묵되거나 주변으로 밀려나거나 이데올로기적으로 왜곡되어 표상되고 있는 것-특히 여성성의 문제를 명백하게 이끌어내고 확장하여 그것들에 목소리를 부여하는 노력을 기울일 필요가 있다. 그렇게 함으로써 5월 담론은 인간의 존엄이라는 궁극적 목표에 온전히 도달할 수 있을 것이다. 다만 이 이 글에서 문제 삼고 있는 5·18소설에서의 젠더 무관심성 혹은 여성에 대한 차별과 배제라는 논점이, 국가의 과잉폭력과 그에 맞선 저항적 시민들의 기획된 폭력, 무장충돌, 그에 따른 피비린내를 피할 수 없었던 비극적 상황에서 정당한 비판으로 가능한가의 문제는 숙제로 남겨두고 이후 더 많은 공부로 채워가고자 한다.

5 · 18소설에서 주체의 문제

―한강 소설 『소년이 온다』의 경우

1. 항쟁 주체의 문제

이 글에서는 한강 장편소설 『소년이 온다』[1]를 읽는다. 소설의 초점인물은 소년이다. 그러하니 애초에 이념 따위가 개입될 근거도, 세상에 대한 원망이나 한이 자리할 틈도, 더구나 총을 들고 저항할 여력도 없다. 이 글에서도 여타의 5 · 18소설과, 특히 관련 연구들에서 그랬던 것처럼, 사건의 발생과 추이와 결말과 그 이후의 서사를 살펴볼 것이다. 다만, 다른 것은, 무엇보다 기왕의 논의에서 놓쳤거나 아니라도 주목하지 않았던 문제 즉, 소설의 인물의 내면에 주목하면서 항쟁의 주체란 누구였는가를 분석할 것이다. 미리 말하자면, 그것은 민초라거나 민중이라거나 무장시민군이 아니라 개개인의 '감정(emotion)' 그러니까 사건을 마주한 개개인의 감정이 모인 '집합적 감정'[2]이 될 것이다.

---

1 한강, 『소년이 온다』, 2014, 창비. 이후 본문의 내용을 인용할 때에는 괄호 안에 인용하는 페이지만 표시하기로 한다.

2 잭 바바렛, 『감정의 거시사회학』, 박형신 · 정수남 역, 일신사, 2007, 60쪽. 바바렛은

바바렛은 "감정적 분위기는 공통의 사회구조와 과정에 연루된 개인들로 구성된 집단에 의해 공유될 뿐만 아니라 정치적·사회적 정체성과 집합행동의 형성과 유지에 중요한 일련의 감정 또는 느낌"[3]이라고 주장한다. 그렇다면 특정한 감정적 분위기는 사람들로 하여금 그에 상응하는 행위를 유도한다고 볼 수 있을 것이다. 1980년 5월, 민중의 (저항)행위를 그런 관점에서 읽어내는 것이 이 글의 의도이다. 물론 '감정'이라는 키워드로 문학작품을 읽어내려는 시도는 오래전부터 있어왔다. 그러므로 전혀 낯선, 새로운 시도는 아니다. 5·18소설을 읽어내는 얼마간 낯선 방식일 뿐이다. 그것은 무엇보다 이후의 5·18소설(들)이 관습화된 광주의 의미를 넘어서서 유의미한 역사적 기억을 재현하기, 그리하여 지금 여기의 우리의 삶을 성찰할 수 있는 계기로 기능하기를 바라는 데 있다.

2. 기억을 말하는 자

죽음을 보았던 자는 죽음의 기억을 짊어진다.[4] 한편 기억은 과거를 표상하는 한 양식이며, 과거의 일을 재현하는 능력이다.[5] 그런데 역설적으로

'배후의 감정'을 논하면서, 이를 감정의 범주에 속하지 않는 것으로 간주되는 감정들이라고 설명한다. 예컨대 감정을 배제하는 도구적 합리성이 구현되기 위해서는, 역으로 도구적 합리성의 실현에 방해가 되는 감정들을 피하게 만드는 특정한 감정들이 필요하다는 것이다. 그러나 이 글에서는 그 둘을 크게 구분하지 않고 사용할 것이다. 자본주의에서는 감정이 이미 도구적 합리성을 파괴하는 것으로 개념화된 범주이기 때문에, '배후의 감정들'은 감정이 아니라 태도(attitude)나 문화의 구성요소 등으로 간주되는 경향이 있기 때문이다.

3 잭 바바렛, 『감정과 사회학』, 박형신 역, 이학사, 2009, 15쪽.
4 정찬, 『광야』, 문이당, 2002, 210쪽.
5 나간채 외, 『기억 투쟁과 문화운동의 전개』, 역사비평사, 2004, 15쪽.

기억과 망각은 항상 함께 작동한다.[6] 기억은 순수한 과거의 재현이 아니라 망각을 동반한 심리적 산물이기 때문이다. 기억은 일차적으로 기억되는 순간의 우연성을 통과하면서 최초로 굴절되며, 나아가 현재와 과거라는 물리적인 간격을 통과하면서 다시 한 번 왜곡된다. 그러므로 기억은 결코 과거를 완벽하게 재현할 수 없다. 이렇게 보면 역사 새로 쓰기나 역사의 새로운 규정 등은 망각하고자 하는 열정에 의해 촉발된, 과거의 기억에 대한 적대적인 구성물이 된다. 그 결과 역사/이야기, 기억은 처음에 지녔던 연속성과 정체성을 상실하게 되는데, 그것은 바로 현재의 관심과 이해에 무게의 중심을 둔 당사자가 시도하는 과거의 추방이다.[7]

한강 소설 『소년이 온다』에서 기억을 말하는 자[8]는, 중학교 3학년 소년 '동호'다. 그러니까 이 소설은 80년 그날, 도청 앞 광장의 광경을 소년의 기억으로부터 호출하는 것으로 시작한다. 소년은 도청 옆 상무관에서 주검들을, 그러니까 진압군에 의해 죽임을 당한 시체들이 관 속에 누워 있는 것을 지키고 있다. 소년은, "코피가 터질 것 같은 시취를 견디며 손에 들고 있는 초의 불꽃을 들여다본다."(12쪽) 그는 생각한다. "몸이 죽으면 혼은 어

이해경, 「민요에서의 기억과 망각」, 최문규 외, 『기억과 망각』, 2003, 132쪽. 기억과 망각은 문화 생산의 근본이 된다. 부분적으로는 잊혀지고 부분적으로는 기억되어 전해지는 것을 가지고 과거의 것을 재구성하려는 형식이 기억과 반복이다.

6 고봉준, 『반대자의 윤리』, 실천문학사, 2006, 356쪽.

7 조경식, 「망각의 담론, 기능 그리고 역사」, 최문규 외, 앞의 책, 300~301쪽.

8 오닐(Patrick O' Neill), 『담화의 허구』, 이호 역, 예림기획, 2004, 153쪽. 초점화는 '눈으로 보는 것'에 관한 문제이지만, 이와 관련된 시야는 결코 물리적 시야에만 제한되지 않으며, 심리학적 또는 이데올로기적 구성 요소들을 포함할 수 있다는 의미에서 누가 보는가의 문제는 누가 지각하고, 생각하고, 추정하고, 이해하고, 욕망하고, 기억하고, 꿈꾸는가라는 의미로 이해되어야 한다는 것이 오닐의 견해이다. 이 소설에서 소년은 그가 본 기억을 독자들에게 증언하고 있다.

디로 가는 걸까. 얼마나 오래 자기 몸 곁에 머물러 있을까."(12~13쪽) 소년은, 애초에는, 군인들이 총을 쐈을 때, 친구 '정대'가 그 총에 맞는 걸 동네 사람들이 보았다고 해서 여기까지 찾으러 온 거였다. 그러다 "총검으로 목이 베여 붉은 목젖이 밖으로 드러난 젊은 남자의 얼굴을 물수건으로 닦아내고 있던 고등학생 누나의 "오늘만 우리를 도와줄래?"라는 말 때문에"(15쪽) 여전히 그곳에 남아 있는 것이다.

소년은 그러니까 소식이 없는 친구를 찾기 위해 이 광장에 나온 것이었다. 그것을 우리는 '내부적 충동'이라고 이름 할 수 있을까. 그러니까 소년이 광장에 나오고 또 계속해서 광장에 남아 있는 일차적인 이유는 죽은 것으로 믿어지는 친구를 찾기 위한 것이다. 그 행위의 이면에는 친구와 함께했던 경험을 통해 친구에게 느끼고 있는 어떤 '감정' 때문이고, 이처럼 "감정은 행위를 준비하는 데 결정적인 역할을 하며, 행위를 실질적으로 가능하게 한다."[9] 이를 고려하지 않고 어떤 행위자가 단순히 사회문화적 구조에 놓여 있다는 것만으로 구조에 '대한' 반응을 총체적으로 설명하는 것은 무리가 있다. 기왕의 소설과 연구에서 항쟁 참여자들의 행위를 진압군에 의한 시민들의 죽임과 이에 '대한' 자동적인 저항으로 해석하고 있는 것은 5월을 풍부하게 해석하는 데 일종의 강박 — 망상성 장애로 기능한다.

소년과 함께 시신들을 돌보고 있는 어린 두 소녀도 여고 3학년(은숙)과 양장점 미싱사(선주)인 아직 십대의 소녀들이다. 그녀들은 "피가 부족해 사람들이 죽어간다는 가두방송을 듣고 각자 헌혈을 위해 전남대 부속병원에 갔고, 시민자치가 시작된 도청에 일손이 필요하다는 말을 듣고 왔다가 얼결에 시신들을 돌보고 있는"(16쪽) 참이다. 소년과 마찬가지로, 그녀들의

---

9   잭 바바렛, 『감정의 거시사회학』, 119쪽.

행위에 개입되어 있는 것은 어떤 (저항)'의식'이 아니라 (자연발생적인) 어떤 '감정'인 것이다.

레비나스는 타자에 대한 윤리적 책임과 관련하여, "타자에 대한 책임은 타자의 요청에 의해 내가 타자를 대체하는 것"[10]이라고 말한다. 그에 따르면 휴머니즘의 근원은 타자이며, 이런 휴머니즘 안에서의 책임이 나의 유일성에 대한 중요한 근거가 된다. 이 소녀들의 행위에 대해서도 그런 설명이 가능할까. 레비나스가 말한 타자에 대한 책임은 소녀(소년을 포함한)들의 행위(휴머니즘에 바탕을 둔)를 설명할 수 있는, 어떤 감정과 연결되어 있을까. 감정은 그 자체가 하나의 사회관계 현상이며, 그 관계의 맥락 속에서 사회적으로 구성되는 것(social construction)이다. 사회적 구조와 얽혀 있는 감정은 단순한 '느낌'(feeling)이 아니라 '느낌의 규칙들(feeling rules)'이다.[11] 그러니까 이 소년 소녀들이 광장에 나간 행위를 우리는 타자와의 '연대의 감정'이라고 잠정적으로 규정할 수 있을 것이다.

개인 혹은 공동체의 정체성을 말하는 것은 '누가 그러한 행동을 했는가?', '누가 그것의 행위 주체인가?'라는 질문에 대답하면서 성립된다. '누구?'에 대한 질문에 답하는 것은 한 삶의 역사를 이야기하는 것이다. 그러므로 이야기된 역사는 행위의 주체를 말한다.[12] 거듭 말하지만, 이 소설에서 기억을 이야기하는 자는 소년이다. 소년의 진술에 따르면, 간단한 염과 입관을 마친 사람들이 상무관으로 옮겨지는 것을 장부에 기록하는 일이

---

10 베른하르트 타우렉(Bernhard H.F.Taureck), 『레비나스』, 변순용 역, 황소걸음, 2005, 236~238쪽.

11 함인희, 「일상의 해부를 위한 앨리 혹실드의 개념 도구 탐색 : "감정노동"부터 "아웃소싱 자아"까지」, 『사회와이론』 25, 한국이론사회학회, 2014, 305쪽.

12 김선하, 『리쾨르의 주체와 이야기』, 한국학술정보, 2007, 138쪽.

그가 맡은 일이었다. 그 과정에서 소년이 이해할 수 없는 일 한 가지는 다음과 같은 것이다.

> "입관을 마친 뒤 약식으로 치르는 짧은 추도식에서 유족들이 애국가를 부르는 것, 관 위에 태극기를 반듯이 펴고 친친 끈으로 묶어놓은 것도 이상했다. 군인들이 죽인 사람들에게 왜 애국가를 불러주는 걸까. 왜 태극기로 관을 감싸는 걸까. 마치 나라가 그들을 죽인 게 아니라는 듯이."(17쪽)

광장에서는 마이크를 쥔 젊은 여자의 카랑카랑한 음성이 분수대 앞 스피커를 타고 울려온다. 여자의 선창으로 애국가가 시작된다. 무궁화 삼천리 화려강산. 소년은 따라 부르다 말고 멈춘다. 화려강산, 하고 되뇌어보자 한문시간에 외웠던 '려'자가 떠오른다. 꽃이 아름다운 강산이라는 걸까, 꽃같이 아름다운 강산이라는 걸까? 여름이면 마당가에서 자신의 키보다 높게 솟아오르는 접시꽃들이 글자 위로 겹쳐진다. 하얀 헝겊 접시 같은 꽃송이들을 툭툭 펼쳐 올리는 길고 곧은 줄기들을 제대로 떠올리고 싶어서 소년은 눈을 감는다. 그러니까 이 장면에서 간과할 수 없는 것은, 진압군에 의해 죽임을 당한 이들의 가족들과 광장에 모인 사람들이 왜 애국가를 부르는가 하는 점이다.

노래는 그 노래를 함께 부르는 사람들에게 정서적 일체감을 공유하게 한다. 기실 "의례는 감정의 형식화된 표현"[13]인 까닭이다. '동해물과 백두산이~'로 시작하는 애국가가 "서양 선율과 화성으로 만들어진 탓에 우리의 애초부터 정서와 어울리지 않는다거나 그 작곡가의 친일 행위를 문제

---

13 잭 바바렛, 『감정과 사회학』, 84쪽.

삼는다거나 하는 논의와는 별개로 현대에 와서 애국가는 분명 억압적인 국가의례와 밀접한 관련을 갖는다."[14] 그것은 국기에 대한 경례로 시작하는 국민의례에서 항용 합창되는 국가주의의 산물인 것이다. 그런데 국가의 군대에 의해 무참하게 살해된 국민들의 주검을 국기로 덮고 애국가를 합창하는 일련의 행위를 우리는 어떻게 설명할 수 있을까.

애국주의와 국민동원체제의 상징적 의례인 애국가 합창에 누구도 시비를 걸지 않았다는 것은 우선, 광장에 모인 사람들의 무의식에 각인된 집단의식의 발현으로 읽을 수 있다. 억압적으로 행해진 국가의례의 자발적 내면화 혹은 순응일 것이다. 그렇다면 자국 군대에 대한 무장저항은 그들에게 감당하기 힘든 내적 갈등과 혼란을 겪게 했을 것이다. 그것을 극복하면서 자신들의 행위를 정당화할 수 있는 기제는 무엇이었을까. 이 글에서는 혹실드의 '감정규칙'이라는 개념으로 이해하고자 한다.

혹실드에 따르면 개인은 일상 속에서 '감정 규칙(feeling rules)'에 따라 자신의 감정을 규제하고 통제하고자 시도한다는 것이다. 이 감정규칙은 사람들이 언제 어디서 어떻게 감정을 느껴야 하는지에 관한 정보를 제공해주는데, 일례로 장례식장에서 우리에게 기대되는 행동은 단순히 슬퍼 보이는 것이 아니라, 실제로 슬픔을 경험해야만 한다는 사실과 유사한 논리다. 이는 행위자들로 하여금 '깊은 행동(deep acting)'을 요구하며, 이를 통해 개인은 다시 사회가 기대하는 바람직한 상태를 만들어내는 것으로 이해된다.[15] 그렇다면 광장에 모인 사람들은 그 공동체가 암묵적으로 요구하는

14 이강민, 「〈애국가〉는 과연 '한국'을 대표하고 있는가?」, 『민족 21』, 2012 8월호, 178~179쪽.

15 함인희, 앞의 글, 305쪽. 이러한 설명은 혹실드의 '감정노동'이라는 개념에서 비롯한 것이지만, 당시 광장에 나간 사람들의 행위를 설명하는 데에도 유용한 관점이다.

제2부 기억과 항쟁 주체의 문제

바람직한 상태에 자신의 감정을 투사한 것으로 이해할 수 있다. 한편으로는, 애국가를 합창함으로써 시민들의 시위가 북한의 지령이라거나 유력한 호남 출신 정치인의 사주에 의한 것이라는 정부의 공작에 맞서고자 하는 의식적 행위일 수도 있었을 것이다.

5월의 사회과학에서 의미 있는 논의를 제출했던 최정운에 의하면, 대규모 군중이 참여하고 투쟁한 사건에서 모든 사람들이 하나의 동기로 참여한 예는 거의 없다. 개개인은 각자 다른 동기에서 참여하며 투쟁의 와중에 또는 그 이후에 투쟁의 의미를 공통적인 해석을 통해 만들어낼 뿐이다. 5·18의 경우에도 모든 시민들이 하나의 동기로 시위에 참여했다는 것은 비현실적 발상이며, 따라서 5·18을 하나의 원인에서 찾는 것도 현실과 맞지 않은 일이라고 말한다.[16] 그래서 최정운은 사회과학의 관점에서 5·18을 분석하고 있는 정해구의 논의를 빌려 다음과 같은 다섯 가지의 요인들을 제시한다. 그것은 첫째로 민주주의의 열망과 그를 대변하는 학생운동권, 둘째로 호남 차별에 대한 불만과 원한, 셋째로 민중적 저항 운동에 대한 역사와 전통, 넷째로 경제적 구조, 다섯째로 전통적 공동체문화이다.

그러나 최정운은 그 각각의 경우에 대한 반론을 통해 그것들이 추상적이고 막연한 이야기임을 역설하면서, "인간의 존엄성을 짓밟는 것에 대한 이성적 분노와 그 분노에 따라 반응하지 못하고 두려움에 도망친 자기 자신에 대한 수치와 분노" 곧 '증오의 감정'을 가장 보편적인 요인으로 정리한다.[17] 앞에서도 언급했던 것처럼 많은 5·18소설(들)은 직접적으로든 간접적으로든 항쟁에 참여했던 이들의 행위의 동기를 윤리적 분노에서 찾

---

16 최정운, 「폭력과 사랑의 변증법 : 5·18민중항쟁과 절대공동체의 등장」, 『5·18민중항쟁과 정치·역사·사회』, 5·18기념재단, 2007, 243~244쪽.

17 위의 글, 255쪽.

고 있었다. 사회과학에서 해명한 '증오의 감정'과 문학에서 찾아낸 '윤리적 분노'라는 태도(혹은 감정)는 크게 다르지 않은 것이다. 그렇다면 그동안의 5·18소설(들)은 문학과 사회의 구조상동성을 강조했던 골드만의 문학사회학의 논리에 충실했다고 할 수 있다. 우리가 살피고 있는 한강 소설 『소년이 온다』에서 기억을 증언하고 있는 소년은 다음과 같이 말한다.

> 무명천이든 목판이든 갱지든 태극기든, 필요한 것들을 부탁하면 그(소년)는 수첩에 적었다가 하루 안에 구해주었다. 아침마다 대인시장이나 양동시장에서 장을 보고, 거기서 구하지 못한 것들은 시내의 목공소와 장의사, 포목점들을 찾아다니며 구한다고 그는 선주 누나에게 말했다. 집회에서 걷힌 성금이 아직 많은데다, 도청에서 왔다고 하면 헐하게 주거나 그냥 가져가라는 사람이 많아 큰 어려움은 없다고 했다.(19쪽)

그러니까 그 열흘간의 항쟁 기간에 대부분의 사람들은 자발적으로, 직접적으로든 간접적으로든 항쟁에 참여했던 셈이다. 그것은 어떤 대가를 바란 행위는 물론 아니었다. 문순태는 그의 장편소설 『그들의 새벽』에서, 이들의 심정을 "한 번도 사람대접을 받아보지 못한 이들이 도청을 사수하며 처음 받았던 박수, 평등한 세상에 대한 그리움, 인간적 자존심 회복 때문이 아니었을까."라고 짐작한다. 그것을 그들이 받고자 했던 대가라고 할 것은 없겠다. 오히려 앞의 훅실드의 논의에서 이야기했던 것처럼, 사회가 기대하는 바람직한 상태에 부응하고자 하는 감정규칙에 충실했던 것으로 설명할 수 있을 것이다. 그것은 구체적으로 '슬픔과 연민의 감정'이다. 또한 죽음에 대한 '공포의 감정'이다. 사건의 마지막 날, 그러니까 80년 5월 27일 날, 소년은 함께 있는 선주 누나에게 묻는다. "오늘 남는 사람들은 다 죽어요?"(28쪽) 그것은 극복할 수 없는 죽음에 대한 '공포의 감정' 이외 다른 아무것도 아니다.

앞에서, 기억은 결코 과거를 완벽하게 재현할 수 없다고 했다. 기억은 망각과 함께 작동되기 때문이며, 그것은 과거의 체험에서 말미암은 원상(trauma)과 관련된다. 소년은 왜 말하는가. 그것은 체험된 사실로부터 말미암은 원상의 회복, 트라우마의 치유를 위해서다. 그러나 적어도 5·18의 상흔에서 완전한 회복이란 없다. 그것은 다음 장에서 살피게 될 소년의 죄의식에서 말미암은 것으로, 그 상흔은 깊고도 깊다.

3. 기억을 듣는 자

아스만은, "우리가 기억을 소홀히 한다 해도 그 기억은 결코 우리를 놓아주지 않을 것"이라고 말한다.[18] 기억은 우리의 무의식 어딘가에 저장되었고 오랫동안 잠복해 있다가 무의식에서 순환할 것이기 때문이다. 이렇게 무의식은 셈하고, 기록하고, 모두 적어두고, 저장하며, 언제든지 그 정보를 불러낼 수 있다.[19] 그런데, 한강 소설 『소년이 온다』에서 기억을 말하고 있는 이는 소년이지만, 그 말을 듣고 있는 이도 소년이다. 그러니까 이 소설은 소년의 사건에 대한 증언이면서 그 자신의 독백이다. 이 주절거림은 사실 원한을 잊고자 하는 정조–감정과 깊은 연관이 있다.

일반적으로 정신적 외상이라 번역되는 트라우마(trauma)는 "충격적인 체험이 잠재의식에 각인으로 남아, 때때로 무심코 떠올리는 기억으로 드러

---

18 알라이다 아스만, 『기억의 공간』, 변학수 외 역, 경북대학교 출판부, 2003, 앞의 책, 540쪽.
19 브루스 핑크, 『라캉의 주체 — 언어와 향유 사이에서』, 도서출판 b, 이성민 역, 2012, 37쪽.

나서 지독한 정신적 고통을 유발하는 병증"[20]으로 설명된다. 정신분석학은 트라우마가 의식이 일차적으로 망각한 무의식의 부분이라는 것, 그리고 그것은 일정한 계기가 주어지면 반드시 나타난다는 것을 증명했다. 그것은 사진기의 섬광처럼 순간적으로 나타나 신체에 고통의 흔적을 각인시킨다. 니체는, "무엇인가 기억에 남도록 하려면 그것을 낙인으로 찍어 넣어야 한다. 지속적으로 고통을 주는 것만이 기억에 남아 있는 법"[21]이라고 했다. 그리고 그 고통, 즉 기억의 문자는 마음이나 영혼이 아니라 예민하고 연약한 몸의 표면에 기록된다. 니체는 신체에 각인된 인상을 능동적 의무감(양심)으로 받아들이는 기억의 작용을 '의지의 기억'이라고 명명했다.

심상대 단편소설 「망월(望月)」[22]은 5·18의 와중에 아들을 잃은 한 어머니의 넋두리를 통해, 그날에 가족을 잃은 이들의 가슴에 각인된 트라우마와 그것의 해원 가능성을 함께 모색하고 있는 작품이다. 그런데 소설 「망월(望月)」은 아들을 잃은 여인─어머니의 넋두리가 마치 무가(巫歌) 혹은 통과의례로서의 씻김굿과 흡사한 구조와 주제의식을 갖고 있어 흥미롭다.

---

20 주디스 허먼, 『트라우마』, 최현정 역, 플래닛, 2007, 17쪽. '외상 후 스트레스 장애'라고도 하며 과도한 위험과 공포, 스트레스 상황에 대한 심각한 심리적 충격을 일컫는다. 『정신장애 진단 및 통계 편람 4판』에 따르면, 외상(trauma)이란 심각한 죽음이나 상해를 입을 위험을 실제로 겪었거나 그러한 위협에 직면했을 때, 혹은 타인이 죽음이나 상해의 위험에 놓이는 사건을 목격하였을 때, 이에 대하여 강렬한 두려움, 무력감, 공포를 경험한 경우를 의미한다. 이런 일들은 흔히 전쟁참전용사나, 어렸을 때 성적인 학대를 당한 사람, 그리고 강간을 당한 여성들에게서 흔히 발병하는 것으로 알려져 있다. 허먼은 가정폭력이든 정치적 테러이든 폭력의 메커니즘은 어디에서나 동일하며, 이러한 폭력을 종결짓기 위해서는 인권 운동 같은 정치적이고 공적인 행위의 개입이 절대적으로 필요하다고 주장한다.

21 고봉준, 『반대자의 윤리』, 실천문학, 2006, 364쪽에서 재인용.

22 심상대, 「망월」, 『늑대와의 인터뷰』, 솔, 1999.

달 밝은 밤길을 걸어 아들의 무덤을 찾아가는 길은 그 자체로 제의의 공간이 된다. 끊임없이 이어지는 여인의 "이제 다 잊어버렸다"는 넋두리는 큰 아들의 죽음으로 인한 한과 죄의식이 그녀의 무의식에 수시로 출몰하면서 강박적으로 호출해낼 정도로 강렬하면서도 폭력적인 트라우마가 된다. 우리가 살펴보고 있는 한강 장편소설『소년이 온다』에서 소년의 이야기는 심상대 소설「망월(望月)」에서의 어머니의 넋두리와 매우 흡사한 측면이 있다. 그것은 다시 말하지만, 그날의 기억에서 말미암은 씻을 수 없는 죄의식에서 발원하고 있는 자기 자신에 대한 저주의 감정이다.

소설의 앞부분에서 소년은, 여기(상무관)에 "왜 왔어?"(13쪽)라고 묻는 교복 입은 누나의 질문에, "친구 찾으려고요."(13쪽)라고 답한다. 그는 군인들이 총을 쐈을 때, 친구 '정대'가 그 총에 맞는 걸 동네 사람들이 보았다고 해서 여기까지 찾으러 온 거였다고 (독자들이) 믿게 만드는 것이다. 그러나 소년이 처음 누나를 만났을 때, 그가 한 말 중 사실이 아닌 게 있었다. 역전에서 총을 맞은 두 남자의 시신이 리어카에 실려 시위대의 맨 앞에서 행진했던 날, 중절모를 쓴 노인부터 열두어 살의 아이들, 색색의 양산을 쓴 여자들까지 인산인해를 이뤘던 저 광장에서, 마지막으로 정대를 본 건 동네 사람이 아니라 바로 소년, 그 자신이었던 것이다. "모습만 본 게 아니라 옆구리에 총을 맞는 것까지 봤다."(31쪽)

그러나, "지금 나가면 개죽음이여."라고 말하는 옆의 아저씨의 말과 총성과 함께 쓰러지는 사람들을 보면서 소년은 친구 정대의 주검을 향해 달려나갈 엄두를 내지 못했다. 아니, 정적 속에 10여 분의 시간이 흐르고 더 이상 군인들의 총소리가 들리지 않자 그때를 기다린 듯, 옆 골목과 맞은편 골목에서 사람들이 뛰어나가 피를 흘리며 쓰러져 있는 사람들을 들쳐업을 때도 소년은 정대를 향해 그들처럼 달려나가지 않았다. 소년은 "겁에 질려, 저격수의 눈에 띄지 않을 곳이 어디일까만을 생각하며 벽에 바싹 몸을 붙인 채 광장을 등지고 빠르게 걸었던 것"(33쪽)이다.

그리하여 소년은 친구 '정대'를 잊지 못한다. 정대는 소년의 무의식에 수시로 출몰하면서 강박적으로 호출해낼 정도로 강렬하면서도 폭력적인 트라우마가 된다. 라캉은 '무의식은 언어다'라고 매우 단순하게 진술한다. 어떤 주어진 언어에서 그 언어를 구성하는 요소들 사이에 존재하는 것과 동일한 종류의 관계들이 무의식적 요소들 사이에 존재하는 것이다.[23] 가령 다음과 같은 진술들이 그러하다.

> …… 공부보다 돈을 벌고 싶어 하는 정대, 누나 때문에 할 수 없이 인문계고 입시준비를 하는 정대, 누나 몰래 신문 수금 일을 하는 정대, 초겨울부터 볼이 빨갛게 트고 손등에 흉한 사마귀가 돋는 정대, 그와 마당에서 배드민턴을 칠 때, 제가 무슨 국가 대표라고 스매싱만 하는 정대……"(35쪽) 지금 정미 누나가 갑자기 대문을 열고 들어온다면 달려 나가 무릎을 꿇을 텐데, 같이 도청 앞으로가서 정대를 찾자고 할 텐데, 그러고도 네가 친구냐, 그러고도 네가 사람이냐, 정미 누나가 그를 때리는 대로 얻어맞으면서 용서를 빌 텐데…….(36쪽)

이렇게 무의식은 양심과 죄책감, 혹은 프로이트가 말한 초자아의 형태로 다른 사람들의 말, 다른 사람들의 대화, 그리고 다른 사람들의 목표, 열망, 환상으로 가득 차 있다. 이 소설에서 자신의 기억을 말하면서 듣는 자, 소년은, "아무것도 용서하지 않겠다고, 그 자신마저 용서하지 않겠다."(45쪽)고 말한다. 이것은 치유가 가능하지 않은 원한과 저주의 정서-감정이다. 죽은 정대는 죽어서 소년에게 말을 건넨다. 소년은 자신의 기억을 스

---

23 브루스 핑크, 앞의 책, 33쪽.

제2부 기억과 항쟁 주체의 문제

스로 들어야 할 뿐만 아니라 이제 죽은 친구의 이야기까지 들어야 한다.

이미 죽은 정대는 말한다. "이 낯선 덤불 숲 아래에서, 썩어가는 수많은 몸들 사이에서 아무도 아는 사람이 없다고 생각하자 나는 무서워졌어.(50쪽)" "더 무서워진 건 다음 순간이었어. 두려움을 견디며 나는 누나를 생각했어. ……(그러나) 누나는 죽었어. 나보다 먼저 죽었어. 혀도 목소리도 없이 신음하려고 하자, 눈물 대신 피와 진물이 새어나오는 통증이 느껴졌어."(50쪽) 소설에서, 죽은 자들은 존재하기를 멈췄지만 존재로서 무엇인가를 의미하기는 멈추지 않고 있다. 그리하여 이 무의식적이고 기습적인 기억을 듣는 자 곧, 살아남은 자들에게 끝 모를 죄의식의 감정을 불러일으킨다.

감정에 대한 반응은 행위자가 그 감정의 원인을 어디에 귀인(attribution)시키느냐에 따라서 상이해진다. 심리학자 프리츠 하이더(Fritz Heider)에 따르면 행위자는 특정한 귀인을 내적 요소(개인의 능력)에 결부시키느냐, 아니면 외적요소(운명적인 상황)에 의지하느냐에 따라 '다른' 반응을 나타낸다. 사회학자 테오도르 켐퍼(Theodore Kemper)는 여러 감정 중에서도 '공포'에 대한 행위자의 귀인에 주목했다. 행위자가 공포가 발생한 상황을 외부의 잘못이라고 이해하면, 책임을 추궁할 타자가 뚜렷하게 형성되고 이에 적대적인 반응을 보일 수도 있다. 반대로 그 원인을 주체 스스로에게서부터 찾는다면, 그 공포는 '미약한 자신'이 극복할 수준이 아닌 것으로 인지된다.[24] 따라서 이 소설에서 신념과 자아개념을 구성하는 시기인 아직 어린 소년에게 이 씻을 수 없는 죄의식은 이중 삼중의 공포와 두려움의 감정을 유발

---

24 오찬호, 「공포에 대한 동년배 세대의 상이한 반응」, 『한국청소년연구』 제20권 2호, 2009, 369쪽에서 재인용.

한다. 그러나 심상대 단편소설 「망월」에서의 어머니가 그랬던 것처럼, 한 강 소설 『소년이 온다』에서의 소년(들) 역시 상흔의 회복은 가능하지 않다.

소년과 함께 주검들을 수습하던 소녀들 역시 그날의 기억에서 멀리 벗어나지 못한다. 아니 얼마간의 시간이 흘러 소녀는 열아홉 살이 되고 다시 스물넷이 되었으나, 그녀의 삶이란 그날의 기억이 다만 계속해서 이어질 뿐이다. 그날의 진실은 검열이라는 폭압적 현실 앞에 여전히 봉인되어 있고, 총 대신 주먹이 자리바꿈을 하였을 뿐이다. 이제 소녀의 이야기를 듣는 주체는 오늘, 살아남은 우리 모두가 된다. 그래서 그녀와 함께 기억-고통의 진창에서 몸서리치게 된다.

잡지사의 편집부에 근무하는 그녀(상무관에서 소년과 함께 주검을 수습하던 여고생 은숙)는 수배 중인 번역자의 연락처를 대라는 수사관에게 일곱 대의 뺨을 맞는다. 그녀를 때리던 사내의 얼굴은 평범했다. 전체적으로 요철이 없는 얼굴에 입술이 얇았다. 그 평범하고 얇은 입술을 열어 사내가 말했다. "개 같은 년, 쥐도 새도 모르게 죽기 싫으면 내 말을 들어. 그 새끼 어딨어."(67~68쪽) 목뼈가 어긋날 것 같던 충격을 은숙은 잊을 수가 없다.

그녀는 재수 끝에 들어간 대학의 학생식당에서 '학살자 전두환을 타도하라'는 유인물이 뿌려지고, 그 유인물을 들어 올리는 순간 억센 손이 그녀의 머리채를 움켜쥐었던 것을 기억해낸다. 그녀는 뜨거운 면도날로 가슴에 새겨놓은 것 같은 그 문장을 생각하며 회벽에 붙은 대통령 사진을 올려다본다. "얼굴은 어떻게 내면을 숨기는가. 그녀는 생각한다. 어떻게 무감각을, 잔인성을, 살인을 숨기는가."(77쪽) 그러니 이 소설도 여타의 5·18 소설(들)이 그랬던 것처럼, 그날에 살아남은 이들의 죄의식이라는 감정을 이야기한다. 문제는 그 죄의식이라는 씻어낼 길이 없는 감정-상흔을 어떻게 할 것인가의 차이일 것이다.

기존의 5·18소설(들)은, 가해자의 일원이었던 진압군 역시 권력의 피해자였다는 인식(임철우 장편소설 『봄날』과 이순원 단편소설 「얼굴」)을 통해서, 혹은 가해자와 피해자의 영혼결혼식이라는 화해를 시도하거나(송기숙 장편소설 『오월의 미소』), 자매애적 연대─퀴어(Queer)를 통한 새로운 길 찾기(공선옥과 김승희의 소설들)를 모색하고 있다. 이 소설 『소년이 온다』에서의 경우는 어떠한가. 아무것도 용서하지 않겠다고, 그 자신마저 용서하지 않겠다고 다짐하는 것처럼 절대로 그날의 일들을 잊지 않겠다는 것이다. 그것은 섣부른 화해의 모색이 아니라 끊임없는 기억의 갱신을 통해 처음에 지녔던 (기억에 대한)연속성과 정체성을 상실하지 않겠다는 의지의 표상이다. 은숙은 이제는 출판할 수 없게 된 희곡집에 실려 있는 문장들을 머릿속으로 더듬는다. "당신들을 잃은 뒤, 우리들의 시간은 저녁이 되었습니다. 우리들의 집과 거리가 저녁이 되었습니다. 더 이상 어두워지지도, 다시 밝아지지도 않는 저녁 속에서 우리들은 밥을 먹고, 걸음을 걷고 잠을 잡니다."(79쪽)

  단순한 분노와 불안은 망각을 불러일으킨다. 그에 반해 증오와 복수에의 다짐은 기억을 오히려 강화한다. 누구에게 혹은 무엇에게 감사하다는 마음은 부당함을 겪는 경우나 명예훼손처럼 오랫동안 그렇게 깊이 기억되지 않는다. 하지만 증오와 복수와 관련된 기억들은 결코 퇴색하지 않는다.[25] 한강 장편소설 『소년이 온다』의 인물들의 가슴에 각인된 저 죄의식과 절망과 원한의 감정들은 그렇다면 건강하지 못한 것인가.

  은숙은 "처음부터 살아남으려 했던 것은 아니었다."(87쪽) 그러나, "입을 벌리고 몸에 구멍이 뚫린 채, 반투명한 창자를 쏟아내며 숨이 끊어지고 싶지는 않았다."(89쪽) 그래서 그녀는 살아남았고, 그런 탓에 그녀는 빨리 늙

---

25 알라이다 아스만, 앞의 책, 82쪽.

기를 원했다. '빌어먹을 생명이 너무 길게 이어지지 않기를' 원했다. 익숙한 치욕 속에서 그녀는 죽은 사람들을 생각했다. 그 사람들은 언제까지나 배가 고프지 않을 것이다. 그러나 그녀에게는 삶이 있었고, 배가 고팠다. 지난 오년 동안 끈질기게 그녀를 괴롭혀온 것이 바로 그것이었다. "허기를 느끼며 음식 입에서 입맛이 도는 것."(85쪽) 그러니 살아남은 이에게 삶은 치욕이고 형벌일 뿐이다. 건강이라니, 그건 위선이거나 사치의 수사일 것이다.

4. 기억을 기록하는 자

한강 소설 『소년이 온다』에서 '은숙'은 항쟁의 마지막 날, 도청에서의 동호(소년)의 눈을 기억한다. "마지막으로 눈이 마주쳤을 때, 살고 싶어서, 무서워서 떨리던 소년의 눈꺼풀"(92쪽)을 기억한다. 소년은 아마 죽었을 것이다. 연극배우의 대사를 빌려, "네가 방수 모포에 싸여 청소차에 실려 갔다."(102쪽)고 말하고 있으니까. 그러니까 이 소설에서 '은숙'은 그날의 기억들을 기록하는 자가 된다.

출판사에서는 수배 중인 번역자의 이름 대신, 미국으로 이민 갔다는 편집장 친척의 이름을 넣어 책을 출간하고, 연극 무대에 올린다. 은숙은 그 책의 서문을 읽으며, 인간은 무엇인가, 인간이 무엇이지 않기 위해 우리는 무엇을 해야 하는가 하는 질문에 빠져든다. "그녀는 인간을 믿지 않았다. 어떤 표정, 어떤 진실, 어떤 유려한 문장도 완전하게 신뢰하지 않았다. 오로지 끈질긴 의심과 차가운 질문들 속에서 살아나가야 한다는 것을 알았다."(95~96쪽)

이처럼 외상 사건은 우리의 기본적인 인간관계에 대해 의문을 제기한다. 가족, 우정, 사랑 그리고 공동체에 대한 애착이 깨진다. 다른 사람과의 관계 안에서 형성되고 유지되는 자기 구성이 산산이 부서진다. 인간 경험에 의미를 부여하는 신념 체계의 토대가 침식당한다. 자연과 신성의 질서에 대한 피해자의 믿음이 배반당하고, 피해자는 존재의 위기 상태로 내던져진다.[26] 한편 그와 같은 은숙의 진술은 기억을 기록하는 자의 책무에 걸맞다. 근대적 주체는 본질적으로 관찰자다. 관찰자가 되는 인간은 자신의 주변 세계를 자기 자신처럼 객관화한다. 관찰하는 자는 시간의 강을 넘어선 사람이다.[27] 그녀가 출판사의 편집부에서 일하고 있는 것은 우연이 아니다. 그녀가 살펴보고 있는 번역본의 서문은 이러하다.

> 군중의 도덕성을 좌우하는 결정적인 요인이 무엇인지는 아직 밝혀지지 않았다. 흥미로운 사실은, 군중을 이루는 개개인의 도덕적 수준과 별개로 특정한 윤리적 파동이 현장에서 발견된다는 점이다. 어떤 군중은 상점의 약탈과 살인, 강간을 서슴지 않으며, 어떤 군중은 개인이었다면 다다르기 어려웠을 이타성과 용기를 획득한다. 후자의 개인들이 특별히 숭고했다기보다는 인간이 근본적으로 지닌 숭고함이 군중의 힘을 빌려 발현된 것이며, 전자의 개인들이 특별히 야만적이었던 것이 아니라 인간의 근원적인 야만이 군중의 힘을 빌려 극대화된 것이라고 저자는 말한다.(95쪽)

위의 진술−서문을 통해 우리는 항쟁에서의 참여자−주체들의 행위를 규제했던 것은 일종의 집합감정(혹은 배후감정)이었음을 확인할 수 있다. 이 글의 서문에서 언급했던 것처럼, 바바렛은 "감정적 분위기는 공통의 사회구조와 과정에 연루된 개인들로 구성된 집단에 의해 공유될 뿐만 아니

---

26 주디스 허먼, 앞의 책, 97쪽.
27 알라이다 아스만, 앞의 책, 120~121쪽.

라 정치적 · 사회적 정체성과 집합행동의 형성과 유지에 중요한 일련의 감정 또는 느낌"이라고 주장한다. 광장에 나왔던 군중들이 함께 공유했던 기억들은 그들에게 친밀성과 정체성의 경계를 같이하도록 요구한다. 반복되는 죽음과 죽임의 체험을 통해 사람들은 연대의 감정(feeling of solidarity) — '우리 모두가 여기에 함께 있다. 우리는 어떤 것을 공유하고 있음에 틀림없다.'는 느낌 — 을 산출한다. 그리고 마지막으로 그것은 집합기억(collective memory) — '우리 모두가 거기에 함께 있었다.' — 을 산출한다.[28] 경험한 것과 기억되어 있는 것은 이렇게 정체의 이름으로 이루어진 항쟁에 참여한 행동이다.

사복형사로 짐작되는 남자들 서넛이 객석에 흩어져 앉아 있는 가운데 연극은 시작된다. 꿈속처럼 느린 걸음으로 남자들(배우들)의 모습이 사라졌을 때, 여자(배우)가 말하기 시작한다. "당신이 죽은 뒤 장례식을 치르지 못해, 내 삶이 장례식이 되었습니다."(99쪽) 공포와 증오와 원한의 감정 말고 달리 어떤 감정이 그날에 살아남은 이들의 정서를 대표한다고 말할 수 있을까. 이렇듯 "그들의 죽음은 산 자에게 현재의 삶을 바라보게 하며, 삶의 존재 증명을 위해 다시 기억을 떠올리게 한다. 산 자에게 타인의 죽음을 대하는 태도를 선택하는 일은 자신의 존재방식을 결단하는 일이기도 하며, 타인의 죽음은 그 사람과 나의 관계를 새롭게 정립하게 함은 물론이고, 자신의 주체를 이전과는 다르게 구성해 나가게 하는 힘이 되기도 한다."[29]

그러나 그날에 살아남은 자들이 무슨 수로 자신의 주체를 새롭게 구성

---

28 바바렛, 『감정과 사회학』, 85~86쪽.

29 서혜지, 「주체의 상실과 소통을 통한 존재의 발견」, 『현대문학이론연구』 51권 0호, 현대문학이론학회, 2012, 264쪽.

해 나갈 수 있을 것인가. 그들은 과거의 기억에서 한 발자국도 미래를 향해 나아가지 못한다. 아니 나아갈 수가 없다. 한편 이 소설에서는 체포되고 갇혀 있던 이들의 배고픔에 관한 기억이 여전히 문제가 된다.

"꺼진 눈두덩에, 이마에, 정수리에, 뒷덜미에 흡반처럼 끈질기게 달라붙어 있던 배고픔. 그것들이 서서히 혼을 빨아들여, 거품처럼 허옇게 부풀어 오른 혼이 곧 터트려질 것 같던 아득한 순간들을 기억합니다."(106~107쪽) 이 진술은, 그날 상무관에서 주검들을 수습하던 대학생 김진수와 함께 상무대 영창에서 지냈던 스물세 살 먹은 교대 복학생의 기억이다. 지난 5년 동안 끈질기게 은숙을 괴롭혀온 것이 "허기를 느끼며 음식 입에서 입맛이 도는 것"이라 했거니와, 이렇게 인간 존재는 우리가 의식하지 못하는 무의식의 심연에서 발원된 욕망이나 두려움에 의해 동기가 부여되거나 행동이 유발된다. 무의식은 고통스러운 경험과 감정의 저장고다.[30]

받아쓰기로서의 기록자는 '양심'에 관해 적고 있다. 그날 도청에 마지막까지 남았던 이들은 물론, 군인들이 압도적으로 강하다는 걸 모르지 않았다. 다만, 이상한 건 그들의 힘만큼이나 강렬한 무엇인가가 그들을 압도하고 있었다는 것, 그것을 이 소설에서는 '양심'이라고 기록하고 있다. 정찬은 그의 소설 『광야』에서, "그들이 죽음을 초월했던 것은 인간의 존엄성을 부정하는 세계를 용서할 수 없었기 때문"이었다고 적고 있음을 앞에서 보았다. 결국 같은 이야기다. 그날에 광장에 나왔던 사람들은, 그래서 죽음/죽임을 당했거나 운 좋게 살아남았던 사람들은 민주주의라거나 민중봉기라거나 하는 관념이나 개념에 의해서라기보다는 공통의 느낌 구조(그것이

30 한승옥, 「『무정』에 나타난 '친밀감의 거부' 방어기제」, 『현대소설연구』 제35호, 2007, 106쪽.

양심이든, 윤리적 분노이든)에 의해 서로의 관계를 보다 더 잘 인식-기억할 수 있는 것이다.

　이제 남는 것은 무엇인가. 다음과 같은 기록을 통해 우리는 그날의 참혹했던 기억을 이야기하고, 듣고, 기록하는 것의 참된 의미를 찾아볼 수 있을 것이다.

　　어떤 기억은 아물지 않습니다. 시간이 흘러 기억이 흐릿해지는 게 아니라, 오히려 그 기억만 남기고 다른 모든 것이 서서히 마모됩니다. …… 베트남전에 파견됐던 어느 한국군 소대에 관한 이야기도 들었습니다. 그들은 시골 마을회관에 여자들과 아이들, 노인들을 모아 놓고 모두 불태워 죽였다지요. 그런 일들을 전시에 행한 뒤 포상을 받은 사람들이 있었고, 그들 중 일부가 그 기억을 지니고 우리들을 죽이러 온 겁니다. 제주도에서, 관동과 난징에서, 보스니아에서, 모든 신대륙에서 그렇게 했던 것처럼, 유전자에 새겨진 듯 동일한 잔인성으로.(134~135쪽)

　　저는 그 폭력의 경험을, 열흘이란 짧은 항쟁 기간으로 국한 할 수 없다고 생각합니다. 체르노빌의 피폭이 지나간 것이 아니라 몇십 년에 걸쳐 계속되고 있는 것과 같습니다.(162쪽)

　그것은 과거의 기억을 잊지 않는 것, 과거를 직시하는 것, 그 참혹한 기억이 지나간 이야기로서의 과거일 뿐만 아니라 현재에도, 그리고 미래에도 여전히 유효한 의미를 담고 있다는 것, 무엇보다 광주를 넘어 우리를 억압하는 모든 폭력적인 것에 대한 저항과 연대가 그날의 죽음의 의미를 헛되이 하지 않는다는 것으로 수렴된다. 기실, 이야기하기를 통한 과거 회상은 삶의 중요한 고비마다 행해지는 제의의 일상적 기능이라 할 수 있을 것인데, 제의의 반복성은 인간 삶의 보편성과 본질적 측면을 보여준다. 그것은 또한 과거를 비판적으로 분석하고 개인의 심리적 억압기제를 분석, 치료하기 위해 중요한 의미를 갖는다.

허먼에 따르면, 트라우마의 치유는 악이 전적으로 승리할 수는 없었음을, 그리고 치유를 가능케 하는 사랑이 여전히 세상 속에 존재한다는 희망에 기반하고 있다. 그러나 또한 허먼은, 외상의 완결에는 종착지가 없다고 말한다.[31] 그러나 우리가 살펴보았던 한강 소설 『소년이 온다』의 경우, 외상의 치유를 말하지 않는다. 오히려 그것과 맞설 것을 힘주어 강조하고 있을 뿐이다. 그것은, 부연하자면, 「타자로서 자기 자신」에서 리쾨르가 강조하듯이 어떠한 단계(혹은 상황)에서도 '자기'는 그의 타자와 분리되는 않는, 즉 윤리적이고 도덕적인 주체로서의 역할을 감당해야 마땅하다는 것이다.

5. 다시 '주체'의 문제

이 글에서는 5·18소설(들), 특히 한강 장편소설 『소년이 온다』를 읽으면서 항쟁의 주체란 누구(혹은 무엇)인가를 살펴보았다. 그날 광장에 나갔던 행위 주체(들)은 홍희담 중편 소설 「깃발」에서처럼, 각성된 (여성)노동자일 수도 있다. 아니면 임철우 장편소설 『봄날』이나 문순태 장편소설 『그들의 새벽』이나 정찬 장편소설 『광야』에서처럼, 전두환이 누구인지조차 몰랐던 이름 없는 민초들이었을 수도 있다. 대부분의 5·18소설들이 대학생 그룹을 비롯한 지식인 계층의 배반이라는 관점에서 접근하고 있는 것과는 달리, 류양선 장편소설 『이 사람은 누구인가』에서는 예술가를 비롯한 지식인의 죄의식을 행위 주체의 자리에 놓기도 한다. 문제는 그러한 관점들이

---

31 알라이다 아스만, 앞의 책, 351쪽.

개개인의 다양한 이해와 참여 동기를 무시하고 단일한 구도로 그날을 기억하게 함으로써 기억과 역사를 전적으로 동일하게 보는 오류에 빠질 수 있다는 점이다. 회상된 기억이 정체성의 문제와 연결되지 않을 때, 그 기억이 지금 우리에게 어떤 의미를 주는가 하는 문제를 고민하지 않을 수 없는 것이다.

이 글에서 읽었던 한강 장편소설 『소년이 온다』에서도 여타 5·18소설(들)이 그랬던 것처럼, 그날의 참혹한 죽음/죽임에 대해 이야기한다. 그러나 그 진술들이 요란하지 않고 우리의 마음에 깊은 울림을 주는 까닭은, 기억을 이야기하는 자와 듣는 자, 그리고 그것을 기록하는 자가 결국 동일인이기 때문이다. 그(혹은 그녀)는 "인간을 믿지 않았다. 어떤 표정, 어떤 진실, 어떤 유려한 문장도 완전하게 신뢰하지 않았다. 오로지 끈질긴 의심과 차가운 질문들 속에서 살아나가야 한다는 것을 알았다."고 참혹했던 기억에서 빠져 나오지 못하고 있다. 그리하여 그(혹은 그녀)는 다른 사람과의 관계 안에서 형성되고 유지되는 자기 구성이 산산이 부서지고, 인간 경험에 의미를 부여하는 신념 체계의 토대가 침식당하며, 자연과 신성의 질서에 대한 피해자의 믿음이 배반당하고, 존재의 위기 상태로 내던져지고 있다. 그럼에도 불구하고 이 소설의 그(혹은 그녀)는 여타의 5·18소설(들)이 그랬던 것처럼, 섣부른 화해를 이야기하지 않는다. 화해라니. 누구에게 화해를 이야기한단 말인가. 인간 심층에 똬리를 틀고 있는 저 잔인한 폭력성과 어떻게 화해가 가능할 수 있는가. 그러니 이 소설은, 그날의 참혹했던 기억들을 잊지 않는 것, 과거를 직시하는 것에 바쳐지는 헌사가 아닐 수 없다.

보다 더 중요한 것은, 여타 5·18소설(들)과는 달리 이 소설 『소년이 온다』에서는 그날 광장에 나가 죽었거나 운 좋게 살아남았던 이들을 영웅이라거나 전사의 이름으로 호명하고 있지 않다는 점에 있다. 그들을 함께 묶을 수 있었던 원동력은 민주주의에 대한 갈망이라거나 저항의 역사를 되살린다거 나하는 관념적인 것이 아니라 단지 인간에 대한 존엄, 그리고 충격과 분노라는 감정의 공유 곧, 공통의 느낌 구조(그것이 양심이든, 윤리적 분노이든)에 의해서라는 것의 확인에 있다. 물론 행위 주체가 인물인가, 인물의 행위를 추동하는 감정인가의 논의가 이 글에서 충분하게 이루어진 것은 아니다. 다만, 소설의 인물의 내면에 주목하면서 항쟁의 주제란 누구였는가와 관련한 질문을 통해 그것이 민초라거나 민중이라거나 무장시민군이 아니라 개개인의 '감정(emotion)' 그러니까 사건을 마주한 개개인의 감정이 모인 '집합적 감정'이 라는 점을 강조한 데 이 글의 특징이 있다고 본다.

5 · 18소설의 지식인 표상

1. 지식인의 자기분열과 고통

류양선 장편소설 『이 사람은 누구인가』(1989)는 광주에서의 열흘을 인간의 도덕적 삶의 문제와 관련하여 정면으로 다루고 있는 작품이다. 홍희담소설 「깃발」이 무산자 계급에 의한 민중항쟁의 차원에서 노동자 계층을 전면에 내세우고 있는 데 반해 이 소설에서 작가는 죄의식과 자기분열의 고통에 시달리는 지식인들의 내면을 묘사하고 있다. 그런 까닭에 이 소설은 광주의 참상을 직접적인 목소리로 전달하려 하지 않는다. 오히려 광주의 싸움은 인간 내면의 정신적 · 윤리적 싸움으로 재현된다.

이 소설의 시간적 배경은 1980년 5월에서 6월에 걸친 한 달 정도의 기간이다. 전체 7장으로 구성된 이 소설의 등장인물들은 각각 부산 · 광주 및 서울에 거주하는 젊은이들로 대학 강사(영섭), 정신과 의사(성준), 예술가(한빈), 시인(원규) 등 전문직에 종사하는 전형적인 지식인들이다. 이 인물들의 공통적인 특징은 하나같이 고통스러운 죄의식에 짓눌려 있다는 점이다. 각각 표현의 형식은 달라도 마음속 깊은 곳에 이들은 양심의 고통과 부끄

러움을 견뎌내고 있는데 이는 5월 광주로 표상되는 당시의 폭압적 정치 현
실에서 기인한 것이다.

> 아무도 믿고 싶어 하지 않을 것이었다. 허지만 아무리 믿고 싶지 않더
> 라도 이미 일어난 일은 일어난 일이었다. 그것은 인간의 인간다움을 완전
> 히 부정했던 엄연한 사실이었다. (중략) 그 팽팽했던 긴장과 엄청났던 열
> 기, 죽임과 죽음, 전신을 옥죄어 오던 죽음에 대한 공포, 그 공포의 극복,
> 생명을 지키기 위한 생명을 건 싸움, 더 많은 사람들의 죽음……. (82쪽)

또, "어떻게 모든 것이 그대로일 수가 있는 것일까 하고 그는 생각했다.
어떻게 바람은 그냥 서늘히 불고 밤은 조용히 찾아올 수 있는 것일까. 어
떻게 이 우주가 이대로 침묵할 수 있는 것일까."하는 비탄으로 제시되기도
한다.

제1장의 초점인물인 '영섭'은 우울증을 겪고 있다. "아무도 말할 수 없
었다. 거대한 침묵이 학교를 뒤덮어버린 것이었다. 그 침묵은 내게 있어서
가혹한 형벌과도 같았다. 나는 죄수처럼 방구석에만 웅크리고 앉아 지루
하고 답답한 나날을 흘려보냈다. 사실 나는 죄수인지도 몰랐다."

그가 겪고 있는 우울증은 거의 유사한 형태로 다른 인물들에게도 나타
나는데, 한빈은 멀쩡한 다리가 잘려 나갔다는 병적 징후를 보이고, 원규는
까닭 모를 절망감으로 자포자기하며, 수찬은 모든 일이 부질없고 쓸데없
다고 생각하며, 성준은 생각을 멈추고 멍멍한 상태로 있고 싶어 한다. 세
빈은 두통과 환영과 환청에 시달린다. 한마디로 죄의식과 무력감이 이들
의 공통된 심리 상태를 이루고 있다. 소설의 많은 부분을 차지하는 일기
나 명상 혹은 독백의 형태로 변형되어 제시되는 인물들 간의 대화들은, 죄
책감에 시달리는 고통스런 영혼들의 정신적 구원을 얻으려는 지적 노력을

말해준다. 이들의 힘겹고 고통스러운 노력의 핵심에 놓여 있는 것은 5·18 민중항쟁의 의미에 대한 모색인데, 광주는 이 소설에서 전해지는 이야기나 회고의 형태로 존재하지만, 등장인물들의 의식은 광주에 의해 온통 지배되는 양상을 보인다.

이 소설은 모두 7장으로 구성되어 있다. 그 각각은 영섭, 원규, 성준 등 주요 인물들의 1인칭 시각에 의해 서술되지만, 주인공 한빈의 환청 상태를 나타내는 유령의 시각이나 혹은 3인칭 서술이 사용되기도 한다. 이 3인칭 서술자(화자)도 문법적 관점에서 보면 항상 1인칭이다. 이러한 다양한 서술들은 모두 한 가지 사건, 즉 한빈의 실종이라는 사건에 초점을 맞추고 있고, 그 실종은 바로 광주항쟁이라는 역사적 사실과 밀접한 연관을 맺고 있다. 그러니까 이 소설은 한빈의 기이한 행각에 대한 일련의 해석으로 이루어져 있는데, 이 줄거리의 내부에는 한빈의 죄의식과 속죄를 통한 구원이라는 도덕적, 윤리적 질문들이 놓여 있는 셈이다. 한빈의 고통스런 행각과 죄의식은, 그가 사랑을 느꼈던 성욱이 그때 광주에서 참혹한 모습으로 숨졌다는 것, 그러나 아무도 그녀에게 구원의 손길을 내밀지 못했다는 데 일차적으로 기인한다. 또한 "스스로 불구자라고 생각하지 않고서는 견디지 못하는 한빈의 정신적 질병이야말로 당시의 살아남은 많은 사람들이 함께 앓을 수밖에 없었던" 고통이요, 죄의식임을 이 소설은 보여주고 있다.[1]

조각가 한빈은 1980년 봄 무렵, 일종의 정신장애로 인해 자신의 한쪽 다리가 없어졌다는 생각에 빠져 스스로 한 쌍의 목발을 만든다. 그는 5월 말경 부산의 대학에 근무하는 친구 영섭에게, "나는 얼마 전 불의의 사고로 그만 불구자가 되고 말았네. 어서 와서 나를 구해주게. 난 지금 쓰러지고

---

[1] 김태현, 「광주민중항쟁과 문학」, 『그리움의 비평』, 1991, 민음사, 363쪽.

제2부 기억과 항쟁 주체의 문제

싫네. 난 지금 울고 있네. 난 지금 울고 있는 나를 구타하고 있네…"라는 절박한 심정을 담은 편지를 발신자가 누구인지 밝히지 않은 채 보낸 후 시인 원규의 하숙을 찾아갔다가 다음 날 홀연히 서울에서 자취를 감춘다. 그는 그 길로 광주에 내려가 환청 상태에서 광주를 떠도는 유령들을 만나고 그곳에 머물고 있던 정신과 의사 성준을 방문한다. 그가 만난 유령들은 다음과 같이 말한다.

① 산 자들아, 정말 잘 들어 두어라. 우리를 죽인 자들도 방금 이곳에 와서 우리와 함께 어둠 속에 있다. 그들을 어떻게 해야 할 것인가? (중략) 명령에 따라 움직였던 그들, 굶주림을 못 이겨 발광했던 그들, 자신들이 그토록 빨리 무너질 줄 몰랐던 그들을 이 죽음의 세계에서 어떻게 할 것인가? 잘못을 책하고 벌을 내릴 것인가? 아니면 모르는 체 그냥 덮어둘 것인가? 하지만 이건 다 부질없는 질문이다. 삶의 세계에서와는 달리 죽음의 세계는 평등하다. 누가 잘못을 저질렀다는 말인가? 대체 이곳에서 누가 죄인일 수 있는가? (167~168쪽)

② 그러나 산 자들아, 그대들은 어떠한가? 그대들 중의 우리와 그대들 중의 저들과의 관계는 어떠해야 하는가? 삶의 세계에서도 저들을 과연 '우리'라고 할 수 있는가? 저들은 정말 뻔뻔스럽게도 먼저 손을 내미는 체한다. (중략) 저들은 모든 걸 잊어버리자면서 이제 모든 걸 없었던 일로 해야 되지 않겠느냐면서, 그리하여 옛날처럼 즐겁게 아니 옛날보다 더 즐겁게 같이 어울려 뛰놀자고 손을 내미는 것이다. (중략) 그러나 분명히 있었던 일을 아예 없었던 것으로 치부해 둘 수는 없다. (168~170쪽)

①은 광주에 진압군으로 투입되었던 사람들 역시 그날의 고통과 죄의식으로부터 자유롭지 못하다는 점, 하지만 그들이 스스로 반성하고 수치스러움을 깨닫기 전에는 진정한 화해는 가능하지 않다는 점을 역설하고 있

다. ②는 그럼에도 불구하고 이제 모든 걸 잊어버리자면서, 이제 그만 모든 걸 없었던 일로 해야 하지 않겠느냐면서 거짓 화해의 손을 내미는 이들과 그로부터 역사에의 망각을 억압하는 이들과의 결연한 싸움을 주문하고 있다. 그러니까 한빈은 "차라리 미쳐버릴지언정 세상을 비껴가지 말고 세상에 맞서 격렬히 싸우라"고 말하고 있는 것이다. 그는 광주를 떠나 땅끝 토말리를 찾아 종이조각가 봉한을 만나고 자신의 목발 중 하나를 그곳에 남겨둔 채 다시 길을 돌아 나선다.

한편 영섭은 친구인 한빈의 상태에 관심을 가지고 그를 찾아 나선다. 그는 부산에서 상경하여 원규, 수찬, 세빈, 인숙 등 한빈의 주변 인물들을 만나고, 그의 행적을 좇아 광주로 내려간다. 결국 그는 토말리까지 추적하여, 한빈이 회귀한 그 지점에 서서 자기 자신도 이제 돌아가야 할 시간임을 인식한다. 이 실종과 추적이라는 소설의 기본 구도보다 중요한 것은 우선 한빈의 여행이 갖고 있는 상징적·내면적 의미일 것이다. 한빈의 행적은 영혼의 고통에서 벗어나기 위해 구도의 길에 나선 한 순례자의 고행을 보여준다. 다음으로 우리의 주목을 요하는 것은, 그 여행의 핵심에 광주가 놓여 있다는 것이 될 것이다. 마지막으로는 그의 여행이 주변 사람들의 삶과 밀접하게 연결되어 있다는 점인데, 그들이 갖고 있는 고통과 죄의식의 근원이 일차적으로는 광주에서의 성욱의 죽음과 관련 있음은 앞에서 살핀 바 있다. 우리는 이 소설을 통해 인간의 윤리적 삶과 예술적 활동이 결코 정치적 사건과 무관할 수 없다는 사실을 새삼 깨닫게 된다.

이 소설에서 빠뜨릴 수 없는 또 한 가지 중요한 주제는, 예술과 삶의 관계에 대한 성찰이다.[2] 등장인물 대부분은 예술가 또는 지식인이다. 한빈과

---

2 윤지관, 「광주항쟁의 도덕적 의미」, 류양선 소설 해설, 1989, 294쪽.

수찬, 그리고 봉한은 조각가이고, 원규는 시인이며, 세빈은 소설을 습작한다. 영섭은 대학에서 역사를 가르치며, 성준은 정신과 의사다. 『이 사람은 누구인가』의 인물들은 폭력이 난무하는 타락한 세계에서 예술이 설 자리를 찾으려 한다. 이 소설 곳곳에서 예술론 내지 문학론이 피력되고 있는 것은 이 때문이다. 한빈은 곧 녹아 없어질 얼음 조각에 몰두하다 드디어 작품 활동을 중단하고 목발을 만드는 데 몰두한다. 그의 목발은 병든 세월 혹은 불구적인 세상을 상징한다. 수찬에게는 작품의 제작이 다 쓸모없고 부질없어 보이며, 원규는 더 이상 시를 쓰지 못한다. 세빈도 쓰고 있던 소설을 완성하지 못한다. 따라서 한빈의 실종은 곧바로 예술의 위기를 의미하며, 한빈의 모색은 예술의 자리를 확보하기 위한 몸부림으로 읽힌다. 왜냐하면 한빈에게 있어서 예술은 혼신의 힘을 바쳐야 하는 그 무엇, 곧 그의 자체이기 때문이다. 1980년 광주로 표상되는 엄청난 사회적 폭압은 한빈의 일상적 삶을 파괴하고 그것은 곧바로 예술 작업의 중단으로 이어진다.

이 소설의 전언은 그러니까 예술가의 삶이 특이하고 예외적인 것이 아니라, 당대의 사회적·문화적 삶과 긴밀한 관계망에 놓여 있다는 것이다. 이는 『이 사람은 누구인가』의 간과할 수 없는 또 하나의 의의라 할 것인데, 5·18민중항쟁을 다룬 거의 모든 소설이 지식인의 배반을 논하고 있거니와, 이 소설의 경우 그 사건이 지식인과 예술인들에게 어떤 충격을 주었고 그 충격에 그들이 어떤 반응을 보였는가를 집중적으로 탐문하고 있다는 점에 있다.[3] 그러니 시간과 공간을 초월한 그 자체(An-sich)는 존재하지 않는 것이다. 루카치가 말한 바, 성향, 재능 등은 태생적인 것이라 해도 그것

---

3   김태현, 앞의 글, 362쪽.

이 꽃을 피우느냐 마느냐, 형성되느냐 파멸되느냐 하는 것은 삶과 그 주변 환경 그리고 이웃에 대한 작가의 교호관계에 달려 있다. 이 삶이란 객관적이며 당시의 삶의 한 부분이다.

따라서 이 삶은 그 본질로서 사회적-역사적이다. 소설의 마지막 부분에, 한빈을 추적하던 영섭이 마침내 땅끝 마을에 이르러 목격한 남루를 걸친 구도자의 조각은, 그러므로 목발 한쪽을 벗어 던지고 새롭게 삶을 시작하려는 조각가 한빈의 모습일 뿐 아니라 이 광기와 야만의 시대에서도 의미 있는 삶을 살아가려는 살아남은 자 우리 모두의 초상이 될 것이다. 또한 이 소설에서 주요 인물들은 사르트르적 의미의 지식인, 곧 지식인은 자기 고유의 모순이 결국 객관적 모순의 특수한 표현임을 깨닫고서, 자신과 타인을 위해 이러한 모순과 싸우는 모든 인간에게 연대감을 느끼는 것이다.[4] 결국 이 소설의 인물들은 「타자로서 자기 자신」에서 리쾨르가 강조하듯이 어떠한 단계(혹은 상황)에서도 '자기'는 그의 타자와 분리되지 않는, 즉 윤리적이고 도덕적인 주체로서의 역할을 감당하고 있는 것이다.[5]

2. 중도적 지식인의 머뭇거림

송기숙 장편소설 『오월의 미소』(2000)는 광주를 경험한 지 20년이 지난 시점에서, 그러니까 현재 우리들의 모습을 중심으로 과거와 현재를 통합한 미래의 과제를 제시하고 있는 작품이다. 이 소설에서 눈길을 끄는 것은 등장인물군의 설정과 서사의 공간적 배경의 상징성이다.

---

4 사르트르, 『지식인을 위한 변명』, 박정태 역, 한마당, 1979, 42쪽.
5 김선하, 『리쾨르의 주체와 이야기』, 한국학술정보, 2007, 36쪽.

제2부 기억과 항쟁 주체의 문제

소설에서의 인물이 사회 모순과의 대면에서 주체적 내면을 갖는 것은 그 모순을 넘어서는 사회 발전을 지향하기 위해서다. 그렇다고 그 인물이 반드시 고양된 진보적 의식을 지녀야 할 필요는 없다. 사회 현실을 다양하고 풍부하게 반영하기 위해서는 굳건한 세계사적 개인보다는 오히려 주저주저하는 중간 정도의 의식을 지닌 인물이 긴요할 수도 있다. 이러한 중도적 주인공은 사회 모순에 맞선 주체적 내면을 지니면서도 항상 머뭇거리는 성격을 지닐 수밖에 없는데, 왜냐하면 그는 자본주의 사회 내부에 속한 인물로서 현실 모순에 비판의식을 지니면서도 자본주의적 체계 자체를 벗어날 수가 없기 때문이다.

『오월의 미소』는 이러한 중도적 주인공으로 '정찬우'를 내세운다. 정찬우는 항쟁에 참여하다 계엄군에 체포되었다. 그는 "아버지가 집 한 채를 판 돈으로 어렵사리 사지(死地)에서 구해낸 다음"에 서울로 내쫓김을 당한다. 그래서 그는 서울에서 재수학원을 다니고 대학을 졸업하고 이제 매달 월급을 받는 직장인으로 살아가고 있다. "광주를 투쟁 공간이 아닌 생활 공간으로 살고 싶어" 하는 인물을 통해, 그가 벗어나고 싶어 하지만 결코 벗어나지 못하는 5월을 이야기하게 하는 것이다.

이 소설의 공간적 배경의 상징성도 눈여겨볼 대목이다. 광주와 소안도는 서사가 진행되는 주된 무대인데, 소안도는 이 소설의 비극적 인물 김영선의 고향이며, 그녀가 몸을 던져 한 많은 생을 마감하는 공간이며, 공수부대원이었던 김성보가 낚시를 가서 사고로 죽는 공간이다. 소안도는 일제강점기에 일제에 항거했던 역사의 현장이다. 그래서 일제에 항거했던 섬사람들과 공수부대원들을 내려보낸 신군부에 저항하는 광주시민을 동일 이미지로, 일제와 신군부가 역시 일치하는 세력으로 자연스레 연결된다. 일제에 항거했던 것이 정당했던 것처럼, 신군부에 항거하는 것이 정당하며 또한 역사적 정통성을 지닌다는 작가의 의도가 구현된 서사의 공간인 것이다. 그것은 또 소안도 앞바다에서 김영선과 김성보가 죽음을 맞이하는 것, 그로써 그들의 영혼결혼식이 가능하도록 배치한 공간으로 잘 기능하는 것이다. 한편 이 소설은 크게 세 가지의 서사담론으로 구성되어 있다.

우선, '세모눈'과 '김중만' 등 5·18 때 항쟁에 참여했던 이들이 보상금 신청을 하지 않았다는 것을 강조하면서, '보상금' 이후의 광주의 모습에 대하여 "거세게 고개를 젓는" 지점이 하나 있다. 5월의 의미가 왜곡되고 퇴색된 부분이 있다면 보상금과 관련한 여러 스캔들, 5월 단체들의 이익단체화 과정과 관련한 추문들과의 관련도 결코 작지 않다 할 것인데, 우회적으로나마 이 소설은 우리들의 치부를 건드리고 있다. 그러나 소설 속의 미선이 그랬던 것처럼 항쟁 기간 중 감당할 수 없는 피해를 당하고 17년 동안 병 수발을 하면서 겪어야 했던 그들의 현실적 삶이 보상금으로 하여 '형편이 나아진 것'은 어찌되었든 다행인데, 이 소설이 그것까지를 문제 삼는 것은 물론 아니다.

다만 '객관적 사실'의 재현은 어떻게 도덕적 행위가 되는가와 관련한 질문으로는 유용하다. 그것은 바로 사실의 지적 자체를 통해서라고 할 수 있다. 기실 그날에 살아남은 우리가 할 수 있는 일이란 기만과 왜곡의 그림자를 뚫고 들어가 진실을 알아내는 것이 급선무고 첫 단계가 아닐 것인가.[6]

학살 책임자 처벌의 당위성을 주장하는 정찬우 등은 자신들을 쫓아 수사망을 좁혀 오는 안지춘 형사의 추적을 받으면서도, 실제로 권총을 구입

---

6 노암 촘스키, 『지식인의 책무』, 강주현 역, 황소걸음, 2005, 178쪽.

제2부 기억과 항쟁 주체의 문제

해 사격을 연습하고 '그날'을 기약한다. 따라서 이 소설은, 학살자들에 대한 복수에의 결의, 그리고 그것의 실현 가능성의 일단을 모색하고 있다는 점에서 지금까지의 5·18소설들에서 볼 수 없었던, 그날에 살아남은 자들이 이제 '무엇을 할 것인가'와 관련된 보다 적극적인 질문을 우리에게 던지고 있다. 하지만 실제로 당시 권력자의 측근이었던 '하치호'의 암살을 시도한 사람은 식료품 가게 종업원 '김중만'이었다. 백범 김구의 암살범인 안두희를 처벌한 이가 평범한 택시기사 박기서였듯이, 일을 도모하고 기획한 것은 정찬우 등 지식인이지만 그것을 궁극적으로 실행하는 것은 민중이라는 사실을 작가는 분명하게 지적하고 있는 것이다.

나머지 하나는, 1980년 당시 가해자의 일원이었던 공수부대 장교 '김성보'와 공수부대원들에게 윤간을 당해 아이를 낳고 오랫동안 정신병원을 드나들다 결국 자살하고 마는 피해자 '김영선'과의 영혼결혼식을 통한 화해와 상생의 실천적 제시다. 이에 이르는 방법이 물론 그렇게 간단한 것은 아니어서 몇 가지 장치가 준비된다.

① 나는 술잔을 들고 있는 김성보의 얼굴을 뜯어보았다. 그저 평범한 김가박가였다. 학교 선생이라면 선생이고, 동장이나 구청장이라면 또 그런 사람이었다.(49쪽)

② 잘 가세요. 나도 김 이사님 처지를 잘 이해하고 있습니다. 김 이사님도 광주 사람 누구 못지않은 피해자였습니다. 잘 가세요. 광주항쟁의 진상도 제대로 밝혀지고 그 숱한 사람들 원한도 제대로 씻어질 날이 올 것입니다. 그런 날이 오고야 말테니 지하에서 지켜봐주세요.(278쪽)

③ 그 큰애기가 공수단한테 다쳤다고 하제마는 저이 아들이 그런 것도 아니고, 밤 잔 은혜 없고 날 샌 원수 없더라고 이십 년 가까이 되았은게

세월도 흘러갈 만큼 흘러갔고. (286쪽)

④ 산 사람이나 죽은 사람이나 맺힌 것이 있으면 풀어사제라. (299쪽)

①은 소안도로 함께 낚시를 가게 된 상황에서 '나'(정찬우)가 김성보를 바라보는 태도를 보인 것이고, ②는 김성보가 낚시 중 사고로 죽은 소안도 바다에 국화를 던지며 그 혼에게 건네는 '나'(정찬우)의 위로의 말이고, ③은 고향 앞바다(소안도)에 몸을 던져 죽은 영선의 넋을 건져 올리는 굿판에서 동네 사람 김윤달의 말이며, ④는 미선이의 친척 아주머니에게 차관호 어머니가 하는 이야기다. 차관호의 어머니는 지금 김영선과 김성보의 영혼결혼식을 주선하고 있는 참이다.

이 소설은 우선 김성보로 대표되는 5월 그날의 가해자들 역시 "똑같은 피해자"라는 인식을 전제한다. 광주의 5월을 직접 체험한 작가들의 발언일수록, 그 살육의 진실을 밝히기 위한 문학적 추구를 계속해왔던 작가들일수록 그 도덕적 설득력은 배가된다. 송기숙의 경우도 물론 예외가 아니다. 다만 이 소설에서 김성보와 같은 가해자들의 참회는 임철우 소설 『봄날』에 나오는 계엄군 '명치'의 참회와는 다른 면을 보인다.

광기의 인간 사냥이 한참 끝난 뒤이긴 하지만, 그래도 결국 시민들이 결코 적이 아니라는 사실을 『봄날』의 '명치'가 깨달았다는 점이 중요하다. 80만의 시민과 이만의 병사들은 결국 같은 그물 속에 갇힌 포획당한 물고기라는 것을 그가 깨달았을 때, 저항하는 자만이 아니라 진압하는 자의 시점에서도 광주 학살은 추악한 범죄라는 것을 처절하게 깨달을 때, 그때 우리는 도리 없이 그들도 우리와 같은 피해자라는 작가의 관점에 동의할 수 있는 것이다.

물론『오월의 미소』에서도 몇 가지 장치를 통해, 예컨대 정찬우 등이 권총을 구입해 사격을 연습하고 '그날'을 기약하는 것을 통해 학살 책임자의 처벌이 아직 이루어지지 않았다는 것을 새삼 환기시킨다. 또 백범 살해범 안두희를 박기서가 처치한 기사와 관련하여 작중 인물들이 나누는 대화 가운데 남아공의 '진실과화해위원회'를 언급하면서 "화해 앞에다 진실을 내세우고" 있는 점을 강조하기도 한다. 그러니까 진정한 화해에 이르기 위해서 선결되어야 할 것은 그날의 진실, 곧 왜 하필 광주였는지? 왜 그렇게 잔혹하게 죄 없는 학생들과 시민들을 살해했는지? 발포 명령은 누가 내렸는지? 등을 밝히는 것이라고 역설한다. 그럼에도 불구하고『봄날』에서 보이는 것과 같은 그들의 진정한 참회가, 그들의 고통이 이 소설에서는 별로 보이지 않는다. 그래서 김성보로 대표되는 5월 그날의 가해자들 역시 '똑같은 피해자'라는 인식에 필자는 선뜻 동의하기 어려운 것이다.

김영선과 김성보의 영혼결혼식을 통한 화해와 상생의 길의 모색에 관해서도 어쩔 수 없이 심리적 거부감을 갖게 된다. "산 사람이나 죽은 사람이나 맺힌 것은 풀어야……" 할 것이다. 그러나 그 풀림의 방법이 용서라는 환상으로 깊은 분노를 우회해 가려는 것이어서는 안 된다. 우선 김영선이 겪은 고통과 그 후유증이 그녀뿐 아니라 주변 인물들에까지 오랜 세월 너무 큰 상처를 주고 있기 때문이다.

김영선은 그때 공수대원들에게 윤간을 당하고 아이(김준일)를 낳는데, 결국 스스로 죽어서야 그 원한에서 풀려나게 된다. 그리고 미선은 17년 동안 정신병원을 들락거리는 언니 병수발을 하느라 청춘을 저당 잡힌다. 그런 일이 없었더라면 필경 미선과 결혼해서 행복하게 살았을 정찬우는 대학을 졸업하자마자 서둘러 결혼을 하고, 결국 서둘렀던 결혼은 3년 만에 파경을 맞는다. 사귀던 강지연과도 영선의 죽음과 함께 헤어지게 된다. 그것이 강지연의 말처럼, "제자리로 돌아가는 것"이라기엔 그들이 묶여 있던 역사의 상처가 지나치게 무겁다.

작가는 두 사람의 영혼결혼식과 함께 김영선이 낳은 아이가 죽은 김성보를 대신하여 그의 모친 고성댁의 양자로 들어가는 것으로 화해와 상생의 대미를 장식한다. 영선이 이 아이를 낳게 버려둔 작가의 의도가 여기에 있을 터이다. 그러나 여전히 이 씻김굿과 영혼결혼식이라는 무속적 의례를 통해서 그날의 가해자와 피해자 간의 화해가 이루어질 수 있을 것인가는 여전히 의문이다. 우리는 일종의 평형 상태, 즉 모든 정열이 다 소모된 마음의 평정 상태에 접근한 지점에서 『오월의 미소』를 제대로 읽을 수 있을지 모른다. 그러나 그것은 쉬운 일이 아니다. 그만큼 그날의 상처가 아물기에는 아직 세월이 지나지 않았고, "밤 잔 은혜 없고 날 샌 원수 없더라고 이십 년 가까이 되었은게 세월도 흘러갈 만큼 흘러갔고."라 하지만 본질적인 문제들이 해결된 것도 아니다. 혐오든 사랑이든 외상을 몰아낼 수는 없다.

물론 송기숙의 소설 세계는 불화와 적대감으로 가득 찬 세계가 아니라 이해와 사랑이 있는 세계이며(소설은 마땅히 그러한 세계를 추구해야 할 것이다), 자신의 소설 공간에 증오와 원한을 담으려고 의도하지 않음을 『오월의 미소』에서도 확인할 수 있다.

다만 필자가 5·18을 제재로 한 문학작품을 대상으로 지식인의 역할과 한계를 논하면서 송기숙의 이 작품을 포함한 것은 다음과 같은 까닭 때문이다. 곧 당시 권력자의 측근이었던 '하치호'의 암살을 시도한 사람은 식료품 가게 종업원 '김중만'이었다는 것, 백범 김구의 암살범인 안두희를 처벌한 이가 평범한 택시기사 박기서였듯이, 일을 도모하고 기획한 것은 정찬우 등 지식인이지만 그것을 궁극적으로 실행하는 것은 민중이라는 사

제2부 기억과 항쟁 주체의 문제

실, 다시 말해 이 소설은 중도적 지식인의 '머뭇거림'이라는 특성 내지 한계를 잘 보여주고 있는 때문이다.

3. 인간에 대한 끝없는 신뢰와 기쁨

임철우 장편소설『봄날』(1997) 다섯 권은 전체적으로 시간 순서에 따라 86개의 장과 에필로그로 이루어져 있는데, 여러 인물들이 등장하여 그들의 다양한 시점으로 5·18항쟁의 진실을 묻고 있다. 여기에서 누가 보는가의 문제는 누가 지각하고, 생각하고, 추정하고, 이해하고, 욕망하고, 기억하고, 꿈꾸는가라는 의미로 이해될 수 있다.

이 소설의 중심적 인물은 한원구와 그의 세 아들(무석, 명치, 명기)인데, '무석'은 일반 시민을, '명치'는 계엄군을, '명기'는 대학생을 대표하는 인물이다. 뒷부분에서는 정베드로 신부와 항쟁 지도부의 대변인으로 활약한 윤상현과 외부 관찰자인 K일보의 광주 주재 기자 김상섭이 주요 인물로 등장한다. 그중에서도 한명기는 작가 자신의 이력과 많이 일치하는 인물로서 작가 임철우의 시각을 대변해주는 역할을 하고 있다. 또한 김상섭 기자는 이 비극적 사건을 기록으로 남기기 위해 고군분투하는 인물로서 이 소설쓰기의 원동력으로 작용하고 있는 인물이다.

그런데 외부 현실을 바라보는 '무석'의 시점은 기본적인 제한이 있다. 그 말은 5월 광주를 전면적으로 파악할 만한 사회적 인식의 수준이 무석에게 결여되어 있다는 뜻이기도 한데, 무석의 시점으로 5월 광주는 불가해한 공포의 경험일 뿐인 것이다. 무석의 시점은 5월 광주와 만날 때 매번 분노와 공포의 심리를 유발한다. 그것은 한편 항쟁 당시 대부분의 시민들의 인식이기도 하다. 아버지 원구에게서 뛰쳐나온 무석은 시내에서도 가장 변두리에 속하는 광천동의 콘크리트 골조에 적벽돌로 벽면을 붙여 쌓아놓은 4층짜리 건물에 세 들어 살고 있다. 건물은 모두 세 동인데 150여 세대가 저마다 똑같이 다섯 평이 채 못 되는 공간 하나씩을 차지한 채 개미굴처럼 모여들어 살아가고 있다. 같은 아파트에 살고 있는 미순과 은숙 들과 함께 무석은 5월 광주의 민중성을 상징하는 것도 사실이다. 항쟁의 진정한 주제가 그들이라는 점도 강조된다.

계엄군으로 광주에 파견된 '명치'의 시점이야말로 광주의 진실이란 추악한 범죄, 국가폭력임을 여실히 증언한다. 이 추악한 범죄의 주체는 문명사회가 수많은 재원을 투자해서 정교하게 만들어낸 야만이자 악마인 공수부대와 그들의 지휘자들이다.[7] 그런데 그들이 왜 짐승과 다름없었는지에 대한 작가의 성찰이 이 소설의 많은 부분을 차지하고 있다. '명치'는 결국 시민들이 결코 적이 아니라는 사실을, 80만의 시민과 2만의 병사들은 결국 같은 그물 속에 갇힌 포획당한 물고기라는 것을 깨닫는다. 저항하는 자만이 아니라 진압하는 자의 시점에서도 광주 학살은 추악한 범죄라는 것을 처절하게 깨닫는다. 또한 끝내 반성하지 않는, 전율할 폭력의 절정에 있는 인물인 추 상사의 가학성은 인간 본성의 한 극단을 느끼게 하기에 충분하다. 그는 월남전에 참전한 경험을 훈장처럼 여기는 사람으로 그러한 죄의식 없는 극단적 폭력은 군대라는 속성 때문에 필연적이 되고 만다.

> 금남로 일대는 완연한 사냥터였다. 광기에 눈이 뒤집힌 채 피를 찾아
> 쫓고 몰아대는 짐승의 사냥터였다. (『봄날』 2권, 135쪽)

---

7   최정운, 『오월의 사회과학』, 풀빛, 1999. 126쪽.

계엄군으로 광주에 파견된 명치의 시점은 『봄날』에서 제시된 서사적 시야의 발원 지점이 어디인지를 가장 적절하게 위치 짓고 있는 것으로 보인다. 한편 이 소설에서 대학생 명기의 시점은 죄의식의 형성과 깊은 관련을 맺고 있다. 명기는 그날 밤, 도청이 함락되기 직전에 YWCA를 빠져나왔던 것이다. 그날 밤 도청 쪽에서는 항쟁지도부의 간부들 대부분이 체포되거나 사살되었다. 명기를 휘감고 있는 죄의식의 내용이란 다음과 같은 것이다.

우리들이 겁에 질려 도망쳐 나온 그 자리를 그들만이 외롭게 지키다가, 그렇게 홀로, 외롭게 죽어갔구나…… 아아, 나는 비겁하게 도망쳐 나왔어.(『봄날』 5권, 435쪽)

윤상현의 시점은 어떠한가. 마지막까지 도청을 사수하다 계엄군의 총에 맞아 죽은 그는 지식인의 성격과 노동자 계급의 정서가 두루 통합되는 대표적 인물로 기능한다. 특히 윤상현의 시점이 광주의 본질과 진실의 복합적인 측면을 아주 적절하게, 동시에 보여준다고 할 수 있다.

윤상현은 말없이 광장을 내려다보았다. 먹물 같은 어둠이 무겁게 가라앉아 있을 뿐 광장은 텅 비어 있었다. 그러나 윤상현은 저 열흘 동안의 뜨거운 마음을 또렷하게 기억하고 있었다. 한 덩어리로 격렬하게 끓어 넘치며 밀물처럼 저 광장으로 쏟아져 나오던 수만 수십만의 사람들을. 그들의 노도와 같은 함성을 저마다 가슴 속에 간직한, 한겨울 보리싹 마냥 작고도 지순한 인간애의 불꽃, 자유와 정의와 생명을 향한 그리움의 불꽃들을. 그리고 그 작은 불꽃들 하나가 모여 수백 수천 수만의 불기둥이 되고, 마침내 거대한 불의 강을 이루며 뜨겁게 굽이쳐 흘러가는, 그 찬란한 인간의 신화를, 그리움과 희망의 신화를.(『봄날』 5권, 401쪽)

위의 인용은 윤상현의 독백 부분인데, 한편으로는 짧은 기간 동안이었지만 광주 시민들이 자신의 희생과 헌신을 뭇 사람들에게 보여주었던 해방공동체의 역사적 실현을 묘사한 부분이다. 인간에 대한 끝없는 신뢰와 그로 인한 기쁨을 그리고 있다. 그러나 이는 얼마간 작가의 과도한 (관념의) 개입이 아닐 수 없다.

사르트르에 따르면 지식인이란, 자기 내부와 사회 속에서 구체적 진실에 대한 탐구와 지배자의 이데올로기 사이에 대립이 존재하고 있음을 깨달은 사람이다.[8] 이어서 그는, 분열된 사회 속에서 만들어진 지식인은 그가 그 사회의 분열된 모습을 내면화한 까닭에 그가 그 사회를 증거해주고 있다. 그러므로 그는 역사적 산물인 것이라고 말한다. 이 소설에서, 마지막까지 도청을 사수하다 계엄군의 총에 맞아 죽은 윤상현은 5·18항쟁 당시의 집단화된 개인의 전형적인 성격 — '저항하는 주체적 성격'을 보여주는 인물로 기능한다. 다시 사르트르의 말을 인용하면, 지식인의 목적은 실천적 주체를 형성하는 것이며, 그러한 존재를 만들어내고 떠받쳐줄 수 있는 사회의 원리를 발견해내는 것이다. 이는 윤상현뿐만 아니라 이 비극적 사건을 기록으로 남기기 위해 고군분투하는 김상섭 기자, 그리고 무엇보다 시민수습위원 중의 한 사람인 정베드로 신부에게 어김없이 해당되는 설명이다.

5·18항쟁 이후 교수, 신부, 목사, 변호사, 학생 등으로 구성되어 계엄사령부와의 협상 및 무기 회수 등을 위한 활동에 나섰던 수습위원회의 역할을 둘러싸고 투항주의, 타협주의 등의 비난이 가해졌다. 그러나 '죽음의 행진'을 감행하여 총부리를 겨눈 계엄군에게, "우리는 이 자리에서 죽을

8 사르트르, 앞의 책, 34쪽.

수밖에 없다. 당신들이 탱크로 깔아뭉개든지 알아서 하라."며 결사적으로 저항했던 이들을 투항주의자들이라고 몰아붙이는 건 객관적이지 못하다. 오히려 그들은 당시 광주시민의 일반적인 의사를 대변한 현실주의자들이라는 김성국의 평가가 정당하다고 필자는 생각한다. 그것은 소설 『봄날』에서 살핀 바, 항쟁 마지막 날 도청에서 산화한 윤상현과 살아남은 정 베드로 신부로 대변되는 항전파와 협상파가 서로의 역할과 가치를 인정하였다는 점에 미루어보아도 분명하다.

루카치와 골드만, 그리고 아도르노의 경우 문학에 대한 얼마간의 상이한 태도를 갖고 있음에도 불구하고 그들은 공통적으로 문학작품이란, 사회적·문화적으로 조건 지어진다는 입장에 서 있다. 특히 골드만은 철학·예술·종교 등의 어떠한 문화적 영역도 전체라는 구조 속에서 의미 있게 연구되어야 한다고 말한다. 사회구조와 소설구조 사이에는 발생론적으로 그 구조가 동일(혹은 유사)하다고 본 것이다. 같은 맥락에서 골드만은 작가 개인의 감수성이나 전기적 사실들의 중요성을 부정하지 않으면서도 작품의 통일성을 심층적으로 규정짓는 의미 구조를 밝혀줄 수 있는 구조는 개인적인 층위가 아니라 집단적 층위에 자리함을 강조한다. 왜냐하면 작품의 객관적 의미를 밝혀줄 수 있는 포괄적인 구조를 형성하기에는 개인의 삶은 지나치게 짧을 뿐 아니라 우연적인 요소들로 이루어지기 때문이다. 따라서 문학 연구에 있어서 집단의식의 도입은 필연적인데, 그 집단의식의 특징적 요소들이 극대화된 형태를 갖춘 것을 골드만은 세계관이라고 명명한다. 이 세계관은 사회 집단을 토대로 형성되며, 이 세계관이 곧 한 작품의 의미 구조가 끼워져서 설명될 수 있는 포괄적인 구조를 제공한다.[9] 앞에서 살펴본

---

9   홍성호, 『문학사회학, 골드만과 그 이후』, 문학과지성사, 1995, 50~51쪽.

『그들의 새벽』의 작가 문순태와 『광야』의 작가 정찬의 경우가 그러한 세계관의 뚜렷한 대비를 보여준다.

4. 지식인의 역할과 한계

개인 혹은 공동체의 정체성을 말하는 것은 '누가 그러한 행동을 했는가?' '누가 그것의 행위 주체인가?'라는 질문에 대답하면서 성립된다. '누구?'에 대한 질문에 답하는 것은 한 삶의 역사를 이야기하는 것이다. 그러므로 이야기된 역사는 행위의 주체를 말한다.[10] 앞에서 살펴보았던, 5 · 18 항쟁을 대상으로 한 문학 텍스트들에서 항쟁의 주체는 우선 룸펜 프롤레타리아를 비롯한 민중계급이다.

홍희담 중편소설 「깃발」에서는 무엇보다 각성된 여성 노동자들이 항쟁의 주체로 설정된다. 이 소설에서 방직공장 노동자들인 여성 인물들은 지식인에 대해 본능적인 불신을 갖고 있는 것으로 묘사된다. 야학 교사였던 윤강일이 항쟁의 현장을 떠나 도피한 데 따른 배신감이 더해진다. 그들은 말한다. "분수대 앞에 모인 사람들은 일상으로 돌아가는 사람들이야. YWCA는 언제든지 선택의 가능성이 있는 사람들이 모인 곳이고. 그리고 도청은 죽음을 결단하는 사람들의 것이야. 그들은 선택이 아니라 당위로 받아들이는 사람들의 것이지."(「깃발」, 49쪽) 그러나 이 소설은 민중계층의 그 당위의 근거를 설득력 있게 제시하지는 못한다. 이는 무엇보다 이 소설의 발표 시기와 관련이 있을 것인데, 1987년의 민주화대투쟁의 시기를 거치면서 형성된 사회학적 민중담론이 이 소설의 주제 및 인물 표상에 일정

---

10 김선하, 앞의 책, 138쪽.

한 영향을 끼쳤을 것으로 판단된다.

문순태 장편소설『그들의 새벽』에서도 윤리적 분노의 주체, 곧 항쟁의 주동적 참여자는 구두닦이나 중국집 배달원과 같은 기층 민중으로 설정된다. 여기서의 민중은 「깃발」에서와 달리 이념에 포박되지 않은 순순한 민초를 이야기하고 있기는 하지만, 지식인으로 분류할 수 있는 박지수 목사가 항쟁 마지막 밤 이전에 도청을 떠나는 회색인의 모습으로 그려진다. 물론 이 소설의 경우 이름 없이 사라져버린 민초들을 역사적으로 복원하는 데 초점을 맞추고는 있으나, 그럼에도 불구하고 「깃발」과 같은 맥락에서, 이와 같은 항쟁에서의 민중주체 담론은 결코 5 · 18항쟁의 온전한 모습을 드러내주지 못한다.

정찬 장편소설『광야』의 경우 항쟁 참여자들에 대해, "그들 대부분은 전두환이 누구인지조차 몰랐고, 정치에 별로 관심이 없던 이들"이었다는 점을 강조한다. 또한 작가는, "신념과 열정이 봉기의 발화점은 되었을지언정 봉기 확산의 원동력은 아니었다."고 판단한다. 이러한 시각은 자연스레 왜 학생들을 비롯한 지식인 계급이 결정적인 순간에 광주에 없었는지를 해명한다. "경악과 분노 속에서 대책을 논의한 그들은 상황이 절망적이라는 것에 의견을 같이했다. 그들이 선택한 것은 피신이었다. 사태가 발생하면 현장에서 빨리 피해야 한다는 의식이 그들의 몸에 배어 있었기" 때문인 것이다.

5 · 18항쟁의 전개 과정에서 남녀노소를 막론하고 각계각층의 사람들이 이구동성으로 민주화를 외치고, 계엄군과 맞서 싸웠다는 사실은 어느 누구도 부정하지 않는다. 그러나 여기에 단서를 붙여, 그중에서도 가장 적극적으로 싸운 사람은 기층 민중이므로 5 · 18의 주체는 민중이고 따라서 5 · 18은 민중항쟁이라는 주장은 오직 운동의 전투성에만 초점을 맞추어서 혹은 어떤 단정적 논리에 입각하여 특정 집단의 역사적 변혁주체론을

강조하는 것에 불과하다. 그때 광주사람들은 "시민 전체의 이름으로 하나가 되어 국가의 비인간적 폭력에 저항한 시민항쟁"[11]이라는 규정이 논리적 타당성을 갖는다고 필자는 생각한다.

문제는 여전히 항쟁에서의 지식인의 존재이다. 살펴보았듯이 「깃발」에서는 매우 부정적인 이미지로, 『그들의 새벽』에서는 다소 부정적인 이미지로 표상된다. 『광야』의 경우에는 민중이든 지식인이든 항쟁에 참여한 이들은 윤리적 분노라는 단순성에 매몰되었다는 것, 저항이란 오히려 신군부의 선택에 의한 결과일 뿐이어서 주체 자체가 성립되지 않는다는 시각을 보인다.

임철우 장편소설 『봄날』의 경우에는 민중과 계엄군과 지식인 등 다양한 인물의 시각으로 5·18항쟁을 사실적으로 그려내고 있는데, 대학생인 명기는 그날 밤, 도청이 함락되기 직전에 YWCA를 빠져나왔던 탓에 그는 혼자 살아남았다는 죄의식에 포박당해 있다. 등장인물 모두가 지식인으로 설정된 류양선 장편소설 『이 사람은 누구인가』의 인물들의 경우 이 살아남음에 대한 죄의식에서 오는 자기분열과 고통은 형벌에 가깝다. 송기숙 장편소설 『오월의 미소』의 경우에도, 일을 도모하고 기획한 것은 정찬우 등 지식인이지만 그것을 궁극적으로 실행하는 것은 민중이라는 사실을 작가는 분명하게 지적하고 있다.

이상의 문학 텍스트들에서 민중계급은 투쟁적이고 헌신적인 태도를 보인데 반해, 지식인은 대체로 항쟁의 과정에서 현실적이고 타협적인 모습을 보인 것으로 묘사된다. 항쟁의 발단은 대학생으로 대표되는 지식인들

---

11 김성국, 「국가에 대항하는 시민사회」, 5·18기념재단 편, 『5·18민중항쟁과 정치·역사·사회』, 2007, 심미안, 247쪽.

이었으나 상황이 악화되고 결국 무장항쟁의 상황이 닥치자 그들은 몸을 피해 숨거나, 아니라도 현장에 함께 하지 못했다는 죄의식으로 고통을 겪을 뿐이다. 결사항전이냐 무기회수를 통한 수습이냐의 대치국면에서 민중계급은 당연하게도 죽음을 불사한 항전을, 교수나 목사나 신부나 변호사들을 위시한 지식인들은 현실과의 타협을 강조하는 것으로 그려진다.

그렇다면 항쟁에서 지식인들은 단적으로 말해 무용한 존재인가? 누가 그날 최후까지 총을 들고 항전했는가를 기준으로 항쟁의 주체를 문제 삼는 것은, 자국 군대에 의해 잔혹하게 진압당한 상황에서 무장항쟁의 의의를 높이 평가하려는 역사적 관점을 강조하려는 의도임에도 불구하고, 오히려 그것은 5·18항쟁의 의의를 왜소화하고 만다. 정찬이 이미 그의 소설 『광야』에서 간파했듯이, 모두가 우리였고 전사였던 광주공동체에서 시민군과 비무장 시민들, 민중과 지식인들로 분열함으로써 항쟁 이후 5·18 정신의 전국화라든가 세계화는 그저 공소한 구호로만 남겨지고 말았다. 문학 담론 역시 80년 5월에 갇혀서 새로운 의미를 발견해내지 못하고 있다. 이것은 아무래도 문학에 있어서 민중담론이 가져온 폐해라 할 것인데, 항쟁의 역사적 의의를 크게 훼손하지 않는 조건에서 다양하게 열려 있는 문학담론이 요구된다고 할 것이다. 그것은 이 글에서 집중적으로 문제 삼았던 지식인의 역할에 대한 보다 적극적인 문학적 조명까지를 포함할 것이 필요하다는 뜻이다. 에드워드 사이드의 언명, 곧 지식인은 자신의 온몸을 비판적 감각에 내거는 존재, 즉 손쉬운 공식이나 미리 만들어진 진부한 생각들 혹은 권력이나 관습이 으레 말하고 행하는 것들을 거부하는 감각에 실존을 거는 존재[12]라는 인식이 5·18소설들에서도 필요하지 않겠는가

---

12 에드워드 사이드, 『지식인의 표상』, 최유준 역, 마티, 2012, 36쪽.

싶다.

수습위원회에 참여하였던『오월의 미소』의 작가 송기숙 교수는, "시민들 눈에 교수들이 학생들과 한 덩어리가 되어 시위를 한 것으로 비친 이 사건은(5월 14일의 교수와 학생들의 금남로 시위 및 5월 16일의 평화적 횃불 시위) 광주시민들의 시국판단에 결적적인 영향을 주었고, 이 사건은 그 뒤 많은 시민들이 5 · 18항쟁에 적극 참여하는 견인효과를 가져왔다."고 말한다.[13] 이렇듯 운동은 공유의 감정을 건드릴 때에 생동할 수 있었다.[14]

레비나스는 타자에 대한 윤리적 책임과 관련하여, 타자에 대한 책임은 타자의 요청에 의해 내가 타자를 대체하는 것이라고 말한다.[15] 그에 따르면 휴머니즘의 근원은 타자이며, 이런 휴머니즘 안에서의 책임이 나의 유일성에 대한 중요한 근거가 된다. 고은의 말처럼[16] 그날 지식인들은 일련의 투옥 사태와 해직 · 감시의 수난을 제외하면 항쟁의 현장에서 멀리 도피하고 말아서, 정작 한 사람의 시인도 민중적 전사로 싸운 바 없고, 그 처절한 학살의 피투성이 희생자 가운데 아직까지 어떤 문학인의 이름이 나타나고 있지 않음은 부끄러운 일이기는 하다.

그러나, 그렇다면 그날 모두가 총을 들고 장렬하게 죽었어야 하는가? 살아남은 사람들은 모두가 죄인인가? 많은 5 · 18문학은 이 죄의식에 대해 말하지만 그건 일종의 집단적 강박일 수 있다. 물론 광주의 비극을 전해들

---

13 송기숙, 「수습과 항쟁의 갈등」, 현대사회연구소 편, 『광주 5월민중항쟁 사료 전집』, 풀빛, 1990, 155쪽.

14 노서경, 『지식인이란 누구인가 : 프랑스 지식인들의 상상력과 도전』, 책세상, 2001, 94쪽

15 베른하르트 타우렉, 『레비나스』, 변순용 역, 2004, 236~238쪽.

16 고은, 「광주 5월항쟁 이후의 문학」, 한국현대사사료연구소 편, 『광주 5월 민중항쟁』, 풀빛, 2006, 315쪽.

제2부 기억과 항쟁 주체의 문제

은, 살아남은 작가—지식인들의 그와 같은 죄의식, 특히 생명을 걸고 싸웠던 민중에 대한 그들의 부채감이 봉인된 진실을 드러내는 문학적 작업을 지속하게 만들고 그로 인해 한국사회의 새로운 윤리의식을 생성하는 데 일정한 자양분이 되었던 것도 사실이다. 그렇다면 이제, 도피하거나 모두 살아남기를 열망했던 이들—지식인들의 행위에 대하여 우리는 타자에 대한 윤리적 책임의식으로 긍정해볼 것이 요구된다.

임철우 소설『봄날』에서 진압군의 일원으로 광주에서 가해자의 역할을 맡았던 계엄군들 역시 시민들과 다름없는 피해자였다는 인식이 일정한 공감을 얻으면서 5·18의 의미가 외연을 확장하는 데 기여했던 것처럼, 지식인의 부채의식 역시 긍정적으로 조망될 수 있어야 항쟁의 의의가 현재에도 그리고 미래에도 유의미한 전언을 온전히 담아낼 수 있으리라 필자는 생각한다. 다만, 이 글에서 살펴보았던 작품들에서는 아쉽게도『봄날』의 윤상현 정도를 제외하면 그러한 지식인의 표상을 만날 수 없었다.『봄날』의 윤상현도 무장저항파들과 함께 도청 안에서 죽음을 맞는 것으로 그려지고 있는 것은 살아남은 자의 부채의식이 한국작가들의 무의식에 여전함을 반증하는 것이라고 생각된다.

애도와 재현, 그리고 미학

자기 처벌로서의 죄의식과 애도의 실패

—공선옥 소설들

1. 이야기하기의 욕망

우리가 사진기와 같은 기기를 통해 어떤 순간을 담고자 하는 까닭이 누구에게나 동일하지는 않겠으나 재현된 이미지를 통해 당시의 상황이나 느낌과 같은 배경, 즉 그와 같은 이야기를 기억하고 싶은 욕망 때문으로 보아도 무리가 없을 것이다. 공선옥 중편소설 「은주의 영화」(『은주의 영화』, 창비, 2019)에서 서술자 '나'가 아버지와 함께 처음으로 영화관엘 간 것은 초등학교 3학년 때였다. 두 번째로 아버지와 영화관에 갔을 때는 고등학교 졸업식 날이었다. 영화를 보고 짜장면집에 가서 아버지와 함께 짜장면을 시켜 먹는 장면에서 아버지는 말한다. "은주야, 너도 저런 영화 하나 만들어볼래?"(75쪽)

그렇게 아버지는 은주에게 캠코더 하나를 사준다. 아버지에게 영화란 대체 무엇이었을까. 초등학교 3학년인 아직 어린 딸아이와 함께 영화를 보고 나와서 영화관이 있는 길모퉁이 찻집에서 딸아이에게는 아이스크림을 사 먹이고 자신은 커피를 마시다 말고 창밖을 한참 동안 바라보다가 탄성을 지르는 장면이 나온다. "딱 저런 길모퉁이였다, 내가 너희 엄마를 처음 본 게. 나는 저런 길모퉁이에서 파란 제복을 입고 호각을 불고 있었는데, 단발머리 나풀거리며 길을 건너오던 너희 엄마가 내 옆을 지나가더라. 예뻐서 호각 소리를 더 크게 냈다. 너희 엄마가 한 번 더 돌아볼까 봐, 가슴을 졸였지. 정말로 돌아보더라. 숨이 멎을 뻔했지. 거의 영화였다, 영화였어."(74~75쪽)

아버지에게 영화는 자신의 아내가 될 연인을 바라보던 맨 처음, 그래서 곧 숨이 멎을 것 같던 장소와 시각, 무엇보다 이미지의 세계다. 그것은 막연한 추상이라기보다 그 순간의 이야기를 담고자 하는 욕망과 연결되어 있다. 고등학교 졸업식 날 딸과 함께 영화를 보고 나서 아버지가 "은주야, 너도 저런 영화 하나 만들어볼래?"라고 했을 때, 저런 영화란 또 무엇인가. 둘이서 본 영화는 중국의 6세대 감독을 대표하는 지아장커(賈樟柯) 감독의 영화 〈삼협호인(三峽好人)〉이다. 영화는, 중국 장강의 대역사인 삼협댐 공사를 배경으로 삼협 위에서 펼쳐지는 두 쌍의 부부, 한산밍 부부와 쉔훙 부부의 만남과 사랑, 그리고 이별에 관한 이야기다. 영화는 한 사회의 집단적 무의식과 욕망을 반영하며 이를 그 내용과 형식적 차원에서 구조화한다.[1]

그러니까 아버지는 지금처럼 엉망이 되어버리기 이전의 세계, 곧 자신의 아내와의 사이에 있던 마치 영화의 장면 같은 화양연화의 시절에 대한 기억을 은주의 영화를 통해 재현해내고 싶은 욕망을 갖고 있는 것이다. 그것은 부재 혹은 상실에 대한 일종의 보상 심리가 내재되어 있다고 볼 수 있다. 그러나 고통스러운 현실을 아름다운 기억으로 자리바꿈함으

---

1 정희진, 『페미니즘의 도전』, 교양인, 2016, 136쪽.

제3부 애도와 재현, 그리고 미학

로써 얼마간의 치유가 가능할 수 있을까. 그는 자신의 아내를 두들겨 팬 나머지 아내가 집을 나갔고, 아내를 찾으러 다니다가 근무지 무단이탈로 직장에서 잘렸고, 병에 걸려 골골거리고 있다. 집으로 돌아온 엄마는 돈 없는 생활의 공포를 견디느라 은주에게 거친 언사를 자주 퍼붓는다. 현실은 결코 아름답고 찬란했던 시절에 대한 기억만으로 견뎌낼 수 있는 것은 아니다.

은주 역시 "아버지가 눈을 가늘게 뜨고서 거의 영화였다, 영화였어, 했던 순간이 내 영화의 시작이었다."(75쪽)라고 말하고 있다. 은주의 진술 역시 아버지의 욕망과 닮아 있다. 은주가 영화를 만들고자 하는 동기의 이면에는 어쨌거나 자신만의 삶을 살아왔다는 감정과 또 그런 삶을 이야기할 수 있다는 사실로 인해 지나온 삶을 변모시킬 수 있다는 믿음이 있는 것이다.[2]

대학에 떨어진 선물이라고 아버지는 딸에게 캠코더 하나를 사준다. 그러나 소설의 서술자 은주에게 영화의 길은 요원했다. 다만 골방에 틀어박혀 수없이 돌려본 영상물 하나가 그녀의 내부에 심연을 만든다. 그녀는 매번 이 영상물을 보면서 이상한 현상들을 경험했다고 말한다. 무엇이 이상한가. 그 영상물의 첫 장면 때문일 것인데, 영상물의 첫 장면은 이모가, 세상 모든 것이 다 뜨거웠다는 말로 시작되고 있다. "세상 모든 것이 다 뜨거웠어. 하늘의 해, 닭백숙이 끓고 있는 솥, 아궁이 앞에 앉아, 불을 때는 나, 양손에 닭 날개를 잡고 햇빛 속을 뚫고 걸어오는 아버지, 장독, 나뭇잎, 흙도 다 뜨거워서 나는 숨을 다 못 쉴 지경이 되어부렀단다."(76쪽) 그래서 「은주의 영화」는 저 뜨거웠던 1980년 광주의 5월을 기억에서 복

---

2   보리스 시륄니크 (Boris Cyrulnik), 『관계』, 정재권 역, 궁리, 2009, 192쪽.

원해내고 있는 소설이다. 광주의 5월을 기억에서 복원해내고 있는 작가는 많으나 공선옥처럼 등단작(「씨앗불」, 창작과비평, 1991)에서부터 최근작(「은주의 영화」, 창비, 2019)까지 시종여일 5월을 서사화하고 있는 작가도 드문 편이다.

2. 의도된 객관화의 실패

은주는, "나의 이모가 다리를 절게 된 사연이라든가, 이모가 세 들어 사는 집 옆방 아이가 불의의 사고를 당해 죽었다든가, 엄마가 아버지한테 두들겨 맞고 집을 나갔는데 우리 아버지 오중철 씨가 집 나간 우리 엄마 이상순 씨를 찾으러 갔다가 근무지 무단이탈로 직장에서 잘린 이야기 같은 것을 찍고 싶었던 것은 아니었으나"(76쪽) 결국 소설은, 곧 영화는 세상 모든 것이 다 뜨거웠다고 말하는 이모의 이야기로부터 시작한다. 우선은 카메라 밖에서 이모를 관찰한다.

아스만에 따르면, 근대적 주체는 본질적으로 관찰자라 할 수 있다.[3] 그는 그가 관찰한 세계 혹은 대상을 자기 자신처럼 객관화한다. 이는 아스만의 언명이 아니라도 인간의 이성을 중시하고 신뢰하는 근대의식의 필수적인 내용이다. 따라서 관찰하는 자는 어떤 사건의 발생으로부터 현재까지 소위 '시간의 강'을 지나온 사람이다. '5·18'이라는 비극적 드라마에는 기본적으로 가해자와 피해자 그리고 관찰자가 등장한다. 가해자나 살아남은 자의 죄의식에는 정도의 차이는 있으나 과잉의 혐의가 있다. 그

---

3 알라이다 아스만(Aleida Assmann), 『기억의 공간』, 변학수 외 역, 경북대학교 출판부, 2003, 120~121쪽.

제3부 애도와 재현, 그리고 미학

들의 기억에는 망각과 왜곡의 흔적이 드러난다. 관찰자는 그런 면에서 사건의 본질에 접근할 수 있는 신뢰할 수 있는 통로가 될 수 있다. 관찰자의 기억은 무엇인가의 재생에 있어 수동적인 성찰에 그치는 것이 아닌 새로운 지각의 생산적 행위로 연결될 가능성을 갖고 있는 것으로 우리는 기대한다.

그럼에도 불구하고 공선옥 소설의 대부분의 인물들이 그렇듯이 이 소설 「은주의 영화」에서 서술자 '나'는 객관적 거리를 유지하는 대신 인물들과의 감정적 동일시를 택한다. 그러다 보니 공선옥의 5·18소설들에서는 가해자와 피해자의 대립만 두드러지고 가해자와 피해자는 선과 악이라는 규정 외에 그들을 매개할 공간이 부재하게 된다. 독자가 인물들의 그 마음과 선택한 행위에 공감할 공간이 주어지지 않는다.

공선옥 소설에서는 아버지의 부재 혹은 결핍 상황에서 돈이 없다는 이유로 담임 선생에게 차별을 당하고 매를 맞는 아이들이 자주 나온다. 물론 대체로 그의 소설 속 아버지들은 지나칠 만큼 술을 좋아하고 아내를 두들겨 팬다. 「순수한 사람」(『은주의 영화』, 창비, 2019)에서도 중학교 2학년인 '영호'는 엄마와 이혼하고 양육비를 주지 않는 '나쁜 아버지'를 상대로 양육비 청구 소송을 진행하는 중이다. 그는 가난한 집 아이들만 골라서 깐죽대는 민수와 교실에서 싸우다가 담임한테 걸렸는데 싸움의 진짜 원인을 민수가 제공했다는 자신의 말을 믿지 않는 담임에게서 오히려 더 많은 야단을 맞는다. 그 원인은 단지 "돈 때문"(22쪽)이라고 생각한다.

「은주의 영화」 속 인물 '철규'도 비슷한 사정이다. 철규는 김학수와 축구를 하다가 자꾸만 태클을 거는 김학수가 얄미워 김학수의 다리를 걸게 되고, 그가 넘어져 얼굴이 긁히자 선생님은 그 까닭을 묻는다. 사정을 이야기하는 철규에게 선생님은 대뜸 "니 아부지 뭐 해?"(117쪽) 하고 묻는다.

'돌아가셨다'는 철규의 대답에 선생님은 마음 놓고 철규를 모욕하고 심지어 폭력을 행사한다. 그렇게 가해자와 피해자의 대립 구도는 선명하게 제시되지만, 아니 피해자의 억울함은 부각되지만 그뿐, 복합적이며 다양한 내면과 인물들 사이의 차이 대신 단선적인 피해자 의식이 뚜렷하게 드러난다. 작가 공선옥의 정치적 무의식이 개입하고 있기 때문이다.

제임슨은, "정치적이란 개인적이고 심리적인 차원이라기보다는 계급적이고 집단적이며 역사적인 차원의 담론이다. 따라서 정치적 무의식이란 모순적이며 폭력적인 현실을 견디며 살아가기 위한 무의식적이면서도 필사적인 반응"[4]이라고 말한다. 공선옥은 등단작인 중편소설 「씨앗불」(창비, 1991)에서부터 그 참혹했던 봄날에 살아남았다는 죄의식의 강박에 시달리며 날마다 제 몸에 화형식을 하는 꿈을 꾸는 인물이 그 '씨앗불'의 힘으로 그야말로 필사적으로 하루하루를 버텨내고 있으며, 그렇게 상처 입은 짐승 같은 남편을 지켜보며 고통스러워하는 아내를 예각적으로 그린다. 공선옥의 소설 내 인물들은 그런 의미에서 계급적이고 집단적이며 역사적인 차원에 위치한다.

소설 「은주의 영화」에서 카메라 밖에서 이모를 관찰하던 은주는 이제 카메라 속으로 걸어 들어가 이모 자신이 된다. 따라서 소설의 이야기는 이제 이모의 시점으로 그녀가 왜, 어떻게 다리를 절게 되었는지 독자를 향해 말을 건다. 실로 공선옥 소설의 인물들은 많은 경우 다리를 전다. 『목마른 계절』의 '미스 조'가 그러하거니와 「은주의 영화」에 나오는 은주 이모도 그러하다. 5·18 때, 군인들이 광주 도심 외곽으로 일시 퇴각하면서 오인 사격

---

4 프레드릭 제임슨(Fredric Jameson), 『정치적 무의식 — 사회적으로 상징적인 행위로서의 서사』, 이경덕·서강목 역, 민음사, 2015, 397쪽.

제3부 애도와 재현, 그리고 미학

으로 같은 군인들끼리 사격을 하다 몇이 죽고 몇이 다치는 불상사가 일어나자, "뽈다구가 좀 났는지 마을의 아무 곳에나 총질을 해대는 바람에 아이들이 죽고 장독아지도 깨지고 닭 몇 마리 개새끼 몇 마리도 죽는 일이 일어났다. 그런 와중에 심적 타격을 입은 모양으로, 그때 사춘기 소녀였던 이모는 충격을 먹고 다리를 절게 되었다는 것"(78쪽)이다. 시내에만 안 나가면 군인들이 사람을 죽인 일이 자신들과는 아무 상관 없는 줄 알았던 이모는, 방문을 열고 마당으로 내려섰다가, 개가 총을 맞고 피를 뿜으며 죽어가는 것을 목도한다. 닭들이 살점이 너덜너덜한 채로 도망치는 것을 본다. 개한테 총을 쏜 군인이 이모를 돌아보고 개처럼 혀를 날름거리는 그 순간, 이모의 몸은 딱딱하게 굳어버렸던 것이다. 그렇게 이모는 열일곱 살 여름부터 절름발이가 되었다.

그런데 또 간과하지 말아야 할 것은 그 이모의 경우도 은주와 다를 것 없이 아버지가 엄마를 두들겨 패서 집을 나가고 결국 누군가에게 다시 시집을 가서 애기 낳고 잘 살다가 죽었다는 것을 이야기한다. 5·18을 이야기하는 공선옥의 소설에 어김없이 등장하는 이 패턴의 반복, 엄마를 두들겨 패는 아버지가 상징하는 것은, 곧 아버지로 상징되는 가부장의 억압적인 폭력과 5·18이라는 국가폭력(가부장적 국가)을 등치시키는 작가의 무의식의 산물이다.

「은주의 영화」에서 은주의 아버지는 경찰인데 그도 그의 아내를 두들겨 팬다. 「목숨」(창비, 1992)에서도 아버지는 "천장에서 늘어진 전등줄을 잡아당겨 엄마의 뺨을 후려 갈긴다."(124쪽) 아버지는 엄마의 말에 의하면, "순 오입쟁이인 데다 독사 같은 의처증 환자"(124쪽)였다. 다만 공선옥 소설의 한 패턴으로 굳어지다시피 한 가정폭력, 아내 구타의 원인을 군사독재 폭력 문화의 산물로 치부하는 듯한 태도는, 여성에 대한 억압은 계급 내지 민족 모순으로 환원되지 않는 남성 지배의 문제, 여성과 남성 간 권력 관계의 산물[5]이라는 보다 근원적인 문제를 간과하고 있는 듯하다.

그런데 「씨앗불」과 같은 5·18소설의 계열에 속하는 「목숨」과 『목마른 계절』(창비, 1993)에는 여성성을 넘어선 보편적 윤리로서의 모성을 통하여 상처의 치유와 연대를 모색하고 있는 점이 두드러진다. 등단작인 중편소설 「씨앗불」에서의 아내는 10년이 지났어도 그날의 기억에 사로잡혀 있는 남편을 보면서 한심스러워하거나 안타까워하거나 때론 울부짖을 뿐이지만, 「목숨」과 『목마른 계절』에서의 여성 인물들은 보다 적극적으로 상처 입은 인물들을 껴안는다.

공선옥은 그의 소설 대부분에서 여성성을 넘어선 보편적 윤리로서의 모성성을 강조한다. 공선옥은 그러한 여성성을 통하여 상처의 치유와 연대의 모색이라는 문학적 태도를 강조하고 있다.[6] 국가폭력과 무장저항이라는 5·18소설의 담론에서 타자화되고 분열된 '나'의 파괴된 삶이란 역사의 폭력성에서 기인하는 것이라 보고, 그럼에도 불구하고 소설의 여성 인물들이 자매애(Sisterhood) 혹은 모성성을 통해 그 상처를 극복하는 모습을 그린다.

그것은 다시 제임슨의 말처럼 모순적인 현실과 역사를 살아가기 위한 무의식적이고 필사적인 반응(무의식)이다. 다만 그것은 자칫 모성에 대한 강박의 혐의로부터 자유롭지 않다. 뿐만 아니라 상처를 치유하는 것이 모성이라는 논리는 여성 문제의 하나로 다루어야 할 어머니의 문제를 역사

5   정희진, 『페미니즘의 도전』, 교양인, 2016, 136쪽.
6   심영의, 「5·18소설의 여성재현양상」, 『민주주의와 인권』 제12권 1호, 전남대학교 5·18연구소, 2012, 20쪽.

제3부 애도와 재현, 그리고 미학

담론 속에 지워버리는 결과를 가져올 수도 있고,[7] 억압의 시간들을 모호하게 통합하고 여성을 본질주의적인 존재로 규정하는 환원주의를 반복할 위험에서 자유롭지 못한 것[8]도 사실이다.

공선옥의 모성성에 대한 집착이 하층 계급에게서 일상을 빼앗고 그들을 부랑의 길로 내모는 냉혹한 현실에 대한 부정과 저항의 목소리[9]라는 평가가 없는 것은 아니나, 배려와 보살핌의 원리를 여성다움의 중요한 가치로 내면화한 결과가 아닐까 싶기도 하다. 사실 많은 가부장제 문화권에서 자기를 희생하면서 타인을 배려하는 여성을 이상화하고 있는 것은 그리 놀라운 일이 아닐 수도 있다. 그렇게 만들어진 여성성을 공기나 물과 같이 매우 자연스러운 것으로 내면화할 것을 요구했던 것이 가부장제 이데올로기였으니까. 공선옥의 소설 내 여성 인물들은 가정폭력, 아내 구타의 구조적 뿌리를 제대로 보지 못하고 있다.

보다 중요한 문제는 작가 공선옥의 그러한 문학적 태도가 그의 의도와는 다르게 피해자들에 대한 진정한 애도의 가능성을 닫아버리는 것으로 귀결되고 있는 점이다. 폭력의 근원을 헤집어 메스를 대는 대신 모성성으로 껴안음으로써 미봉의 해결을 도모하는 것이 그의 소설의 반복되는 패턴이다.

3. 자기 처벌로서의 죄의식의 과잉

프로이트는 자책감을 우울증의 결정적 특징으로 설명한다. 그에 따르면

---

7   김경희, 『한국 현대소설의 모성성 연구』, 조선대학교 박사학위논문, 2005, 131쪽.
8   김은하, 「90년대 여성소설의 세 가지 유형」, 『창비』 27권 4호, 1999, 242쪽.
9   위의 글, 260쪽.

이별 혹은 사별한 자와의 자기 동일시는 상실을 경험한 인간의 자연스러운 반응이다.

문제는 어떤 사람들은 그러한 동일시를 잘 극복하고 새로운 삶의 가능성을 발견하기도 하지만 또 어떤 사람들은 그렇지 못한다는 데 있다. 어떻게든 상실감을 극복해내지 못한 사람은 가버린 사람과의 자기 동일시에 침윤되어 그에 대한 원망과 분노를 함께 드러낸다. 그렇게 함으로써 일종의 자기 처벌로서의 죄의식 상태에 빠지는 우울증을 앓게 된다고 프로이트는 지적한다.

공선옥의 5 · 18소설 내 인물들은 하나같이 자책감, 자기 처벌로서의 죄의식에 침윤되어 있다. 까닭은 함께 싸웠던 동지들은 죽었고 자신은 살아남았다는 데 있다. 등단작인 「씨앗불」의 '위준'이 그러하고, 「목마른 계절」에서 죽은 애인(그는 5 · 18 때 시민군이었다)의 뒤를 따라 자살한 '미스 조'가 그러하고, 「목숨」의 '재호'가 그러하다. 「떠도는 나무」의 '남편'이 그러하고, 「흰달」의 순의 '남편'이 또한 그러하다.

사실 공선옥의 소설뿐 아니라 많은 5 · 18소설들에서 그러한 인물을 볼 수 있는데, 참혹한 역사적 사건을 경험한 이후 생존자들에게 공통적으로 보이는 트라우마인 까닭에 그것 자체를 문제 삼을 건 없겠다. 모든 애도 과정에는, 홀로 남겨진 데 대한 상실감과 타협하여 어쩔 수 없이 삶을 새롭게 꾸려야만 하는 상황에 대한 자아를 향한 분노가 내재되어 있다. 문제는, 상실의 체험이 강렬할수록, 그 대상과 관련된 공격성이 억압될수록, 미처 다루지 못한 갈등이 많을수록, 갈등을 감내할 수 있는 자아의 능력이 부족할수록 우울의 반응은 더욱 병리적으로 나타난다[10]는 데에 있다.

---

10 베레나 카스트(Verena Kast), 『애도』, 채기화 역, 궁리, 2007, 101쪽.

제3부 애도와 재현, 그리고 미학

그래서 공선옥 소설 속의 인물들은 일상이 고통스러우며 더러 스스로 죽음을 택하기도 한다. 부재와 상실에 대한 반응으로서 죄의식의 과잉을 보이고 있는 것이다. 다른 사람과의 동일시 속에서 헤어나오지 못한 채 비판에 젖어 있는 이들의 위험은, 자신이 걱정해야 할 대상이 없으면 이제 자기 자신이 무너져 내린다는 데 있다.[11] 특히 「목마른 계절」에서 죽은 애인의 뒤를 따라 자살한 '미스 조'가 그러한데, 5·18 때 시민군이었던 그녀의 애인의 자살은 그렇다 하더라도, 돌보아야 할 남동생이 둘이나 있는 '미스 조'가 그러한 선택을 하는 것은 지나치게 작위적이다. "사랑하는 사람이 죽으면 우리는 그의 죽음에서 자기의 죽음을 미리 맛볼 뿐 아니라, 어떤 방식으로든 그와 함께 죽는다."[12]고는 하지만, 아무래도 지나치게 억지스러운 설정이거나 자연스럽다는 느낌과는 거리가 멀다.

소설 「은주의 영화」 2부는 5·18 때 죽은 '철규'라는 소년에 대한 이야기다. 철규는 이모가 세 들어 사는 집 옆방 아이였다. 은주를 업어주었던 아이, 그러나 너무 일찍 세상을 떠나버린 아이다. 은주는 철규의 엄마, 박선자를 만나 철규에 대한 이야기를 듣고 그것을 필름에 담는다. 옆에는 박선자의 친구이면서 은주의 이모인 이상희가 거든다.

박선자의 남편은 5·18 때 역전 세차장에서 일하고 있었는데, 직장 사람들이 군인들한테 잡혀가고 난 다음날 어떻게 된 건지 가본다고 집을 나간 뒤로 10년 넘게 소식이 없다. 그러니까 철규가 이제 막 돌이 지났을 무렵 그녀의 남편은 '행방불명자'가 된 것이다. 철규가 그보다 어린 은주를 업어주고 노래해주고 춤춰주었다는 것을 은주는 이모와 이모의 친구 입을

---

11 위의 글, 110쪽.

12 위의 글, 13쪽.

통해 알게 된다.

은주의 카메라에서는 은주의 입을 빌린 철규의 목소리가 간단없이 튀어나오고, 철규의 엄마는 까무라쳤다가 다시 정신을 차리고 난 후에는 죽은 아들 철규에게 용서를 구한다. "철규야, 이 엄마를 용서해라. 그리고 이 엄마를 잊어버려라. 나도 인자부터 너를 잊어버릴 테다. 잊어버리고 새 인생을 살아갈 거다. 너도 다 털어놓고 훨훨 날아가거라."(122쪽)

그런데 그들에게는 대체 무슨 일이 있었던 걸까. 박선자의, "그 순간까지도 속을 못 차리고 친구들하고 스트레스도 풀 겸 꽃놀이를 다녀올 테니 엄마 없는 동안 우유하고 빵을 사 먹으라고 돈을 줬네, 미친년이 밥해줄 생각은 안 하고 돈을 줬어."(123쪽)라는 발화를 통해 그녀의 회한에 찬 목소리를 듣는다. 박선자는, "돈 번다는 핑계 대고 젊은 삭신이 애먼 사랑에 눈이 멀어 지 새끼가 학교를 가는지 밥을 먹는지 모르고", 철규는, 자꾸만 시비를 걸고 괴롭히는 학교 친구 김학수와 축구를 하다가 그만 김학수의 얼굴에 상처를 내는 일이 생긴다. 담임은 그러나 "너는 이대로 가면 사람 새끼가 아니라 개새끼가 된다."(118쪽)는 폭언을 하면서 김학수에게 사과하지 않는 철규를 구타하고 내일 엄마를 학교에 데리고 오라고 위협한다. 그날 엄마는 집에 돌아오지 않았고 다음 날 철규는 학교에 가는 대신 버스를 타고 무등산 자락으로 간다. 그곳에서 마침 수배를 피해 달아나던 조선대 학생 이철규를 좇던 경찰의 수런거림과 불빛과 외침에 두려움을 느끼고 발을 헛디뎌 추락사한다. 이철규도 수원지에서 퉁퉁 부은 시신으로 발견된다.

박선자는 그래서 아들 철규의 죽음이 자신의 탓이라는 죄의식에 강박되어 있는 것이다. 무엇보다 어머니의 역할을 방기하고 한 여성으로서 욕망에 잠시 눈먼 것에 대한 부끄러움과 죄의식에 깊이 침윤되어 있다. 그것은

제3부 애도와 재현, 그리고 미학

작가 공선옥의 내면에 자리 잡은, 5·18이라는 역사적 사건을 소설화하는 데 항상 작동하는 도덕적 강박의 무의식이다.

5·18소설 여섯 편을 싣고 있는 홍희담 소설집 『깃발』(창비, 2003)에 수록되어 있는 단편소설 「문밖에서」와 비교해보자. 광주에서 시가전이 격렬할 때 '영신'은 남편과 함께 도시를 빠져나갔다. 결혼한 지 채 두 달이 되지 않은 때였다. 그들은 다니던 성당의 신부 주선으로 시외의 과수원 안에 있는 별채에서 지내게 되고, 거기에서 아이, '수환'을 갖게 된다. 도청이 계엄군에게 함락되고 광주는 평정된다. 영신은 친구 '연희'로부터 사건의 와중에 임산부였던 스물세 살의 최미애라는 여인이 계엄군의 총에 맞아 숨진 사실을 전해 듣는다. 배꽃이 하얗게 흩날리는 그때, 자신은 남편과 열락의 시간을 보냈는데, 그 시각에 한 여인은 임신한 몸으로 남편의 귀가를 기다리던 집 앞 골목길에서 계엄군이 쏜 총에 맞아 죽었다는 것이 그녀를 깊은 죄의식으로 몰아넣는다. 그런 까닭에 영신은 "죄의식과 행복해지면 안 된다는 심리"(165쪽)로 아들 '수환'을 미워하게 된다. 그러곤 위암으로 죽는다. 영신의 여학교 때 친구인 '연희'는 오랫동안 연애하던 남자와 헤어진다. "잘생기고 집안도 좋은 남자였는데 그와 결혼하면 행복할 것 같아서, 행복하면 죄스러울 것 같아서"(164쪽), 연희는 오랫동안 연애하던 남자와 헤어지고 정비공이었던 시민군 출신과 결혼한다. 그때는 숨 쉬고 있는 것조차 부끄러웠기 때문이라는 것이다.[13] 공선옥 소설의 여성 인물과 더하거나 덜할 것 없는 저 도덕적 강박 탓에 5·18소설은 독자에게 감동을 주기는커녕 점점 외면받기에 이른다.

한편 은주의 이모 이상희도 그동안 가슴속에 품어두었던 비밀을 풀어

---

13 심영의, 앞의 글, 23쪽.

놓는다. 박선자가 석 달이나 집으로 돌아오지 않던 때에 이상희는 친구의 아들인 철규를 자신의 아들처럼 여긴다. 이상희는 은주를 업고 철규를 데리고 바다로 여행을 간다. 선창에서 아무 섬에나 가는 배를 탄다. 아이들을 업고 걸리고 섬 가운데로 난 길을 걷고 있는데, 남자 둘이 그들을 따라온다. 이상희는 섬 가운데 소나무 숲으로 끌려가 사내 둘에게 윤간을 당한다. 사내들은 바지를 추켜 올리며 애가 둘이나 있어서 차마 죽이지는 못했다고 선심 쓰듯 말한다. 그때 철규가 나를 살렸다고, 이모는 절규한다. "내가 숲에서 나왔을 때, 철규가 은주를 업고 나를 기다리고 있더라고. 철규는 울지 않았고 은주도 울지 않았어. 나는 아무 소리 안 했어. 그냥 가만히 있었지, 울지도 않고. 그것이 다여, 자네 안 들어오는 동안 우리한테 그런 일이 있었다고. 그러나 그것은 암것도 아니라고, 살았으면 된 거라고."(125쪽) 박선자를 외려 다독인다.

거듭해서 살아가야 한다는 의지를 확인하고, 생명에 대한 사랑의 신성성을 강조하며, 희망적인 결말의 화해와 용서의 메시지는 그 자체로 아름답다는 착시를 불러온다. 그렇다 하더라도, 가부장적 사회구조의 모순과 여전히 대면하고 있는 이들 여성 인물들의 상실과 그로 인한 결핍이 오직 아직 해결되지 않은 과거의 비극 곧 5·18에서 연유하고 있다는 것만으로는, 그리고 그 해결책이 '어쨌거나 살아서 견뎌내야 한다.'는 것만으로 제시되고 있는 점은 공선옥의 한계요, 5·18소설의 한계다. 그래서 소설 「은주의 영화」는 다음처럼 다만 '어둠 속에 앉아 있는 것'으로 끝나고 만다.

은주는 아버지의 "거의 영화였다, 영화였어."라는 발화로부터 시작하여, 철규의 죽음을 애도하는 것으로 끝난다. 그것을 은주는 다음처럼 진술한다. "오랫동안, 철규는 카메라 밖을 뚫을 듯이 응시하고 있었다. 그 침묵이

제3부 애도와 재현, 그리고 미학

너무 단단해서, 뭐라고 말을 붙여볼 수조차 없는 그런 침묵이었다. 오랜 침묵의 뒤에 소년 철규는 카메라 저편으로 사라졌다. 내 영화가 소년 철규의 그 오랜 침묵의 끝에서부터 시작되었음을 나는 아직 알지 못한 채 어둠 속에 앉아 있었다.(135쪽)

4. 남겨진 상흔과 애도의 (불)가능성

공선옥 소설에서 아버지 혹은 남자는 대부분 자신의 일에서 실패하고, 그래서 지나치게 많은 술을 마시며 급기야 아내를 두들겨 팬다. 여인들은 다리를 절고, 아내들은 삶의 신산함에 몸서리를 친다. 아이들은 돈 때문에 학교에서 조롱을 받거나 선생님에게 매를 맞는다. 그래도 여인 혹은 아내들은 그 모든 것을 껴안고, 무엇보다 살아내는 것이 다행이고 중요하다고 위로하거나 다짐한다. 물론 집을 나가 다른 남자와 몸을 섞는 장면들을 통해 여성성을 구현하는 듯 보이기도 하지만 이내 그것은 큰 잘못을 범한 것으로 스스로를 단죄한다. 하나의 패턴이다. 지배와 피지배 관계, 선과 악의 선명한, 그러나 지극히 단순하게 제시되는 이 윤리적 패턴은 작가의 광주체험에 그 기원이 있는 듯 보인다. 실로 '광주'와 '모성'은 공선옥 소설을 떠받치고 있는 두 개의 축이다. 그것은 공선옥 소설 인물들의 상처의 근원이며 또한 삶의 원동력이다.[14]

문제는 광주를 해석하는 틀도 그렇고, 모성을 해석하는 관점도 지나치게 정형화되어 있는 점이다. 5·18을 제재로 한 소설들에서 공선옥은 한결같이 국가폭력의 상흔을 지니고 있는 인물들을 제시한다. 대체로 남성

---

14 황도경, 「세 개의 불, 두 개의 알리바이 ― 공선옥론」, 『실천문학』, 2000.2, 68쪽.

인물들이 그러한데, 그들은 그날 동지들과 함께 죽지 못하고 혼자서만 살아남았다는 죄의식의 과잉으로 남은 삶을 스스로 해치는 인물들로 묘사된다. 1980년 광주에서 살았던 사람들 대부분이 몸서리치는 광기의 폭력 앞에서 두려움을 느끼거나 분노의 감정을 지녔을 것이다. 누군가는 아무런 죄 없이 죽임을 당했고, 그것에 대항해 총을 들었던 이들 중 또 누군가는 죽임을 당하거나 체포되어 몸을 상하는 고통을 감내했다. 그러나 같은 상황에서 그것에 대응하는 사람들의 마음이라는 것이 한결같지는 않다. 그럴 수가 없는 것이다. 인간은 단순한 감정에 지배받지 않고 오히려 훨씬 복잡한 마음과 감정을 지니고 있으며 때로는 이해타산적이다. 우연한 고초나 작은 참여를 크나큰 공으로 치장하는 이들도 적지 않은 게 현실이다. 그런데 공선옥 소설의 인물들은 너무나 단순하게 정형화되어 있다. 국가 폭력을 대하는 인물들에는 두려움보다는 정의로움이 넘치고, 죽지 않고 살아남았던 이들은 부끄러움과 죄의식에 강박되어 있다. 도무지 살아남았다는 데에 안도하는 인물이 없다. 어떻게 모두가 한결같이 그럴 수 있겠는가. 이는 인간의 본성 혹은 본질에 대한 이해가 역부족이라는 느낌마저 갖게 한다.

공선옥 소설에서 모성성을 통한 문제의 해결은, 인물들의 상흔을 치유하고 화해로 나아가는 문제의 해결이라기보다는 사태의 일시적 봉합이라고 보는 것이 옳을 것이다. 모성은 생명의 근원이면서 자신이 잉태한 개체의 보호자로서의 본능을 갖는 것으로 이해할 수 있다. 그것이 확장되었을 때 타인에 대한 이타심, 연민, 연대의 감정으로 승화할 수 있을 것이다. 문제는 여성 혹은 어머니에게 부과된 희생과 헌신의 윤리가 그것을 강요하다시피 했던 기왕의 남성 중심적 지배 논리의 재생산에 부지불식간에 기여하고 있는 것은 아닌가 하는 통찰이 필요하다는 데 있다.

공선옥의 모성성은 가족에 대한 헌신에서 나아가 타자를 끌어안는 일종의 박애주의의 면모로 확장된다. 다만 그러한 모성성이 여성에게 무조건적인 희생과 헌신의 윤리로 강제될 때, 아니라도 근원적인 문제 해결의 단초가 되지 못할 때 그것은 가짜라는 것이다. 물론 여성에게서 본질적인 모성을 떼어내라고, 그것이 보다 주체적인 개인의 삶이라고 주장할 것은 없다.

모성성은 여전히 이 세계의 냉혹한 차가움을 따뜻하게 포용할 수 있는 하나의 방법으로 여전히 힘을 발휘하고 있는 것도 아니라고 부정할 수 없으니까. 그렇게 볼 때 모성에 적극 참여한다는 것은 타인들에 대한 신뢰의 표현이며 신뢰할 수 있는 사람이 되려는 결단[15]으로 볼 여지가 없는 것도 아니다. 크리스테바(Kristeva)의 논의를 빌려 말하자면, 공선옥의 여성들은 '타자를 품고 있는 주체'로 긍정할 수 있다.

그러므로 이 글에서 문제 삼는 것은, 공선옥 소설과 그의 소설적 태도를 비난하고자 하는 것이 아니라, 광주의 상흔 혹은 죄의식을 갖고 여전히 고통받고 있는 인물들이 그 상흔에서 벗어나지 못하고 있다는 데 있다. 여성 인물들의 모성성 역시 그들의 상흔을 완전하게 치유하지 못하며, 따라서 진정한 애도가 불가능하다는 데 있다. 다른 하나는 "왜 5·18의 고통과 상흔은 '광주'를 넘어 모든 지역에서 그들이 아닌 우리의 고통과 상처로서 공감하지 못하고 어떤 이들에게는 지금도 여전히 불편한 진실로 남아 있는 것일까?"[16] 하는 보다 근본적인 문제가 있다.

홀로코스트가 도덕적 보편성을 획득하게 되는 조건과 과정을 분석한 제

---

15 이경아, 앞의 글, 194쪽.
16 박선웅·김수련, 「5·18민주화운동의 서사적 재현과 문화적 외상의 한계」, 『문화와 사회』 제25권, 2017, 119쪽.

프리 알렉산더(Jeffrey Alexander)는 사건 자체로부터 충격, 공포, 정신적 장애 등의 외상이 유발된다는 심리학적 접근의 자연주의적 인식론의 오류를 비판하면서, 사건의 외상적 성격이 재현 과정을 통해 사회적·문화적으로 구성된다는 문화사회학적 관점을 제안한다. 나아가 고통의 성격, 희생자와 가해자에 대한 문화적 재현 방식이 일반 시민들과 희생자와의 일체감 형성에 일정한 영향을 준다고 말한다.[17] 공선옥의 5·18소설들에서는 특히 사건의 가해자들의 정체성이 불분명하다. 그들은 단지 기계적으로 작동하는 악마일 뿐이다. 소설에서 그들의 고통의 흔적은 소거된다. 홀로코스트 연구에서 보여주었듯이, 알렉산더는 가해자가 친숙하고 평범한 인격체로 재현될수록 희생자에 대한 일반 청중의 부채의식이 가중되며, 그럼으로써 외상이 확산될 가능성이 높아진다고 보았다.

문학은 역사적 기억 속의 인간 존재의 고통을 말함으로써 역사 속의 고통이 어떻게 만들어졌으며, 도대체 왜 우리는 거기에서 고통을 느껴야 했으며, 나아가 그것은 왜 지금까지도 반복되고 지속되는가 하는 문제의식을 던지는 데 유용한 텍스트다. 까닭에 역사와 문학은 상보적이다. 그런 의미에서 5·18소설에서 역사적 기억을 말한다는 것은 구멍 뚫린 역사적 기록의 빈 곳을 채우면서 다시는 그와 같은 비극적인 폭력이 되풀이되지 않아야 한다는 미래의 과제를 제시하는 것까지를 포함한다. 다시 말해 역사적 비극과 남겨진 사람들의 상흔에 대해 5·18소설이 이야기하고 있다면, 그것은 고통의 해결이나 제거가 아니라 고통을 주었던 부정적 역사와의 간격을 지탱하면서 수많은 사람들의 고통이 변질되지 않도록 애쓰는 것이어야 옳다. 그렇게 함으로써 그러한 비극을 다시 반복해서 겪지 않으

---

17 위의 글, 120쪽에서 재인용.

제3부 애도와 재현, 그리고 미학

려는 눈뜬 성찰로 연결되고 폭넓은 공감과 지지를 바탕으로 그러한 작업은 지속되어야 한다. 문학은 고통의 크기가 커지면 커질수록 역사적 기억에 대해 말하는 것을 지속해야 할 충분한 이유를 갖는 것이니까. 이것이 가장 '사실'적이지 못한 문학(문학적 상상력)이 역사적 기억과 고통에 대해 말할 수 없음에도 말해온 것이며, 앞으로도 말해야 할 것이다.[18]

물론 미래는 과거와 분리되어 있지 않으며, 현재를 매개로 하여 과거와 깊숙이 연결되어 있다. 따라서 잘못된 과거의 부정적 유산으로 우리에게 남겨진 뒤틀린 매듭을 올바른 방식으로 풀지 않는다면 아무리 우리가 앞을 향해 나아가려 해도 그 매듭은 더욱 꼬이기 마련이다.[19] 민주주의가 위기에 처할 때마다 5·18에 대한 역사적 정당성이 부정되고 사실에 대한 왜곡이 도를 넘어 창궐하는 것이 그러한 우려를 방증한다. 국가폭력에 의한 피해자와 피해자 가족들이 겪는 정신적 트라우마는 여전히 상당하다. 많은 연구가 입증하고 있을 뿐 아니라 실제 5·18 피해자들의 자살이 심각한 문제가 되고 있다. 폭력을 행사한다는 것은 결국 타인의 권리를 침해하는 것으로 고통을 수반하는 폭력에는 피해자의 존재, 행동 그리고 가치에 영향을 미친다. 폭력은 혼돈의 위협을 이끌어내며, 그 혼돈의 위협 속에서 인간 본래의 정체성을 파괴하는 중대한 범죄다.

따라서 피해자들의 고통을 이해하고 그들이 겪고 있는 트라우마를 치유하기 위한 우리 사회의 지속적인 관심과 노력은 여전히 필요한 과제다. 다만 여전한 과제는, 피해자들의 온전한 치유와 진정한 역사적 화해의 길

---

18 한순미, 「고통, 말할 수 없는 것 : 역사적 기억에 대해 문학은 말할 수 있는가」, 『호남문화연구』 45권, 전남대학교 호남학연구원, 2009, 93~94쪽.

19 오수성, 『국가폭력과 트라우마』, 『민주주의와 인권』 제13권 1호, 전남대학교 5·18연구소, 2013, 5쪽.

이 가해자들의 진심 어린 사죄로부터 시작될 수 있다는 시민사회의 주장이 정당하다면, 바로 그렇기 때문에라도 가해자들의 고통에 대해서도 주목할 필요가 있다고 생각한다. "과거사의 문제로 인하여 오랫동안 내면의 고통으로 고착화된 트라우마를 치유의 프로그램을 통한 완전 치유의 단계로 나아갈 수 있도록 제도적 장치를 마련하여 그들의 상처를 온전히 치유해야 과거사 청산은 완성될 것이다. 과거사 청산의 궁극적 목적은 역사의 정의를 세우고 화해의 길로 나아가 발전적 미래를 만드는 것이기 때문이다."[20]라는 주장은 온당하다. 그러나 문제는 치유의 대상에 가해자는 제외되고 있다는 점일 것이다.

공선옥 소설의 초기작인 「씨앗불」(1991)과 「목숨」(1992)과 「목마른 계절」(1993)의 경우에는 광주의 진실을 말하는 것이 억압되어 있었으므로 가해자의 문제를 소설에서 다룬다는 것은 쉽지 않은 선택이었을 것이다.

1990년에 『문학과 사회』 겨울호에 발표된 이순원 단편소설 「얼굴」은 광주 청문회가 방영되었던 시기를 배경으로 진압군으로 참가한 7공수 출신의 은행원 '김주호'의 고통과 죄의식, 그리고 지워지지 않는 상흔을 그리고 있는 보기 드물게 뛰어난 소설이다. 그것은 작가 이순원이 강원도 출신이면서 서울에 거주하던, 비교적 객관적으로 광주를 바라볼 수 있는 거리를 확보한 까닭에 가능했을 것이다. 공선옥은 광주 인근 소도시에 살던 때 광주에서의 비극을 간접 체험하였을 뿐 아니라 5 · 18 시민군 출신과 결혼하였다가 이혼한 이력을 갖고 있는 작가다. 그런 그가 5 · 18을 객관적 거리에서 바라볼 수는 없었을 것이다.

---

20 엄찬호, 「과거사 청산과 역사의 치유」, 『인문과학연구』 제33권, 강원대학교 인문과학연구소 2012, 263쪽.

제3부 애도와 재현, 그리고 미학

문제는 등단작을 비롯한 초기 작품에서는 그렇다 하더라도 가장 최근작인 「은주의 영화」(2019)에서도 여전히 가해자와 피해자의 구도를 단순명료하게 제시하는 것, 피해자의 고통을 지켜보는 독자로서는 그날에 살아남았다는 죄의식의 과잉으로 이해된다는 것, 피해자의 고통을 가까이에 있는 여성의 모성성으로 치유하고자 하는 것의 한계들이 여전하다는 점에 있다. 그런 까닭에 공선옥 소설은 5·18의 비극성을 재현하는 데 있어 보편적 공감을 얻는 데 역부족이다. 가해와 피해와 구원 모두 구조적 차원에서가 아니라 개인적 차원에서 이해하고 재현하고 있기 때문에 진정한 의미에서의 상흔의 해소 혹은 애도 자체가 가능하지 않다는 데 그의 소설의 한계가 있다.

그것은 사실 작가 공선옥의 한계라기보다 5·18 외상(trauma) 사건의 완전한 치유가 가능하지 않은 데 더 많은 원인이 있을 것이다. 그렇다면 우리는 언제쯤 무슨 방법으로 사건에 대한 윤리적 분노와 슬픔, 그리고 부채의식과 죄의식이라는 도덕적 감정의 잔여에서 자유로울 수 있을 것인가. 오르한 파묵은 "우리는 주변부에서, 시골에서, 외곽에서, 분노하거나 슬픔에 싸여 있기 때문에 책상 앞에 앉는다. 그러나 결국에는 문학을 통해 그 슬픔과 분노 너머의 다른 세계에 도달하게 된다."고 말한다. 공선옥뿐 아니라 지금까지의 5·18소설은 슬픔과 분노와 죄의식의 강박 너머의 세계를 보여주지 못하고 있다.

다만 그럼에도 불구하고 공선옥처럼 등단작부터 최근작까지 끈질기게 5·18을 서사화하고 있는 점은 그의 문학적 지향이 어디에 있는가를 짐작하게 해준다. 그것은 인간의 근원적 고통이 남성-국가로 상징되는 폭력장치로부터 발원한다는 것, 그러나 그것의 해체 혹은 전복이 아니라 그것을 끌어안음으로써 근원적인 상처를 치유하고자 하는 모성성의 가치를 여전히 신뢰하고 있음을 보여준다. 그것이 공선옥 소설의 한계이자 두드러진 장점이다.

공간에 산포(散布)된 의미들
―문순태의 5 · 18소설들

1. 5월과 기억, 그리고 소설

문학/문화는 모두 기억에서 출발한다. 기억은 문화의 근원이자 바탕이다. "기억은 과거를 표상하는 한 양식이며, 과거의 일을 재현하는 능력이다."[1] 기억과 망각은 문화 생산의 근본이 된다. 부분적으로는 잊히고 부분적으로는 기억되어 전해지는 것을 가지고 과거의 것을 재구성하려는 형식이 기억과 반복이다. 그런데 "역설적으로 기억과 망각은 항상 함께 작동한다."[2] 기억은 순수한 과거의 재현이 아니라 망각을 동반한 심리적 산물이기 때문이다. 기억은 일차적으로 기억되는 순간의 우연성을 통과하면서 최초로 굴절되며, 나아가 현재와 과거라는 물리적인 간격을 통과하면서 다시 한 번 왜곡된다. 그러므로 기억은 결코 과거를 완벽하게 재현할 수 없다. 이렇게 보면 "역사 새로 쓰기나 역사의 새로운 규정 등은 망각하

---

1   나간채 외, 『기억 투쟁과 문화운동의 전개』, 역사비평사, 2004, 15쪽 ; 이해경, 「민요에서의 기억과 망각」, 최문규 외, 『기억과 망각』, 2003, 132쪽.

2   고봉준, 『반대자의 윤리』, 실천문학사, 2006, 356쪽.

고자 하는 열정에 의해 촉발된, 과거의 기억에 대한 적대적인 구성물이 된다. 그 결과 역사/이야기, 기억은 처음에 지녔던 연속성과 정체성을 상실하게 되는데, 그것은 바로 현재의 관심과 이해에 무게의 중심을 둔 당사자가 시도하는 과거의 추방이다."[3]

그럼에도 불구하고 문학/문화는 변화무쌍한 일상 저편에서 중요한 것은 기억해내고, 안정적이지 못하고 우연적인 것은 망각함으로써 개인과 공동체가 이용할 수 있는 하나의 "의미체계를 세우는 기억의 능력을 통해 존재의 바탕을 얻는다."[4] 그런데 "기억된 역사적 사건은 기억 그 자체로서보다 객관적인 문화적 형상물로 재현된다."[5] 이렇게 재현은 단순한 기억의 재생이나 모방이 아니라 또 다른 하나의 실재를 만들어내는 것이다. "기억과 문학적 상상력이 서로 교차하는 문학 텍스트는 스스로 하나의 '기억 공간'이 된다."[6]

그런데 '다시 기억하기'라는 고통을 통과한 작가들의 열정을 통해 가능했던 5·18의 기억은 자아/공동체를 하나의 주체로 재구성해내는 한편 타자를 구축하기도 했다. 이 글에서 5·18소설들에 보이는 각각의 기억들의 충돌과 그러한 과정을 통한 자아/공동체의 형성 과정을 모두 다루기는 역부족인 까닭에 우선 문순태의 5·18소설들, 「일어서는 땅」(1987), 「최루증(催淚症)」(1993), 『그들의 새벽』(2000)을 중심으로 광주라는 서사 공간이 기억의 개입 과정을 통해 어떻게 의미화되고 있는가를 분석하기로 한다. 이러한 작업을 통해 5·18소설들이 기억과 망각의 변증법을 넘어 유의미한

---

3 조경식, 「망각의 담론, 기능 그리고 역사」, 최문규 외, 앞의 책, 300~301쪽.

4 고규진, 「그리스의 문자 문화와 문화적 기억」, 위의 책, 58쪽.

5 나간채, 「문화운동 연구를 위하여」, 나간채 외, 앞의 책, 16쪽.

6 박은주, 「기억과 망각의 역설적 결합으로서의 글쓰기」, 최문규 외, 앞의 책, 313쪽.

흔적 기억으로 각인되고 또 재구성되어 한국문학사의 튼실한 자양분으로 '기억'될 수 있을 것으로 기대한다.

문순태는 등단 이후 6 · 25와 분단이 남긴 상처와 한의 해원을 소설의 화두로 삼아온 작가이다. 그의 글쓰기는 결국 원체험의 공간인 고향을 근간으로 그곳에서의 행복과 불행 그리고 한스러웠던 과거와의 대화인 셈이다. 그 대화는 "아픈 상처 그리고 상처 이전의 삶을 복원하려는 희망을 담고 있다."[7] 작가에 대한 이러한 일반적인 평가는 이 글에서 다루고자 하는 주제의 대상 작가/작품으로서의 적절성을 담보하고 있다. 무엇보다 그는 1980년 5월의 현장을 지켜보고 기록한, 학살 이후의 "침묵을 마음속에 간직했던"[8] '광주'의 기자이자 소설가이다. 그는 민중의 한과 그 힘에 대한 긍정적 자세를 견지하면서 광주라는 서사 공간의 의미를 천착하고 있는 광주의 '시모니데스'다.

2. 죽음과 삶이 혼재하는 장소/공간

거듭 말하지만, 기억은 문화의 근원이자 바탕이다. 공간/장소는 그 기억의 근원이자 바탕이 된다. 공간 속에는 잊지 못할 기억들이, 우리들에게 잊지 못할 것일 뿐만 아니라 우리들이 우리들의 보물을 줄 사람들에게도 잊지 못할 그런 기억들이 있다. 그 속에는 과거, 현재, 미래가 응집되어 있다. 그리하여 "공간/장소는 기억을 넘어서는 것의 기억이 된다."[9] 문순태

---

7 신덕룡, 「기억 혹은 복원으로서의 글쓰기」, 이은봉 외, 『고향과 한의 미학』, 태학사, 2005, 31~32쪽.

8 알라이다 아스만, 『기억의 공간』, 변학수 외 역, 경북대학교 출판부, 2003, 376쪽.

9 바슐라르(Gaston Bachelard), 『공간의 시학』, 곽광수 역, 동문선, 2003, 184쪽. 인용 부

의 「일어서는 땅」은 5 · 18 민중항쟁이 단순히 일회적이고 우발적인 사건이 아니라, 한국 현대사를 가로지르고 있는 분단 모순의 연장선 위에서 발생된 것이라는 작가의 문제의식이 잘 드러난 소설이다. 여기서 작가는 여순사건과 광주항쟁에서 각각 아버지와 아들을 잃어버리는 화자를 등장시켜, 분단으로 인한 비극의 양상에 광주의 비극을 포개놓는다. 아니 분단뿐아니라 그 분단의 원인이기도 했던 일본의 식민 지배에까지 시선을 둔다.

> 아버지와 형과 아들 토마스에 대한 그리움은 곧 바다 건너 쪽발이들을 겨냥한 날카로운 분노로 변했다. "이 모든 것이 그놈들 때문이다. 아버지와 형을 잃은 것도, 토마스가 모습을 감춘 것도 다 쪽발이들 때문이야. 내형과 토마스는 그것을 알고 있었는데 왜 나는 아직까지 미처 모르고 있었을까. 우리가 싸워야 할 사람이 바로 그들이라는 것을 왜 모르고 있었을까. (「일어서는 땅」, 58쪽)

그해 5월, 소식 없는 아들 토마스를 찾아다니다가 그의 자취방에서 아들의 일기를 읽다 말고 요셉이 고통스럽게 중얼거리는 부분이다.

주인공 '박요셉'은 한국 근현대사의 부침을 고스란히 떠안고 있는 인물이다. 그의 아버지는 처자식을 남겨둔 채 일제의 징용으로 끌려가서 돌아오지 않았고, 형은 스무 살 나이에 여순사건 때 반란군이 되어 개죽음을 당했고, 가난한 탓으로 제대로 가르치지 못해 구두닦이를 하면서 공부를 하던 아들 토마스는 구두통 대신 총을 메고 울부짖다가 흔적조차 찾을 길이 없게 되었다. 또한 그의 어머니와 아내는 동일한 삶의 궤적/기억에 몸

분 중 '장소'는 '상자'로, '잊지 못할 기억'은 '잊지 못할 물건'으로 되어 있으나 필자가 본고에서 사용하는 용어와 그 의미가 크게 다르지 않다고 여겨 공간/장소로 고쳐 인용했다.

제3부 애도와 재현, 그리고 미학

부림친다.

　어머니가 여순사건 당시 행방불명된 그의 형을 실성한 듯 찾아나서는 것처럼, 그의 아내 역시 아들 토마스를 찾아 헤맨다. 항쟁이 종결된 뒤에도 아내는 아들을 잃은 비통함에 절망한 나머지 1년 중 열한 달을 의식 없이 지내다가도 어김없이 5월만 되면 잠시 의식을 되찾아 아들을 찾으러 광주로 가자고 보챈다. 그래서 이 소설에서 광주는 죽음과 삶이 교차 혹은 혼재하는 기억 공간이 된다. 그런 아내와 함께 광주로 가면서 요섭은 전에 어머니에게서 그랬던 것과 동일하게 아내 옆에서 왜소해진 자신의 모습을 발견한다. 그가 형을 찾아 헤매던 중 항구도시의 흙구덩이에 처박힌 형의 시체를 발견하지만 그대로 방치해두고 집으로 돌아와 어머니에게는 그 일을 숨겼다. 이후 그는 하루도 마음 편한 날이 없었고 심한 자괴감으로 고통의 나날을 보내야 했다.

　그가 그런 행동을 했던 것에 대해 정명중은, "그의 '차남의식'이 '형제살해'나 '부친살해'와 같은 근원적 원죄의식으로 치환되기 때문"[10]이기도 하거니와, 형과 토마스가 겹쳐짐으로써(형에 대한 죄의식과 오한이 아들 토마스에게로 그대로 전이됨으로써) 이 소설의 비극적 모습이 잘 형상화되고 있음을 지적하고 있다. 또한 "옳거니, 무등산이랑 토마스랑 우리 내외랑 함께 살기로 해야겠구만."이라면서 무등산을 광주로, 그들의 아들의 이미지로 상징화함으로써 5월의 아픈 역사가 살아남은 이들의 가슴 속에서 영영 지워지지 않을 것임을 다시 확인하고 있는데, 그날에 살아남은 자들의 트라우마를 잘 드러내 보이는 부분이기도 하다.

10　정명중, 「5월의 재구성과 의미화 방식에 대한 연구」, 『5·18민중항쟁과 문학·예술』, 5·18기념재단, 2006, 281쪽.

주디스 허먼에 의하면, 외상 사건은 기본적인 인간관계에 대해 의문을 제기한다. 외상 사건의 피해자들은 가족, 우정, 사랑, 그리고 공동체에 대한 애착이 깨진다. 다른 사람과의 관계 안에서 형성되고 유지되는 자기 구성이 산산이 부서진다. 인간 경험에 의미를 부여하는 신념 체계의 토대가 침식당한다. 자연과 신성의 질서에 대한 피해자의 믿음이 배반당하고, 피해자는 존재의 위기 상태로 내던져진다. 이 단절을 극복하기 위해서는 연결의 복구가 필수적이다. 살아남은 사람들은 다른 사람과 연결되어 있다는 느낌으로 존재감, 자기 가치감, 인격을 지켜낼 수 있음을 배운다. 결속된 집단은 공포와 절망에 대항할 수 있는 가장 강력한 보호책을, 그리고 외상 경험에 대한 가장 강력한 해독제를 제공한다. 이 소설에서 "옳거니, 무등산이랑 토마스랑 우리 내외랑 함께 살기로 해야겠구만."이라는 화자의 다짐은 무등산으로 표상되는 피해자 집단의 "트라우마를 극복하고자 하는 '연결의 복구'를 의미"한다.[11]

소설 「일어서는 땅」에서 개인의 의지 밖에서 일어난 역사적 폭력에 속수무책으로 희생당할 수밖에 없었던 한 가족의 비극의 대물림을 보여주면서 작가가 아우르는 것은, 화자의 아들 '토마스'를 구두닦이라는 기층민중으로 설정하여 "광주항쟁의 계급적 성격의 일단까지 내비치고 있다."[12]는 점에 있다. 그러나 뒤에 살펴보게 될 그의 장편소설 『그들의 새벽』에서도 살펴보겠지만, 문순태는 그날 도청에서 죽어간 이름 없는 들꽃들이 "죽어서 영원히 빛을 발하는 땅속의 별이 되었다."고 생각하는 그의 무한한 애정을(구두닦이와 같은 사람들에 대한) 드러낼 뿐, 그가 항쟁 주체의 이데올로기를

---

11 주디스 허먼, 『트라우마』, 최현정 역, 플래닛, 2007, 97쪽 및 355쪽 참조.
12 이성욱, 「오래 지속될 미래, 단절되지 않은 '광주'의 꿈」, 5·18기념재단, 앞의 책, 377쪽.

제3부 애도와 재현, 그리고 미학

문제 삼고 있는 것은 아니다. 그러므로 작가가 이 소설을 통해 강조하고 있는 것은, 한 가족의 비극의 원인에 분단 상황이 놓여 있다는 것이다. 더욱 문제되는 것이 광주라는 공간이 그러한 비극적 운명에 결박당한 장소라는 작가의 인식에 있다.

"인간의 사회적 삶은 공간에 뿌리를 두고 있으며, 공간은 또한 인간의 삶의 양태변화에 영향을 준다."[13] 인간이라는 존재가 "세계와 관계를 맺는 방식이자, 인간의 실존이 이루어지는 '생활세계'를 우리는 공간/장소"[14]라 규정할 수 있다. 소설 「일어서는 땅」에서 죽은 아들을 찾으러 가는 길에 요섭은 무등산/광주를 두고, "흙과 돌과 바위와 나무와 풀로 이루어진 자연의 총체로서의 거대한 무더기라기보다는, 슬픔과 기쁨과 꿈과 기억들을 불러일으켜 주는 빛나는 생명체"(58~59쪽)로 호명한다. 그렇게 함으로써 광주라는 서사공간이 죽은 이를 찾아 헤매는 살아남은 자의 절망과 좌절을 넘어 그러한 비극을 딛고 일어서는 땅/기억 공간이 되기를 소망하고 있음을 알 수 있다.

3. 트라우마와 죄의식의 생성 공간

대부분의 5·18소설들에서 광주는 죽음과 죽임의 공간으로 기억된다. 문순태의 「일어서는 땅」역시 5·18로부터 5년이 경과한 때를 서사의 시점으로 삼아 결코 망각되지 않는 그러한 참상을 여실히 보여주고 있음을 앞에서 살펴본 바 있다. 그의 소설집 『시간의 샘물』에 수록되어 있는 단편

---

13 국토연구원 편, 『현대공간이론의 사상가들』, 한울아카데미, 2006, 12쪽.

14 심승희, 「에드워드 렐프의 현상학적 장소론」, 위의 책, 2006, 40쪽.

「최루증(催淚症)」은 13년이라는 시간의 흐름 속에서도 여전히 그날의 상처에서 진물이 흐르고 있음을 보여주고 있다. 이렇듯 "기억은 우리가 그것을 소홀히 한다 해도 결코 우리를 놓아주지 않는다."[15]

더구나 이 소설의 주인공은 사진관 주인이었던 오동섭이라는 인물이다. 그는 '보도' 완장을 차고 그날의 역사적 사건들을 기록/기억해두었던 것인데, 도청 안에 들어가 "형체를 알아볼 수 없을 정도로 얼굴이 짓이겨지거나 뭉그러진 시신들이 여기저기 처참하게 늘혀져 있는 모습을 보았던 것이다.(「최루증」, 66쪽) 그 후 그는 해마다 5월이 되면 고질병이 도지듯 가슴이 벌렁거리면서 맥박이 빨라지곤 했다. 그러면서 생긴 병이 눈물샘의 통제선이 마비되어버린 것처럼 눈시울이 온통 촉촉하게 젖는 최루증이었다.

본디 그는 눈물 많은 사람이 아니었던 것으로 소개된다. 6·25 때 아버지와 형이 세상을 떠났을 때도 그는 결코 눈물을 보이지 않았었다. 그는 슬픔과 고통은 혼자 있으면서, 혼자 힘으로 이겨내는 것이라고 생각하는 인물이다. 그런 오동섭이 13년 전 5월, 시민군들이 진을 치고 있었던 도청 안에서 난생처음으로 눈이 팅팅 붓도록 울었다. 슬픔 때문이 아니라 참을 수 없는 분노의 울부짖음 같은 것이었다. 여기서 우리는 광주라는 공간이 국가폭력에 무장으로 저항했던 장소로써, 그리고 그 근원에는 시민들의 도덕적·윤리적 분노가 자리하고 있었음을 다시 확인할 수 있다.

사진사 오동섭은 그날로부터 13년이 지나 "광주의 유혈이 이 나라 민주주의의 밑거름이 되었다."는 대통령의 담화를 듣고 용기를 내어 그동안 비밀리에 간직해온 사진들을 공개하기로 결심한다. 그는 공수부대의 군인이 착검을 하고 젊은이의 가슴팍을 찌르려고 하는 문제의 사진을 한꺼번에

---

15 알라이다 아스만, 앞의 책, 540쪽.

스무 장이나 인화하여 각 신문사와 방송국에 전달한다. 팬티 바람의 스무 살도 미처 안 되어 보이는 앳된 청년이 길바닥에 무릎을 꿇은 채 겁먹은 얼굴로, 그의 가슴팍에 총검을 들이대고 있는 군인을 쳐다보고 있고, 건장한 체구에 역삼각형 얼굴의 군인은 총부리에 꽂은 칼로 당장 청년을 찌를 듯 매서운 눈초리로 꼬나보고 있는 사진이었다.

　그는 자신이 보낸 사진이 실린 신문들을 보면서, 어떤 경우에도 진실은 땅속에 묻어둘 수 없다는 것, 역사가 그것을 용납하지 않는다는 것을 깨닫는다. 그런데 낯모르는 이로부터 약간 흥분되고 경직된 목소리의 전화가 온다. 오동섭이 공개한 사진 때문에 "자신의 인생이 아주 망가지고 말았다는 것"이다. 기억이란 과거의 것을 정신 속에 보전하는 일이다. 개인의 심리적 차원에서 인간의 기억 속에는 대체로 과거의 일이나 정신적 과정의 일부만이 보존된다. 그러나 망각된 것으로 여겨진 과거의 체험들은 한 인간의 내면에서 완전히 사라지는 것이 아니라 인간의 정신 속에서 어떤 다른 형태로 잔존하는 것이다. 어떤 계기가 주어질 때 그 기억은 외부로 드러나서 그 기억과 관계된 사람들의 일상을 뒤흔든다.

　개인적 기억의 표출과 밀접한 관계에 있는 심리적 현상은 '은폐기억'과 '강박적 반복'이다. 은폐 기억이란 꿈에서 억압된 무의식적 내용이고, 강박적 반복이란 잊고 있던 어떤 억압된 내용을 기억해내야 하는 경우, 그것을 기억하지 않고 행동으로 그 억압된 내용을 반복하는 것을 말한다. 다시 말해 "억압은 처음부터 존재하는 방어기제가 아니라 의식의 정신 활동과 무의식의 정신 활동 사이에 확연한 간극이 생길 때 발생한다."[16] 또한 "무

16　프로이트, 『정신분석학의 근본개념』, 윤희기 역, 열린책들, 2004, 139쪽.

의식 과정에서 이루어지는 과정들은 무시간적(無時間的)이다."[17] 바꿔 말하면, 그 과정들은 시간적인 순서에 따라 일어나는 것도 아니며, 시간의 경과에 따라 변화되지도 않는다.

5·18 13주년이 되었을 때 그날의 트라우마를 갖고 있는 공수부대원 오치선이 사진사 오동섭을 찾아온다. 그는 오동섭이 공개한 사진이 신문에 나오기 전에도 악몽에 시달렸다고 고백한다. 그때 죽은 사람들이 살아나서 자신을 목매달아 죽이는 꿈을 수도 없이 꾸었다는 것, 그래서 완전히 술에 취해 살았다는 것, 그래서 죽은 사람들보다는 오히려 살아 있는 자신이 더욱 고통스러웠다고 말한다. 우리는 이러한 진술을 통해 가해자의 일원으로 광주에 파견되었던 계엄군들의 자의식 속에 남아 있는 '은폐기억'과 '강박적 반복'의 양상에 주목하게 된다. 「최루증」의 오치선, 곧 이 폭력적 사건의 가해자 역시 피해자들 못지않게 극심한 죄의식에 시달린다. "그런데 여기에 와보니까 그때 죽은 사람들은 거 뭣이냐…… 그래요, 완전히 부활했고, 그 대신 나는 영원한 패배자가 되어 있구만요."(70쪽)라는 그의 진술을 통해 자기 존재의 부정에 이를 만큼 심각한 죄의식의 양상을 보인다.

양심의 형태로 우리의 의식에 각인되는 기억은 인간의 삶을 도덕과 책임감에 사로잡히게 만들고, 인간의 모든 시야를 과거에 고착시키는 퇴행적 결과를 불러온다. 따라서 5월의 트라우마의 양상과 그것을 어떻게 회복시킬 것인가에 대한 작가적 탐구는 작가에게 소설의 주인공들이 겪는 고통과 죄의식을 함께 겪는 고통의 감내를 요구한다.

오치선은 그때 자신의 폭력에 속수무책으로 당하던 청년의 사진을 확대

---

17 위의 책, 190쪽.

해서 인화해달라고 오동섭에게 요청하는데, 그의 생사를 확인해보고 싶다는 것, 그런 다음에 이제는 새 출발을 하고 싶다는 심정을 피력한다. 그러나 오동섭은 오치선이 진정으로 자신의 잘못에 대해 반성하고 용서를 비는 것이 아니라, 자신이 죄책감의 굴레로부터 벗어나서 새로운 삶을 살아보겠다는 이기적인 생각을 갖고 있다고 판단한다. 오동섭은 왼손을 잡는 그에게서 징그러운 이질감을 느끼며 손을 뿌리치고 만다.

「최루증」을 통해 작가는, 가해자나 피해자나 그날의 상처로부터 벗어날 수 없는 트라우마를 간직하고 있으나 아직은 진정한 화해의 길에 이르지 못했음을 보여준다. 고민 끝에 오동섭이 젊은이의 사진을 확대 인화해두고 오치선이 다음 날 찾아오기를 기다리지만 그는 한 시간이 지나도록 오지 않는다. 사진사 오동섭은 사진 속의 젊은이를 눈시울이 젖도록 오랫동안 들여다본다. 그러자 사진 속의 젊은이가 그에게 말을 걸어오지 않는가. "아저씨, 그를 기다리지 마세요. 그는 오지 않을 겁니다. 아직 올 때가 안 되었어요."(81쪽) 1980년 5월의 참상과 관련하여 아무것도 해결되지 않은 상태에서 섣부른 화해의 움직임을 경계하는 작가의 의도가 이 부분에 단적으로 드러나 있음을 알 수 있다.

작가 문순태가 이렇게 1980년 5월 광주에서 있었던 국가폭력의 기억을 망각의 창고에 가두지 않고 소설적 탐구를 통해 거듭 심문하는 것은, 광주라는 서사 공간이 거대한 폭력에 대항해서 끝내 지켜내야 할 인간성의 옹호라는 본질적인 측면에서 매우 의미 있는 장소/공간으로 보고 있기 때문이다. 이렇듯 과거가 단순한 역사적 기록으로만 남아 있지 않고 우리와 함께 숨 쉬며 정서적 교감까지 가능하게 하는 것은 소설을 포함한 문학/문화의 기능이고 힘이라 할 것이다. 정치 행위가 언제나 하나의 체제를 유지, 혹은 정립하려는 데 그 목적이 있는 것이라면 문순태의 5·18소설들은,

바로 그러한 "체제가 가질 수밖에 없는 인간의 불편함, 혹은 구속을 벗어나고자 하는 것을 최대의 목표로 삼고 있다."[18]고 할 것이다.

4. 윤리적 분노와 저항의 공간

「일어서는 땅」, 그리고 「최루증」과 함께 『그들의 새벽』은 소설적 재현을 통해서 있어서는 안 될 비극적 세계, 곧 존재했던 세계를 치밀하게 그려내고 그럼으로써 그 너머에 있어야 할, 곧 아직은 존재하지 않는 세계를 떠오르게 하는 소설이다.

민중의 한과 그 힘에 대한 긍정적 자세를 견지하면서 5·18민중항쟁과 그 계승의 주체를 문제 삼고 있는 문순태의 『그들의 새벽』에 대해서 주목한 사람은 많지 않다. 심지어 동료와 후학들이 그의 정년을 기념하기 위해 엮은 『고향과 한의 미학』(태학사, 2005)에 실려 있는 작품론 어디에도 『그들의 새벽』에 대한 언급이 없다.

문순태는 1974년 『한국문학』 신인상에 「백제의 미소」가 당선되어 문단에 나온 이래, 역사소설에서부터 향토성이 짙은 고향 회귀의 예술 세계, 현대인의 소외와 자학적인 고독의식과 인간 존재의 나약한 방황을 다룬 작품들, 그리고 사회 체제의 모순과 그 고발적 요소가 강한 소설과 분단 극복 의지를 담아내는 이야기까지 한국문학사에 큰 자취를 남길 만한 많은 작품을 써오고 있는 작가이다. 문순태는 5·18민중항쟁 당시 전남매

---

18 김치수, 『문학사회학을 위하여』, 문학과지성사, 1979, 13쪽. 좀 더 부연하자면, (소설을 포함한) 문학은 눈에 보이는 경험된 현실의 구조를 드러낸다기보다는 체제가 표방하는 것 뒤에 감추어진 눈에 보이지 않는 현실의 구조를 보여주는 것일 때 그 존재 의의가 있다.

제3부 애도와 재현, 그리고 미학

일신문 기자(편집부국장)였다. 그는 금남로의 현장에 있었고 취재노트를 오랫동안 땅속에 묻어두어야 했다. 그가 바라본 광주는 겉으로 드러난 것과는 달리 이름 없는 이들의 싸움이었다. 살아남은 자들은 명예를 부르짖고 5·18민중항쟁의 상품화로 영광의 훈장을 달았지만 정작 당시에 죽어간 하층민들의 존재는 아무도 기억하려고 하지 않는다. 영원히 기억되지 않을 그들의 죽음을 작가는 이 작품을 통해 어둠 속에서 5월의 햇빛 아래로 끌고 나온 것이다.

문순태의 『그들의 새벽』은 1980년 5월 27일 새벽 최후까지 목숨을 걸고 전남도청을 지킨 300여 명의 무장시민군 대부분이 하층민이었다는 사실에 주목한다. 이 소설은 이념이라고는 알지 못하는 이들이 목숨을 버린 까닭을 되짚으면서 광주의 실체를 더듬는다. 주인공 '기동'은 구두를 닦으면서 신문기자가 되려고 야학당에 다닌다. 시골 출신으로 가난했으나 성실했던 그는 짝사랑하던 호스티스 '미스 진'의 죽음을 목도하고 역사의 소용돌이로 뛰어든다. 그의 친구인 철가방, 구두찍새, 미용사 같은 야학당 학생들도 주변 사람들의 이유 없는 죽음에 분개해 총을 든다. 이들 대부분은 대학생이 떠나버린 도청을 지키다 최후를 맞는다. 작가는 이들의 심정을 "한 번도 사람대접을 받아보지 못한 이들이 도청을 사수하며 처음 받았던 박수, 평등한 세상에 대한 그리움, 인간적 자존심 회복 때문이 아니었을까."라고 짐작한다. 이것이 『그들의 새벽』의 주요한 모티프이면서, 5·18민중항쟁의 진정한 '주제'란 이들 이름없는 민중들이었다는 작가의 문제의식이다.

이 소설의 초점은 한 번도 제대로 된 사람대접을 받아보지 못했던 구두닦이 손기동과 술집 호스티스 미스 진, 그리고 그의 친구인 철가방, 구두찍새, 미용사 같은 뿌리 뽑힌 존재들에 놓인다. 그래서 전체 32개의 소제

목으로 되어 있는 『그들의 새벽』의 마지막 장의 제목은 「그들만의 새벽」으로 되어 있는 것이다.

또 한 사람의 주요한 등장인물인 박지수 목사의 성격은 중간자적인 면모로 그려진다. 박지수는 도심에서 멀리 떨어진 외딴 동네의 개척교회, 빛고을교회의 목사다. 그는 사십을 바라보는 나이에 아직 결혼도 하지 않고 혼자 사는데, 교회에 머물러 있기보다는 불우시설이나 직업여성들을 직접 찾아다닌다. 때문에 일요일 예배시간에 찾아와 자리를 메워주는 신도들은 인근 주민들이 아니라, 시내에 살고 있는 술집 종업원들이나 구두닦이, 양아치, 교회와 연관이 없는 불우시설 수용자들 그리고 야학당 학생들이 고작이다.

박지수 목사는 손기동과 미스 조와 월순이와 장영구 등의 뿌리 뽑힌 존재들과 야학의 강학인 대학생 박성도, 강미경 등을 연결해주는 역할을 한다. 그는 항쟁의 막바지에 회색인의 태도를 보인다. 무기를 반납할 것인가 끝까지 저항할 것인가를 다투고 있는 그들에게 박지수는 다음과 같이 말한다.

> 내가 보기에 지금 상황은 일촉즉발의 막다른 고비인 것 같네. 계엄군의 진입은 정해져 있는 수순인 것 같아. 오늘 밤이 아니면 내일이 될지도 모르지. 지난번에 계엄군이 도청을 빠져나갈 때처럼 그들은 이번에도 그들 눈에 띄는 대로 총격을 가하게 될 것이 뻔하네. 많은 희생자가 나오겠지. 그리고 도청에 남아서 저항을 하는 사람은 살려 두지 않을 걸세. 그러니 총을 들었거나 들지 않았거나 도청에 남아 있는 것 자체가 목숨을 건 거나 마찬가지네. 그래서 하는 말인데…… 지금 우리가 생각해야 할 문제는 강미경 선생 이야기대로 도청에 계속 남아 있을 것인가 아니면 여기서 나갈 것인가 하는 것일세. (2권, 241~242쪽)

제3부 애도와 재현, 그리고 미학

결국 박지수는 탱크를 앞세운 계엄군들의 도청 진압이 시작되었을 때 사지(死地)로부터 복도 끝으로 뛰어나간다. 이 소설에서 작가가 그를 비난하는 것은 아니다. 박지수는 최소한 '더 낮은 곳으로 임하라'는 하느님의 말씀을 실천한 종교인이고, 손기동처럼 끝까지 싸우다 죽어간 것은 아니지만, 마지막 순간까지 도청에 남아 그들과 함께한 것은 사실이기 때문이다. 이 소설은 살아남은 이들의 윤리적 부채감을 따지는 것보다 '왜 그들이 총을 들었는가?' 하는 데에 초점이 맞추어져 있다.

"우리가 뭣 땜시 총을 들었는지 그 이유를 알고 싶은 게요?" 박순철이 도로의 끝자락으로부터 시선을 회수하여 기동을 보며 반문했다. 기동은 그냥 희미하게 웃고만 있었다. 따지고 보면 그들이 왜 총을 들었는가에 대해서는 알고 싶은 생각이 별로 없었다. 기동이 자신이 현숙이의 죽음 때문에 총을 들었듯이 박순철과 그의 패거리들도 그만한 이유가 있었을 것이라고 짐작할 뿐이었다. 어쩌면 그들 식구들 중에서 누구인가 계엄군의 총에 맞아 죽음을 당한 것인지도 모를 일이었다. "그러니께 내가 총을 든 이유는…… 아니 우리 양아치들이 총을 든 것은 말하자면…… 세상이 꼴보기 싫어서라고 한다면 이해할 수 있겠소?" (중략) "솔직히 아니꼽고 치사한 세상 확 뒤집어뿔고 자퍼서…… 우리를 깔보고 무시하고…… 발가락 때만큼도 안 여긴 놈들을 싹 쓸어뿔고 자퍼서……" 그러면서 박순철은 시내 쪽으로 총부리를 들이대고 휘저어 보였다. 그때 그의 옆얼굴이 섬뜩할 정도로 두렵게 느껴졌다. "세상이 그 동안 우리한테 해준 게 뭐가 있소? 형씨는 덕본 것이 뭐가 있소? 으디 세상 사람들이 우리를 사람 취급이나 해줬소? 세상은 우리를 쓰레기 취급을 하지 않았소?" (중략) 기동이가 보기에 그는 세상에 대해 칼날 같은 원한과 적개심을 품고 있는 것이 분명했다. (2권, 233~234쪽)

위의 진술은 사실 5·18민중항쟁의 원인과 배경을 규명하는 것과 관련하여 매우 중요한 시사점을 주고 있다. 항쟁에 참가했던 기층민중의 일부가 위의 인용에서 볼 수 있는 것과 같이 세상에 대한 적개심을 품고 있었다는 것이 사실이라면, 5·18민중항쟁을 "의로운 정신의 계승·발전"[19]이라는 역사적 평가와는 다른 차원의 접근을 요구한다.

이 소설의 장점이라면 다른 '5·18소설'들이 언급하기를 꺼리는 미묘한 부분에까지 작가의 시선이 미치고 있다는 점인데, 그렇다고 작가가 광주를 계급혁명의 시각에서 바라보고 있는 것은 결코 아니다. 위의 인용에서 보이는 '박순철'의 발화는 그것 자체로는 모든 종류의 지배관계의 해소와 경제적으로 기초된 정의와 평등의 관계, 즉 계급 없는 사회에 대한 열망을 함축하고 있지만 그보다는 그의 작가적 정직함이 치우치지 않는 균형을 이루고 있는 것으로 보는 것이 옳을 것이다. 그는 "문학에 덧씌워진 환상에 현혹되지도 않지만, 급진적인 이념이나 이론의 틀에 갇히지도 않는다."[20]

기동은 아직 항쟁 초기기는 하지만 그 와중에도 영어 단어를 외우며 야학당에 도착한다. 교실에서는 보통 사람보다 한 옥타브 높은 고음에다 울림이 좋은 박성도 선생의 목소리가 흘러나오고 있다.

---

19 이상식, 「5·18광주민주화운동의 역사적 배경」, 『5·18민중항쟁과 정치·역사·사회』 2권, 5·18기념재단, 2007, 14쪽. 5·18민중항쟁의 배경과 관련해서는 정치·역사·사회·문화적 관점 등 다양한 측면에서의 학술적 연구가 많이 진행되었고, 그 결과물이 5·18재단에서 펴낸 학술논문집에 수록되어 있을 뿐 아니라 본고의 주제를 벗어난 것이므로 이와 관련한 더 이상의 논의는 생략한다.

20 이는 황광수가 조정래의 소설 세계를 살피고 있는 그의 책에서 조정래를 두고 한 말이지만 필자는 문순태에게도 그대로 해당되리라고 보아 인용한다. 황학수, 『소설과 진실』, 해냄, 2000, 머리말 참고.

제3부 애도와 재현, 그리고 미학

① "자 여러분, 내가 나눠준 선언문을 다 읽었지요?"

박성도가 학생들을 향해 물었으나 학생들의 대답은 어딘가 시원치가 않았다.

"자, 그러면 이 선언문을 읽고 무슨 생각이 들었는지 어디 누가 한번 이야기해 보시겠습니까?"

분명히 영어 시간인데도 박성도 선생은 영어를 가르치지 않고 학생들에게 선언문을 나눠 주어 그것을 읽게 하고 느낌과 생각을 말해보라는 것이었다. (중략) 그때 기동이가 스프링처럼 퉁겨 오르듯 벌떡 일어섰다.

② "저, 선생님. 지금은 영어시간입니다. 그러니까 영어공부를 하는 것이 좋겠습니다. 사실 우리는 이런 선언문에 관심이 없습니다. 우리는 공부를 하기 위해 여기 왔으니께 공부를 가르쳐 주십시오." (중략)

박성도 선생은 여전히 당혹감과 실망과 절망감이 묘하게 엉킨, 망연한 시선으로 학생들을 바라보았다. 그렇다고 해서 그는 학생들의 태도를 탓하지는 않았다. (중략) 그들의 반응은 무지에서 비롯된 것이라고 생각하고 싶었다. 그리고 그 무지를 일깨워 세상을 바로 볼 수 있도록 안목을 열어주는 것이 자신의 책임이며 사명이라고 생각했다.

① "공부를 하자는 여러분들의 뜻 알고 있습니다. 여러분한테 공부가 소중하지요. (중략) 우리 자신들의 현실을 자각하지 못하고 영어 단어나 많이 외우면 무엇 합니까? 인간다운 대접을 받으면서 살 수 있게 하기 위하여, 특히 여러분들처럼 어려운 환경에 처한 민중을 위해서 (우리는) 궐기하였습니다. (중략)"

학생들은 한사코 박 선생의 눈길을 피하기 위해 고개를 깊숙이 숙여 버렸다. 그들은 박성도 선생의 말이 교과서 내용만큼이나 딱딱하고 공허하게 들렸다. 그리고 박 선생과 그들 사이에 건널 수 없는 사막처럼 아득한 거리감마저 느꼈다. 그것은 결코 가르치는 사람과 배우는 사람의 입장과 감정의 차이만은 아니었다. (중략)

② "제 꿈은 돈을 벌어서 대학 문턱 한번 밟아보는 것입니다. 그때……
그러니께 후담에 대학생이 된 다음에, 저도 자유와 평등을 위해 데모도
하고 춤도 추고 미팅도 할 것입니다요. 그러나 시방은 대학생이 아니니께
그딴 것들은 생각하고 싶지가 않습니다. 아니 생각할 여유가 없습니다요.
그러니 우리들한테 제발 공부를 가르쳐 주십시오. 그 이상은 우리들한테
강요도 기대도 하지 마십시오. 우리는 오직 공부하기 위해 여기 왔으니께
요." (1권, 161~166쪽)

　항쟁을 처음 주도했던 이들, 지식인 계급을 대변하는 대학생 박성도(야
학 강학)와 손기동들 간의 거리감이란, 위에서 살펴본 것처럼, 매우 근본적
인 것으로 그려진다. 5·18민중항쟁에서 선도적 역할을 담당한 세력은 학
생들이었다. 그러나 군부의 엄청난 물리력 앞에 세의 불리를 느낀 이들은
항쟁의 실패라는 한계를 미리 설정하고 시 외곽으로 도피하거나 개인적
수준에서 항쟁에 참여한다. 학생 지도부의 이런 나약함에 비해 열악한 노
동운동의 조건 속에 놓여 있던 노동자들은 투쟁의 전면에 나서게 되는데,
그것은 1980년 5월 20일부터 투쟁의 주력이 변화되기 시작하는 것으로 나
타난다.

　"21일 오후 4시경 최초로 편성된 무장 시민군의 구성은 노동자·목공·
공사장 인부들과 구두닦이·웨이터·일용 품팔이 등등이었으며, 교련복
을 입은 고교생들 그리고 가끔은 예비군복을 입은 장년층도 보였다."[21] 항
쟁을 처음 주도했던 대학생 그룹과 손기동 같은 노동자 계층의 근본적인
거리감이란 세계관의 차이도 있겠으나 이처럼 항쟁의 성격 변화와도 무관
하지 않은 결과를 가져오게 된다.

21　김세균·김홍명, 「광주5월민중항쟁의 전개과정과 성격」, 『5·18민중항쟁과 정치·역
　　사·사회』 3권, 5·18기념재단, 2007, 409~411쪽.

제3부 애도와 재현, 그리고 미학

위 인용 ①은 '민중을 위해서'라는 야학의 강학 박성도의 말이고, ②는 '민중이기 때문'이라는 손기동들의 말이다. 그런 그들을 하나로 묶어준 것[22]은 계엄군으로 투입된 공수부대원들의 치 떨리는 만행이었다. '내가 깨달은 거는 현숙의 죽음이 바로 내 죽음이며 우리들 모두의 죽음이라는 것이여'와 같은 기동의 말이 모든 것을 웅변하고 있는데, 이 윤리적 분노와 단순성과 무명성은 기실 시민들의 자발적 단결과 투쟁의 중추적 내포로 기능하게 됨을 알 수 있다. 1807년에 나온 클라이스트의 노벨레(novella, 간결하고 압축적인 줄거리를 담은 산문소설), 『칠레의 지진』 한 부분을 다음에서 보자.

"사실상 인간의 정신이 아름다운 꽃처럼 피어나는 듯했다. 눈이 미치는 데까지 들에는 모든 계층의 사람들이 서로 뒤섞여 있는 것을 볼 수가 있었다. 영주와 거지들, 귀부인과 농부의 아내, 관리와 날품팔이들, 수도승과 수녀들이 서로 동정하고 서로 도움의 손길을 내밀었다. 그것은 마치 모든 사람에게 닥친 불행이 그 불행으로부터 벗어난 모든 사람들을 하나의 가족으로 만든 듯했다."

이는 리스본에서 일어난 지진(지진의 신화)과 파리에서 일어난 혁명(혁명의 신화)을 하나로 묶어주듯이(상황의 전도), 광주항쟁에서의 시민들의 혼연일체를 설명할 수 있는 측면이 있다고 생각된다.

---

22 키틀러(Friedrich Adolf Kittler), 「클라이스트 소설의 담론 전략―『칠레의 지진』과 프로이센」, 전동열 역, 문학이론연구회, 『담론분석의 이론과 실제』, 문학과지성사, 2002, 190쪽.

5. 자아/정체성의 생성 공간

5월 광주를 그 대상으로 하고 있는 문순태의 소설들은 '광주'라는 서사 공간을 죽음과 삶이 혼재하는 장소, 트라우마와 죄의식의 생성 공간, 윤리적 분노와 저항의 공간으로 의미화하고 있다. 가족의 행복과 평안한 일상을 소망하는 대부분의 작중인물들에게 그 해 5월 일주일간의 광주는 한낮의 적막을 깨고 들려오는 총소리의 두려움과 함께 혈육과 친구의 실종을 불러온 공포의 공간으로 각인된다. 가해자인 국가폭력의 하수인들, 곧 공수부대원이나 계엄군들에 대해서는 야만적인 집단으로 기억되고 있다.

그들은 하나같이 "사람도 아니었다." 계엄군들은 시체를 암매장하며 지나가는 시위대를 조준사격으로 목숨을 빼앗고서 멧돼지를 사냥한 것처럼 "잡았다!"고 외치는 야만성을 드러낸다. 평범한 시민들은, 아무나 마구 때려잡아 선혈이 낭자한 젊은이들을 질질 끌어 트럭에 싣고 가는 계엄군들의 만행을 목도한 뒤에 자신도 모르게 "죽일 놈들!"이라는 신음을 토한다.

한편 자신도 피해자라고 생각하는 계엄군은 "더럽게 운이 없어" 그곳으로 차출되었을 뿐이라고 말한다. 그때는 누구라도 그런 짐승 같은 짓을 할 수밖에 없었다고 스스로를 합리화한다. 그렇다 하더라도 그가 광주에서 짐승 같은 짓을 했다는 사실은 기억-트라우마로 남아 사회로부터 스스로를 유폐하게 만든다. 또 다른 공수부대원 역시 그의 잘못이란, "쏘라는 명령"을 거역할 수 없었던 것뿐이라고 생각한다. 어떤 계엄군은 자신의 눈앞에서 동생이 죽임을 당하는 것을 속수무책으로 지켜보아야 했다. 모두가 '광주'에서 일어났던 일이다. 진압군으로 광주에 투입된 그들 역시 피해자의 위치에 있다는 이 역설이 광주라는 역사적 공간의 비극성을 선명히 드러낸다.

과거를 마무리 지은 생존자는 이제 미래를 형성하는 과제에 직면한다. 살아남은 이들은 어쨌든 살아내야 하는 것이어서 광주는 비로소 삶의 공간으로 제시된다. 남은 문제는 그날에 혈육과 친구를 잃은 이들의 가슴에 각인된 트라우마와 그것의 해원 가능성이 만만치 않다는 데 있다.

'광주'가 살육과 공포의 비극적 공간이라는 인식에서 나아가 응답과 소통의 공간으로 심화·확대되는 과정에서 얻게 되는 새로운 문화적 가치들이 있다. 우선 '공동체 의식'에 대한 새로운 발견을 들 수 있다. '5·18소설'들에서 보이는 항쟁 참여자들의 윤리적 분노의 근원에는 국가폭력의 무자비성에 대한 인간 본연의 심성에서 나온 것임을 부인할 수 없다. 그것은 자연스레 인간의 존엄이라는 가치를 바탕으로 한 공동체 의식의 발현이다.

이와 같은 인권과 공동체 의식을 통한 건강한 시민사회의 구현이라는 보편적 가치 외에 광주라는 장소/공간의 특수성에 주목할 수 있다. 그것은 자주적 삶의 지향을 통해 분단을 극복하고자 하는 정치적 에너지의 저장소로서의 의미이다. 「일어서는 땅」에서 요셉은 "우리가 싸워야 할 사람이 바로 그들"(58쪽)이라는 은유의 방식을 통해 5월이 현재적 그리고 미래적 가치를 얻기 위해 극복해야 할 대상이 무엇인가를 숙고하게 한다. 「최루증」의 주인공은 자신의 눈물이 5·18이(5·18이 표상하는 국가폭력) 끝나기 전에는 결코 멈추지 않을 것이라고 생각한다.(64쪽)

우리는 "사건을 통해 사물에 대해 아는 동시에 문화의 공간에서 의미를 발생시키게 된다."[23] "장소/공간이 기억을 되살릴 뿐만 아니라 기억이 장

23　나병철, 『소설과 서사문화』, 소명출판, 2006, 369~370쪽.

소를 되살리는 것의 경험을 통해 우리는 자아를 재구성할 수 있"[24]기 때문이다. 개인의 내적 동일성의 회복과 공동체의 복원을 위해 5 · 18민중항쟁과 관련된 트라우마의 치유는 필수적인 과제이다. 그런데 그것이 가능하지 않다면 우리는 무엇을 어떻게 할 것인가? 어떻게 해야 하는가? 문순태의 소설 『그들의 새벽』은 조심스럽게, 치유를 가능케 하는 연대가 여전히 세상 속에 존재한다는 희망을, '광주'라는 죽음과 죽임의 공간에서 제시하고 있다. 그것은 손기동이 "현숙의 죽음이 바로 내 죽음이며 우리들 모두의 죽음"이라는 깨달음/윤리적 분노와 목숨을 버리면서까지 도청/광주를 지켜내고자 했던 데서 확인할 수 있다.

그리하여 문순태의 5 · 18소설을 통해 광주라는 서사 공간은 시간적 망각을 넘어 자아/정체성의 생성 공간으로, 한국문학사에 매우 독특한 의미 공간으로 기억(재구성)되고 있음을 알 수 있다. 문제는 작가들이 5월을 다시 기억하고 호명할 때 느끼는 고통의 압력이 결코 지워지지 않는 상흔-트라우마로 남는다는 데에 있다. 누가, 어떻게, 무엇으로 이 상흔을 넘어설 수 있을 것인가.

---

24 아스만, 앞의 책, 25쪽.

기억의 재현과 미학의 문제

— 영화 〈임을 위한 행진곡〉과 〈외롭고 높고 쓸쓸한〉

1. 5 · 18과 기억 — 다시 재현의 문제

5 · 18항쟁은 한국사회 지배의 역사에 있어서나 변혁의 역사에 있어서 획기적인 의의를 갖는다. 해방 이후 꾸준히 전개되어온 반독재투쟁과는 질적 차별성을 갖게 한다. 그것은 처절한 패배를 통해서 지금까지의 운동이 지녔던 한계를 넘어서는 역사적 실천의 한 모습을 보여주었으며, 운동의 확산과 심화를 보여주었다.[1]

5 · 18 항쟁 이후 우리 사회는 많은 변화를 겪었다. 폭동으로 왜곡되었던 시민들의 저항은 민주화운동으로 역사적 평가를 받았다. 물론 항쟁 당시부터 현재까지도 북한과의 연계 운운하는 왜곡된 주장이 존재한다. 5 · 18 항쟁의 왜곡과 훼손은 한국 사회의 민주주의가 위협받는 순간마다 증폭됐다.[2]

---

1 오수성, 「5 · 18과 예술 운동」, 『한국사회학회 사회학대회 논문집』, 한국사회학회, 1996, 168쪽.
2 노영기, 「5 · 18항쟁기록물의 생성과 유통」, 『역사와현실』 104호, 한국역사연구회,

다른 한편, 일부이기는 하나 젊은 세대를 중심으로 5 · 18을 비롯한 역사적 상징과 가치에 대한 부정적 인식과 폄훼가 여타의 혐오 현상과 함께 두드러지고 있는 것도 현실이다. 많은 경우 외환위기 이후 경제적 불안의 일상화를 그 원인으로 지목한다.[3]

5 · 18의 의미를 해석하는 데 있어 이처럼 상반된 논리는, 일본 영화감독 구로사와 아키라가 만든 영화 〈라쇼몬〉처럼 사람들이 자신의 입장에 따라 같은 과거를 얼마나 다르게 해석하고 있는가의 문제일 수도 있다. 80년대의 기억을 진영논리로 해석하면서 겪는 갈등, 그리고 80년대의 의미를 승리한 시대로 독점하거나 자신들의 가치와 어긋나는 세대, 개인, 집단을 계몽하려는 태도와 연결된 세대 담론의 문제에서 그 원인을 찾는 연구도 있다.[4] 까닭에 여전히 5 · 18의 기억과 그것의 문화적 재현이 필요한가, 그렇다면 어떤 재현미학이 요구되는가, 하는 점이 문제되겠다. 이 글은 그러한 문제의식으로부터 시작한다.

소박하게 시작하자면, 기억은 과거를 표상하는 한 양식이며, 과거의 일을 재현하는 능력이다.[5] 그러니까 운동으로서의 문화는 결국 집합적 기억투쟁을 통해서 과거의 어느 한 시점에 고정되어 있는 역사를 재해석하고 그 의미를 확장해왔다고 볼 수 있다.[6] 무엇보다 잊지 않고 기억되고 공유되어야 비극의 되풀이를 막을 수 있을 것이니까. 특히 5 · 18과 같은 역사

2017, 155쪽.

3 이광일, 「신자유주의 시대의 한국영화와 정치」, 『통일인문학논총』 56집, 건국대학교 인문학연구원, 2013, 221쪽.

4 김원, 「80년대에 대한 '기억'과 '장기 80년대'」, 『한국학연구』 36권, 인하대학교 한국학연구소, 2015, 13쪽.

5 나간채 외『기억투쟁과 문화운동의 전개』, 역사비평사, 2004, 15쪽.

6 권귀숙, 『기억의 정치』, 문학과지성사, 2006, 149쪽.

적 사건을 경험한 시대의 증인들이 갖고 있는 경험기억이 미래에 상실되지 않게 하기 위해서는 그것이 후세의 문화기억으로 번역·보존되어야 한다. 개인에게는 기억의 과정들이 대부분 반사적으로 진행되고 심리적 기제의 일반적 법칙에 따라 일어나고 있는 데 반해, 집단적·제도적인 영역에서는 이 과정들이 의도적인 기억 내지는 망각의 정치를 통해 조정되고 있다.[7]

38년의 시간이 흐르는 동안 5·18항쟁과 관련한 문화적 재현은 다양하게 이루어져왔다. 의미 있는 텍스트들이 독자–관객과 만나 광주라는 공간과 5월이라는 시간을 넘어서서 공감의 영역을 넓혀가고 있다. 5·18을 제재로 한 텍스트들은 문학과 연극과 미술과 음악과 영화 등의 문화예술 분야에서 두루 생산되었다. 80년 이후의 예술운동에서 주어진 과제는 우선적으로 왜곡된 5·18을 어떻게 대중에게 알려 그 정신을 계승할 것인가의 문제였다.[8] 그렇게 알리고 망각하지 않기 위해[9] 또한 끊임없는 왜곡에 맞서기 위해[10] 5·18 항쟁과 관련한 문화적 재현은 계속되고 있다.

문제는 언젠가부터 동어반복에 대한 지겨움을 말하는 이들이 늘어가고 있다는 데 있다. 80년 5월로부터 거의 40년 가까운 시간이 흘렀고, 충분하

---

7   심영의, 「성찰과 모색」, 『민주주의와 인권』 제10권 1호, 전남대학교 5·18연구소, 2010, 42쪽.

8   오수성, 앞의 글, 169쪽.

9   조혜영, 「5·18의 문학, 문화적 재현과 젠더 : 항쟁의 기억 혹은 기억의 항쟁 — 5·18의 영화적 재현과 매개로서의 여성」, 『여성문학연구』 17권, 한국여성문학학회, 2007, 140쪽.

10   황인성·강승묵, 「영화 〈꽃잎〉과 〈화려한 휴가〉의 영상 재현과 대중의 기억(Popular Memory)이 구성하는 영화와 역사의 관계에 관한 연구」, 『영화연구』 35권, 한국영화학회, 2008, 45쪽.

지는 않지만 광주의 진실에 대한 봉인은 풀렸다고 생각하기 때문이다. 그런데 이에 대해서도 오래전부터, 어느 쪽에서는 5 · 18 문제가 일단락되었기에 더 이상의 요구와 권리 주장은 이기적 탐욕이며 편협한 이기심의 발로[11]라고 하는가 하면, 다른 쪽에서는 여전히 5 · 18은 끝나지 않았다고 말한다.[12] 문화적 재현과 관련해서도 사정은 비슷한 양상을 보인다.

문학의 경우가 다른 분야보다 상대적으로 많은 성과물을 생산했다고 보는데, 문제는 광주항쟁을 다룬 대부분의 문학이 사실의 지루한 재현 이상이 되지 못함으로써, 상황과 체험의 진실을 상투화하고 우상화하는 데 이바지하고 있다는 비판적 논의가 있다. 본의 아니게 사실에 대한 면밀한 진상 규명은 사건의 제도화에 일조하는 셈이라는 것, 그러므로 문학적 효과 즉 감동의 지속성이라는 측면에서 더 많은 형식이 요구된다는 것이다.[13] 영화의 경우는 어떠할까?

문학이든 영화든 이야기를 갖고 있는 서사적 예술에서의 의미는 두 세계들, 즉 작가가 창조하는 허구적 세계와 이해 가능한 우주인 현실의 세계 사이에 존재하는 관계의 기능이라는 측면에서, 특히 작가의 현실 세계와 독자의 현실 세계 사이의 관계에서 우리의 관심을 갖게 한다.[14] 이 글에서는 어떤 서사체(영화)의 의미를 해석하는 상이한 관점들의 작동 방식, 곧

---

11 정호기, 「광주민중항쟁의 '트라우마티즘'과 기념공간 : '5월 운동'과 국립 5 · 18묘지를 중심으로」, 『경제와사회』 58권, 비판사회학회, 2003, 140쪽.

12 5 · 18민주유공자유족회, 『꽃만 봐도 서럽고 그리운 날들』, 5 · 18기념재단 편. 한얼미디어, 2007, 11쪽.

13 김형중, 「〈봄날〉 이후, 오월 소설의 전개와 과제」, 『기억과 초혼, 문학의 저항』, 광주전남작가회의, 2016, 72쪽.

14 로버트 슐즈(2001,Robert Scholes) · 로버트 켈로그(Robert Kellogg), 『서사의 본질』, 임병권 역, 예림기획, 113쪽.

담론 형성 과정에는 어떤 이데올로기적 함의가 담겨 있다는 것을 전제한다. 텍스트는 진공 속에서 생성되지 않는다. 그것은 구체적인 역사적 문화적 상황 속에서 생산되고 유포된다. 다시 말해 텍스트는 이데올로기적으로 생산된다. 텍스트는 일어난 사건의 투명한 서술이 아니라 이데올로기의 날실과 씨실로 짜인 이데올로기적 구조물이다.[15]

이 글에서는 가장 최근에 대중들과 만난 두 편의 5·18관련 영화를 대상으로 앞에서 제기했던 문제, 곧 지금도 여전히 5·18의 기억과 관련된 문화적 재현이 필요한가 하는 점과 그렇다면 변화된 시대와 다양한 대중의 관심에 부응하는 새로운 재현미학은 어떠해야 할 것인가를 따져보고자 한다. 물론 그러한 논의의 전제가 되고 있는 5·18이라는 사건을 해석하는 상이한 관점에는 이데올로기적 함의를 개입하고 있는데, 이 글에서는 억압적 체제와 양민학살에 저항했던 민중항쟁으로 이해하면서 논의를 전개한다.

연구대상인 두 편의 텍스트는 다음과 같다. 2018년 5월 16일 개봉한 극영화 〈임을 위한 행진곡〉(박기복 감독)과 2017년 11월 19일 제6회 광주독립영화제에서 관객들과 만난 〈외롭고 높고 쓸쓸한〉(김경자 감독)이다.

두 영화를 연구 대상으로 삼은 까닭은, 우선 가장 최근에 만들어진 5·18영화라는 점에 있다. 앞에서도 언급한 바 있거니와 5·18항쟁과 관련한 문화적 재현은 역사적 기억의 계승 작업에 매우 필요하다. 다만 예술의 본질은 작품이라는 대상도 아니고 예술가, 혹은 관객의 주관적 경험도 아닌 미적 경험이라는 것, 곧 예술작품은 창작자와 감상자의 미적 경험 속

---

15 석경징 외, 『서술이론과 문학비평』, 서울대학교 출판부, 1999, 11~23쪽.

에서 탄생한다고 본다.[16] 어떤 문화적 재현예술이 단지 5·18을 형성화했다는 사실만으로 자동적으로 일정한 의의를 갖는 것이 아니라는 점을 강조하면서, 작품의 완성도를 높여 감상자의 공감을 얻기 위한 미학적 전략을 모색해보고자 하는 의도가 가장 크다.

2. 영화적 진실과 재현의 패턴

기호학적 접근방법에 의하면, 재현 혹은 표상(representation)은 의미가 언어(혹은 언어 체계)를 통하여 생산되는 것에 한정된다. 사진작가나 다큐멘터리 제작자가 이미지를 선택하고, 틀을 짜고, 편집하고, 내용을 전개하고, 설명하는 일련의 제작 과정에서 의미가 형성되고 상징화되는 과정까지 실천된다. 그러므로 사진, 다큐멘터리는 단순히 사실을 반영하는 것이 아니라 담론을 통해 진실을 표상한다.[17]

이러한 영화—서사체들이 모방(내지 복사)하는 현실 세계와 작품 자체의 허구적 세계 사이의 관련 양상을 우리는 '재현'이라는 서사의 본질로서 이해하고자 한다. 당연하게도 이 '재현'이 현실 그대로의 모사—모방인 것은 아니다. 아도르노(Theodor Wiesengrund Adorno)는 이 재현—모방—미메시스(mimesis)의 개념을 '대상과의 동화'라는 개념으로 설명한다. 개념적 인식이란 동일성 원리에 따라 대상의 비동일성과 차이를 억압하는 주체의 폭력적 동일화의 결과이다. 이에 반해서 재현—미메시스란 대상과의 유사성을 인식하고, 생산하는 능력으로서, 대상에 대한 단순한 모방을 넘어서서 대

---

16 박주희, 「존 듀이의 미적 경험에 토대한 예술교육 연구」, 고려대학교 박사학위논문, 2018, 2쪽.

17 권귀숙, 앞의 책, 181쪽.

상과 교감할 수 있는 능력을 말한다.[18] 이 재현적인 것은 현실을 이해하는 방법들과 현실을 재생산하는 수단으로서의 관습의 타당성에 대해서 우리로 하여금 경험적 측면에서 재검토하게 만드는 방법들을 다시금 숙고하게 만든다.

가장 최근에 개봉한 5·18영화 〈임을 위한 행진곡〉(2018)도 예외일 수 없다. 물론 재현미학을 반대하는 아방가르드와 일부 모더니즘 예술가들은 고전적인 카타르시스 미학에 대해 진실을 은폐하는 가상, 즉 기만성의 한계를 결코 벗어날 수 없다는 이유로 배척한다.[19] 그들에 따르자면 재현예술의 파토스는 아리스토텔레스의 이상을 현실에 적용시키고자 하는 예술가들의 욕망이 만들어놓은 허위의 늪이다.[20]

그러나 우리가 사회적인 것과 영화가 어떻게 상호작용을 하는지 이해하기 위해서는 미학적 변화와 텍스트적 복잡성과 연관해서 보다 광범위한 문화적 맥락을 탐구할 수 있는 장르적 개념이 필요하다.[21] 하지만 텍스트를 어떤 하나의 장르적 특성으로만 규정하는 것 역시 쉬운 일이 아니다. 따라서 생산과 텍스트와 수용의 과정에서 어떤 의미들이 충돌하고 있는지, 또 현실에 대한 어떤 정의들이 다툼을 벌이고 있는지, 결국에는 어떤 텍스트적 의미가 관객들에게 받아들여지고 있는지를 살펴볼 수 있는 헤게모니적 관점이 보다 중요한 문제인 것이다.

그람시(Antonio Gramsci)의 헤게모니 이론에 따르면, 대중문화의 의미는 구

18 신혜경, 『대중문화의 기만 혹은 해방』, 김영사, 2009, 150쪽.
19 심영의, 「사실과 허구의 변증법」, 『한국학연구』 40집, 고려대학교 한국학연구소, 2013, 125쪽.
20 서대정, 「재현을 넘어서는 영화미학」, 『영화연구』 38호, 한국영화학회, 2008, 315쪽.
21 조종흡, 「장르, 헤게모니, 그리고 관객」, 『영화연구』 20호, 한국영화학회, 2002, 346쪽.

조주의에서 말하는 것처럼 구조에 의해 결정되는 것도 아니고, 문화주의에서 말하는 것처럼 대중의 실천에 의해 생겨나는 것도 아니다. 문화의 의미는 구조와 실천의 접합에 의해 형성된다.[22] 결국 문학과 영화를 비롯한 문화는 지배적인 구조의 힘과 인간의 실천의 힘이 만나 경쟁하고 투쟁하고 타협하고 갈등하는 헤게모니 장이다. 그렇게 볼 때, 5·18을 해석하는데 있어 서로 충돌하는 가장 큰 차이는 우리 사회의 좌우 논리(혹은 진영논리)의 대립이라 할 수 있다. 재현미학을 바라보는 관점의 차이 역시 5·18의 서사적 재현에 대한 평가를 달리하는 주요 근거가 된다.

이 글에서는 5·18항쟁을 한국사회 지배의 역사에 있어서나 변혁의 역사에 있어서 획기적인 의의를 갖는 하나의 사건으로 이해한다. 따라서 다양한 서사적 재현(예술 텍스트)은 비록 본질은 허구이지만, 예술 작품의 가치는 작품 속에서 진리를 드러내는 데 있는 것으로 본다. 작품 속에 드러난 진리를 직관할 때 그것은 결국 사회문화적인 맥락에서의 소통이며, 전제가 되는 것은 어떤 사회현실의 재현일 수밖에 없다고 보기 때문이다. 왜곡된 5·18을 어떻게 대중에게 알려 그 정신을 계승할 것인가의 문제와 그렇게 알리고 망각하지 않기 위해 혹은 끊임없는 왜곡에 맞서기 위해 5·18항쟁과 관련한 문화적 재현은 계속되어야 한다고 본다.

그렇다면 이제 남은 문제는 어떻게 동어반복을 피하면서, 대중과 소통하고 공감을 확장하면서 새로운 의미를 만들어 갈 것인가 하는 점이겠다. 경쟁에서 이기려는 열망에만 들떠 있는 사회에서 대부분의 행위자들은 역사나 공동체 혹은 타인의 상처 따위는 거들떠보지도 않고 마치 자동인형처럼 앞으로만 돌진한다. 그들은 아주 단순한 어떤 힘들에 이끌리며, 그들

---

22 김창남, 『대중문화의 이해』, 한울아카데미, 2006, 97쪽.

중 누구도 자기의 존재여건에서 빠져나오려 하지 않는 듯하다.[23] 그런데도 여전히 5 · 18이라니, 더구나 자동화되고 관습화된 5월의 반복이라니, 대중들은 고개를 가로 젓지 않을까 하는 점이 이 글의 기본적 문제의식이다.

5 · 18영화로 불리는 작품들로는 〈칸트 씨의 발표회〉(1987), 〈황무지〉(1988), 〈오, 꿈의 나라〉(1989), 〈부활의 노래〉(1993), 〈꽃잎〉(1996), 〈박하사탕〉(2000), 〈화려한 휴가〉(2007), 〈26년〉(2012), 〈택시운전사〉(2017) 등이 있다. 5 · 18영화들은 독립영화에서 상업영화로 점차 대중성을 겸비하는 형태로 변화되었고, 그 내용에 있어서는 역사적 사실의 충실한 재현에서 트라우마의 예술적 표현과 승화로 변화하기도 했다. 또 한편으로는 피해자 또는 가해자, 혹은 그 주변으로 그 중심적 시선을 변화시키며 사건을 다양한 각도로 조명하여 5 · 18 항쟁의 역사를 두텁게 읽어낼 수 있는 시각을 제공했다.

그런데 문화산업으로서의 영화는 '거의 모든 사람을 위한 무엇인가'를 제공한다는 것을 고민하지 않을 수 없다. 5 · 18을 그린 상업영화의 감독들은 5 · 18을 민주화운동으로 기억하는 관객들은 물론이며, 5 · 18을 외면했던 관객들까지 사로잡아야 하는 고민을 해야 했다. 어떻게 5 · 18의 서사에 몰입하게 하고, 어떻게 진실을 설득시킬 것인가가 가장 큰 고민이었을 것이다.[24]

외상 사건의 서사적 구성에 주목하여 비극서사에 의한 유대인 대학살의 재현이 도덕적 보편성을 성취하는 데에 결정적 기여를 했음을 보여준 제프리 C.알렉산더의 논의를 참조하면서 5 · 18 외상 사건이 홀로코스트와

---

23 조르주 소렐(Georges Sorel), 『폭력에 대한 성찰』, 이용재 역, 나남, 2007, 126쪽.
24 박재인, 「역사 왜곡에 대한 저항으로서 5 · 18 영화와 그 사회 치유적 힘」, 『문학치료연구』 47권, 한국문학치료학회, 2018, 257~258쪽.

같은 도덕적 보편성을 얻는 데 아직은 실패했다고 보는 한 연구는 이 글의 전개에 많은 시사점을 준다.[25] 그는 몇 편의 5·18영화들을 분석하면서 그들 영화 모두가 문화적 외상의 도덕적 보편성을 얻기 위한 상징적 확장과 심리적 동일시를 활성화시키는 데는 서사적 한계가 있다고 말한다. 외상 (trauma)은 사건의 구성된 의미로서 체험될 뿐만 아니라, 고통에 대한 공감과 도덕적 책임감의 정도는 외상이 얼마만큼 설득력 있게 의미화 되는가에 달려있기 때문이라는 것이다.

이 장에서 집중적으로 다루려 하는 영화 〈임을 위한 행진곡〉의 경우, 가장 중요한 문제는 기존 5·18영화의 서사 패턴을 (무)의식적으로 반복하고 있다는 데 있다. 미리 말하자면, 우리의 삶이 과연 단일한, 하나의 감정으로 모아질 수 있을 것인지는 의문이다.[26]

영화 〈임을 위한 행진곡〉은 5·18이 일어나기 직전 광주 지역 운동권을 와해하기 위한 예비검속 과정에서 목숨을 잃은 한 운동권 대학생 이철규를 서사의 중심에 놓는다. 40년이 다 되어가는 지금도 그를 잊지 못하는 여인이 구급차의 사이렌 소리에도 경기를 하는 등의 두려움과 공포의 기억에 포박당해 있는 것과, 그들의 딸이 어머니의 상처가 무엇으로부터 유래하는가를 이해하면서 아버지의 의문의 죽음에 관한 진실을 규명한다는 내용이다.

영화의 서사는, 시간적으로 1980년 5월 과거와 2018년 5월 현재를 교차해서 보여준다. 형사들을 피해 도망쳐온 법대생 철수(전수현 분)와 마주친

25 박선웅·김수련, 「5·18 민주화운동의 서사적 재현과 문화적 외상의 한계 : 5·18 영화를 중심으로」, 『문화와 사회』 25권, 한국문화사회학회, 2017, 120~121쪽.

26 김영진, 『영화가 욕망하는 것들』, 책세상, 2012, 85쪽. 이는 홍상수 영화에 대한 비평 작업에서 나온 말이지만 이 글에서 사용해도 무방하다고 본다.

미대생 명희(김채희 분)는 철수에게 처음에는 "데모하면 바뀔 것 같아요?"라며 세상에 무관심한 모습을 보이다가 낡은 셔츠에 단추가 떨어진 줄도 모른 채 인권을 외치는 철수의 신념이 무엇인지 점점 궁금해한다. 1980년 5월에 멈춰 있는 명희(김부선 분)는 날이 갈수록 정신분열 증세가 깊어진다. 사이렌 소리 하나에도 극도의 불안 증세를 보이는 명희가 그저 원망스럽기만 한 딸 희수(김꽃비 분)는 지금까지 엄마를 괴롭혔던 상처가 무엇인지 알게 되면서 충격에 빠진다. 그것은 아버지인 철수가 고문을 당해 죽었다는 것과 그로 인한 트라우마 탓에 자신의 엄마 명희가 지금껏 온전한 삶을 누리지 못했다는 것이다.

영화는 실존 인물의 의문사 과정을 재구성하면서 광주의 비극이 누군가에게는 여전히 현재진행형이라는 것, 그래서 사랑했던 이의 죽음을 받아들이지 못한 채 정신분열증을 겪다 끝내 스스로 목숨을 버리는 인물과, 아무런 죄의식을 느끼지 못하며, 오히려 그때는 그렇게 하는 것이 국가를 위해 어쩔 수 없는 선택이었음을 주장하는 가해자의 일원이었던 인물과의 대립구조를 강조한다.

그런데 영화의 이런 구도는 5·18을 포함한 민주화운동을 해석하는 기왕의 담론 틀에서 전혀 새롭지 않다. 영화의 주요 인물인 운동권 남학생은 법대생인데, 그가 어떤 경로를 통해 반체제적(민주주의를 지향하는)인 사회의식을 갖고 있었는지 설명되지 않는다. 선험적으로 그러한 사회의식을 갖고 있다는 역할 부여는 영화의 관객들에게 이제 더 이상 크나큰 울림을 주지 못한다. 관객들과 영화의 인물과의 심리적 자기동일성이 실패할 수 있는 가능성이 있다. 영화의 제목인 〈임을 위한 행진곡〉이 갖는 상징성 못지않게, "앞서서 나가니 산 자여 따르라"는 외침은 누군가들에게는 일종의 억압일 수도 있는 것이다. 그만큼 시간은 흘렀고, 시간은 많은 것을 무화시키기도 하는 것이다.

또한 그 상대역인 여학생의 경우 미대생으로 나오는데, "데모하면 바뀔 것 같아요?"라며 세상에 무관심했으나 그를 좋아하게 되고 그가 의문사한 이후 현실에 눈을 뜨는 인물로 그려진다. 전형적인 남녀 성역할의 고정화와 젠더 무의식이 작동하고 있는데, 이는 이 영화 개봉 직전에 개봉되었던 장준환 감독 영화 〈1987〉의 인물 구도와 조금도 다르지 않은 판박이인 탓에 기시감마저 느끼게 한다.

영화 〈1987〉은 80년 광주항쟁 이후에도 지속되었던 군부통치에 맞선 1987년 6월 민주항쟁의 기폭제가 되었던 박종철 고문사건을 극화한 영화다. 누적 관객숫자가 영화진흥위원회 자료에 따르면 700만 명을 훌쩍 넘어섰는데, 〈임을 위한 행진곡〉의 경우 2만 명을 채우지 못했다. 〈1987〉이 5·18을 직접적으로 다루진 않고 있어서 2000년 이후에 개봉한 5·18영화들만 비교하자면, 〈화려한 휴가〉도 700만 명이 넘는 관객을 모았고, 〈26년〉은 300만 명 가까이를, 〈택시운전사〉는 1,200만 명을 넘어섰다.

관객의 숫자만을 가지고 영화의 의미를 평가할 수는 없겠고, 이 글의 논의 밖의 문제이기도 하지만, 영화가 무엇을 제재로 했든 문화산업으로서의 상업영화가 관객의 호응을 받지 못한 것은 어쨌거나 실패라 할 수 있겠고, 거기에는 다양한 이유가 있을 것이다.

이 글은 그러한 이유 중에서 가장 문제되는 것이 하나의 텍스트로서 여타의 5·18영화와는 다른 점, 새로운 관점에서 재해석하거나 하는 어떤 변별점을 갖고 있지 못한 탓이라고 본다. 실존인물의 의문사를 영화의 중심 플롯으로 설정했지만 그것이 어떤 긴박감이나 절실함의 정서를 자극하지도 않는다. 지금까지 그의 죽음을 잊지 못해서 정신병원을 드나든다는 설정 역시 냉정하게 평가하면 신파에 가깝다.

제3부 애도와 재현, 그리고 미학

아스만은 '문화적 기억'이라는 개념을 통해 개개인은 공동의 규칙과 가치에 구속되어 있는 한편 과거에 대한 공통적인 기억을 갖고 있다고 말한다. 그 결과 개개인은 공동의 지식과 공동의 자아상을 갖게 된다. 아스만은 이러한 공동의 지식과 자아상을 개개인이 서로를 '우리'라는 집합 명사로 부를 수 있게 만드는 연결구조라고 지칭한다. 이러한 연결구조의 기본 원칙 중 하나는 '반복'이다. 과거의 본보기가 다시 인식되어 체계화되고, 공통적인 문화 요소로 동일시될 수 있도록 보장하는 것이 이 반복이다.[27]

그렇게 볼 때, 5·18에 관한 문화적 재현에 대해 그 의의를 평가절하하는 것은 부당하다. 영화 〈임을 위한 행진곡〉의 경우도 마찬가지다. 특히 이 영화는 제작비를 감당하지 못해 제작 일정에 차질을 빚다가 시민들의 스토리펀딩 방식의 참여와 영화 제작에 참여한 촬영·조명 등 스태프들의 재능기부로 제작된 영화다. 감독과 배우들도 5·18 및 중심인물과 직·간접적인 관계를 맺고 있어 각별한 소회를 밝히고 있기도 한다. 전국 대도시의 순회 시사회를 통해 영화에 대한 관심을 끌기 위한 노력도 했다. 한마디로 눈물겨운 과정을 통해 의미 있는 영화를 만들었다는 것이다. 그럼에도 누적 관객 수가 2만 명에도 이르지 못한 요인이 무엇인지에 대한 성찰이 요구된다. 앞으로도 5·18영화는 만들어질 것이고, 더 많은 관객과 만나 5·18의 의미에 대해 이야기할 것이기 때문이다.

다른 문화적 재현과 비교할 때 압도적인 우위를 보이고 있는 5·18문학의 경우 이제 더 이상 의미 있는 텍스트가 생산되지 못하는 까닭을 반면교사 삼을 필요가 있다. 대부분의 5·18시가 영탄과 비탄의 읊조림인 것,

---

27 고규진, 「그리스의 문자문화와 문화적 기억」, 최문규 외, 『기억과 망각』, 책세상, 2003, 57쪽.

5 · 18소설들의 경우 인물들이 하나같이 표백된 인물들이라는 점, 이를테면, 그들은 한결같은 놀라움과 분노로만 작동되는 화석 같은 존재들이라는 점[28]이 5 · 18문학이 시장에서 더 이상 생산과 소비를 통해 의미를 확장해가지 못하고 있는 것에 유의할 필요가 있다.

아무리 느닷없는 국가폭력에 노출되고 희생되고 그 외상이 여전하다고 해서, 우리의 삶이 과연 단일한, 하나의 감정으로 모아질 수 있을 것인지는 의문인 것이다. 영화가 그런 인식을 넘어서지 못했다면 이는 매우 나태하다고 할 수 있다. 다른 하나는, 어쩌면 이 점이 더욱 중요할 것인데, 영화에 등장하는 거의 모든 '개인'을 역사적 존재라는 거대담론 안에 여전히 가둬두고 있는 것은, 이미 역사나 민족 혹은 공동체와 같은 거대담론 밖에 위치한 관객-개인들에게 별다른 울림을 주지 못한다. 이 영화가 분단체제를 기원으로 한 국가폭력의 야만성을 비판하고 있는 텍스트의 계열에 속한다할 지라도, 아니 어쩌면 바로 그런 탓에 일종의 클리셰(cliche)에 불과하다는 일부의 냉정한 시선을 어찌 할 것인가.

3. 증언의 욕망과 여성의 서사

5 · 18문학은 불의한 지배체제에 저항했던 대항담론으로서의 성격을 갖는다. 그런데 여성성에 관한 한 국가권력의 야만적 폭력성에서 출발하는 5 · 18소설의 계보에서 여성은 누락되거나 비가시화되는 경향이 강하다. 국가권력과 광주 계엄군과 시민군 투항파와 항쟁파 등으로 분할되는 대립

---

28 심영의, 「상흔(傷痕)문학에서 역사적 기억의 문제」, 『한국문학과 예술』 16권, 숭실대학교 한국문학과예술연구소, 2015, 284쪽.

제3부 애도와 재현, 그리고 미학

의 목록에서 주체로 확립되는 성은 대개 남성이며, 여성의 역할은 피해자로 한정되어 있다. 소설 속의 여성 인물은 피해자라는 대표단수 아래 괄호 처리되거나 축소와 한정의 형식으로 타자화된다. 여성은 역사의 무력한 피해자이거나 피해자 남성을 반사하는 역할을 담당한다.[29]

대부분의 5·18영화도 그러한 패턴을 반복하는데, 앞장에서 다루었던 〈임을 위한 행진곡〉도 다르지 않다. 그에 반해 독립영화인 〈외롭고 높고 쓸쓸한〉의 경우는 아예 여성 인물들만을 내세워, 여성의 이야기만을 들려준다. 기왕의 5월담론에서 비가시적이었던 여성의 목소리를 재현해내고 있는 것이다.

이 글에서는 독립영화를 대규모 자본 시스템에서 분리하여 독자적인 소규모 자본으로 제작된 영화이면서, 사회 참여적 의식을 담고 있어서 상업영화가 충족시키지 못하는 소재의 다양성을 반영한 영화로 본다.[30] 덧붙이자면 상업영화 자본으로부터의 독립과 아울러 상업영화의 지배적인 내러티브로부터의 독립이 독립영화의 존재 근거요 절실한 과제가 되고 있다.[31]

〈외롭고 높고 쓸쓸한〉은 2017년 11월 19일 제6회 광주독립영화제에서 관객들에게 선보인 저예산 독립영화다. 그런데 독립영화가 자본으로부터의 독립 혹은 외면과는 별개로 관객으로부터까지 독립할 수는 없는 일이며, 오히려 관객의 호응과 지지를 통해 관객과 소통하고자 하는 감독의 의도가 의미와 가치를 더하게 될 것이다. 이 글은 독립영화로서 〈외롭고 높

29 이경, 「비체와 우울증의 정치학 — 젠더의 관점으로 5·18소설 읽기」, 『여성문학연구』, 17권, 한국여성문학학회, 2007, 77쪽.

30 이종현·신광철, 「흥행에 성공한 독립영화 서사구조 분석」, 『글로벌문화콘텐츠학회학술대회 자료집』, 글로벌문화콘텐츠학회, 2014, 135쪽.

31 윤중목, 『독립영화 워크숍, 그 30년을 말하다』, 목선재, 2015, 39쪽.

고 쓸쓸한〉이 더 많은 관객과 만나 소통하고 사랑받기 위해서는 무엇을 좀 더 고민해야 할 것인가에 관심을 갖는다.

김경자 감독은 몇 해 동안, 5·18항쟁 당시 다양한 방식으로 활약했던 여성 인물들을 인터뷰하고 그들과 함께 생활하면서, 5·18관련 상업영화가 담지 못했던 그들의 증언의 욕망을 서사화한다. 그 자신은 5월 이후의 세대에 속하지만 5·18에 참여 혹은 관계되었던 여성들에 대해 일종의 부채의식이 많아 보인다. 같은 여성으로서 그들이 갖고 있는 역사적 상흔이 조금이라도 치유될 수 있다면 자신의 힘든 작업이 얼마간 보람이 있을 것으로 여긴다.[32]

〈외롭고 높고 쓸쓸한〉은 5·18항쟁에 참여했던 여성들을 크게 두 그룹으로 나누어 설명하고 있다. 하나는 광주 YWCA를 근거지로 활동했던 송백회라는 지식인 여성들의 모임이고, 다른 하나는 가톨릭 노동자회(JOC)에서 활동하던 여성 노동자들로 당시 광주지역에서 가장 규모가 컸던 로케트전기와 전남방직 등의 생산직 여성 노동자들이다. 가두방송을 하다 보안대로 끌려가 고초를 당했던 여성의 경우처럼 앞의 두 그룹에 속하지 않는, 우연한 기회에 항쟁에 참여했던 경우도 있다. 사실상 항쟁은 우연하게, 그리고 자발적인 참여로 이루어졌으며, 시민군과 항쟁지도부 그리고 이후의 수습위원회 등 주요한 몇 개의 조직 역시 급조되어 운영되었다.

물론 80년 5월 18일 전남대학교 정문 앞 시위에 참가했던 학생들 그 누구도 그날의 시위가 항쟁의 시발점이 될 것으로 예상하지는 못했을 것이나, 그들이 공수부대의 폭력적 진압에 따라 시내 중심가로 시위대열을 이동함으로써 이후 항쟁의 기폭제가 되었다는 점에서 시민들의 시위 및 항

---

32 2018.7.27. 필자와의 대담에서.

제3부 애도와 재현, 그리고 미학

쟁참여의 동력이 되었던 것은 사실이다.[33] 또한 여성 중심 사업장인 섬유업계 종사 노동자들이 가톨릭 노동자회(JOC)를 중심으로 한 소그룹 학습활동을 통해 민주노조 결성을 위해 활동하고 있었던 것 역시 항쟁의 발화와 전개에 일정한 작용을 한 것도 사실이다. '송백회'와 '들불야학'과 극단 '광대'에서 활동한 여자대학생들, '현대문화연구소' 등에서 활동한 여성들이 항쟁 당시에 나름의 조직적 활동을 벌였다.[34]

어쨌거나 영화는 여성들이 항쟁에 참여하게 된 계기와 과정, 이후의 삶이 어떤 변화를 겪었는지를 중심으로 당사자들의 증언을 담담하게 들려준다. 앞에서 언급했던 여성단체와 사회운동 단체 그리고 노동조합에서 활동했던 여성들이 자신의 입을 통해 과거를 기억하고 재구성하면서 영화의 스토리라인을 구성하고 있다.

여성 인물들의 증언의 주된 내용은 시민들의 집회와 시위에 대한 계엄군의 무자비한 탄압과 살육의 끔찍함, 그리고 다양한 경로를 통해 항쟁에 개입-참여하고 이후 체포되거나 검거되어 고초를 치렀던 자신들의 경험들이다. 항쟁에 참여했던 여성 인물들이 40년 가까이 지난 시점에, 그러니까 그들 대부분이 20대 초·중반에 사건에 관여하게 되었는데, 이제 60 문턱 즈음에 지난 과거를 담담하게 기억해내고 있는 장면들을 배치하고 있는 것이다.

독립영화는 상업영화가 전형으로 삼는 할리우드 내러티브 전략으로부터 탈피해서 직선적이고 연속적인 이야기 구조 대신 불확실하고 모호한 내러티브를 갖는 것을 그 특징으로 한다. 뒤엉키고 혼란스러운 다원적 시

33 김희송, 『시민운동의 형성과 제도화에 관한 연구 ─ 광주지역 시민운동을 중심으로』, 전남대학교 박사학위논문, 2009, 91쪽.
34 5월여성연구회, 『광주민중항쟁과 여성』, 한국기독교사회문제연구원, 1991, 29~30쪽.

점 속에서 주인공은 영웅적 개인이 아니라 일상적이고 평범한 인물의 내면적 심리적 고민의 탐구에 집중하는 양식이다. 그렇게 함으로써 독립영화는 제작자나 감독의 주제의식을 표출하기 위한 대안적인 내용과 형식을 담아내는 특징을 갖는다.[35]

이 영화 〈외롭고 높고 쓸쓸한〉이 갖는 의의는 다시 강조하거니와 대항담론이라는 거대서사 속에서 비가시화되었던 여성들의 목소리를 직접 들려주는 데 있다. 항쟁은 남성들만의 참여로만 이루어졌거나 영웅적인 인물이 지도했던 게 아니라 여성들도, 그리고 평범한 시민들도 함께했으며, 더구나 여성 참여자들도 체포되고 구금되고 때론 잔혹한 고문에 시달렸다는 것, 오랜 시간이 지났으나 그날의 참혹한 기억으로부터 여전히 풀려나지 못했음을 증언하고 있는 데 있다. 그런데 눈여겨볼 것은 그 참혹한 시절을 다른 누구와 함께 했었다는 연대의 기억을 통해 기억이 아름다움의 정서를 포함하고 있는 것이다.

영화 〈임을 위한 행진곡〉이 그러했던 것처럼 〈외롭고 높고 쓸쓸한〉의 기본 구성은 과거의 시간을 현재적 시점에서 다시 불러내는 것이고(기억과 환기), 그것은 일차적으로 아름다움 혹은 슬픔의 정서를 동반한다. 그런데 영화를 보는 관객의 입장에서도 그러할까. 불가피하게 여성의 증언을 주요 서사로 한 최근의 영화 〈허스토리 Herstory, 2017〉와 얼마간 비교해 볼 수밖에 없겠다.

2018년 6월에 개봉한 민규동 감독 영화 〈허스토리 Herstory, 2017〉는 1992년에서 1998년까지 6년의 기간에 시모노세키와 부산을 오가며 일본 재판부에 당당하게 맞선 위안부 할머니들과 그들을 위해 함께 싸웠던 사

---

35 윤중목, 『독립영화 워크숍, 그 30년을 말하다』, 목선재, 2015, 40쪽.

람들의 이야기다. 기본적으로 상업영화인 탓에 독립영화인 〈외롭고 높고 쓸쓸한〉과 비교해서 논의하는 것이 적절한가의 문제가 있을 수 있겠다. 그러나 이 글에서는 두 영화가 역사적 사건의 기억과 증언에서 여성의 목소리를 전면화하고 있다는 점에서 함께 논의할 여지가 있다고 생각한다. 아니라도 하나의 참조는 가능할 것이다.

요점은, 영화 〈허스토리 Herstory, 2017〉가 갖고 있는 감동의 구조를 5·18영화들이 갖고 있지 못하다는 것에 있다. 까닭은 두 가지다.

하나는 일본군 위안부 문제가 우리 사회에서 보편적인 문제의식과 공감 영역을 갖고 있는 데 반해 5·18과 관련한 해석은 그렇지 못한 데 있다. 이 글의 서두에서 언급했던 것처럼 5·18항쟁을 해석하는 서로 다른 관점이 상충하고 있고, 그것은 매우 정치적인 이데올로기가 개입되어 있으며, 일각의 왜곡이 현재진행형이라는 점에서 위안부 문제처럼 보편적 해석과 공감의 영역을 갖지 못한 한계가 있다. 그래서 더욱 5·18을 담론화하고 있는 문화적 재현의 경우 보다 섬세한 미학적 접근이 요구되는 것이다.

다른 하나는 왜 시기에 여성의 증언인가에 대해 이 영화가 갖는 의미에 대해 살펴보자. 최근 한국 사회는 여성에 대한 혐오의 정서와 관련한 담론이 쏟아지고 있다. 한국 사회에서 2015~2016년은 '여성 혐오'의 문제가 유독 도드라지게 드러난 해였다고 할 수 있다. 그것은 2015년 5월, 강남역 공용화장실에서 일어난, 한 여성에 대한 참혹한 살인사건이 계기가 되었다. 기름을 부은 것은, 2016년 5월 전남 신안군에서 발생한 초등학교 여교사 집단 성폭행 사건이었다. 강남역 살인사건은 2015년 5월 17일 새벽, 신안 여교사 집단 성폭행 사건은 2016년 5월 22일 새벽에 일어났다. 그 1년 사이에 우리 사회는 여성의 몸에 대한 남성의 폭력과 그것을 바라보는 엇갈린 시선(피해자 유발론)이 극명하게 나누어져 크나큰 진통을 겪었다. 더구나 2018년은 검찰에서부터 촉발된 미투(#me too-나도 당했다)운동이 우리 사회 거의 모든 분야에서 봇물 터지듯 진행되고 있다.

혐오는 타자를 대상화하고 수치심을 느끼게 함으로써 힘을 발휘한다. 이 두 감정은 인간의 근원적인 나약함을 숨기려는 욕구를 수반하고 있기 때문에 타자를 배척하는 데 사용될 가능성이 크다. 즉 약자를 파괴함으로써 자신의 존재감을 확인받는 강자들만의 부당한 논리로 확대 재생산될 수 있다. 최근 한국사회의 키워드는 '혐오'였다. 나아가 오랫동안 은폐되었던 여성에 대한 성폭력의 문제가 수면 위로 드러나고 있다. 여성 혐오와 여성에 대한 성적 폭력은 본질적인 면에서 서로 밀접한 연관을 갖고 있다. 한국사회에서 여성은 오랫동안 성적으로 대상화되고, 타자화되었으며, 손쉬운 거래 대상이 되었다. 그것은 여성을 남성과 동등한 성적 주체로 인정하지 않는 여성의 객체화, 타자화, 여성에 대한 멸시라는 점에서 그러하다.[36]

텍스트가 그 바깥에 위치한 사회 현실과 불가피한 관계가 있다면 이 영화에서 여성의 목소리를 담아내는 것 또한 같은 맥락에서 의미 있는 시도인 것은 분명하다.

다시 강조하지만, 여성을 전면화한 문화적 재현물이 궁극적으로 지향하는 인간적인 삶으로서의 여성과 관련하여 볼 때, 인간적인 삶은 단순한 생존 이상의 것임은 불문가지다. 그것은 공동체를 이루고, 말을 나누고, 정의와 불의를 구분하고, 행위(action)를 통해 공동체 세계를 구성하는 것이어야 한다. 이 공동체 세계를 만들고 유지하는 활동이 정치적인 것[37]이라 할

---

36 심영의, 「전쟁문학이 여성을 사유-재현하는 방식」, 『민주주의와 인권』 제18권 1호, 전남대학교 5·18연구소, 2018, 96쪽.

37 김애령, 「다른 목소리 듣기 — 말하는 주체와 들리지 않는 이방성」, 『한국여성철학』

때, 여성을 전면화한 문화적 재현은 그 자체로 정치적인 활동이다. 문제는 그 내용 못지않게 형식적 완결미를 갖출 것이 요구된다는 것에 있고, 그것을 통하여 관객과의 소통에서 의미 있는 결과를 만들어낼 수 있을 것이다.

앞에서 독립영화의 장르적 특성과 관련하여, 상업영화가 전형으로 삼는 할리우드 내러티브 전략으로부터 탈피해서 직선적이고 연속적인 이야기 구조 대신 불확실하고 모호한 내러티브를 갖는 것을 그 특징으로 한다고 했다. 그런데 문제는 그러한 형식을 통하여 감독의 주제의식이 관객에게 잘 전달되어 소통과 감응의 구조를 형성하면 다행이겠다. 〈외롭고 높고 쓸쓸한〉의 경우 기억을 소환하는 여성 인물들의 증언이 다소 산만하게 흩어져 있기는 하지만, 그럼에도 불구하고 그동안 항쟁의 기억에서 소거됐던 여성의 목소리를 담아내고 있는 점은 귀하고 가치 있는 시도라 하겠다.

4. 기억과 증언을 넘어서 공감으로

이제는 5·18의 사실적 재현보다는 5·18정신의 계승을 어떠한 작업을 통해 이룰 수 있겠는가에 대한 보다 많은 고민과 실천이 요구된다. 물론 5·18학살의 최종책임자라 할 사람이 자서전을 통해 역사적 사실에 대한 왜곡을 행하고 있는 것과, 여전히 일부 극우 파시스트들이 5·18을 북한과 연계시켜 항쟁의 순수성을 훼손하려는 시도들에 대해서는 적극적이고 지속적인 대응이 필요하다.

다른 역사적 사건들도 사정은 다르지 않겠으나, 5·18의 경우 사건을 기록하는 순간부터 누가 보고 누가 기록하는가에 따라 진실은 흐릿해지고

---

17. 한국여성철학회, 2012, 39쪽.

왜곡이 자행되었다. 그리고 민주주의가 위협받는 정치적 환경이 조성될 때마다 왜곡과 훼손은 증폭되어왔다. 그런 탓에 항쟁 초기부터 문학을 비롯한 문화적 영역에서는 그날의 진실을 정확하게 재현함으로써 왜곡과 부정에 맞서왔다. 그것은 여전히 중요하고 앞으로도 지속되어야 할 과제다.

그럼에도 불구하고 앞에서 다루었던 두 편의 영화에서 여전한 관심은 무엇보다 관객의 폭넓은 공감을 얻을 수 있는 방법이 무엇일까 하는 것이다. 영화도 예술인 한, 그것의 본질은 개인적으로는 즐거움과 만족감을 주고 인간관계 안에서는 풍요로운 대화와 소통의 계기가 되어, 예술이 가진 본래의 힘과 가치를 보여줄 것이 요구된다. 예술이 가진 특성은 인류가 계속해서 지켜 나가야 할 민주주의가 가진 가치를 보존하고 유지하는 것이라고 듀이는 주장하고 있다. 민주주의는 대화와 인간의 상호존중을 바탕으로 한 인류를 끌어나가는 유일한 최선의 제도이기 때문이다.[38]

두 영화가 관객과의 공감이 다소 부족했다고 할 때, 감독과 관객 사이에 텍스트의 내용 및 주제의식에 대한 미적 경험의 이완 혹은 불일치를 들수 있다. 영화를 감상하는 관객은 일차적으로 텍스트가 제시하는 이야기에 몰입함으로써, 그러한 미적 경험 속에서 다양한 종류의 추체험을 바탕으로 공감과 이해와 지지 그리고 자신을 되돌아보는 하나의 계기를 마련하게 된다. 그런데 앞에서도 언급했던 것처럼 기왕의 5·18영화에서 익히보았던 전형적인 인물과 상황 설정의 반복에서 새로운 미적 경험은 다소어려움을 내포하고 있었다는 평가가 가능하다.

그렇게 보면 사건의 재현이라는 점과 관련해 볼 때, 지금은 문학이나 영화와 같은 문화적 영역의 몫은 아닌 듯 싶다. 왜냐하면 저들이 끊임없이

---

38 박주희, 앞의 글, 6쪽.

제3부 애도와 재현, 그리고 미학

시도하는 역사적 사실에 대한 왜곡에 맞서 그날의 진실을 규명하고자 하는 재현에의 노력은 적어도 문화예술의 경우 충분하게 담아냈다고 보기 때문이다. 남은 것, 미처 다하지 못한 것이 있다면 그것은 무엇인가. 있다면 가해자들의 고통과 트라우마에 관한 것이 되겠는데, 그것 역시 문학과 영화 부문에서 이미 다루어졌다.

다른 하나는, 앞에서도 언급했거니와 문화예술이 감당할 몫은 공감의 구조를 통해 독자−관객과 소통하면서 역사적 사건의 정신을 끊임없이 확장−계승해 나가는 데 있다고 보기 때문이다. 그렇게 하기 위해 참고할 자료가 하나 있다. 5·18의 진실을 가장 적실하게 재현해내면서 그날의 비극적 상황과 감춰진 진실에 상당할 정도의 해석이 이루어졌다고 평가받는, 더구나 누적 관람객 수가 700만 명이 넘어 대중적 흥행에도 성공한 영화 〈화려한 휴가〉를 관람한 관객들이 이후 정치적 태도에서 어떤 변화를 보였는가에 대한 분석이 그것이다.

영화 〈화려한 휴가〉는 김지훈 감독이 메가폰을 잡아 2007년 7월에 개봉한 극영화다. 영화의 제목은 5·18항쟁을 진압하기 위한 계엄군 진압부대의 작전명을 그대로 가져왔다. 이 글에서 영화와 독자의 반응 등에 대한 상세한 설명은 생략한다. 이 글에서의 초점은 역사적 사건을 제재로 한 영화의 정치적 영향에 관한 점이기 때문이다.

이 영화는 마침 제17대 대통령 선거를 앞둔 시점에 개봉됨으로써 선거에 미칠 영향에 관해 서로 다른 해석과 기대들이 존재했다. 그러나 영화 〈화려한 휴가〉 수용자들의 정치적 태도 변화에 어떠한 영향을 끼쳤는지를 연구한 한 분석[39]에 따르면, 정치권과 일반의 기대와는 달리 유의미한 영

---

39 금희조, 「영화 〈화려한 휴가〉 관람이 정치태도의 변화에 미치는 영향」, 『한국언론학

향을 끼치지는 못했다. 영화 개봉일로부터 5개월여 뒤에 실시된 대통령 선거 결과가 이를 여실하게 입증해주고 있다. 2007년 12월 19일 실시한 제17대 대통령 선거에서 당시 한나라당 후보였던 이명박이 야당 후보를 압도적인 표차로 따돌리고 승리하였다.

앞의 연구결과에 따르면, 영화 〈화려한 휴가〉를 관람하게 유도한 가장 강력한 동기는 이데올로기적 성향보다는 전라도라는 출신지역과 5·18에 대한 평소의 관심이었던 것으로 분석된다.[40] 민주화운동에 대한 평소의 지지와 관심이 영화 관람으로 이어졌고, 그들은 당시 야당 후보에게 투표했을 것으로 추론이 가능하다. 출신 지역과 이데올로기, 주제에 관한 평소의 관심이 영화 관람을 결정하는 주요한 동기라는 이와 같은 분석은 미디어콘텐츠 이용이 수용자가 속해 있는 사회문화적 환경과 자아 정체성, 가치관과 이슈에 대한 태도 등에서 유래한다는 기존의 가설을 지지하고 있는 것이다. 〈화려한 휴가〉의 관객들은 자신의 지역 공동체에 대한 애착과 5·18에 대한 평소의 관심을 영화 관람을 통해 실현하고자 했던 것이다. 이데올로기가 관객에게 미친 영향이 미미한 것은 〈화려한 휴가〉가 정치적 역사적 해석보다는 휴머니즘에 입각한 감동의 정서를 추구하고 있기 때문으로 볼 수 있다.

그러니까 단정적으로 말하기는 어려우나, 전라도 지역이 고향이 아니거나 5·18을 비롯한 민주화운동에 대한 관심이 상대적으로 적거나 없는 경우 〈화려한 휴가〉를 관람할 동기가 없다는 것, 혹여 관람했다 하더라도 영화의 영향으로 평소의 정치적 태도가 변화했을 것으로 기대하기 어렵다는

보』 제52권 2호, 2008, 70~95쪽.
40 위의 글, 87쪽.

제3부 애도와 재현, 그리고 미학

결론이 가능하다. 곧 700만 명이 넘게 관람한 영화가 5·18을 지지하지 않거나 무관심한 사람들에게 별다른 영향을 끼치지 못했음을 의미한다.

그럴진대, 영화 〈임을 위한 행진곡〉의 실패는 처음부터 예견됐던 것이라 하면 지나치게 가혹한 것인가. 10년 전에 개봉한 영화와 〈임을 위한 행진곡〉이 다른 점이 무엇인지를 설명하지 못한다면 관객의 외면은 너무나 당연하지 않겠는가. 〈외롭고 높고 쓸쓸한〉의 경우는 독립영화이고 감독이 미진한 부분을 좀 더 다듬을 수 있는 여지가 있기는 하지만, 5·18과 같은 민주화운동에 있어 그동안 소외되고 배제되었던 '여성의 목소리'라는 것만 가지고는 역부족이다. 왜 여성의 목소리가 지금 중요한가에 대한 설명이 영화의 전반적인 구성에 녹아 있을 것이 요구된다.

1980년 5월로부터 38년의 시간이 흐르는 동안 5·18항쟁과 관련한 문화적 재현은 다양하게 이루어져왔다. 의미 있는 텍스트들이 독자–관객과 만나 광주라는 공간과 5월이라는 시간을 넘어서서 공감의 영역을 넓혀가고 있다. 5·18을 제재로 한 텍스트들은 문학과 연극과 미술과 음악과 영화 등의 문화예술 분야에서 두루 생산되었다.

80년 이후의 예술운동에서 주어진 과제는 우선적으로 왜곡된 5·18을 어떻게 대중에게 알려 그 정신을 계승할 것인가의 문제였다. 그렇게 알리고 망각하지 않기 위해 또한 끊임없는 왜곡에 맞서기 위해 5·18항쟁과 관련한 문화적 재현은 계속되고 있다. 그러나 그것이 사회과학이 아니고 문화예술의 영역인 한 미학의 관점에서 본질적인 고민이 필요하다는 지적은 벌써부터 있어왔다.

더구나 앞에서 살펴보았듯이 5·18 관련 영화에서 700만 명의 누적 관객 수를 기록한 영화 〈화려한 휴가〉의 관람 동기와 그 영향을 분석한 연구결과를 참조하면, 이제 5·18의 사실적 재현 그 자체만으로는 관객의 외면을 받기 십상이라는 점을 기억할 것이 필요하다. 가장 최근에 개봉된 5 · 18 관련 영화 〈택시운전사〉는 누적 관객이 1천만 명 이상을 넘어섰다. 까닭은 영화의 주요 인물들이 관객과 별로 다를 게 없는 보통의 인물들이라는 것, 따라서 그들은 영웅적 행동으로서가 아니라 주저하고 회의하면서도 상황에 개입하는 것으로 인해, 무엇보다 클리셰가 생략된 전체의 구성에서 관객의 호응이 가능했다고 할 수 있다. 영화를 비롯한 5 · 18의 문화적 재현에서 유념해야 할 점이라 하겠다.

역사적 진실과 자기기만 사이의 글쓰기

1. 자전적 글쓰기 – 기억의 재구성

　민주주의가 위기에 처할 때마다 5 · 18에 대한 역사적 정당성은 위협을 받는다. 현실에서 진실은 항상 권력과의 관계에서 구성되고 또 재구성되기 때문이다. 이 글에서는 1980년 5 · 18과 관련하여 가장 중요한 위치에 있었던 군인정치인–전두환의 자전적 글쓰기를 분석한다. 이 글은 전두환의 글쓰기에 나타난 역사적 사실에 대한 왜곡과 부정의 메커니즘을 비판적으로 분석함으로써 5 · 18의 역사적 진실과 정당성을 확고히 하는 데 기여할 수 있을 것으로 기대한다.

　그런데 특히 자전적 글쓰기는 글 쓰는 이의 기억에 의존한다. 기억은 하나의 행위이며 재현 또는 표상이다. 따라서 기억이론은 한 집단 또는 사회가 과거를 재구성하는 행위와 그 결과에 대한 연구로서 역사적 진실보다는 과거가 형성되고 재현되고 특정 기능을 담당하는 역동성에 관심을 둔다. 기억은 한 개인의 두뇌 속에 있는 기억 체계에 의하여 형성되고 변화한다. 개인은 자신이 겪었던 것, 상상했던 것, 들었던 것 등을 저장하고, 재정리하고, 회고하고, 다른 사람들과 나누기도 한다. 이렇게 개인적이고 주관적으로 보이는 기억은 그러나 사회에서 공유되는 언어로 구조화되고, 시공간 개념에 의해 특정 과거가 강조되거나 변형되거나 망각된다.[1]

미셸 푸코(Michel Foucault)의 경우, 우리는 기의 속에 있는 것을 해석하는 것이 아니라 사실은 누가 해석해놓았는가를 해석하는 것[2]이라고 말한다. 이 글은 5·18담론이라는 담론 구성체가 권력/지식관계 속에서 어떻게 형성되고 또 해체/재구성되는가를 5·18과 관련한 전두환의 해석을 중심으로 분석한다.

푸코는 특히 권력이 작동하는 방식에 주목한다. 담론(discourse)은 푸코가 특별히 고안해낸 용어로 전통적으로 말하기(talk), 말하는 행위(the act of speaking), 담화(conversation)의 의미로 통용되었지만, 푸코는 'discourse'라는 용어의 사용을 고집한다. 푸코가 염두에 둔 담론이란, 지배계급이 피지배계급에 특정한 지식과 규율을 강요함으로써 진리의 장을 구성하는 언술체계를 말한다. 어떤 언술은 허용되고, 다른 언술은 허용되지 않는다. 분류, 배분, 순서를 정해서 만들어진 언술체계는 개개인을 통제하고, 지배하고, 순응시키는 데 동원된다.

이 글에서 『전두환 회고록』의 5·18 관련 기록을 중심으로, 1980년 광주에서 일어났던 비극적 사건이 어떤 경로로 왜곡과 부정이 되풀이되고 있는가 하는 점을 분석하는 데 있어 푸코의 담론 구성이론은 유용한 방법이 된다. 또한 5·18을 기억하고 해석하는 담론의 장에서 어떤 것은 선택되

---

1 권귀숙, 『기억의 정치』, 문학과지성사, 2006, 13쪽.

2 정일준 편역, 『자유를 향한 참을 수 없는 열망 : 푸코-하버마스 논쟁 재론』, 새물결, 1999, 42~43쪽.

제3부 애도와 재현, 그리고 미학

어 강조되고, 어떤 것은 무시되고 배제되는가를 이해하는 데 있어 그람시의 헤게모니 이론은 유용한 방법적 틀이라 할 수 있다.

5·18을 왜곡하는 데 활용되고 있는 주된 근거 중 하나가 소위 북한특수군 개입설이다. 또한 5·18학살을 정당화는 데 활용되고 있는 주된 근거 중 하나가 광주교도소 습격설이다. 그러한 주장의 근거는 전두환의 말과 글에 있고, 그것의 집약이 2017년에 나온 『전두환 회고록』이다.

1980년 5월 광주에서 발생했던 비극적 사건에 대하여 정부는 1997년 공식적으로 5·18광주민주화운동으로 명명하면서 국가기념일로 지정하고 해마다 추념식을 거행하고 있다. 그러나 5·18당시 진압군에 의한 성폭력의 사례와 무장헬기 등 중무장 화기에 의한 시민들의 살상 등 아직 드러나지 않은 진실을 규명하고자 출범한 5·18진상규명특별위원회 논의와 맞물려 다시금 5·18에 대한 적대적 논의가 촉발되었고 그 파장은 현재진행형이다.

그동안 5·18을 북한군의 개입에 의한 폭동이라고 줄기차게 주장해오면서 법적 처벌을 되풀이하여 받아온 한 인사를 초청한 국회 공청회에서 5·18의 역사적 정당성을 부정하고 폄훼하는 발언들이 속출하여 논란을 일으킨 바 있다.[3] 이후 일정한 유감 표명이 있었으나 말뿐이어서 그것은 정치적 제스처로 치부될 뿐 진실성을 믿기 어려운 것으로 이해된다. 아니나 다를까 2021년 4월, 경주에 있는 위덕대학교 비대면 강의 중에 그 학교

---

3 2019년 2월 8일 자유한국당 김진태·이종명 의원 등이 주관한 국회공청회에서 지만원은 '5·18 북한군 개입설'을 계속해 주장했다. 지만원은 "5·18은 북한특수군 600명이 주도한 게릴라전이었다."고 말하는가 하면, 자유한국당 김순례 의원은 "종북좌파들이 지금 판을 치면서 5·18유공자라는 이상한 괴물집단을 만들어내면서 우리의 세금을 축내고 있다"고 발언하였다.

박훈탁 교수(경찰행정학과)는 "5·18은 민주화운동이 아니고 북한군이 저지른 범죄행위다. 이는 상당한 근거와 증인을 가지고 있다."라고 진실을 왜곡하기도 했다. 그가 말한 소위 근거는 지만원의 주장을 그대로 복사한 것이고, 지만원의 주장은 전두환을 비롯한 신군부의 5·18 말하기에 뿌리를 두고 있다.

유튜브를 비롯한 인터넷 매체에는 5·18에 대한 왜곡과 부정을 넘어 5·18항쟁에 참여했던 사람들에 대한 적대적인 내용으로 가득 찬 영상과 글들이 마치 사실인 양 전파되고 있어도 거의 아무런 제재를 받지 않고 있다. 최근 5·18 왜곡에 대한 처벌을 명문화한 법률(5·18민주화운동특별법 개정안, 2020.12.10)이 입법을 마쳤으나 일각에서는 표현의 자유를 중대하게 제한하고 있다는 비난이 계속되고 있다. 더구나 정치적 상황이 바뀔 때도 관련 법률이 존속할 수 있을지 알 수 없다.

5·18항쟁에 대한 역사적 평가에 동의하는 사람들에 대한 적대적인 태도는 그들을 지지하는 사람들에게 그들이 만든 거짓 소문에 설득력을 실어주고 사실일 가능성이 높다고 믿게 만든다. 실제 특정 대상에 대한 적대적인 소문은 사람들의 공격성과 증오심을 건드리는 경우가 많다.[4] 최근에는 5·18 민주유공자들의 명단을 공개하라는 주장을 통해 5·18이 국가폭력에 저항했던 민중들의 저항권 행사라는 역사적 정당성을 훼손하려는 움직임의 주요 재료로 사용되고 있다. 그러나 유공자들의 명단은 이미 공개되어 있다. 5·18 자유공원 기록관에 4,320명의 희생자 명단이 사실상 공개되어 있는 것이다. 이른바 '가짜 유공자'들이 소수라도 섞여 있을 가능성이 전혀 없는 것은 아니겠으나, 그것이 5·18의 역사적 정당성에 있어

---

4   니콜라스 디폰조(Nicholas Difonzo), 『루머사회』, 곽윤정 역, 흐름출판, 2012.160쪽.

본질적인 문제는 아니다.[5]

5·18이 한국 민주주의 발전의 원동력으로 자리매김되고, 그 정신이 인류 보편적 가치로 계승 발전되는 과정에서 5·18의 가치를 밝히고자 하는 많은 노력과 연구가 이루어졌다. 1989년 현대사사료연구소의 연구를 시작으로 5·18항쟁에 대한 학술 연구는 물론, 정치학, 사회학, 역사학적 접근에서부터 사회심리학과 문학 및 예술 분야에 이르기까지 광범위한 수준의 연구와 작업이 축적되어 있다.

특히 정치변동과 5·18담론의 변화와 권력 관계를 다루고 있는 전재호의 연구는 주목할 만하다. 전재호는, 5·18담론은 1980년대 진행된 정치변동의 과정에서 권위주의적 국가와 정치·시민사회 내 민주화운동 세력들 간의 담론투쟁의 핵심이었다고 말한다.[6] 이 과정에서 '불순분자들의 사주에 의한 폭도들의 소요' 또는 '국가발전을 저해하는 혼란'이라는 국가의 지배담론은 '민주화–민중항쟁–반(反)외세 자주'라는 민주화운동 세력의 대항담론에 의해 도전받았고, 1987년 6월 항쟁 이후 대항담론 중 '민주화운동'이라는 의미만이 국가에 의해 공인받았다는 것, 따라서 1980년 이후 '광주사태'로부터 '광주민주화운동'과 '광주민중항쟁'으로의 변화는 단순

---

5 김동춘, 「민주화 역사를 어떻게 기억하고 기념할 것인가」, 『기억과 전망』 제45호, 민주화운동기념사업회, 2020, 9쪽. 김동춘의 제언처럼 희생을 인정하는 것과 민주화운동에 대한 공적을 인정하는 것은 구별할 필요가 있다. 그러나 5·18유공자 중에서 희생자와 유공자를 구분하는 것, 특히 유공자 중에서도 그 경중을 가리는 것은 현실적으로 불가능에 가까운 일이어서 5·18민주유공자 중에서는 소위 가짜 유공자나 피해 정도가 과장된 경우도 없지 않을 것이다. 그렇다 하더라도 그러한 문제가 5·18의 역사적 의의를 부정하거나 왜곡할 본질적 문제는 전혀 아니다.

6 전재호, 「5·18의 정치 : 정치변동과 담론의 변화」, 『5·18민중항쟁과 정치·역사·사회』 5권, 5·18기념재단, 2007, 273쪽.

히 5 · 18을 지칭하는 용어의 변화가 아니라 한국사회의 정치변동 과정에서 전개된 국가, 정치사회, 그리고 시민사회 내 여러 세력들 간의 힘의 역관계와 밀접히 연관된 것으로 파악한다.[7]

2. 군부의 5 · 18담론과 반공국가 이데올로기

전두환은 1979년에서 1980년의 시기를 다룬 그의 회고록 제1권의 제목을 "혼돈의 시대"라 명명하고 있다.[8] 그는 그 시기를 "국가적 위기가 초래될 수 있는 불안 요인이 가장 많았던 시기"[9]로 규정함으로써 자신의 모든 선택과 행위를 합리화한다. 정승화 계엄사령관을 체포하고 군권을 장악했던 12 · 12를 그는 "나의 주저 없는 선택이었고 목숨을 건 결단"(1권, 18쪽)이었다고 말한다.

박정희의 유신독재가 종말을 고하고 난 직후의 정국을 민주화를 추진하던 이들은 '서울의 봄'으로 규정하고, 전두환의 경우엔 '혼돈의 시대'라고 인식하는 것 자체가 역사적 사실에 대한 서로 다른 '관념적 재구성'이라 할 수 있다. 까닭에 한쪽은 12 · 12를 두고 구국의 결단으로 규정하고, 다른 한쪽에서는 군사쿠데타라고 말한다. 많은 역사 서술과 현실의 법정은 12 · 12를 군사쿠데타로 규정한다. 그것이 초법적으로 이루어졌기 때문이다.

이에 대해서도 전두환은, "혼란과 갈등의 소용돌이에서 누군가의 희생과 헌신을 요구하게 마련이고, 비상한 상황에서는 불가피하게 비상한 수

---

7 위의 글, 274쪽.
8 전두환, 『전두환 회고록』 제1권, 자작나무숲, 2017.
9 위의 글, 18쪽. 이후 본문의 인용은 괄호 안에 쪽수만 기입한다.

제3부 애도와 재현, 그리고 미학

단을 사용할 수밖에 없는 경우가 있게 마련"이라며, 그것을 "시대적 상황의 산물, 혹은 (자신은) 역사가 사용한 하나의 도구였을지도 모른다."고 서술하고 있다.(1권, 20쪽) 자신이 그러한 행동을 한 것은 불가피했다는 뜻으로, 자신의 행위에 정당성을 부여하고자 하는 심리적 기제가 강하게 작동하고 있음을 알 수 있다.

같은 글에서 전두환은 시종일관 1980년 봄에 대해, "사북사태, 학생들의 폭력시위, 재야세력의 민중혁명 책동, 북한의 긴박한 침략 위협으로 국가의 안전과 국민 생활의 안정이 위태롭게 되었다."(1권, 18쪽)고 주장한다. 전두환은 5·17 전국 계엄 확대 결정을 "위기 수습을 위한 최규하 대통령의 결단"으로 서술한다.(1권, 272쪽) 시위 진압 훈련인 충정작전은 통상적인 훈련인 데다 특히 이희성 계엄사령관의 판단과 지시에 의한 것이었으며, 비상계엄 전국 확대는 전군주요지휘관회의의 결과였다는 것, 비상 국무회의가 그것을 결의하고 선포한 것은 최규하 대통령의 위기 수습을 위한 결단이었다는 것으로 자신의 책임 혹은 소관이 아니었다는 책임 회피의 입장을 보인다.

대통령의 사전 재가 없이 이루어진 정승화 육군참모총장 연행(12·12)의 경우 "비상한 상황에서는 불가피하게 비상한 수단을 사용할 수밖에 없었다."라는, 곧 자신의 결정이었다는 말을 하지만 이후에 전개된 주요 사건들의 경우에는 책임에서 비켜선 태도를 취하고 있다. 까닭은 12·12의 경우에는 박정희의 죽음에 대해 수사하는 책임자로서의 결정이라는 명분이라도 있으나 다른 사건들에는 그렇지 않은 때문으로 보인다. 정당성의 문제 혹은 법적인 책임의 문제로부터 자유로울 수 없는 탓이다.

그러나 사법부는 그에게 12·12 군사반란과 5·17쿠데타와 5·18양민

학살의 책임을 물어 중형을 선고한 바 있다.[10] 우리는 역사를 통해 (그 무엇을) 심판할 수는 없으며, 역사를 통해 평가 혹은 조명할 수 있을 뿐이다. 조명은 역사의 몫이요, 신이 사라진 이 세속사회에서는 심판은 구체적으로는 법의 몫이다.[11]

그러나 전두환의 경우 이를 수용하지 않는다. 그는 회고록 1권에서, "역사는 승자의 기록이라는 말이 있다지만 '내란'으로 판정되었던 '광주사태'는 어느 날 '민주화를 위한 노력의 일환'으로 규정되더니 어느 순간 한 걸음 더 나아가 '민주화 운동'으로 자리매김되었다. 역사는 수정되었고, 그 역사는 사회적 통념으로 규정되었으며, 급기야 신화의 지위를 차지하고 말았다."(1권, 378~379쪽)라고 울분을 토한다.

5·18광주항쟁(혹은 광주양민학살)의 진실을 규명하기 위한 전제가 12·12와 5·17의 법적 정당성의 문제다. 그런데 전두환은 5·18에 대한 긍정적 평가와는 매우 상반된 기억과 평가를 내린다. 서로 다른 정치적 입장에 있기 때문에 그것은 불가피한 측면이 있다. 문제는, 기억은 자기에 대한 이해와 분석이라는 도덕적 관심에서 떨어질 수 없다는 점이다. 그런 점에서 기억은 곧 성찰이다. 역사 이전의 기억이나 기억 이후의 역사 모두의 성찰이다.[12] 그렇게 보면 전두환의 자전적 글쓰기는 자기기만에 가득 찬 글쓰

---

10 1995년 5·18특별법이 제정되고, 검찰에서 '공소권 없음' 결정을 발표한 지 4개월 만에 특별수사본부를 발족하고 재수사를 시작하여 1996년 1월 관련자 8명을 1차 기소하였으며, 같은 해 2월 26일부터 역사적인 재판을 시작한 끝에 1996년 8월 26일 1심에서는 전두환에게 사형선고가 내려졌으나, 2심과 1997년 4월 대법원에서 최종적으로 무기징역을 확정하였다.

11 박은정, 「법·힘·저항─5·18, 어떻게 해석할 것인가」, 『5·18민중항쟁과 법학』, 5·18기념재단, 2006, 94쪽.

12 신응철, 앞의 글, 224쪽.

제3부 애도와 재현, 그리고 미학

기라 하지 않을 수 없다. 개인과 역사에 대한 성찰 대신 확신에 찬 변명-주장만이 가득하기 때문이다.

5 · 18에 관해 전두환은 "국군과 무장한 시민군 사이의 교전"으로 규정한다.(1권, 378쪽) 1980년 6월에 발표된 "광주사태의 진상"이라는 제목의 육군본부의 자료에도 "광주사태는 전남대생 200여 명의 가두 시위로부터 시작되었으나 계엄군의 진압 과정에서 불순용공분자와 극렬학생들이 유포시킨 악성 유언비어에 자극된 다수 시민들이 가세하여 대규모 가두시위로 확산됨과 더불어 광주 일원의 모든 행정은 마비되고 공공기관이 텅 비게 되었으며 상가도 완전 철시되는 암흑의 도시로 돌변하였다."라고 말한다.[13] 5 · 18특별법이 제정되고 관련 수사가 이루어져 재판을 통해 5 · 18학살은 전두환을 중심으로 한 신군부의 내란이었음이 확정[14]되었음에도 불구하고 5 · 18에 대한 전두환의 인식과 태도는 전혀 변화가 없음을 알 수 있다. 그와 같은 전두환의 자전적 글쓰기에는 5 · 18 당시 소위 신군부의 5 · 18담론이 주로 활용되고 있으며, 그것의 기저에는 반공국가 이데올로기가 작동하고 있음을 알 수 있다.

6 · 25 한국전쟁 후 반공주의는 다른 모든 정치적 이념을 압도하는 지배적인 정치이념이 되었다. 민간독재와 군사독재는 지속적으로 반공주의 이념과 감정을 동원했다. 그 결과 한국전쟁 이후 반공주의는 모든 정치적 논

---

13 전남사회문제연구소 편, 『5 · 18광주민중항쟁 자료집』, 도서출판 광주, 1988, 221쪽.

14 1995년 12월 21일 "5 · 18민주화운동 등에 관한 특례법"과 "헌정질서파괴범죄의 공소시효 등에 관한 특례법"이 제정되고, 법정의 긴 공방을 거쳐 마침내 1997년 4월 18일 대법원의 판결로 전두환은 무기징역, 노태우는 징역 17년 등의 형이 확정된다. 12 · 12쿠데타를 군사반란으로, 5 · 18진압을 내란으로 규정한 데 이 판결의 역사적 의의가 있다.

쟁과 정치적 비판을 억압하는 가장 중요한 이념적 원리가 되었다.[15]

한국 현대사에서 사회를 통제하는 가장 효과적인 방법은 반공 이데올로기를 활용하는 것이 되었다. 북한이 불량국가(the rogue state)로 그려지면서 반공주의는 반북주의로 해석되게 되었다. 그리하여 탈냉전시대에 선과 악의 이분법적인 대립이 남한과 북한의 대립으로 확장되었다.[16] 남한에 대한 북한의 위협과 함께 반공주의는 다양한 국가기구와 비국가기구를 통해 교육되고 내면화되었다. 이제 반공주의는 집단학살과 편집증적 광기의 표출을 가능하게 한 메커니즘으로 변질되었다. 냉전 반공주의의 이분법적 특성상 '우리 아닌 그들'에 대한 강렬한 증오와 배제의 심성이 정서 속에 나타나기 때문이다.[17] 80년 광주에서의 공수부대의 만행을 이해하는 데 있어 반공주의의 정서적 지배력 이외에 다른 무엇으로도 설명할 방법이 없는 것이다.

또한 광주 시민들의 저항을 불순용공분자와 극렬학생들의 폭동으로 규정하고 있는 신군부의 말하기, 그리고 전두환의 글쓰기는 한국 사회를 내밀하게 규율하고 있는 반공 이데올로기의 내면화에 기반하고 있는 것이다. 더불어 박정희의 죽음 이후 정치적 진공상태에서 권력을 장악한 전두환 신군부의 자기보존의 논리, 계급이익으로서의 반공주의가 작동하고 있는 것으로 이해된다.

5·18항쟁에 대한 계엄군의 무력진압을 정당화하는 주요 논리 중 하나가 북한특수군 개입설이다. 유튜브와 같은 인터넷 매체에서 5·18을 왜곡

---

15 신광영, 「한국 반공주의의 궤적」, 김동춘 외, 『반공의 시대』, 돌베개, 2015, 291쪽.
16 위의 글, 299쪽.
17 조효제, 「한국의 반공주의와 인권」, 김동춘 외, 앞의 책, 385쪽.

제3부 애도와 재현, 그리고 미학

하는 사람들이 가장 많이 퍼트리고 있는 주장이기도 하다. 전두환은 그의 회고록 1권에서, "지만원 박사는 5·18 때 북한의 특수공작원으로 침투했다가 돌아가 그 뒤 북한의 정부와 군부에서 요직을 차지하고 있다는 수백 명의 인물을 사진 분석을 통해 실명으로 밝히고 있고, 그 내용이 특정 보도 매체와 출판물, 인터넷 등을 통해 광범위하게 전파되고 있지만 주요 언론매체들은 단 한 줄도 보도하지 않고 있다."(1권, 541쪽)면서 5·18 때 북한군 개입설을 간접적으로 주장하고 있다. 그러나 정작 전두환은 2016년 6월 월간 『신동아』와의 인터뷰에서 북한군 개입설을 묻는 기자의 질문에 "북한군 개입설은 처음 듣는다."라고 말한 바 있다. 더 중요한 것은 지만원의 그와 같은 주장은 허위와 왜곡이라는 것이 대법원의 판결로도 확인되고 있다.[18]

또 다른 문제로 시민들에 의한 광주교도소 습격설이 있다. 이는 5·18을 왜곡하는 주요 근거 중 하나일 뿐 아니라 대법원에서도 시민들에 대한 계엄군에 의한 발포의 정당성을 부여하고 있는 유일한 사례다. 1994년 대법원은 전두환을 내란 주도 혐의로 무기징역에 처하면서도 교도소를 방어하던 계엄군을 향해 무장시위대가 공격을 하고 그에 따라 계엄군이 무장시위대를 향해 사격을 가해 살상에 이른 행위는 정당방위에 해당한다고 판

---

18 지만원은 자신의 네이버 블로그에 "5·18은 북으로부터 파견된 특수군 600명이 또 다른 수백 명의 광주 부나비들을 도구로 이용해 계엄군을 한껏 농락하고 대한민국을 능욕한 특수작전"이라고 주장했고, 방송통신심의위원회는 5·18 민주화운동을 왜곡하는 지만원의 글에 대해 네이버에 시정을 요구해 삭제하도록 했다. 이에 대해 지만원은 국가를 상대로 2천만 원의 손해배상 소송을 냈으나 1심과 2심에 이에 대법원에서도 2019년 8월 14일, 5·18운동은 민주주의 쟁취를 위해 항거한 역사적 사건으로 보편적으로 받아들여지고 있는데, 지만원은 설득력 있는 증거 없이 이를 정면 부정하고 있으며, 그의 글로 일반적으로 받아들여지는 역사적 사실이 왜곡될 우려가 있다고 지적하면서 방심위의 결정에 법적 하자가 없음을 확인하였다.

결하였던 것이다. 인터넷 매체를 중심으로 한 5·18 왜곡의 근거 중에서 가장 대표적인 사례가 북한군 개입설과 교도소 습격설이라 할 정도로 이는 심각한 문제다.

그러나 그것은 객관적으로 뒷받침된 사실이 아니다. 국방부의 기록과 그에 의존하고 있는 『전두환 회고록』에서 5월 23일 오전 10시 20분경의 소위 4차 습격 사건의 경우 "소방차에 탑승한 무장시위대 4명이 공격하여 오기에 소방차 바퀴를 쏘아 정지시키고 시위대 4명을 생포하였다."라고 주장(기록)하고 있다. 그러나 관련자들의 진술을 인터뷰한 여러 기사들에 따르면,[19] 그날 소방차에 탑승했던 모두 다섯 명의 20대 초반의 청년들 중 조수석에 타고 있던 이가 들고 있던 카빈 소총 1정 말고는 무장한 사람이 없었다. 그 카빈에 탄환이 들어 있었는지도 의문이다. 체포된 다섯 사람은 그날 오전 10시경 도청에서 계엄군이 일시 철수하고 도청 안에 시민학생 수습위원회가 꾸려지는 동안 별다른 생각 없이 도청 앞에서 소방차에 탑승했을 뿐이다. 당시에는 거의 모든 종류의 자동차가 시민들에 의해 시위 및 저항의 수단으로 동원되어 운행되던 때였으므로 소방차의 등장은 특별한 사정이 아니다.

다른 사건들도 모두 비슷한 맥락에서 이루어졌다. 광주교도소를 무장한 채 습격하여 죄수들을 풀어주고 무장시위에 참여케 하려던 목적이 아니라, 더구나 북한의 지령에 의해서가 아니라 교도소 근처의 국도를 통하여 광주 외곽으로 이동하려던 상황에서 공수부대의 총격을 받고 사망하거나 체포되었던 사건인 것이다. 모두 여섯 차례의 소위 '광주교도소 습격사건'

---

19 2013년 5월 14일자 KBS 광주총국 관련 보도 및 2019년 4월 4일자 뉴스타파 보도 등 참고.

으로 총 7명이 사망하고 14명의 시민이 부상하였다. 반면 단 한 명의 공수 대원도 사상을 당하지 않았다. 애초에 '교도소 습격 사건' 같은 것은 존재 하지 않았기 때문이다. 이는 다양한 증언과 법원의 판결로 뒷받침되고 있는 '사실'이다.

우선 아래의 『한겨레신문』 안관옥 기자의 2017년 10월 11일자 보도가 군부의 주장을 거짓으로 판단할 자료가 된다. 보도에 따르면, 경찰은 시민군이 6차례 광주교도소를 습격했다는 군의 주장을 당시 교도소장의 증언으로 뒤집었다. 1980년 5월 광주교도소장이던 한 아무개 씨는 경찰 쪽과의 면담에서 "3공수여단 병력이 중무장을 하고 있어서 교도소 습격이란 상상할 수도 없었고, 계엄군이 시 인근 지역에 시위 확산을 막기 위해 무차별 발포한 것으로 알고 있다."라고 말했다. 광주교도소장이던 한 아무개 씨는 대신 담양 지역 등 광주시 외곽으로 진출하려는 시민군의 활동을 의도적으로 과장하거나 왜곡함으로써 폭력성을 부각하기 위해 조작한 사실로 추정했다. 당시 교도소에는 공수부대 여단 병력이 주둔 중이어서 카빈총으로 무장한 시민군이 공격한다는 것은 무모하고도 비현실적이었다.

경찰은 북한군 개입설에 대해서도 상식 밖의 주장이라고 결론 내렸다. 1980년 당시 경찰은 시위 인원, 구성 성향, 주의 주장, 시위용품 등을 세밀하게 분석하여 대응 방향을 정했고 계엄군이 철수한 5월 21일 이후에도 광주 시내 23곳에 정보센터를 운영하고 있었고 정보·보안 형사 130명이 활동 중이었다. 중앙정보부 등 다른 기관을 포함해 촘촘한 정보 활동이 집중되어 있는데도 수백 명의 북한군이 활동하다 일시에 사라졌다는 것은 터무니없다는 결론이다. 이를 대다수 현장 경찰관들의 증언으로 재확인했다. 당시 작성된 군과 정보기관의 서류 어디에도 이런 내용은 언급된

적이 없다.[20]

2018년 5월 16일자 『한겨레신문』 정대하 기자의 다음과 같은 보도에 따르면 법원의 판결로도 교도소 습격은 부정되고 있음을 알 수 있다. "법원은 전두환 씨가 펴낸 『전두환 회고록』에서 5·18 '광주교도소 습격 사건'이 허위라며 삭제하라고 결정했다. 이른바 교도소 습격 사건은 전 씨 등 정치군인들이 5·18민주화운동을 폭동으로 몰아붙이는 데 사용됐던 대표적인 사안이어서 이번 법원 결정이 주목된다. 광주지법 민사23부(부장판사 김승휘)는 5·18기념재단과 5월 3단체가 전 씨를 상대로 낸 『전두환 회고록』 제1권에 대한 출판 및 배포 금지 가처분 신청을 인용했다고 16일 밝혔다. 지난해 8월 첫 제기된 1차 가처분 소송에 이어 2차 소송에서도 『전두환 회고록』의 내용 중 상당 부분이 허위사실이어서 회고록 1권에 대한 출판 및 배포를 금지한 것이다. 재판부는 1차 소송 당시 5·18과 관련한 33개 허위사실 외에 추가로 제기된 36개 내용도 거짓 내용으로 인정했다. 특히 재판부가 회고록에서 전 씨가 시민들이 광주교도소를 습격했다고 주장한 내용도 허위로 본 것은 의미가 있다. 전 씨 등 신군부가 5·18민주화운동을 폭동으로 몰기 위해 활용해왔던 교도소 습격 사건에 대한 법원의 전향적인 판단이기 때문이다."[21]

5·18을 왜곡하거나 그 역사적 정당성을 부정하는 이들이 북한특수군의 개입 내지 교도소 습격설을 자신들 주장의 주된 근거로 활용하는 것은, 한국이 6·25전쟁의 상흔을 극복하지 못한 채 여전히 분단체제의 이데올로기에 포박당해 있는 것과 무관하지 않다. 남북한이 정치군사적으로

---

20 안관옥 기자, 『한겨레신문』, 2017년 10월 11일.
21 정대하 기자, 『한겨레신문』, 2018년 5월 16일.

제3부 애도와 재현, 그리고 미학

분단된 한국에서 반공주의는 주로 반북(反北)주의와 같은 의미를 갖고 있다. 반공주의의 종교화는 온 국민에게 반공주의자인가 아닌가를 스스로 고백하고 내면을 검증받도록 하는 일종의 문화적 강압으로 존재하게 된다.[22]

민주주의가 위기에 빠지거나 도전을 받을 때 5·18에 대한 왜곡과 부정이 도를 넘는 현상이 도드라지는 것은 한국이 여전한 반공국가의 틀에서 벗어나지 못하고 있기 때문이다. 더구나 광주교도소 습격이라는 사건의 왜곡 내지 과장은 국민들에게 각인된 레드 콤플렉스를 자극하고 시민들에 대한 무차별 진압을 정당화할 수 있는 좋은 재료가 된다. 광주교도소에는 비전향장기수를 포함하여 북한과 연계된 몇 명의 수감자가 있었고, 이들을 석방하여 폭동을 선동하려는 의도가 있었다는 군부의 말하기는 일정 정도 설득력을 발휘했다고 판단된다. 그러나 여전히 문제는 비무장 혹은 매우 초라한 무장 상태의 몇 사람이 대대급 특수부대가 주둔하여 경계를 펼치고 있는 교도소를 습격할 수 있었겠느냐는 것이다. 교도소 습격설과 관련하여 당시 신군부와 항쟁에 참여했던 시민들의 기억과 주장이 충돌할 때 그래도 가장 신뢰할 수 있는 것은 사법부의 판단이다. 그 내용은 앞에서 소개한 바 있다.

『전두환 회고록』에 담겨 있는 5·18관련 주장은 이와 같이 당시 신군부의 5·18담론에 의존하고 있음이 분명하다. 군부의 5·18담론은 '광주소요사태와 폭도'로 대표되는데, 이러한 군부의 말하기는 5·18의 진실과는 다른 말하기이다.[23] 최근 문제가 되고 있는 5·18에 대한 왜곡과 폄훼 내

---

22 김동춘, 「한국의 지배집단과 반공주의」, 김동춘 외, 앞의 책, 176~178쪽.

23 김희송, 「5·18항쟁 시기 군부의 5·18담론」, 『민주주의와 인권』 제13권 3호, 전남대학교 5·18연구소, 2013, 8쪽.

용의 상당 부분은 80년 5월 당시 군부가 제기한 5·18담론과 밀접하게 연관되어 있을 뿐 아니라『전두환 회고록』의 5·18 관련 주된 내용의 근거가 되고 있다.

3. 부인과 시인—자아동일성의 문제

본질적인 의미에서 자서전은 한 존재의 궁극적인 진실, 작가 자신의 가장 내밀한 욕망을 모태로 한 재현을 통해 독자와의 커뮤니케이션을 지향하는 것이다.[24] 어떻게 타자인 독자를 나의 지지자, 공모자로 만들 수 있을까? 결국 어떻게 타자와 하나가 될 수 있을 것인가? 이는 독자와의 커뮤니케이션과 관련한 자서전 작가들의 최대의 고민이다.[25]『전두환 회고록』을 준비하고 집필하고 검토하는 일련의 과정에서 그(들) 역시 그러한 고민을 했을 것으로 이해된다. 그럼에도 불구하고 그의 자전적 글은 그를 지지하는 사람들 혹은 그러한 세력의 요구에 부응하는 내용으로만 채워졌음을 알 수 있다.

그러나 전두환은 단순한 개인으로서 존재하는 자전적 글쓰기의 저자가 아닌 탓에 문제가 더욱 심각하다. 한국현대사, 특히 1980년 광주 일원에서 발생했던 5·18 사건과 관련하여 전두환만큼 상징적인 인물이 없다. 모든 사건은 그로부터 시작하고 그에게서 마침내 종결된다. 그의 자전적 글인『전두환 회고록』에서 진실의 문제가 중요한 까닭이 그 때문이다.『전두환 회고록』에 기록하고 있는 5·18과 관련한 그의 기억은 역사적 사실에 부

---

24 류은영, 「자서전과 커뮤니케이션 ─ 욕망에서 문화로」, 『한국프랑스어문교육』 18, 한국프랑스어문교육학회, 2014, 468쪽.

25 위의 글, 485쪽.

합하지 않는바, 그 까닭은 어디에 있는가를 숙고할 필요가 있다. 이때 인지부조화(cognitive dissonance)이론은 일정한 도움을 줄 수 있다. 인지부조화 이론은 페스틴저(L. Festinger)에 의해 제시된 이론으로 개인은 자신의 믿음, 태도, 행동 등에 있어 일관성을 유지하려 한다는 것이 그 요지이다. 즉 한 개인의 행동이 믿음, 태도, 행동 등에 있어 일관성을 유지하기 위해서 특정 행동에 대한 믿음이나 태도를 그 행동을 합리화하는 쪽으로 바꾸게 된다는 것이다.[26]

20세기 국가폭력이 자행한 인권침해와 이를 외면한 대중심리의 메커니즘은 무엇이었을까를 탐문하는 스탠리 코언은 시인(是認)과 부인(否認)이라는 사회심리학적 프레임으로 그것을 치밀하게 파헤친다. 그는 인권 침해와 인간의 사회적 고통을 조장 · 악화하는 행위를 부인(denial)으로, 그것을 경감 · 해결하려는 움직임을 시인(acknowledgement)으로 규정한다. 코언은 가해행위만이 문제가 아니라 인권침해와 인간의 사회적 고통을 가중하고 재생산하는 데에는 가해자와 관찰자의 완고한 부인 제도가 도사리고 있다고 본다. 어떤 사실을 부인한다는 것은 그 일이 일어나지 않았거나 진실이 아니라고, 혹은 알려져 있지 않다고 주장하는 것이다.

5 · 18이 대학생들의 시위에서 시민들이 참여한 대규모 시위와 무장항쟁 그리고 대규모 살상의 비극으로 나아간 중요한 원인이 계엄군의 무차별적인 진압 특히 비무장 시민들을 향한 발포에 기인했음은 주지의 사실이다. 그렇다면 그때 광주에 투입되었던 계엄군의 과잉진압이 없었더라면 무장항쟁은 일어나지 않았을 수도 있지 않을까?[27]

---

26 엘리엇 애런슨(Elliot Aronson) · 캐럴 태브리스(Carol Tavris), 『거짓말의 진화』, 박웅희 역, 추수밭, 2007, 46쪽.

27 박준식, 「민주화 과정에서 저항폭력의 발생원인과 정치적 함의」, 『5 · 18과 민주주의

이에 대해 전두환은 그의 회고록에서, "광주사태 당시 국군에 의한 학살이나 발포 명령은 없었다."라고 말한다. 2020년 4월 27일 사자명예훼손 혐의로 광주지방법원 형사법정에 출두한 전두환은 자신과 광주는 아무런 관련이 없으며, 무장헬기 등 중무장화기에 의한 시민 학살 역시 부인하는 태도로 일관한다. 이는 스탠리 코언이 정의한 바 문자적 부인(literal denial)에 해당한다. 엄연한 사실을 일어나지 않았다거나 진실이 아니라고 주장하는 것이다.[28]

그는 자서전에서 "1980년 5월 18일부터 5월 27일 사이의 그 어느 시간에도 전남 광주의 그 어느 공간에도 나는 실재하지 않았으므로, 계엄군의 작전계획을 수립하고 지시하거나 실행하기 위한 어떤 회의에도 참석할 수 없었고 참석한 일이 없다."(1권, 382쪽)라고 말한다. 5·18 당시 자신은 서울에 있어서 발포 명령을 내릴 수 없었고, 현장에서의 발포는 "무장시위대의 조직적이고 반복적인 공격행위 때문에 공수부대원들의 자위권 행사 요건에 해당한다."(1권, 471쪽)라고 주장한다. 이는 다시 코언의 정의에 따르면 해석적 부인(interpretive denial)에 해당한다. 어떤 일이 일어났다는 사실 자체는 부정하지 않으면서도 그 사건을 전혀 다른 방식으로 해석하는 것이다. 그러나 가장 최근의 여러 증언들은 그의 말이 거짓임을 드러낸다. (전두환의 사자 명예훼손 관련 1심 재판의 결심공판에서 검찰은 징역 1년 6개월을 구형하

그리고 한반도 평화』, 전남대학교 5·18연구소, 2007, 72쪽. 학생시위대에 가담하는 시민들의 수가 늘어나고 경찰력이 한계가 드러나자 공수부대의 진압은 더욱 무자비해졌는데, 계엄군의 첫 발포는 1980년 5월 20일 광주역에서 일어난다. 21일 오후 1시에는 도청에 주둔하고 있던 공수부대가 시민들을 향해 무차별 발포가 이어지고 결국 시민들은 무장을 하기 시작한다. 이때부터 시민군이라는 명칭이 부여된다.

28 스탠리 코언(Stanley Cohen), 『잔인한 국가, 외면하는 대중』, 조효제 역, 창비, 2009, 58쪽.

제3부 애도와 재현, 그리고 미학

였고, 법원은 2020년 11월 30일 징역 8월에 집행유예 2년을 선고하였다. 1심 결과이기는 하지만 5·18에 관한 전두환의 말과 글이 진실과 다르다는 판단에 부합하는 것으로 상당한 의미가 있다.)

대법원은 1997년 그에게 무기징역을 선고한 원심을 확정하면서 "전 전 대통령 등 피고인들이 광주 재진입 작전의 실시를 강행하기로 하고 명령한 데에는 살상행위를 지시 내지 용인하는 의사가 있었음이 분명하다."라고 밝혔다. 당시 검찰 조사에서도 "희생이 있더라도 광주사태를 조기에 수습하라'는 내용의 전 전 대통령 친필메모가 확인됐다. 또한 대법원은 '(광주)시위 진압행위는 정당행위였다."라는 전 전 대통령 등 피고인들의 주장에 대해, "시위가 다른 곳으로 확산하는 것을 막지 못하면 내란의 목적을 달성할 수 없는 상황에 처하게 되자 계엄군에 광주 재진입 작전을 강행하도록 함으로써 다수의 시민을 사망하게 한 것"이라고 판단하며 받아들이지 않았다.[29] 더구나 그가 광주에 오지 않았다는 주장은 거짓일 개연성이 여러 증거와 증언들을 통해 드러나고 있다.

전두환은 그의 회고록 서문에서 계엄사령관 이희성의 인터뷰 발언을 인용한다. 핵심적은 내용은, "광주에 관한 한 전두환의 책임은 없다."라는 것이다.(1권, 30쪽) 그는 "광주에 내려간 자체가 없다."고 주장한다.(1권, 464쪽) 그러나 그와 같은 주장 역시 거짓일 가능성이 많다는 증거들이 최근에 드러나고 있다.

나의갑 5·18민주화운동기록관장은 전두환 당시 국군보안사령관 겸 중앙정보부장 서리가 1980년 5·18 기간 중 광주 현지에 내려와 소준열 당시 전투병과교육사령관 겸 전남북계엄분소장, 정호용 당시 특전사령관과

---

29 『경향신문』, 2017년 4월 5일 기사에서 재인용.

'광주사태' 진압 방식을 놓고 대화를 나눈 기록이 38년 만에 발견됐다고 2019년 1월 3일 밝혔다. 5 · 18민주화운동기록관에 따르면 소설가 고 천금성 씨가 1988년 1월 펴낸 『10 · 26, 12 · 12 광주사태』 후편 220~221쪽에는, "현지로 내려온 전두환 보안사령관의 의견은 조금 달랐다. '절대로 군사작전을 해서는 안 됩니다. 만약 계엄군이 사태를 수습하기 위해 작전을 하면 대단한 희생이 따를 것입니다. 좀 더 참고 기다려 봅시다.'고 말렸다"는 내용이 실려 있다.

나의갑 기록관장은 전두환이 당시 사령관으로 있던 보안사령부가 서울에 있던 점으로 미뤄볼 때 '현지로 내려온'의 현지는 광주이며, 그가 서울에서 광주로 '내려온'이라는 표현을 한 것으로 봐야 한다고 주장한다. 또 전두환이 광주에 온 시점을 5월 20일 밤에서 5월 22일 사이로 추정했다. 나의갑 기록관 관장은 "자료 대부분이 보안사령부에서 수집됐고 신군부 측 증언을 바탕으로 쓰인 책이기 때문에 전두환과 신군부를 옹호하는 한계가 있다."면서도 "천 씨가 책에 (장세동 특전사 작전참모 · 황관영 1사단장 · 최평욱 국가보위비상대책위원회 운영위원 등) 신군부의 핵심인사들과 면담을 했고, 그들로부터 아낌없이 자료를 지원받았다."라고 적었기 때문에 적어도 '전두환의 광주 방문'만큼은 사실이라는 신빙성이 있다."고 밝혔다. 나의갑 관장은 이어 전 씨가 군사작전에 신중을 기하자고 말한 대목에 대해 "전두환 또는 취재원이 거짓 증언을 했을 수 있고, 천금성이 의도적으로 전두환을 미화했을 수 있다."고 설명하고 있다.

전두환이 5 · 18 당시 광주를 방문했다는 증언은 과거에도 있었다. 진종채 당시 2군사령관은 1995년 검찰 수사에서 "날짜와 시간은 기억나지 않지만 5월18일에서 27일 사이 전두환과 노태우 등이 광주비행장에 따로따로 내려와 (소준열) 전교사 사령관, (이재우 광주) 505보안부대장을 만나고 갔다는 사실을 보고 받았다."라고 진술한 바 있다. 또 백남이 당시 전교사 작전참모는 검찰 수사에서 "전두환 보안사령관과 노태우 수경사령관이 광주에 방문했다."며 "1980년 5월 26일 오전 10시 30분~11시쯤 광주 공군 비행장에 전 사령관이 와 있다는 연락을 받았다.", "노 사령관의 경우 광주 상무대 전교사 사령부 복도에서 마주친 적도 있다."라고 진술했다. 당시 전라남도 경찰국장이었던 안병하는 비망록에 중앙정보부장 서리 겸 보안사령관 전두환을 도청에서 만나 상황보고를 했다고 기록하고 있다.[30] 전두환 회고록의 관련 내용이 객관적 사실에 부합하지 않거나 의도적으로 왜곡되었을 것으로 판단된다.

우리가 전두환의 자전적 글쓰기를 통해 거듭 확인할 수 있는 사실은, 그가 1980년 5월 광주에서의 비극적 사건과 관련하여 거짓과 왜곡으로 일관하고 있는 점이다. 역사적 범죄에 대한 부인(否認)의 심리기제, 그가 원래 가지고 있는 생각이나 신념을 확인하려는 확증편향(Confirmation bias)과 자기정당화의 논리적 모순이 자신의 기억을 진실 그 자체라고 주장하게 만드는 것으로 볼 수 있다. 물론 더 중요한 것은 전두환으로 대표되는 신군부-쿠데타 세력의 집권 욕망, 그리고 신군부의 자기보존의 논리, 계급이익으로서의 반공주의가 함께 작동하고 있는 것이 분명하다. 이 글에서 함께 다루지 못했으나 광주와 관련하여 방관에서 묵인으로 전환한 미국의 태도도 저들이 광주와 관련한 말하기에서 거짓과 왜곡으로 일관하는 데 일정한 영향을 주었을 것으로 보인다.[31]

한편 리쾨르는 한 개인의 정체성이란, 행동의 주체가 누구이며 당사자

---

30 이재의, 『안병하 평전』, 정한책방, 2020, 41~42쪽.

31 이완범, 「한국의 반공주의와 친미주의」, 김동춘 외, 『반공의 시대』, 돌베개, 2015, 328쪽.

인가라는 물음에 답하는 것이며, 그러한 물음에 답한다는 것은 곧 자기 삶의 스토리를 이야기하는 것이라고 보았다. 이야기된 스토리는 행동의 '누구'를 말해주기 때문이다. 따라서 '누구'의 정체성은 '서술적 정체성'이 며 서술 행위의 도움 없이는 인격적 정체성의 문제는 알 수 없다.[32] 인간 은 서술 행위를 통해 자신의 정체성을 드러내며 찾아간다. 삶의 스토리는 주체가 자신에 대해 이야기하는 진실하거나 꾸며낸 모든 스토리들로 다 시 형상화된다.[33]

전두환의 자전적 글쓰기를 통해 우리가 확인할 수 있는 것은 그가 스스 로를 위기에 처한 나라를 구한 영웅으로 규정하고 있다는 점이다. 전두환 은 1980년 봄을, "사북사태, 학생들의 폭력시위, 재야세력의 민중혁명 책 동, 북한의 긴박한 침략 위협으로 국가의 안전과 국민 생활의 안정이 위 태롭게 되었다"(1권, 18쪽)고 해석한다. 그러한 때에, "혼란과 갈등의 소용 돌이에서 누군가의 희생과 헌신을 요구하게 마련이고, 비상한 상황에서는 불가피하게 비상한 수단을 사용할 수밖에 없는 경우가 있게 마련"이라고 1980년의 상황을 규정한 후에, 자신을 "역사가 사용한 하나의 도구였을지 도 모른다."(1권, 20쪽)라고 서술하고 있다.

4. 기억과 헤게모니의 문제

2020년은 5·18이 일어난 지 40주년이 되는 해다. 그러나 여전히 사건 에 관한 왜곡과 역사적 정당성을 훼손하려는 시도가 끊임없이 진행되고

---

32 폴 리쾨르, 『시간과 이야기』 3, 김한식 역, 문학과지성사, 2004, 471쪽.
33 위의 글, 472쪽.

있다. 5 · 18에 대한 왜곡은 그 뿌리가 간단치 않다. 한국의 경우 반공주의가 헌법적 가치를 넘어서는 사실상 국가의 최고 이데올로기가 되어 있을 뿐 아니라 심지어는 실정법의 적용을 넘어서는 초헌법적 · 종교적 가치로까지 올라서 있다. 반공주의의 종교화는 온 국민에게 반공주의자인가 아닌가를 스스로 고백하고 내면을 검증하도록 만드는 일종의 문화적 강압으로 존재하게 된다.[34] 이데올로기로서의 반공주의는 반드시 그것을 퍼트리고 이용하는 정치세력, 그 세력을 지지하거나 그런 이데올로기를 받아들이는 국민이 있기 때문에 행사되고 확산하는 법이다.[35] 그러한 맥락에서 "외부의 적과 공모해 국가를 위기에 빠뜨린 사태가 5 · 18이라는 것"이 전두환 신군부가 광주의 시위에 대응하는 방식이었다. 미국의 카터 행정부 역시 전방의 20사단 병력을 광주로 이동할 수 있게 승인해준 배경에는 한국 내부의 정치적 불안정이 북한의 오판을 불러올 수도 있다는 판단의 결과로 해석된다.

5 · 18 당시의 신군부는 광주 고립화 작전을 편다. 3개 공수여단과 20사단, 전교사의 병력으로 광주로 통하는 모든 교통망을 봉쇄했다. 항쟁이 타지역으로 확산하는 것을 막아 광주를 고립시키기 위한 전략이었다. 그 과정에서 소위 '광주교도소 습격사건'으로 명명된, 시민들에 대한 무차별 총격과 살해와 체포가 이루어진다. 더불어 광주항쟁에 대한 정치적 이데올로기적 공격으로, 장악한 언론매체를 이용하여 광주항쟁을 고정간첩과 깡패, 불순분자, 김대중의 잔당들이 계획적이고 조직적이며, 지역감정을 자극하는 유언비어로 시민들을 선동하여 일으킨 폭력난동으로 매도한다. 무

---

34 김동춘, 「한국의 지배집단과 반공주의」, 김동춘 외, 앞의 책, 176쪽.

35 위의 글, 176쪽.

력진압의 정당성을 보장받기 위함이었다.[36]

결국 5·18 담론은 그것을 긍정하는 세력과 부정하는 세력과의 헤게모니 투쟁이라 할 수 있다. 이 헤게모니 투쟁의 중심에 『전두환 회고록』이 놓여 있고, 『전두환 회고록』의 5·18담론은 당시 신군부의 5·18담론에 전적으로 의존하고 있다. '폭도들에 의한 광주 소요사태'는 5·18항쟁 시기 군부의 5·18에 대한 말하기를 관통하는 대표적인 담론이라 할 수 있다. 광주시민들이 계엄군의 무자비한 폭력을 딛고 희생을 통해 자신의 공동체를 수호하고 스스로를 해방광주로 호명했다는 점에서 군부의 5·18에 대한 말하기는 같은 시간과 공간에서 발생한 동일한 사건을 전혀 다르게 말하고 있는 것이다.[37]

헤게모니(hegemony)란 사회 안에서 주요한 집단들의 적극적인 합의와 동의를 통해서 얻어진 지도력, 곧 도덕적이고 철학적인 지도력을 말한다. 헤게모니의 개념은 그 원천은 마르크스(K. Marx)에 있지만, 그람시(A. Gramci)에 와서 주목을 받게 되었다. 그람시 이전의 헤게모니는 단순히 정치적 지도력 또는 이론적 지도력을 의미했다. 그람시에게서 헤게모니는 "지배(domination)에 대비되는 지적─도덕적 지도(leadership)"의 의미로 사용되었다. 문화적 의미에서의 헤게모니는 그람시의 헤게모니 개념을 도입한 영국문화이론 안에서 문화의 작동을 설명하는 개념으로 정립된다. 문화를 헤게모니 관계로 보는 관점은 문화를 지배층의 이해관계를 보편화시키려는 시도와 피지배층의 저항 사이에서 투쟁이 일어나는 "교류와 협상 타협

---

36 정상용 외, 『광주민중항쟁』, 돌베개, 1990, 250쪽.
37 김희송, 앞의 글, 8~9쪽.

제3부 애도와 재현, 그리고 미학

적 평형에 의해 구성된 영역"으로 본다.[38]

5·18 당시 그리고 이후의 정치적 변동의 과정에서 5·18의 의미와 역사적 정당성을 끊임없이 왜곡하는 흐름은 당시 신군부의 반공주의에 입각한 말하기와 그것을 받아쓰기 하고 있는 전두환의 자전적 글쓰기가 여전히 일정한 힘을 갖고 있다는 방증이라 할 것이다.

그러한 상황에서는 공격이 자기 정당화를 낳고, 자기 정당화가 더 많은 공격을 낳는다. 그러나 허위 기억에 의지하면 우리는 자신을 용서하고 자신의 과실을 정당화할 수는 있겠지만 때로 큰 대가가 따른다. 우리 삶에 대한 책임을 지지 못하게 되는 것이다.[39] 역사적으로는 미증유의 양민 학살이라는 국가적 범죄에 대하여 지시한 자는 지시한 자로서의 책임을, 실행한 자는 실행한 자로서의 책임을 져야 마땅함에도 책임에 상응하는 충분한 단죄가 이루어지지 못한 채 소모적 논쟁이 이어지고 있는 것이 그 방증이다.

그것은 다시, 한국의 지배계급이 갖고 있는 헤게모니의 문제가 된다. 한국 사회에서 지배계급을 규정하고 그 범주를 설정하기가 단순한 일은 아니지만, 전통적으로 정치권력 소유 여부에 더 큰 평가와 가치 개념을 두고 있는 한국적 상황을 감안할 때 이승만 정부의 탄생과 그 이후 정치 권력 구조에 영향을 미친 군부와 엘리트임을 자처하는 군인 세력에 주목할 필요가 있다. 이들 군인 계급이 기존의 정치세력을 대신하여 새로운 지배계급으로 떠오를 수 있었던 것은 분단과 냉전이라는 한반도의 독특한 정치

---

38 현남숙, 「문화적 헤게모니와 동의의 조건」, 『시대와 철학』 제18권 2호, 한국철학사상연구회, 2007, 159쪽.

39 엘리엇 애런슨·캐럴 태브리스, 앞의 책, 138쪽.

지형과 이를 뒷받침하고 있는 미국과의 관계 덕분이다.[40]

저들 군인 세력은 친미-반공주의 이데올로기와 결합하여 지배력을 확장하는 한편, 자신들의 이해관계와 국가 권력을 동일시하면서 자신들의 정치적 정체성을 국가를 통해 실현하고자 했다. 그것의 발현이 박정희의 5·16군사쿠데타이며, 전두환의 12·12군사반란이라 할 수 있다. 또한 오랜 세월 친일이라는 정치적이고 사회적인 계급적 토대 위에 군부와 재벌이라는 정치경제적 토대가 결합한 친일반공지배발전연합의 유지와 지속 과정에서 그들은 한국사회의 압도적인 헤게모니를 갖게 된다.

신군부를 대표하는 전두환은 1979년에서 1980년의 시기를 "국가적 위기가 초래될 수 있는 불안 요인이 가장 많았던 시기"로 규정함으로써 자신(들)의 모든 선택과 행위를 합리화한다. 정승화 계엄사령관을 체포하고 군권을 장악했던 12·12를 그는 "나의 주저 없는 선택이었고 목숨을 건 결단"(1권, 18쪽)이었다고 말한다. 역사서술과 현실의 법정은 12·12를 군사쿠데타로 규정하고 있으나 전두환은, "혼란과 갈등의 소용돌이에서 누군가의 희생과 헌신을 요구하게 마련이고, 비상한 상황에서는 불가피하게 비상한 수단을 사용할 수밖에 없는 경우가 있게 마련"이라며, 그것을 "시대적 상황의 산물, 혹은 (자신은) 역사가 사용한 하나의 도구였을지도 모른다."라고 서술하고 있다.(1권, 20쪽)

광주의 비극과 관련해서도 "광주사태 당시 국군에 의한 학살이나 발포 명령은 없었다."고 부정한다. 그것은 '내란'이었고, '계엄군과 시민군 간의 교전'이었으므로(1권, 378-379쪽), 따라서 시민들에 대한 그들의 학살행위는 정당한 행위가 된다. 5·18특별법이 제정되고 관련 수사가 이루어져 재판

---

40 김종법, 『그람시와 한국 지배계급 분석』, 바다출판사, 2015, 242쪽.

을 통해 5·18학살은 전두환을 중심으로 한 신군부의 내란이었음이 확정되었고, 따라서 5·18은 민주주의를 지키기 위한 시민들의 무장항쟁이라는 역사적 평가가 충돌하고 있는 것이다. 역사적 해석이라는 것은 사실 정치적이고 그것은 유동적이기도 해서, 민주주의가 위협받을 때마다 5·18의 역사적 해석은 끊임없이 다른 해석의 도전을 받게 될 것이다.

5. 자전적 기록과 진실의 문제

이 글에서는 5·18에 대한 왜곡과 역사적 정당성의 부정의 원천으로 작용하고 있는『전두환 회고록』의 5·18관련 기록을 분석했다. 결론적으로 전두환의 자전적 글쓰기는 자기기만에 가득 찬 글쓰기라 하지 않을 수 없다. 개인과 역사에 대한 성찰 대신 확신에 찬 변명−주장만이 가득하기 때문이다. 그러한 글쓰기의 욕망에는, 전두환의 글쓰기가 신군부−쿠테타 세력의 집권 욕망, 그리고 그들의 자기보존의 논리, 계급이익으로서의 반공주의 이데올로기가 함께 작동하고 있는 것으로 판단했다. 또한 그가 1980년 5월 광주에서의 비극적 사건과 관련하여 거짓과 왜곡으로 일관하고 있는 것에는 역사적 범죄에 대한 부인(否認)의 심리기제, 그가 원래 가지고 있는 생각이나 신념을 확인하려는 확증편향(Confirmation bias)과 자기정당화의 논리적 모순이 자신의 기억을 진실 그 자체라고 주장하게 만드는 것으로 추론했다.

전두환은 5·18이 비극적 사건이었다는 점에서는 동의하지만, 사건의 발생 원인과 과정, 그리고 이후의 역사적 평가 등의 문제에 있어 일관되게 그것은(무력진압은) 불가피했을 뿐 아니라 북한의 위협과 그들과 연결된 불순분자들의 폭동으로부터 국가를 보위하기 위해서였다는 입장을 유지하고 있다. 그러한 자기 확신을 증명하기 위해 당시 신군부의 5·18담론을 주요 근거로 제시하고 있다.

현실의 법정에서나 학계의 평가는 물론이고 국가의 공식적인 기록에서도 1980년 5·18을 민주주의를 지켜내기 위한 숭고한 희생으로 평가하고 있다. 그러나 전두환이 대표하는 친일반공지배발전연합에서는 그러한 해석과 평가를 부정 왜곡하고 있으며, 그것의 원천으로 기능하고 있는 것이 『전두환 회고록』이다. 이것은 5·18담론 곧 역사적 사건에 대한 기억투쟁의 성격을 갖는 것으로, 우리 사회에서 끊임없는 헤게모니 투쟁이 전개되고 있는 것으로 판단된다.

역사적 해석과 평가는 유동적일 수밖에 없다. 단 하나의 진실만을 주장하는 것은 그 자체로 모순과 기만일 수 있다. 그러나 80년 5·18에 관한 역사적 사실과 진실을 긍정하고 그 의미를 확장해나가는 일은 부정과 왜곡에 맞서야 하는 이들의 의무라 할 것이다. 그것이 글을 알고 글을 부리는 자의 책무라 할 것이다.

부기　2021년 11월 24일, 그가 마침내 죽었다는 뉴스를 속보로 보았다. 커피 한 잔을 타서 물끄러미, 창밖 풍경 바람에 어지럽게 날리는 낙엽들을 바라보고 있던 11월 하순의 아침. 사과는 무슨, 이라고 오히려 기자들에게 호통을 치는 그의 오랜 입이었던, 그의 회고록을 썼던 홍보비서관. 그의 남편은 우리나라 민주주의의 아버지라고 했던 그의 아내. 나는 지난해 어느 학술지에 그의 회고록을 분석한 논문을 발표한 적이 있다. 사람들은 그가 용서를 구하지 않고 죽은 것에 대해 분노하지만. 그 분노는 정당한 것이지만, 그가 남긴 회고록을 읽어보면 그들은 확신범이라는 것을 알게 된다. 그들에게 사과를 다그

칠 게 아니라 행위에 대한 응당의 처벌을 요구했어야지. 우리 사회는 어설픈 용서와 화해의 언설만 넘칠 뿐 역사적 범죄에 대해 제대로 된 처벌이 이루어진 적이 없다. 그의 이름을 언급하는 것 자체가 욕될 것이어서 이름 대신 그라고만 쓴다. 그가, 마침내 죽었다.

발표지 목록

제3부 애도와 재현, 그리고 미학

1. 자기 처벌로서의 죄의식(의 과잉)과 애도의 실패 ― 공선옥 소설들

2. 공간에 산포(散布)된 의미들 ― 문순태의 5·18소설들 / 『호남문화연구』 제43집,
   전남대학교

3. 기억의 재현과 미학의 문제 ― 영화 〈임을 위한 행진곡〉과 〈외롭고 높고 쓸쓸한〉
   / 『기억과 전망』 제39호, 한국민주주의연구소

4. 역사적 진실과 자기기만 사이의 글쓰기 ― 전두환 회고록의 경우 / 『문화와 융합』
   제42권 12호, 한국문화융합학회

역사의 문학, 문학의 역사

김준태 | 시인, 전(前) 5 · 18기념재단 이사장

한반도의 정치적(경제사회문화를 포함하여) 모든 비극은 '분단'에서 왔다. 1980년 5월 광주도 분단이 잉태, 방출한 독재와 폭력의 사생아집단에 의해서 피로 물들여졌다. 3만여 명의 완전무장 군인들이 폭격기, 헬기, 탱크, 군용트럭으로 한반도의 남녘 땅 광주를 압살하려 했다. 그들은 분단상황이 만들어낸 이데올로기와 메커니즘을 동원하여 광주를 각종 무기와 폭력으로 잔인하게 진압하려 했으나 그것은 순간이었다.

광주시민들은 그들의 음험한 시나리오에 먹혀들지 않고 "죽음으로써 죽음을 물리치고 죽음으로써 삶을 찾"아 나섰던 것이다. 이른바 운명공동체 · 절대공동체의 정신으로 대동세상을 만들어 신군부의 폭력적 계엄세력을 물리쳤다. 그리하여 5월 광주 : 5 · 18광주항쟁은 세계가 인정하는 민주주의의 승리를 가져왔던 것이다. 그리고 물론 5월 광주는 여전히 역사와 철학, 문학예술 속에서 담론을 창출해오고 있다. 헤겔의 말처럼 역사는 잠들지 않는, 잠들 수 없는 대다수 민중들에 의해서 발전하기 때문이다.

심영의 교수의 평론집 『5 · 18, 그리고 아포리아』는 그런 의미에서 주목을 요한다. 그는 5·18광주항쟁에 직접 참여하여 구속, 부상당한 당사자로서 5월 소설 작품을 계속 발표하고 있으며 특히 '5월 소설'을 집중적으로 연구해온 문학박사로서 예의 5월 문학에 학문적 애정과 독보적인 로드맵을 보여주고 있다. 무엇보다도 그는 소설 텍스트를 심도 있게 읽고 들어가는 '분석비평'의 정신을 준수한다. 그는 프랑스혁명 이후 세계문학에 광범위하게 영향을 끼친 '역사의 문학, 문학의 역사' 적 접근을 그의 비평기제로 삼고 있다. 그가 텍스트로 삼은 일련의 소설과 그의 문학비평이 그것을 증거하고 있어 일단은 신뢰감을 준다.

심영의는 다수의 민중들에 의해서 역사가 발전하듯이 문학도 역사적 파토스와 요구에 의해서 발전한다는 것을 조용히 그리고 날카롭게 지적하는 것을 잃지 않는다. 1980년 5월 광주가 '부분(Teil)' 이 아니라 한반도 남쪽 나아가 한반도 '전체(Ganzheit)'의 문제로서 일어서 싸웠고, 상처를 입었고, 마침내는 승리를 향하여 물결쳐 나아가고(완전한 승리는 참된 민주주의와 한반도 통일) 있다는 것을 그 역시 짐작·예감하고 있는 것으로 사료된다. 지금까지의 소설가들이 지나치게 미세담론에 빠져 있다는 것을 경계하면서 현미경과 망원경을 동시에 작동시켜 바라보는 거대담론에서 출발할 때 5월 광주, 5·18문학의 진정성과 '하늘(본질과 실체)', 현재 과거 미래가 보인다는 것을 심영의는 지적한다! 앞으로 꾸준히 쓰여질 그의 소설 창작과 문학평론, 특히 5월 문학에의 평론이 크게 기대된다. 평화를 빕니다!

5·18소설의 계보를 충실히 읽어낸 귀한 글

윤정모 | 소설가, 한국작가회의 이사장

심영의 평론집 『5·18, 그리고 아포리아』에 실린 글은 모두 12편이지만, 분석하고 있는 5·18소설은 모두 40여 편에 이른다. 임철우 단편 「봄날」(1984)과 윤정모 단편 「밤길」(1985), 홍희담 중편소설 「깃발」(1998)을 비롯한 초기 소설로부터 정찬 중편 「슬픔의 노래」(1995)와 류양선 장편소설 『이 사람은 누구인가』(1989)을 경과하여 임철우 장편소설 『봄날』(1997)과 문순태 장편소설 『그들의 새벽』(2000), 송기숙 장편소설 『오월의 미소』(2000), 정찬 장편소설 『광야』(2002)로 이어지는 5·18소설의 계보를 충실하게 읽어내고 있다.

나아가 5월에 관한 가장 젊은 작가인 박솔뫼 단편소설 「그럼 무얼 부르지」(2014)를 비롯하여 평단의 주목을 받았던 한강 장편 『소년이 온다』(2014), 공선옥 중편 「은주의 영화」(2019) 등 최근의 발표작을 꼼꼼하게 살피고 있다. 또한 부마항쟁을 다룬 정광민 장편 『부마항쟁 그 후』(2016), 노재열 장편 『1980』(2021), 제주 4·3의 비극을 다룬 현기영 중편소설 「순이 삼촌」(1978)과 문화혁명의 질곡을 다룬 현대중국 작가 다이어우잉 장편소설 『사람아 아, 사람아』(1991), 베트남전쟁의 비극을 서사화하고 있는 바오 닌 장편 『전쟁의 슬픔』(2012)을 아우르면서 광주로부터 제주와 부마 그리고 아시아로의 문학적 연대를 모색하고 있는 글로 가득하다. 최근에 관객을 만난 두 편의 5·18영화에 대한 비평을 통해 5·18에 대한 문화적 재현 미학에 대한 고민을 털어놓기도 한다. 이 모든 사건의 원죄를 짊어진 『전두환 회고록』 분석을 통해 기만으로 일관하고 있는 그의 글쓰기를 논리적으로 비판하고 있는 비평문 또한 주목할 만한 글이다.

그 자신이 소설가이면서 오랫동안 5·18문학에 대한 글쓰기를 가능하게 하는 원동력은 그의 표현대로 한낮의 거리에서 계엄군에게 체포되어 고문을 받으면서 적지 않은 기간 구금되었던 그의 삶의 궤적에서 비롯되었을 것이다. 또한 늦은 나이에 「5·18민중항쟁 소설 연구」라는 박사 논문을 쓰고 대학 강단에 섰으나 어디서고 주변인이면서 이방인이라는 위치에서 벗어나지 못한 현실이 가장 소수자적인 글쓰기에 저 자신을 밀어 넣은 탓일지도 모른다.

어쨌거나 심영의 평론집 『5·18, 그리고 아포리아』는 5·18 문학사에 등재될 소설들을 빠트리지 않고 다양한 관점에서 살피고 있는 매우 귀한 글로, 5·18을 논하는 모든 종류의 담론에서 중요한 참고가 될 것으로 믿는다.

찾아보기

용어

인명

작품 및 도서

심영의 沈永儀

광주에서 태어나 살고 있다. 운명적으로 1980년 5월 대낮의 거리에서 계엄군에게 체포되어 108일 동안 구금되는 곤욕을 치렀다. 1994년『전남일보』신춘문예와 1995년 전태일문학상을 통해 소설로, 2020년『광남일보』신춘문예를 통해 평론으로 작품 활동을 시작했고, 전남대학교에서 「5·18민중항쟁 소설 연구」로 박사학위를 받았다. 소설집으로『그 희미한 시간 너머로』, 장편소설『사랑의 흔적』『오늘의 기분』, 비평·연구서로『5·18과 기억 그리고 소설』『현대문학의 이해』『작가의 내면, 작품의 틈새』『텍스트의 안과 밖』『5·18과 문학적 파편들』『소설에 대하여』『한국문학과 그 주체』, 문학평론집으로『소설적 상상력과 젠더 정치학』등을 간행했다. 2006년 5·18문학상(단편소설), 2020년 제1회 부마민주문학상 우수상(단편소설) 등을 받았으며, 2014년 아르코 문학창작기금(장편소설), 2019년 서울문화재단 예술가지원사업(문학평론)에 선정되었다. 조선대학교 초빙교수를 역임했으며, 전남대학교 등 여러 대학에서 강의하고 있다.

5·18, 그리고 아포리아

초판 1쇄 인쇄 · 2022년 6월 20일
초판 1쇄 발행 · 2022년 6월 30일

지은이 · 심영의
펴낸이 · 한봉숙
펴낸곳 · 푸른사상사

주간 · 맹문재 | 편집 · 지순이 | 교정 · 김수란, 노현정 | 마케팅 · 한정규
등록 · 1999년 7월 8일 제2-2876호
주소 · 경기도 파주시 회동길 347-16 푸른사상사
대표전화 · 031) 955-9111(2) · 팩시밀리 · 031) 955-9114
이메일 · prun21c@hanmail.net
홈페이지 · http://www.prun21c.com

ⓒ 심영의, 2022

ISBN 979-11-308-1926-6   03800
값 29,000원

이 책은 2022년 ⬤ 광주광역시, 광주문화재단의 지역문화예술육성지원사업으로
지원받아 발간되었습니다.